*Arthur Conan Doyle*
Die Memoiren von Sherlock Holmes

Arthur Conan Doyle

# Die Memoiren von Sherlock Holmes

Sämtliche Sherlock-Holmes-Erzählungen II

1989
Gustav Kiepenheuer Verlag
Leipzig und Weimar

Originaltitel: The Memoirs of Sherlock Holmes
Übersetzt, herausgegeben und mit Anmerkungen versehen von Alice und Karl Heinz Berger



ISBN 3-378-00313-8

# Silver Blaze

»Ich fürchte, Watson, ich muß fahren«, sagte Holmes eines Morgens, als wir uns zum Frühstück niedersetzten.

»Fahren! Wohin?«

»Nach Dartmoor — nach King's Pyland.«

Ich war nicht überrascht. Ich wunderte mich nur darüber, daß er bis jetzt noch nicht in diesen außerordentlichen Fall einbezogen worden war, der landauf, landab den einzigen Gesprächsstoff bildete. Einen ganzen Tag lang war mein Gefährte im Zimmer umhergewandert, das Kinn auf der Brust und die Stirn gerunzelt, hatte die Pfeife wieder und wieder mit dem stärksten schwarzen Tabak gestopft und sich gegenüber allem, was ich fragte oder bemerkte, absolut taub verhalten. Die neuesten Ausgaben aller Zeitungen waren uns von unserem Zeitungshändler heraufgeschickt und doch nur überflogen und in die Ecke geworfen worden. Aber wie er auch schweigen mochte, ich wußte genau, worüber er brütete. Es gab nur ein Problem in der Öffentlichkeit, das seinen analytischen Verstand herausforderte, und das war das sonderbare Verschwinden des Favoriten des Wessex-Cups und der tragische Mord an seinem Trainer. Als er darum plötzlich die Absicht verkündete, sich an den Schauplatz des Dramas zu begeben, war das nur, was ich erwartet und erhofft hatte.

»Ich wäre sehr glücklich, könnte ich Sie begleiten, wenn ich nicht im Wege bin.«

»Mein lieber Watson, Sie täten mir einen großen Gefallen, wenn Sie mitkämen. Ich denke, daß Sie dadurch Ihre Zeit nicht vertun. Denn es gibt in diesem Fall

Punkte, die absolute Einmaligkeit versprechen. Wir haben gerade noch Zeit, den Zug ab Paddington-Station zu erreichen, und ich werde auf der Reise alles Nähere erklären. Ich wäre Ihnen verbunden, wenn Sie Ihren hervorragenden Feldstecher mitnehmen würden.«

So fand ich mich denn ungefähr eine Stunde später in der Ecke eines Abteils erster Klasse wieder, unterwegs in Richtung Exeter; Sherlock Holmes, dessen hageres, begieriges Gesicht von einer Reisemütze mit Ohrenklappen eingerahmt war, vertiefte sich sofort in das Bündel neuester Zeitungen, das er auf dem Bahnhof gekauft hatte. Erst als Reading schon weit hinter uns lag, warf er das letzte Blatt unter den Sitz und hielt mir sein Zigarrenetui hin.

»Wir kommen gut voran«, sagte er, blickte aus dem Fenster und dann auf die Uhr. »Gegenwärtig beträgt unsere Geschwindigkeit dreiundfünfzig und eine halbe Meile in der Stunde.«

»Ich habe nicht auf die Viertelmeilensteine geachtet«, sagte ich.

»Ich auch nicht. Aber die Telegraphenmasten längs dieser Linie stehen in einem Abstand von sechzig Yards. Da ist die Rechnung einfach. Gehe ich recht in der Annahme, daß Sie schon einen Blick auf den Fall der Ermordung von John Straker und des Verschwindens von Silver Blaze geworfen haben?«

»Ich habe gelesen, was der ›Telegraph‹ und der ›Chronicle‹ berichten.«

»Das ist einer jener Fälle, in denen die Kunst des Detektivs eher danach trachten sollte, die Einzelheiten zu sichten, als nach neuen Beweisen zu suchen. Die Tragödie ist so ungewöhnlich, so total, und an den Geschehnissen haben derart viele Leute ein so großes persönliches Interesse, daß wir an einem Übermaß an Verdacht, Mutmaßung und Hypothese leiden. Die Schwierigkeit besteht darin, das Gerüst der Fakten —

unbezweifelbarer Fakten — von den Zutaten der Theoretiker und der Reporter zu befreien. Dann, wenn wir uns auf eine feste Grundlage gestellt haben, ist es unsere Pflicht, zu schauen, welche Schlüsse gezogen werden können und welches die besonderen Punkte sind, auf denen das Geheimnis beruht. Am Dienstagabend erhielt ich zwei Telegramme, eins von Colonel Ross, dem Eigentümer des Pferdes, und eins von Inspektor Gregory, der mit dem Fall befaßt ist, und in beiden werde ich zur Mitarbeit eingeladen.«

»Dienstagabend!« rief ich. »Und jetzt ist Donnerstagmorgen. Warum sind Sie nicht schon gestern hingefahren?«

»Weil ich einen Bock geschossen habe, mein lieber Watson, und das, fürchte ich, passiert öfter, als jemand annehmen könnte, der mich nur aus Ihren Memoiren kennt. Tatsache ist, ich konnte nicht glauben, daß es möglich wäre, das bemerkenswerteste Pferd Englands lange verborgen zu halten, besonders nicht in einem so dünnbesiedelten Gebiet wie dem Norden von Dartmoor. Von Stunde zu Stunde habe ich gestern zu hören erwartet, daß man es gefunden habe und daß der Entführer der Mörder von John Straker sei. Als dann der Morgen anbrach und es sich herausstellte, daß außer der Verhaftung des jungen Fitzroy Simpson nichts geschehen war, fühlte ich, es sei Zeit für mich, in Aktion zu treten. Dennoch kommt es mir irgendwie vor, als sei der gestrige Tag nicht verschwendet.«

»Sie haben also eine Theorie aufgebaut?«

»Wenigstens habe ich die wichtigsten Fakten des Falls im Griff. Ich werde sie Ihnen aufzählen, denn nichts macht einen Fall übersichtlicher, als wenn man ihn jemandem vorträgt, und außerdem kann ich Ihre Mitarbeit kaum erwarten, wenn ich Ihnen nicht die Stelle zeige, bei der wir anfangen.«

Ich lehnte mich in das Polster und paffte meine Zigarre, während Holmes, vorgebeugt, mit seinem langen Zeigefinger die einzelnen Punkte an der linken Hand abzählend, mir einen Umriß der Ereignisse vermittelte, die zu unserer Reise geführt hatten.

»Silver Blaze«, sagte er, »stammt aus der Isonomy-Linie und hat eine ähnlich glänzende Siegesliste wie sein berühmter Vorfahr. Er steht jetzt in seinem fünften Jahr und hat Colonel Ross, seinem glücklichen Besitzer, hintereinander alle Preise des Turfs gebracht. Bis zu der Katastrophe war er der erste Favorit für den Wessex-Cup — die Wetten standen drei zu eins. Er war immer der Liebling des Rennpublikums, und bis jetzt hat er es nie enttäuscht; selbst bei kleinen Wetten wurden enorme Summen auf ihn gesetzt. Es liegt deshalb auf der Hand, daß viele Leute das stärkste Interesse hatten, den Start von Silver Blaze am nächsten Dienstag zu verhindern.

Das war natürlich in King's Pyland, wo die Stallungen des Colonel liegen, bekannt. Alle Vorsichtsmaßnahmen, den Favoriten zu schützen, waren getroffen. Der Trainer, John Straker, war ein ehemaliger Jockey — er ritt für Colonel Ross' Farben, bevor er für die Waage zu schwer wurde. Er hat dem Colonel fünf Jahre als Jockey gedient und sieben Jahre als Trainer, und immer hat er sich als eifriger und ehrlicher Angestellter erwiesen. Unter Straker arbeiteten nur drei Burschen, denn es handelt sich um einen kleinen Rennstall, in dem nur vier Pferde betreut werden. Jeweils einer von diesen Burschen hält Nachtwache, während die anderen auf dem Speicher schlafen. Alle drei Jungen haben einen hervorragenden Ruf. Der verheiratete John Straker wohnte in einem kleinen Landhaus, etwa zweihundert Yards von den Ställen entfernt. Er hatte keine Kinder, hielt sich ein Dienstmädchen und war ganz gut dran. Die Gegend ist sehr einsam, aber ungefähr eine halbe Meile nördlich gibt es eine kleine Gruppe Landhäuser, die von einem Unternehmer aus Tavistock für Kranke und andere Leute, die die reine Luft von Dartmoor genießen wollen, erbaut worden sind. Das Städtchen Tavistock liegt zwei Meilen weiter westlich, und jenseits des Moors, in ebenfalls ungefähr zwei Meilen Entfernung, befindet sich der größere Rennstall von Capleton, der Lord Backwater gehört und von Silas Brown geleitet wird. Nach jeder anderen Richtung ist das Moor völlige Wildnis und wird nur von ein paar umherziehenden Zigeunern bewohnt. Das war die allgemeine Situation am Abend des letzten Montags, als sich die Katastrophe ereignete.

Die Pferde waren wie gewöhnlich trainiert und getränkt worden, und man schloß die Ställe um neun Uhr ab. Zwei von den Burschen gingen hinüber zum Haus des Trainers, wo sie in der Küche ihr Abendbrot aßen, während der dritte, Ned Hunter, als Wache zurückblieb. Das Dienstmädchen, Edith Baxter, brachte ihm einige Minuten nach neun sein Essen, eine Schüssel Hammelragout mit Curry, in den Stall. Zu trinken hatte sie nichts mit; es gab im Stall einen Wasserhahn, und es war angeordnet, daß der wachhabende Bursche nichts anderes trinken durfte. Das Mädchen trug eine Laterne bei sich, denn es war sehr dunkel, und der Pfad läuft durchs offene Moor.

Edith Baxter war noch dreißig Yards von den Stallungen entfernt, als aus der Dunkelheit ein Mann auftauchte und sie anrief stehenzubleiben. Als er in den Lichtkreis trat, den die Laterne warf, sah sie, daß es ein Mann von vornehmem Äußeren war, in einen grauen Tweedanzug gekleidet, auf dem Kopf hatte er eine Tuchmütze. Er trug Gamaschen und hatte einen schweren Stock mit einem Knauf bei sich. Sie war höchst beeindruckt von der außerordentlichen Blässe seines Gesichts und seinem nervösen Gebaren. Sein Alter, dachte sie, mußte eher über dreißig liegen als darunter.

›Können Sie mir sagen, wo ich hier bin?‹ fragte er. ›Ich hatte mich fast damit abgefunden, im Moor schlafen zu müssen, da sah ich das Licht Ihrer Laterne.‹

›Sie sind nahe bei den Ställen von King's Pyland.‹

›O wirklich! Welch ein glücklicher Zufall!‹ rief er. ›Ich hörte, daß dort jede Nacht ein Stallbursche allein schläft. Vielleicht ist das sein Abendbrot, das Sie ihm hintragen. Na, ich bin sicher, Sie wären nicht zu stolz, sich das Geld für ein neues Kleid zu verdienen, oder?‹ Er nahm ein zusammengefaltetes Stück Papier aus der Westentasche. ›Sehen Sie zu, daß der Bursche dies hier heute abend bekommt, und Sie sollen das schönste Kleid haben, das man für Geld kaufen kann.‹

Sein Eifer machte ihr angst, und sie rannte an ihm vorbei zu dem Fenster, durch das sie stets die Mahlzeiten hineinreicht. Es stand schon offen, und Hunter saß an einem kleinen Tisch. Sie hatte begonnen, ihm von der Begebenheit zu erzählen, als der Fremde wieder auftauchte.

›Guten Abend‹, sagte er und blickte durch das Fenster. ›Ich hätte gern kurz mit Ihnen gesprochen.‹ Das Mädchen hat geschworen, daß sie, als der Fremde das sagte, die Ecke eines kleinen Päckchens sah, das er in der geschlossenen Hand hielt.

›Was suchen Sie hier?‹ fragte der Bursche.

›Was ich suche, könnte Ihnen etwas in die Tasche zaubern‹, sagte der andere, ›ihr habt zwei Pferde für den Wessex-Cup gemeldet — Silver Blaze und Bayard. Gib mir einen sicheren Tip, und es soll dein Schade nicht sein. Stimmt es, daß Bayard den anderen auf fünf Achtel Meilen einen Vorsprung von hundert Yards geben könnte und daß der Stall sein Geld auf ihn gesetzt hat?‹

›Ach, Sie sind einer von diesen verdammten Wettspionen!‹ rief der Bursche. ›Ich werde Ihnen zeigen, wie wir die in King's Pyland behandeln.‹ Er sprang auf und lief durch den Stall, um den Hund loszulassen. Das Mädchen floh nach dem Hause, aber im Laufen blickte es zurück und beobachtete, daß der Fremde sich zum Fenster hineinlehnte. Aber eine Minute später, als Hunter mit dem Hund herausgestürzt kam, war der Fremde weg, und der Bursche fand nicht die geringste Spur von ihm, obwohl er die Gebäude rings absuchte.«

»Moment mal«, wandte ich ein. »Ließ der Stallbursche, als er mit dem Hund hinausrannte, die Tür unverschlossen?«

»Hervorragend, Watson, hervorragend!« murmelte mein Gefährte. »Diese Frage fand auch ich wichtig, und sie hat mir so zugesetzt, daß ich gestern ein dringendes Telegramm nach Dartmoor geschickt habe, um sie aufzuklären. Er hat die Tür abgeschlossen, bevor er sich auf die Suche machte. Das Fenster, muß ich noch hinzufügen, ist nicht groß genug, daß ein Mann hindurch könnte.

Hunter wartete, bis die anderen Stallburschen zurückkamen, dann benachrichtigte er den Trainer und erzählte ihm, was geschehen war. Straker regte der Bericht sehr auf, obwohl es nicht so aussieht, als hätte er seine wirkliche Bedeutung voll erfaßt. Jedenfalls hat er in ihm ein Gefühl vagen Unbehagens zurückgelassen, und als Mrs. Straker um ein Uhr morgens wach wurde, sah sie, daß er sich anzog. Als Antwort auf ihre Fragen sagte er, er könne aus Sorge um die Pferde nicht schlafen und wolle zu den Stallungen hinüber, um nachzusehen, ob alles in Ordnung sei. Sie bettelte, er solle zu Hause bleiben, man könne ja den Regen gegen die Fenster trommeln hören, aber trotz ihrer Bitten zog er seinen Wettermantel über und verließ das Haus.

Als Mrs. Straker am Morgen um sieben Uhr aufwachte, bemerkte sie, daß ihr Mann noch nicht zurück war. Hastig kleidete sie sich an, rief nach dem Mädchen und machte sich auf zu den Ställen. Die Tür stand offen;

innen, auf einem Stuhl zusammengekauert, saß Hunter in einem Zustand völliger Starre, die Box des Favoriten war leer, und von seinem Trainer fehlte jede Spur.

Die beiden Burschen, die in der Häckselkammer über dem Geschirraum schliefen, waren schnell geweckt. Sie hatten in der Nacht nichts gehört, denn sie haben einen festen Schlaf. Hunter stand offensichtlich unter dem Einfluß einer starken Droge; als man aus ihm keine Auskunft herausbekam, ließ man ihn den Rausch ausschlafen, während die anderen beiden Burschen und die zwei Frauen nach draußen liefen, um die Vermißten zu suchen. Sie hatten noch Hoffnung, daß Straker das Pferd aus irgendeinem Grund zu einem frühen Training geführt haben könnte, aber als sie den Hügel beim Haus erstiegen hatten, von wo aus man alle anliegenden Moore überblicken konnte, sahen sie nicht das geringste von dem Favoriten, hingegen bemerkten sie etwas, das sie ahnen ließ, ihnen stünde eine Tragödie bevor.

Etwa eine Viertel Meile von den Ställen entfernt flatterte John Strakers Mantel an einem Ginsterbusch. Gleich dahinter befindet sich eine kugelförmige Vertiefung im Moor, und auf ihrem Grund entdeckten sie den Leichnam des unglücklichen Trainers. Sein Kopf war von einem rohen Schlag mit einem schweren Gegenstand zerschmettert, und quer über dem Schenkel klaffte ein langer, glatter Schnitt, den offensichtlich ein sehr scharfes Instrument verursacht hatte. Es war jedoch klar ersichtlich, daß Straker sich heftig gegen seine Angreifer verteidigt hatte, denn in der rechten Hand hielt er ein kleines Messer, das bis zum Heft mit Blut beschmiert war, und die Linke hielt eine rot-schwarze Krawatte umkrampft, die das Mädchen als die wiedererkannte, die der Fremde trug, der am vorangegangenen Abend den Ställen einen Besuch abgestattet hatte.

Auch der aus seiner Starre erwachte Hunter war ganz sicher, was den Eigentümer der Krawatte betraf. Genauso sicher war er, daß dieser Fremde, als er am Fenster stand, sein Hammelragout vergiftet und so die Ställe wächterlos gemacht hatte.

Was das Pferd anging, so gab es in dem Schlamm am Grund der verhängnisvollen Vertiefung ausreichend Beweise dafür, daß es zur Zeit des Kampfes dort gewesen war. Aber von diesem Morgen an blieb es verschwunden, und obwohl eine große Belohnung ausgesetzt wurde und alle Zigeuner von Dartmoor auf dem Posten sind, hat man nichts Neues über Silver Blaze gehört. Schließlich hat eine Analyse der Reste des Abendbrots, die der Stallknecht übriggelassen hatte, eine erhebliche Menge pulverisierten Opiums nachgewiesen, während bei den Leuten, die am selben Abend von der gleichen Mahlzeit gegessen hatten, keine üblen Folgen festgestellt wurden.

Dies sind die Fakten des Falles, ohne alle Vermutungen und so sachlich wie möglich dargestellt. Ich werde jetzt rekapitulieren, was die Polizei in der Angelegenheit unternommen hat.

Inspektor Gregory, dem der Fall übertragen wurde, ist ein äußerst fähiger Beamter. Wäre er nur mit Vorstellungskraft begabt, könnte er es zu Großem in seinem Beruf bringen. Nach seinem Eintreffen fand und verhaftete er sofort den Mann, auf den der Verdacht natürlicherweise fallen mußte. Das bereitete wenig Schwierigkeiten, denn in der ganzen Gegend kannte man ihn gut. Sein Name, scheint es, ist Fitzroy Simpson, ein Mann von ausgezeichneter Herkunft und Erziehung, der ein Vermögen auf dem Turf verschwendet hat und zuletzt davon lebte, daß er in den Londoner Sportclubs still und standesgemäß ein bißchen Buchmacherei betrieb. Eine Prüfung seiner Wettliste ergab, daß er Wetten bis zu einer Höhe von fünftausend Pfund gegen den Favoriten getätigt hatte.

Als man ihn verhaftete, gab er freiwillig die Erklärung ab, er sei in der Hoffnung nach Dartmoor gefahren, einige Informationen über die Pferde von King's Pyland zu erhalten und auch über Desborough, den zweiten Favoriten, der im Training von Silas Brown in den Stallungen von Capleton steht. Er versuchte nicht zu leugnen, daß er sich am vorangegangenen Abend wie beschrieben verhalten habe, wiederholte aber, er hätte keine finsteren Absichten gehabt und nur Auskünfte aus erster Hand einholen wollen. Als man ihm die Krawatte vorhielt, wurde er sehr blaß, und er konnte nicht erklären, wie sie in die Hand des Ermordeten hatte gelangen können. Seine nasse Kleidung bewies, daß er in dem Unwetter der vergangenen Nacht draußen gewesen war, und sein Stock, ein bleigefülltes Penangrohr, war eine Waffe, mit der durch wiederholte Schläge die schrecklichen Verletzungen hervorgerufen worden sein konnten, denen der Trainer erlegen war.

Andererseits hatte er selber keine Wunde, während doch Strakers Messer darauf hindeutet, daß wenigstens einer der Angreifer von ihm gezeichnet worden sein muß. Da haben Sie alles in nuce, Watson, und wenn Sie mir ein Licht aufstecken könnten, wäre ich Ihnen äußerst verbunden.«

Ich hatte mit dem größten Interesse der Darstellung gelauscht, die Holmes mit der ihm eigenen Klarheit vor mir ausbreitete; doch obwohl mir jetzt die meisten Fakten vertraut waren, konnte ich sie noch nicht so recht nach ihrer Wichtigkeit einordnen und wußte auch nicht, wie sie zusammenhingen.

»Ist es nicht möglich«, schlug ich vor, »daß die Schnittwunde an Strakers Schenkel von seinem eigenen Messer bei dem krampfhaften Zucken, das jeder Hirnverletzung folgt, verursacht worden sein könnte?«

»Das ist mehr als möglich; das ist wahrscheinlich«, sagte Holmes. »Auf diese Weise fiele der Hauptbelastungspunkt für den Angeschuldigten weg.«

»Und doch«, sagte ich, »verstehe ich auch jetzt noch nicht, welche Theorie die Polizei haben könnte.«

»Ich fürchte, daß jede Theorie, die wir aufstellen, schwerwiegende Einwände gegen die Annahmen der Polizei erheben wird«, antwortete mein Gefährte. »Wie ich es verstanden habe, meint die Polizei, daß Fitzroy Simpson sich auf irgendeine Weise einen Nachschlüssel verschafft hat, den Burschen betäubte, die Stalltür öffnete und das Pferd herausholte, anscheinend, um es zu entführen. Das Zaumzeug fehlt, also muß Simpson es angezäumt haben. Dann — die Tür ließ er offenstehen — führte er das Pferd übers Moor davon, wobei ihm der Trainer begegnete oder ihn einholte. Natürlich kam es zu einem Handgemenge, Simpson schlug Straker mit seinem schweren Stock den Schädel ein, ohne durch das kleine Messer verletzt zu werden, das der Trainer zur Verteidigung benutzte. Und dann hat der Dieb das Pferd fortgebracht, oder das Pferd hat sich während des Kampfes losgerissen und irrt nun im Moor umher. So stellt sich der Fall für die Polizei dar, und unbeweisbar, wie diese Annahme ist, sind alle anderen Erklärungen noch weniger zu beweisen. Wie dem auch sei, ich werde die Angelegenheit, wenn ich erst an Ort und Stelle bin, sehr schnell überprüfen, und so lange weiß ich wirklich nicht, wie wir noch weiter über den jetzigen Stand hinauskommen könnten.«

Es war Abend, ehe wir die kleine Stadt Tavistock erreichten, die wie der Buckel eines Schildes inmitten des riesigen Moorgebiets liegt. Zwei Herren erwarteten uns am Bahnhof; der eine war groß, blond, mit Löwenmähne und Bart und seltsam durchdringenden, hellblauen Augen, der andere war eine kleine, lebhafte Person, sehr gefällig und nett anzusehn, ging in Gehrock und Gamaschen, hatte gepflegte schmale Koteletten und trug eine Brille. Letzterer war Colonel Ross, der bekannte Sportsmann, der andere war Inspektor

Gregory, ein Mann auf dem besten Weg, sich im englischen Polizeidienst einen Namen zu machen.

»Ich bin erfreut, daß Sie gekommen sind«, sagte der Colonel. »Der Inspektor hier hat alles getan, was man sich nur vorstellen kann; aber ich möchte, daß jeder Stein umgedreht wird, um den armen Straker zu rächen und mein Pferd wiederzufinden.«

»Hat sich inzwischen etwas Neues ergeben?« fragte Holmes.

»Es tut mir leid, sagen zu müssen, daß wir nur geringe Fortschritte gemacht haben«, sagte der Inspektor. »Draußen steht ein offener Wagen, und da Sie zweifellos die Örtlichkeiten besichtigen wollen, ehe die Dunkelheit einbricht, könnten wir auf der Fahrt alles besprechen.«

Eine Minute später saßen wir alle in einem bequemen Landauer und durchfuhren ratternd die wunderliche alte Devonshire-Stadt. Inspektor Gregory war voll von seinem Fall und sprudelte über vor Einzelheiten, während Holmes dann und wann eine Bemerkung dazwischenwarf. Colonel Ross saß zurückgelehnt, die Arme verschränkt, den Hut über die Augen geschoben, und ich lauschte interessiert dem Gespräch der beiden Detektive. Gregory formulierte seine Theorie, und die stimmte fast haargenau mit dem überein, was mir Holmes im Zug vorhergesagt hatte.

»Das Netz hat sich ziemlich eng um Fitzroy Simpson zusammengezogen«, bemerkte er, »und ich glaube, er ist unser Mann. Aber ich bin mir bewußt, daß der Beweis sich nur auf Indizien stützt und neue Entwicklungen ihn umstoßen könnten.«

»Was ist mit Strakers Messer?«

»Wir sind zu der Überzeugung gekommen, daß er sich selbst verletzt hat, als er fiel.«

»Mein Freund Dr. Watson hat auf der Reise mir gegenüber dasselbe vermutet. Wenn das zuträfe, spräche es gegen diesen Simpson.«

»Zweifellos. Bei ihm fand sich weder ein Messer noch das geringste Anzeichen irgendeiner Wunde. Die Indizien sprechen stark gegen ihn. Er hatte großes Interesse am Verschwinden des Favoriten; er steht unter dem Verdacht, den Stallburschen betäubt zu haben, zweifellos war er in dem Unwetter da draußen; er war mit einem schweren Stock bewaffnet, und seine Krawatte entdeckten wir in der Hand des Toten. Ich glaube, wir haben wirklich genug beisammen, um vor Gericht zu gehen.«

Holmes schüttelte den Kopf. »Ein schlauer Anwalt könnte das alles in Fetzen reißen«, sagte er. »Warum soll er das Pferd aus dem Stall geholt haben? Wenn er ihm etwas antun wollte, weshalb nicht an Ort und Stelle? Ist in seinem Besitz ein Nachschlüssel gefunden worden? Welcher Apotheker hat ihm das Opium verkauft? Und vor allem: Wo sollte er, ein Fremder in dieser Gegend, ein Pferd verstecken können, noch dazu so eines? Was hat er selber über das Papier gesagt, das die Magd dem Stallknecht übergeben sollte?«

»Er sagt, es sei eine Zehnpfundnote gewesen. In seinem Portemonnaie wurde eine gefunden. Aber Ihre Gegenargumente sind nicht so fürchterlich stark, wie es scheint. Er ist kein Fremder in diesem Gebiet. Er hat zweimal im Sommer in Tavistock logiert. Das Opium wurde vielleicht aus London mitgebracht. Der Schlüssel kann weggeworfen worden sein, nachdem er seinen Zweck erfüllt hatte. Das Pferd liegt möglicherweise auf dem Grund einer der Gruben oder aufgelassenen Minen im Moor.«

»Und was sagt er wegen der Krawatte?«

»Er hat sie als die seine bezeichnet und behauptet, er hätte sie verloren. Aber es hat sich ein neues Element ergeben, das nachweisen könnte, daß er das Pferd aus dem Stall geführt hat.«

Holmes spitzte die Ohren.

»Wir haben Spuren gefunden, die beweisen, daß Montagnacht eine Gruppe von Zigeunern nicht ganz eine Meile entfernt von dem Ort, wo der Mord geschah, kampiert hat. Am Dienstag waren sie verschwunden. Wenn man voraussetzt, daß es zwischen Simpson und diesen Zigeunern ein Einvernehmen gab, könnte er dann nicht gerade im Begriff gewesen sein, das Pferd ihnen zuzuführen, als er vom Trainer eingeholt wurde, und könnte es nicht jetzt noch bei ihnen sein?«

»Das ist sicherlich möglich.«

»Das Moor ist nach den Zigeunern abgesucht worden. Ich habe auch jeden Stall und jedes Nebengebäude in Tavistock und im Umkreis von zehn Meilen überprüft.«

»Bin ich recht unterrichtet, daß es ganz in der Nähe noch einen Rennstall gibt?«

»Ja, und das ist ein Faktor, den wir nicht außer acht lassen dürfen. Da Desborough, ein Pferd aus diesem Stall, der Zweite in der Vorwette war, kann man auf ein Interesse am Verschwinden des Favoriten bei diesen Leuten schließen. Von Silas Brown, dem Trainer, ist bekannt, daß er für dieses Rennen eine große Wette abgeschlossen hat, und er war kein Freund des armen Straker. Wir haben die Ställe untersucht, aber nichts entdeckt, was ihn mit den Vorfällen in Verbindung bringen könnte.«

»Und nichts, was diesen Simpson mit den Interessen der Capleton-Ställe in Verbindung bringen könnte?«

»Ganz und gar nichts.«

Holmes lehnte sich zurück, und die Unterhaltung versiegte. Wenige Minuten später hielt unser Kutscher vor einer sauberen kleinen Backsteinvilla mit tief heruntergezogenem Dach, das an der Landstraße stand. In einiger Entfernung, jenseits einer Koppel, lag ein langgestrecktes, mit grauen Ziegeln gedecktes Nebengebäude. In allen anderen Richtungen zog sich das Moor in flachen Wellen hin zum Horizont, bronzefarben vom welkenden Farn. Die Eintönigkeit wurde nur durch die Türme von Tavistock und im Westen durch eine Ansammlung von Häusern, den Ställen von Capleton, unterbrochen. Wir sprangen aus dem Wagen, nur Holmes nicht, er blieb sitzen, die Blicke geradeaus gegen den Himmel gerichtet und ganz in Gedanken versunken. Erst als ich seinen Arm berührte, zuckte er heftig zusammen und stieg vom Wagen.

»Entschuldigen Sie«, sagte er zu Colonel Ross, der ihn mit einigem Erstaunen betrachtete. »Ich habe vor mich hin geträumt.« In seinen Augen war ein Leuchten, und in seiner Haltung lag eine unterdrückte Erregung, was mich, der ich mit seiner Art vertraut war, erkennen ließ, daß er eine Spur aufgenommen hatte, obgleich ich mir nicht vorstellen konnte, wo er sie gefunden haben sollte.

»Vielleicht ziehen Sie es vor, gleich zum Schauplatz des Verbrechens zu gehen, Mr. Holmes?« fragte Gregory.

»Ich glaube, ich ziehe es vor, ein bißchen zu bleiben und mich mit ein oder zwei Details zu beschäftigen. Ich nehme an, man hat Straker hier hergebracht?«

»Ja, er liegt oben. Die amtliche Voruntersuchung findet morgen statt.«

»Er stand einige Jahre in Ihren Diensten, Colonel Ross?«

»Ich habe ihn immer für einen ausgezeichneten Untergebenen gehalten.«

»Ich nehme an, Sie haben eine Aufstellung gemacht von dem, was zur Zeit des Todes in seinen Taschen war, Inspektor?«

»Die Gegenstände liegen im Wohnzimmer, wenn Sie einen Blick darauf werfen wollen.«

»Das würde ich sehr gern tun.«

Wir gingen ins Wohnzimmer und setzten uns um den

in der Mitte stehenden Tisch; der Inspektor schloß ein viereckiges Blechkästchen auf und breitete allerlei Dinge vor uns aus. Da waren eine Schachtel Wachsstreichhölzer, eine zwei Inches lange Talgkerze, eine Bruyèrepfeife der Marke A.D.P., ein Beutel aus Robbenfell mit einer halben Unze langfaserigem Cavendish, eine silberne Uhr mit goldener Kette, fünf goldene Sovereigns, eine Federbüchse aus Aluminium, einige Papiere und ein Messer mit Elfenbeingriff und einer sehr feinen starren Klinge, auf der der Stempel ›Weiss & Co., London‹ eingeprägt war.

»Das ist ein außergewöhnliches Messer«, sagte Holmes, hob es auf und untersuchte es sorgfältig.

»Da ich hier Blutspuren sehe, nehme ich an, es ist das Messer, das in der Hand des Toten gefunden wurde. Watson, dieses Messer fällt sicherlich in Ihre Kompetenz.«

»Wir nennen so etwas ein Kataraktmesser«, sagte ich.

»Ich dachte es mir. Eine sehr feine Klinge, die für sehr feine Arbeit bestimmt ist. Seltsam, daß ein Mann es zu solch einem Ausflug mitgenommen haben soll, besonders da es sich nicht schließen läßt und offen in der Tasche steckt.«

»Die Spitze war durch einen Korken gesichert, den fanden wir neben der Leiche«, sagte der Inspektor. »Seine Frau hat uns erzählt, das Messer habe einige Tage auf dem Toilettentisch gelegen, und er habe es mitgenommen, als er das Zimmer verließ. Als Waffe ist es nicht recht zu gebrauchen; aber vielleicht war es das beste, das er in dem Augenblick greifen konnte.«

»Sehr wahrscheinlich. Und was ist mit den Papieren?«

»Drei davon sind quittierte Rechnungen vom Heuhändler. Dann ist da noch ein Brief mit Instruktionen von Colonel Ross, weiter die Rechnung eines

Modesalons über siebenunddreißig Pfund, ausgestellt von Mm. Lesurier, Bond Street, auf den Namen William Darbyshire. Frau Straker sagte uns, daß Darbyshire ein Freund ihres Mannes sei, für den manchmal Briefe an die Adresse ihres Mannes geschickt wurden.«

»Madame Darbyshire scheint einen kostspieligen Geschmack zu haben«, sagte Holmes, der die Rechnung betrachtete. »Zweiundzwanzig Guineas für ein einziges Kostüm ist ziemlich happig. Aber wie auch immer, daraus ist wohl nichts zu entnehmen; wir könnten uns nun zum Schauplatz des Verbrechens begeben.«

Als wir das Wohnzimmer verließen, trat eine Frau, die im Flur gewartet hatte, auf uns zu und faßte den Inspektor am Ärmel. Ihr Gesicht war schmal, verstört und voller Bitterkeit; es trug den Stempel kürzlich erlebter Schrecken.

»Haben Sie sie? Haben Sie sie gefunden?« keuchte sie.

»Nein, Mrs. Straker. Aber Mr. Holmes ist aus London gekommen, um uns zu helfen, und wir werden alles, was in unseren Kräften steht, tun.«

»Ich habe Sie doch vor einiger Zeit in Plymouth getroffen, Mrs. Straker, auf einer Gartenparty«, sagte Holmes.

»Nein, Sir, Sie irren sich.«

»Du lieber Gott, ich hätte darauf geschworen. Sie trugen ein Kostüm aus taubengrauer Seide mit Straußenfederbesatz.«

»Ich habe niemals ein solches Kleid besessen«, antwortete die Frau.

»Ach, dann werde ich mich wohl geirrt haben«, sagte Holmes, entschuldigte sich und folgte dem Inspektor nach draußen. Ein kurzer Gang über das Moor führte uns zu der Senke, in der die Leiche gefunden worden war. Am Rand stand der Ginsterbusch, an dem der Mantel gehangen hatte.

»Wenn ich recht informiert bin, ging in der Nacht kein Wind«, sagte Holmes.

»Ganz recht, aber es hat stark geregnet.«

»In dem Fall ist der Mantel also nicht gegen den Busch geweht, sondern dort hingehängt worden.«

»Ja, man hatte ihn über den Busch geworfen.«

»Sie machen mich neugierig. Ich nehme an, daß der Boden ziemlich zertrampelt war. Zweifellos sind seit Montagnacht viele Leute hier herumgelaufen.«

»Wir haben hier an der Seite eine Matte hingelegt und bei den Untersuchungen darauf gestanden.«

»Hervorragend.«

»In diesem Beutel ist einer der Stiefel, die Straker anhatte, ein Schuh von Simpson und ein Hufeisen, das Silver Blaze verloren hat.«

»Mein lieber Inspektor, Sie übertreffen sich!«

Holmes nahm den Beutel, stieg hinunter in die Senke und schob die Matte mehr in die Mitte. Dann legte er sich der Länge nach hin, stützte das Kinn in die Hände und untersuchte sorgfältig den zertrampelten Schmutz.

»Holla!« sagte er plötzlich, »was ist das?«

Es war ein Wachsstreichhölzchen, halb abgebrannt und so mit Schlamm bedeckt, daß es zuerst wie ein kleiner Holzsplitter aussah.

»Es ist mir unerklärlich, wie ich das übersehen konnte«, sagte der Inspektor verdrießlich.

»Es war nicht zu sehen, im Schlamm begraben. Ich habe es nur entdeckt, weil ich danach suchte.«

»Wie, Sie erwarteten, es zu finden?«

»Ich dachte, es wäre nicht unmöglich.« Er nahm die Schuhe aus dem Beutel und verglich die Sohlenprofile mit den Abdrücken im Boden. Dann kam er wieder zu uns herauf und kroch zwischen den Farnen und Büschen umher.

»Ich fürchte, da finden Sie keine Spuren mehr«, sagte

der Inspektor. »Ich habe den Boden sehr gründlich im Umkreis von hundert Yards untersucht.«

»Tatsächlich!« sagte Holmes und erhob sich. »Nachdem Sie das sagen, sollte ich nicht so anmaßend sein, es noch einmal zu tun. Aber ich möchte gern einen kleinen Spaziergang über das Moor machen, ehe es dunkel wird, damit ich morgen das Terrain kenne, und ich denke, ich sollte das Hufeisen als Glücksbringer in meine Tasche stecken.«

Colonel Ross, der etwas Ungeduld über die ruhige, systematische Arbeitsweise meines Freundes gezeigt hatte, schaute auf die Uhr.

»Es wäre mir lieb, Inspektor, wenn Sie mit mir zurückgingen«, sagte er. »Da sind einige Fragen, zu denen ich gern Ihren Rat hören möchte, besonders, ob wir es dem Publikum nicht schuldig sind, unser Pferd aus der Eintragung für den Cup zurückzuziehen.«

»Auf keinen Fall!« rief Holmes bestimmt. »Ich würde den Namen stehenlassen.«

Der Colonel verbeugte sich. »Es freut mich, Ihre Meinung zu hören«, sagte er. »Sie finden uns im Haus des armen Straker, wenn Sie Ihren Gang beendet haben, und wir können dann zusammen nach Tavistock fahren.«

Er und der Inspektor kehrten zurück, und Holmes und ich spazierten gemächlich über das Moor. Die Sonne schickte sich an, hinter den Ställen von Capleton unterzugehen, und die weite abschüssige Ebene vor uns war wie mit Gold übergossen, das dort in ein rostiges Braun überging, wo das Abendlicht auf welken Farn und Brombeerbüsche traf. Aber die Herrlichkeiten der Landschaft waren an meinen Gefährten verschwendet; der war in tiefstes Nachdenken versunken.

»So geht es, Watson«, sagte er schließlich. »Für den Augenblick können wir die Frage, wer John Straker getötet hat, beiseite lassen und uns darauf beschränken, herauszubekommen, was aus dem Pferd wurde. Angenommen, daß es während der Tragödie oder hinterher weggelaufen ist, wohin konnte es sich wenden? Das Pferd ist eine gesellige Kreatur. Allein gelassen, würde ihn sein Instinkt auf den Weg nach King's Pyland oder nach Capleton geführt haben. Warum sollte es ziellos im Moor umherlaufen? Man hätte es sicherlich inzwischen auch gesehen. Und warum sollten Zigeuner es entführt haben? Diese Leute suchen stets das Weite, wenn sie hören, daß es Ungelegenheiten gibt, denn sie wollen nicht von der Polizei belästigt werden. Sie könnten ein solches Pferd auch gar nicht verkaufen. Sie würden bei einem solchen Diebstahl viel riskieren und nichts gewinnen. Das ist ganz klar.«

»Wo ist das Pferd denn dann?«

»Ich habe schon gesagt, es muß nach King's Pyland oder nach Capleton gelaufen sein. In King's Pyland ist es nicht, also befindet es sich in Capleton. Nehmen wir das als Arbeitshypothese und schauen wir zu, wohin die uns bringt. Dieser Teil des Moors ist sehr hart und trocken, wie der Inspektor schon bemerkte. Aber es ist nach Capleton zu abschüssig, und Sie können von hier aus sehen, daß sich dort drüben eine lange Senke hinzieht, die Montagabend sehr naß gewesen sein muß. Wenn unsere Annahme zutrifft, muß das Pferd sie durchquert haben, und damit sind wir an dem Punkt angelangt, wo wir nach Spuren suchen sollten.«

Während dieser Unterhaltung waren wir zügig vorangekommen, und einige Minuten später hatten wir die Senke erreicht. Auf Holmes' Anweisung ging ich den Abhang rechts hinunter, und er ging links, aber ich hatte noch keine fünfzig Schritte zurückgelegt, als ich ihn rufen hörte und sah, wie er winkte. Die Spur eines Pferdes zeichnete sich klar und deutlich in der weichen Erde vor ihm ab. Er nahm das Hufeisen aus der Tasche, und es paßte genau in den Abdruck.

»Da sehen Sie, welchen Wert die Phantasie hat«, sagte Holmes. »Das ist eine Fähigkeit, die Gregory abgeht. Wir haben uns vorgestellt, was geschehen sein könnte, haben nach der Annahme gehandelt und finden uns nun bestätigt. Lassen Sie uns weitergehen.«

Wir stapften durch den Morast und legten dann eine Viertelmeile Wegs über trockenen, harten Torf zurück. Wieder fiel der Boden ab, und wieder stießen wir auf die Spur. Dann verloren wir sie eine halbe Meile lang, fanden sie aber noch einmal ziemlich nahe bei Capleton. Es war Holmes, der sie als erster sah, und er stand da und wies triumphierend auf sie. Die Spur eines Mannes war neben der des Pferdes zu erkennen.

»Das Pferd war vorher allein«, rief ich.

»Ganz recht. Es war vorher allein. Holla, was ist das?«

Die Doppelspur bog scharf ab in Richtung King's Pyland. Holmes pfiff, und wir beide folgten ihr. Seine Augen folgten der Fährte, aber ich, als ich zufällig ein wenig zur Seite schaute, sah zu meiner Überraschung dieselben Spuren auch in der entgegengesetzten Richtung.

»Eins zu Null für Sie, Watson«, sagte Holmes, als ich ihn darauf hinwies. »Sie haben uns einen langen Weg erspart, der uns von hier zum Ausgangspunkt zurückgebracht hätte. Folgen wir jener Spur.«

Wir brauchten nicht weit zu gehen, sie endete an dem asphaltierten Weg, der vor das Tor der Stallungen von Capleton führte. Als wir uns näherten, kam ein Stallbursche herausgelaufen.

»Wir wollen keine Herumlungerer hier«, sagte er.

»Ich möchte nur eine Frage stellen«, sagte Holmes, Finger und Daumen in der Westentasche. »Wäre es zu früh, wenn ich Ihren Chef, Mr. Silas Brown, morgen um fünf Uhr sprechen wollte?«

»Aber nein, Sir. Wenn zu der Zeit überhaupt einer hier

ist, dann er; er ist immer der erste auf den Beinen. Aber da kommt er selber, Sir, um Ihnen Ihre Frage zu beantworten. Nein, Sir, wenn er sieht, daß ich von Ihnen Geld nehme, riskiere ich meine Stellung. Nachher, wenn's gefällig ist.«

Sherlock Holmes steckte die Half-Crown, die er aus der Tasche gezogen hatte, wieder ein, als ein grimmig aussehender älterer Mann, die Reitpeitsche schwingend, durchs Tor kam.

»Was soll das, Dawson?« schrie er. »Keine Quatschereien! Geh an deine Arbeit! Und Sie — was, zum Teufel, wollen Sie?«

»Zehn Minuten mit Ihnen reden, mein bester Herr«, sagte Holmes in liebenswürdigstem Ton.

»Ich habe keine Zeit, mit jedem Hergelaufenen zu reden. Wir wollen hier keine Fremden. Hauen Sie ab, oder ich hetze den Hund auf Sie.«

Holmes beugte sich vor und flüsterte dem Trainer etwas ins Ohr. Der fuhr wütend auf und wurde rot bis in die Schläfen.

»Das ist eine Lüge!« schrie er, »eine teuflische Lüge!«

»Sehr gut! Sollen wir das hier in der Öffentlichkeit erörtern oder in Ihrer guten Stube?«

»Kommen Sie rein, wenn Sie wollen.«

Holmes lächelte. »Ich werde Sie nicht länger als ein paar Minuten allein lassen, Watson«, sagte er. »Jetzt, Mr. Brown, stehe ich ganz zu Ihrer Verfügung.«

Es dauerte fast zwanzig Minuten, und alle Rottöne waren zu Grau verblaßt, ehe Holmes und der Trainer wieder erschienen. Ich habe nie einen solchen Wandel beobachtet, wie ihn Silas Brown in dieser kurzen Zeit durchgemacht hatte. Sein Gesicht war aschfahl, Schweißperlen standen ihm auf der Stirn, und die Hände zitterten, so daß die Reitpeitsche wie ein Zweig im Winde wedelte. Sein polterndes, anmaßendes Gehabe war ganz dahin, und er kroch förmlich an der Seite meines Gefährten wie ein Hund neben seinem Herrn.

»Ihre Befehle werden befolgt, sie werden befolgt«, sagte er.

»Es darf keinen Fehler geben«, sagte Holmes und sah ihn an.

Der andere winselte, als er in Holmes' Augen die Drohung las. »O nein, es wird keinen Fehler geben. Es wird dort sein. Soll ich vorher etwas an ihm machen, oder nicht?«

Holmes überlegte ein bißchen und brach dann in Lachen aus.

»Nein, nicht«, sagte er. »Ich werde Ihnen deswegen schreiben. Jetzt keine Tricks mehr, oder...«

»Oh, Sie können sich auf mich verlassen, Sie können sich auf mich verlassen.«

»Sie müssen sich bis zu dem Tag drum kümmern, als ob es Ihr eigenes wäre.«

»Sie können sich auf mich verlassen.«

»Ja, ich glaube, das kann ich. Also, Sie werden morgen von mir hören.« Er übersah die zitternde Hand, die ihm der andere entgegenhielt, wandte sich auf dem Absatz um, und wir machten uns auf den Weg nach King's Pyland.

»Eine perfektere Mischung aus Angeber, Feigling und Kriecher als Master Silas Brown ist mir selten begegnet«, bemerkte Holmes, als wir dahingingen.

»Er hat also das Pferd?«

»Er hat versucht mich niederzubrüllen, aber ich habe ihm so exakt beschrieben, was er an dem Morgen tat, daß er überzeugt war, ich hätte ihn beobachtet. Natürlich ist Ihnen bei den Abdrücken aufgefallen, daß die Schuhkappen eckig waren, und seine Stiefel entsprachen dem genau. Kein Untergebener wiederum hätte dergleichen zu tun gewagt. Ich habe ihm ausgemalt, wie er, da er gewohnheitsgemäß als erster im Stall war, ein fremdes Pferd über das Moor irren sah; wie er hinging und zu seinem Erstaunen an der Blesse, nach der man dem Favoriten den Namen gegeben hat, erkannte, daß der Zufall ihm das Pferd in die Hände gespielt hatte, das als einziges dasjenige schlagen konnte, auf das er sein Geld gesetzt hatte. Dann stellte ich ihm vor, wie seine erste Anwandlung die gewesen sei, es nach King's Pyland zurückzubringen, wie ihm aber der Teufel gezeigt hatte, wie er es verstecken konnte, bis das Rennen vorüber war, und auf welche Weise er es dann in Capleton verbarg. Ich habe ihm jede Einzelheit beschrieben, und da gab er auf und dachte nur noch daran, seine Haut zu retten.«

»Aber die Ställe hier sind doch durchsucht worden.«

»Oh, so ein alter Roßtäuscher kennt viele Kniffe.«

»Aber haben Sie denn keine Angst, das Pferd in seiner Gewalt zu lassen, da er doch alles Interesse daran hat, ihm etwas anzutun?«

»Mein lieber Junge, er wird es wie seinen Augapfel hüten. Er weiß, daß seine einzige Hoffnung auf Gnade darin besteht, es heil wieder vorzuzeigen.«

»Colonel Ross macht auf mich nicht den Eindruck eines Mannes, der viel Großmut an den Tag legt.«

»Das ist nicht Colonel Ross' Angelegenheit. Ich lasse mich von meinen eigenen Methoden leiten und erzähle so viel oder so wenig, wie ich will. Das ist der Vorteil, wenn man privat arbeitet. Ich weiß nicht, ob Sie es beobachtet haben, Watson, aber das Benehmen des Colonel war ein wenig hochfahrend. Ich bin entschlossen, mich auf seine Kosten etwas zu amüsieren. Sagen Sie ihm nichts über das Pferd.«

»Nicht ohne Ihre Erlaubnis.«

»Das alles ist natürlich eine Bagatelle, verglichen mit der Frage, wer John Straker getötet hat.«

»Und der wollen Sie sich jetzt widmen?«

»Im Gegenteil, wir beide fahren mit dem Nachtzug nach London zurück.«

Durch die Worte meines Freundes war ich wie vom Donner gerührt. Wir befanden uns erst einige Stunden in Devonshire, und daß er eine Untersuchung, die so glänzend begonnen hatte, aufgeben wollte, schien mir ganz unbegreiflich. Nicht ein einziges Wort konnte ich ihm noch entlocken, bis wir wieder im Haus des Trainers waren. Der Colonel und der Inspektor erwarteten uns im Wohnzimmer.

»Mein Freund und ich fahren mit dem Expreß gegen Mitternacht in die Stadt zurück«, sagte Holmes. »Wir sind entzückt, daß wir von Ihrer herrlichen Dartmoorluft schnuppern konnten.«

Der Inspektor riß die Augen auf, und die Lippen des Colonel verzogen sich zu einem höhnischen Lächeln.

»Sie haben es also aufgegeben, den Mörder von John Straker zu verhaften«, sagte der Colonel.

Holmes zuckte die Achseln. »Dem stehen sicherlich ernste Schwierigkeiten entgegen«, sagte er. »Ich bin jedoch voller Hoffnung, daß Ihr Pferd am Dienstag starten wird, und ich bitte Sie, Ihren Jockey bereitzuhalten. Könnte ich wohl eine Fotografie von John Straker haben?«

Der Inspektor nahm eine aus einem Kuvert und gab sie ihm.

»Mein lieber Gregory, Sie kommen allen meinen Wünschen zuvor. Ich möchte Sie bitten, hier ein Weilchen zu warten, ich habe eine Frage, die ich dem Dienstmädchen stellen möchte.«

»Ich muß schon sagen, daß ich von Ihrem Londoner Berater ziemlich enttäuscht bin«, sagte Colonel Ross grob, als mein Freund den Raum verlassen hatte. »Ich sehe nicht, daß wir ein bißchen weitergekommen sind, seit er hier ist.«

»Wenigstens haben Sie die Versicherung, daß Ihr Pferd laufen wird«, sagte ich.

»Ja, ich habe seine Versicherung«, sagte der Colonel

und zuckte die Schultern. »Mir wäre lieber, ich hätte das Pferd.«

Ich wollte schon eine Antwort geben, um meinen Freund zu verteidigen, als dieser wieder den Raum betrat.

»Jetzt, meine Herren«, sagte er, »bin ich bereit, nach Tavistock zu fahren.«

Wir bestiegen die Kutsche, einer der Stallburschen hielt die Tür für uns auf. Holmes hatte offenbar plötzlich einen Einfall, denn er beugte sich noch einmal aus dem Wagen und nahm den Burschen beim Ärmel.

»Ihr habt ein paar Schafe auf der Koppel«, sagte er. »Wer kümmert sich um sie?«

»Ich, Sir.«

»Ist Ihnen in der letzten Zeit an ihnen etwas aufgefallen?«

»Nun, nichts von Belang. Aber drei lahmen, Sir.«

Ich sah, daß Holmes höchst zufrieden war, denn er kicherte und rieb sich die Hände.

»Ein guter Schuß, Watson, ein sehr guter Schuß«, sagte er und kniff mich in den Arm. »Gregory, lassen Sie mich Ihrer Aufmerksamkeit diese einmalige Epidemie unter den Schafen empfehlen. Fahren Sie, Kutscher!«

Auf dem Gesicht von Colonel Ross zeichnete sich noch immer die schlechte Meinung, die er sich von den Fähigkeiten meines Gefährten gebildet hatte; aber dem Inspektor sah ich an, daß seine Aufmerksamkeit geweckt worden war.

»Das halten Sie für wichtig?« fragte er.

»Für sehr wichtig.«

»Gibt es noch einen anderen Punkt, auf den Sie meine Aufmerksamkeit lenken möchten?«

»Auf den seltsamen Zwischenfall mit dem Hund in der Nacht.«

»Der Hund hat nichts in der Nacht getan.«

»Das ist der seltsame Zwischenfall«, bemerkte Sherlock Holmes.

Vier Tage später saßen Holmes und ich wieder im Zug nach Winchester, wir wollten zum Rennen um den Wessex-Cup. Colonel Ross empfing uns, wie verabredet, am Bahnhof, und wir fuhren in seinem Drag zur Rennbahn am anderen Ende der Stadt. Sein Gesicht war ernst und sein Benehmen äußerst kühl.

»Ich habe nichts von meinem Pferd gesehen«, sagte er.

»Vermute ich richtig, daß Sie es erkennen würden, wenn Sie es sähen?« fragte Holmes.

Der Colonel war sehr ärgerlich. »Ich bin schon seit zwanzig Jahren auf dem Turf, und man hat mir bisher nie solch eine Frage gestellt«, sagte er. »Jedes Kind würde Silver Blaze erkennen, mit seiner Blesse und der gesprenkelten Vorderhand.«

»Wie wird er gewettet?«

»Nun, das ist seltsam. Gestern hätten Sie ihn noch fünfzehn zu eins setzen können, aber die Quoten sind immer tiefer gesunken, so daß sie heute kaum noch drei zu eins stehen.«

»Hm«, machte Holmes, »jemand weiß etwas, das ist klar!«

Als der Drag an der Bahn nahe der Tribüne hielt, warf ich einen Blick auf die Tafel, um die Bekanntmachungen zu lesen. Sie lauteten:

›Wessex-Platz-Rennen. 50 Sovereigns Startgeld. Drei- und Vierjährige. Sieger: 1000 Pfund. Zweiter: 300 Pfund. Dritter: 200 Pfund. Neuer Kurs (1 3/8 Meilen).

1. De Negro, Besitzer: Mr. Heath Newton (rote Kappe, Zimtfarben)

2. Pugilist, Besitzer: Colonel Wardlaw (rosa Kappe, Blau—Schwarz)

3. Desborough, Besitzer: Lord Backwater (gelbe Kappe, Gelb)

4. Silver Blaze, Besitzer: Colonel Ross (schwarze Kappe, Rot)

5. Iris, Besitzer: Duke of Balmoral (Gelb-Schwarz-gestreift)

6. Rasper, Besitzer: Lord Singleford (rote Kappe, Schwarz)‹

»Wir haben unser zweites Pferd gestrichen und setzen alle Hoffnungen auf Ihr Wort. Aber was ist das? Silver Blaze ist Favorit?«

»Fünf zu vier gegen Silver Blaze!« erscholl es am Ring. »Fünf zu vier gegen Silver Blaze!« — »Fünfzehn zu fünf gegen Desborough!« — »Fünf zu vier auf das Feld!«

»Die Nummern sind gezogen!« rief ich. »Sie sind alle sechs da!«

»Alle sechs da! Dann läuft mein Pferd!« rief der Colonel in großer Aufregung. »Aber ich sehe es nicht. Meine Farben sind noch nicht vorbeigekommen.«

»Erst fünf sind vorbeigekommen. Das muß es sein!«

Indem ich das sagte, galoppierte ein kräftiges braunes Pferd an uns vorüber; es trug auf dem Rücken den Reiter mit dem Schwarz und Rot des Colonel.

»Das ist nicht mein Pferd!« rief der Colonel. »Das Tier hat kein einziges weißes Haar am Leib. Was haben Sie angestellt, Mr. Holmes?«

»Nun, nun, wir wollen sehen, wie es sich macht«, sagte mein Freund, ohne sich aus der Ruhe bringen zu lassen. Einige Minuten starrte er durch meinen Feldstecher. »Famos! Ein exzellenter Start«, rief er plötzlich. »Da sind sie, in der Kurve!«

Von unserem Drag aus hatten wir eine hervorragende Sicht, als sie die Gerade heraufkamen. Die sechs Pferde waren so nahe beieinander, daß sie unter einen Teppich gepaßt hätten, aber auf halbem Weg zeigte sich das Gelb des Stalls von Capleton in Front. Doch ehe sie bei uns ankamen, war Desboroughs Pulver verschossen, und das Pferd des Colonels preschte vor und passierte die Ziellinie gut sechs Längen vor seinem Rivalen; Iris, das Pferd des Duke of Balmoral, belegte den undankbaren dritten Platz.

»Das war mein Rennen«, stöhnte der Colonel und fuhr sich mit der Hand über die Augen. »Dennoch hat das Ganze für mich weder Hand noch Fuß. Finden Sie nicht, Mr. Holmes, daß Sie Ihr Geheimnis lange genug gehütet haben?«

»Gewiß, Colonel, Sie sollen alles wissen. Lassen Sie uns hingehen und einen Blick auf das Pferd werfen. Hier haben wir es«, fuhr er fort, nachdem wir uns den Weg in den Wiegering gebahnt hatten, zu dem nur die Eigner und deren Freunde Zutritt hatten. »Sie brauchen nur sein Gesicht und das Bein mit Weingeist abzuwaschen, und es wird sich herausstellen, daß es wirklich der gute alte Silver Blaze ist.«

»Es verschlägt mir den Atem!«

»Ich habe ihn in den Händen eines Betrügers entdeckt und nahm mir die Freiheit, ihn so laufen zu lassen, wie er da aussah.«

»Mein lieber Herr, Sie haben ein Wunder vollbracht. Das Pferd ist fit und sieht gut aus. Nie lief es besser. Ich bitte Sie tausendmal um Verzeihung, daß ich Ihre Fähigkeiten anzweifelte. Sie haben mir einen großen Dienst erwiesen, indem Sie mein Pferd wiederfanden. Sie würden mir einen noch größeren Dienst erweisen, wenn Sie die Hand auf den Mörder von John Straker legen könnten.«

»Das habe ich getan«, sagte Holmes gelassen.

Der Colonel und ich starrten ihn erstaunt an.

»Sie haben ihn! Wo ist er denn?«

»Hier ist er!«

»Hier? Wo?«

»In diesem Augenblick in meiner Gesellschaft.«

Der Colonel wurde rot vor Ärger. »Ich weiß, daß ich Ihnen verpflichtet bin«, sagte er, »aber ich muß das, was Sie eben sagten, entweder als einen sehr schlechten Scherz oder als eine Beleidigung betrachten.«

Sherlock Holmes lachte. »Ich versichere Ihnen, daß ich Sie mit dem Verbrechen nie in Verbindung gebracht habe. Der wirkliche Mörder steht direkt hinter Ihnen!«

Er ging und legte die Hand auf den schweißglänzenden Hals des Vollblüters.

»Das Pferd!« schrien der Colonel und ich.

»Ja, das Pferd, aber vielleicht wiegt seine Schuld weniger schwer, wenn ich sage, daß es in Selbstverteidigung handelte und daß John Straker ein Mann war, der Ihr Vertrauen ganz und gar nicht verdiente. Aber da läutet es wieder, und weil ich gesonnen bin, beim nächsten Rennen ein bißchen zu gewinnen, werde ich mir eine längere Erklärung für eine passendere Zeit aufsparen.«

Als wir an diesem Abend nach London zurückeilten, hatten wir im Pullman-Wagen eine Ecke für uns, und ich glaube, die Reise war für Colonel Ross ebenso kurzweilig wie für mich, da wir der Erzählung unseres Begleiters von den Ereignissen lauschten, die sich während der Montagnacht in den Rennställen von Dartmoor zutrugen, und wir in die Mittel eingeweiht wurden, mit denen Holmes sie an den Tag gebracht hatte.

»Ich gestehe«, sagte er, »alle Theorien, die ich nach den Zeitungsberichten aufgestellt hatte, waren völlig irrig. Und doch waren in ihnen wichtige Ansätze enthalten, die Hinweise hätten geben können; aber sie wurden von anderen Einzelheiten überlagert. Ich war in der Überzeugung nach Devonshire gereist, daß Fitzroy Simpson der Übeltäter sei, obwohl ich selbstverständlich erkannte, daß der Beweis gegen ihn auf keinen Fall vollständig war.

Im Wagen, als wir das Haus des Trainers erreichten, ging mir die außerordentliche Bedeutung dieses Hammelragouts mit Curry auf. Sie werden sich erinnern: Ich war nicht bei der Sache, und Sie waren alle schon ausgestiegen. Ich wunderte mich über mich selber, daß ich eine so offensichtliche Spur hatte übersehen können.«

»Ich gestehe«, sagte der Colonel, »daß ich auch jetzt noch nicht sehe, wie das uns helfen soll.«

»Es handelte sich um das erste Glied meiner Kette von Folgerungen. Pulverisiertes Opium ist keinesfalls geschmacklos. Das Aroma ist nicht widerwärtig, aber man nimmt es wahr. Wäre das Pulver unter ein gewöhnliches Gericht gemischt worden, hätte man es gemerkt und nicht weitergegessen. Curry aber war genau das richtige, um den Geschmack zu verbergen. Was immer man sich auch vorstellen mochte: unter keinen Umständen konnte Fitzroy Simpson, ein Fremder, daran mitgewirkt haben, daß an diesem Abend in der Familie des Trainers ein Gericht mit Curry aufgetischt wurde, und genausowenig war anzunehmen, daß er just an dem Abend mit dem Opiumpulver dahergekommen sein sollte, als ein Gericht bereitet wurde, das den Geschmack verbergen konnte. Das wäre ein ungeheuerlicher Zufall gewesen. Deshalb kam Simpson nicht in Frage, und unsere Aufmerksamkeit konzentrierte sich auf Straker und seine Frau, die beiden einzigen Personen, die als Abendbrot Hammelragout mit Curry bestimmt haben dürften. Das Opium ist hineingetan worden, als die Schüssel für den Stallburschen schon beiseite gestellt war, denn die anderen haben das gleiche gegessen und keine üblen Folgen verspürt. Wer aber hatte Zugang zu der Schüssel, ohne daß es dem Dienstmädchen aufgefallen wäre?

Ehe ich diese Frage entschied, hatte ich bereits erfaßt, warum der Hund still geblieben war, denn eine richtige Schlußfolgerung legt immer die folgende nahe. Der Hund wurde im Stall gehalten, und doch hat er, als jemand eindrang und ein Pferd herausholte, nicht laut genug gebellt, um die beiden Burschen in der Häckselkammer zu wecken. Offensichtlich war der mitternächtliche Besucher jemand, den der Hund gut kannte.

Ich war überzeugt, oder fast überzeugt, daß John Straker mitten in der Nacht zu den Ställen gegangen ist und daß er es war, der Silver Blaze weggeführt hat. Zu welchem Zweck? Zu einem unredlichen, offenbar, weshalb sonst hätte er dem eigenen Stallburschen Gift beibringen sollen? Und doch wußte ich nicht, worum es ging. Es hat schon Fälle gegeben, wo Trainer zu viel Geld gekommen sind, indem sie über Mittelsmänner gegen ihre eigenen Pferde wetteten und die Pferde durch Manipulation hinderten, zu gewinnen. Manchmal hielt ein Jockey das Pferd zurück; es gibt auch sicherere und feinere Mittel. Was lag hier vor? Ich hoffte, daß die Sachen in seinen Taschen mir zu einem Schluß verhelfen würden.

Und sie verhalfen mir dazu. Sie haben sicherlich dieses sonderbare Messer nicht vergessen, das man in der Hand des Toten gefunden hat, ein Messer, das sich ein normaler Mensch gewiß nicht als Waffe aussuchen würde. Es war, wie Dr. Watson uns sagte, eines jener Messer, die zu den heikelsten Operationen benutzt werden, welche die Chirurgen kennen. Und es sollte in dieser Nacht für eine heikle Operation benutzt werden. Sie, Colonel Ross, mit Ihren großen Erfahrungen in Angelegenheiten des Turf, müssen wissen, daß es möglich ist, einen leichten Einschnitt in die Sehnen des Hinterschenkels zu machen, ihn subkutan zu machen, ohne daß die geringste Spur zurückbleibt. Ein so behandeltes Pferd entwickelt dann ein leichtes Lahmen, das man auf eine Überanstrengung beim Training oder auf einen vorübergehenden rheumatischen Anfall zurückführen würde, aber niemals auf Betrug.«

»Schurke! Lump!« schrie der Colonel.

»Hiermit haben wir die Erklärung, warum John Straker das Pferd ins Moor führte. Ein so empfindliches

Geschöpf würde sicherlich, wenn es den Stich des Messers verspürt hätte, den gesundesten Schläfer geweckt haben. Es war deshalb absolut notwendig, dies unter freiem Himmel zu tun.«

»Ich war blind!« rief der Colonel. »Natürlich, das war es, warum er die Kerze brauchte und das Streichholz angerissen hat.«

»Ganz ohne Zweifel. Aber beim Überprüfen seiner Habseligkeiten gelang es mir nicht nur, die Methode seines Verbrechens zu entdecken, ich fand auch das Motiv. Als Mann von Welt, Colonel, wissen Sie, daß niemand anderer Leute Rechnungen in seinen Taschen herumträgt. Man hat meist genug damit zu tun, die eigenen Rechnungen zu begleichen. Ich schloß sofort, daß Straker ein Doppelleben führte und ein Verhältnis unterhielt. Die Art der Rechnung zeigte mir, daß eine Frau im Spiel war, und zwar eine mit einem teuren Geschmack. Wenn Sie auch großzügig sind, so ist doch kaum zu erwarten, daß Ihre Leute für ihre Frauen Ausgehkleider kaufen können, die zwanzig Guineas kosten. Ich befragte Mrs. Straker über das Kleid, und sie wußte nichts davon, und nachdem ich mich vergewissert hatte, daß bei ihr das Kleid nie angekommen ist, notierte ich mir die Adresse des Modesalons und hatte das Gefühl, daß ich dort, wenn ich mit Strakers Fotografie vorspräche, leicht würde über den geheimnisvollen Darbyshire verfügen können.

Von diesem Zeitpunkt an war alles klar. Straker hatte das Pferd in die Senke geführt, wo niemand sein Licht sehen würde. Simpson hatte auf der Flucht seine Krawatte verloren, und Straker hatte sie aufgehoben, vielleicht mit dem Gedanken, er könnte sie gebrauchen, um das Bein des Pferdes festzubinden. In der Senke trat er dann hinter das Pferd und zündete das Licht an, aber das Tier, erschreckt von dem plötzlichen Schein und mit dem seltsamen Instinkt der Kreatur ausgestattet, daß irgendein Übel beabsichtigt sei, schlug aus, und das Hufeisen traf Straker voll an der Stirn. Straker hatte schon trotz des Regens, um die heikle Aufgabe zu erfüllen, den Mantel ausgezogen, und so drang ihm das Messer, als er fiel, in den Schenkel. Habe ich alles verständlich gemacht?«

»Wundervoll«, rief der Colonel. »Wundervoll. Als wären Sie dabeigewesen.«

»Meinen letzten Schuß, gestehe ich, habe ich aus sehr großer Entfernung abgegeben. Es wollte mir nicht in den Kopf, daß ein so schlauer Mann wie Straker eine so gewagte Operation wie das Anschneiden der Sehnen ohne ein bißchen Praxis unternommen haben sollte. Woran konnte er geübt haben? Meine Blicke fielen auf die Schafe, und ich stellte eine Frage, wodurch sich, eher zu meiner Überraschung, erwies, daß meine Annahme richtig war.«

»Sie haben alles völlig klar dargelegt, Mr. Holmes.«

»Als ich nach London zurückkehrte, ging ich zu dem Modesalon, wo man Straker sofort als einen ausgezeichneten Kunden mit Namen Darbyshire erkannte, der eine sehr auffallende Gattin mit ausgesprochener Vorliebe für teure Kleider besaß. Ich zweifelte nicht daran, daß die Frau ihn bis über die Ohren in Schulden gestürzt und dadurch auf den elenden Plan gebracht hat.«

»Alles haben Sie erklärt, bis auf eines«, rief der Colonel. »Wo steckte das Pferd?«

»Ach, es war ausgerissen, und ein Nachbar hat es versorgt. In dieser Hinsicht müssen wir, glaube ich, Gnade walten lassen. Wir halten jetzt bei Clapham Junction, wenn ich nicht irre, und in weniger als zehn Minuten werden wir Victoria-Station erreicht haben. Wenn Sie in unserer Wohnung noch eine Zigarre rauchen wollen, Colonel, werde ich mich glücklich schätzen, Ihnen jede weitere Einzelheit mitzuteilen, die Sie interessiert.«

# Das gelbe Gesicht

Es ist nur natürlich, wenn ich mich bei der Veröffentlichung dieser Skizzen, die auf zahlreichen Fällen fußen, mit denen mein Gefährte mich durch sein ungewöhnliches erzählerisches Talent bekannt gemacht hat und in denen ich manchmal Mitspieler war, eher auf die Erfolge als auf die Mißerfolge konzentriere. Das geschieht nicht so sehr wegen des guten Rufs meines Freundes — gerade wenn er an das Ende seiner Weisheit gelangt war, entfaltete er seine ganze Tatkraft und Vielseitigkeit —, sondern es geschieht, weil die ungelösten Geschichten keinen Abschluß haben; denn da, wo er scheiterte, sind meist auch andere ohne Erfolg geblieben. Dennoch ergab es sich hin und wieder, daß nach seinem Versagen die Wahrheit ans Licht kam. Ich besitze Aufzeichnungen von ungefähr einem halben Dutzend solcher Fälle, und unter ihnen sind die Affäre mit dem zweiten Blutfleck und die Sache, von der ich hier berichten will, diejenigen, die auf das stärkste Interesse rechnen können.

Sherlock Holmes betrieb körperliche Übungen kaum einmal um ihrer selbst willen. Nur wenige übertrafen ihn an Muskelkraft, und er war zweifellos einer der besten Boxer in seiner Gewichtsklasse, die ich je gesehen habe; aber ziellose körperliche Anstrengungen suchte er zu vermeiden; er betrachtete sie als Kraftvergeudung und nahm sie nur auf sich, wenn es der Lösung einer beruflichen Aufgabe dienlich schien. Dann war er unermüdlich und unverdrossen. Daß er unter diesen Umständen im Training blieb, war beachtlich; er ernährte sich gemeinhin äußerst karg, seine Lebensweise war einfach, fast schon enthaltsam zu nennen. Außer dem gelegentlichen Genuß von Kokain hatte er keine Laster, und er griff auch nur zur Droge als Protest gegen die Eintönigkeit des Daseins, wenn die Fälle rar und die Zeitungen unergiebig waren.

Eines Tages im Vorfrühling war er soweit entspannt, daß er mit mir im Park spazierenging; auf den Ulmen sproß das erste blasse Grün, und die klebrigen Kastanienknospen fingen an, sich zu ihren fünffingrigen Blättern zu entfalten. Zwei Stunden lang streiften wir umher, vorwiegend schweigend, wie es zwei Männern geziemt, die einander sehr vertraut sind. Es war schon fast fünf, als wir in die Baker Street zurückkamen.

»Verzeihung, Sir«, sagte unser junger Diener, der die Tür öffnete, »ein Gentleman hat nach Ihnen gefragt, Sir.«

Holmes sah mich vorwurfsvoll an. »Das hat man von Nachmittagsspaziergängen«, sagte er. »Ist der Gentleman wieder gegangen?«

»Ja, Sir.«

»Haben Sie ihn nicht hereingebeten?«

»Doch, Sir. Er wollte warten.«

»Wie lange hat er gewartet?«

»Eine halbe Stunde, Sir. Der Herr war sehr unruhig, Sir, ging die ganze Zeit über hin und her. Ich stand draußen vor der Tür und konnte ihn hören. Schließlich trat er auf den Korridor und rief: ›Kommt denn der Mann nie?‹ Genau das hat er gesagt, Sir. ›Warten Sie doch noch ein bißchen‹, sagte ich. ›Dann warte ich in der frischen Luft. Ich ersticke hier drinnen. Ich bin bald zurück‹, sagte er. Und damit ist er raus, ich hätte ihn nicht halten können, egal, was ich gesagt hätte.«

»Gut, gut, Sie haben Ihr Bestes getan«, sagte Holmes, und wir gingen in unser Zimmer. »Es ist aber trotzdem sehr ärgerlich. Ich brauche dringend einen Fall, und das hört sich an, als ob es etwas von Wichtigkeit sei, nach der Ungeduld, die der Mann an den Tag legte. Hallo!

Die Pfeife auf dem Tisch gehört doch nicht Ihnen. Die muß er vergessen haben. Ein schönes Stück aus altem Bruyère mit langem Bernsteinmundstück. Ich frage mich, wie viele echte Bernsteinmundstücke es in London wohl geben mag. Manche glauben, daß eine Fliege im Bernstein Echtheit verbürgt. Dabei gibt es einen Zweig in dem Gewerbe, wo man künstliche Fliegen in künstlichen Bernstein praktiziert. Nun, er muß verstört gewesen sein, wenn er eine Pfeife vergaß, die er offensichtlich sehr schätzt.«

»Woher wissen Sie, daß er sie sehr schätzt?«

»Nun, ich nehme an, die Pfeife hat einmal sieben Schilling sechs Pence gekostet. Sie ist aber, wie Sie sehen, zweimal repariert worden: am hölzernen Schaft und am Bernsteinmundstück. Jede dieser Reparaturen — wie Sie bemerken, wurden silberne Ringe angebracht — wird teurer gewesen sein als die Pfeife selbst. Der Mann muß also die Pfeife sehr schätzen, wenn er es vorzieht, sie flicken zu lassen, als sich für dasselbe Geld eine neue zu kaufen.«

»Gibt es noch etwas?« fragte ich, denn Holmes hatte die Pfeife in der Hand behalten, wandte sie um und um und betrachtete sie mit dem ihm eigentümlichen nachdenklichen Blick.

Er hielt die Pfeife hoch und beklopfte sie mit seinem langen dünnen Zeigefinger, wie ein Professor, der einen Vortrag über einen Knochen hält. »Pfeifen sind manchmal höchst interessant«, sagte er. »Nichts besitzt mehr Individualität als Pfeifen — Uhren und Schnürsenkel vielleicht ausgenommen. Die Merkmale sind zwar wenig ausgeprägt und auch nicht sehr wichtig. Aber der Besitzer ist augenscheinlich ein muskulöser Mann, Linkshänder, verfügt über ein ausgezeichnetes Gebiß, ist ein wenig nachlässig und hat es nicht nötig, sparsam zu sein.«

Mein Freund warf diese Informationen wie nebenbei

hin, doch ich bemerkte, wie er mich anblinzelte, um festzustellen, ob ich seinen Schlußfolgerungen gefolgt war.

»Sie glauben, ein Mann muß wohlhabend sein, wenn er eine Pfeife zu sieben Schilling raucht?« sagte ich.

»Das hier ist Grosvenor-Mixtur für acht Pence die Unze«, antwortete Holmes, indem er ein bißchen von dem Tabak auf die Handfläche klopfte. »Da er hervorragenden Tabak auch für den halben Preis kaufen könnte, hat er es nicht nötig, sparsam zu sein.«

»Und was ist mit den anderen Punkten?«

»Er hat die Gewohnheit, die Pfeife an Lampen und Gasflammen anzuzünden. Sie sehen, daß sie an einer Seite ganz verrußt ist. Das schafft man nicht mit Streichhölzern. Warum sollte jemand ein Streichholz seitlich an die Pfeife halten? Wenn Sie eine Pfeife aber an der Lampe anzünden, bleibt es nicht aus, daß der Kopf verrußt. Und der Ruß klebt hier rechts. Daran lese ich ab, daß er Linkshänder ist. Halten Sie einmal Ihre Pfeife zum Anzünden an eine Lampe, und Sie werden sehen, wie Sie als Rechtshänder ganz von selbst die linke Seite an die Flamme halten. Es ist möglich, daß Sie es auch einmal andersherum machen würden, aber nicht regelmäßig. Diese hier ist immer so gehalten worden. Dann ist das Bernsteinmundstück durchgebissen. Dazu braucht es einen muskulösen, kraftvollen Burschen, ein gutes Gebiß obendrein. Aber wenn mich nicht alles täuscht, höre ich ihn auf der Treppe, und wir werden bald Interessanteres zu betrachten haben als eine Pfeife.«

Gleich darauf wurde die Tür geöffnet, und ein großer junger Mann betrat das Zimmer. Er war gut, aber unauffällig gekleidet, trug einen grauen Anzug und hielt einen braunen Schlapphut in der Hand. Ich hätte ihn auf dreißig geschätzt, aber in Wirklichkeit war er einige Jahre älter.

»Entschuldigen Sie«, sagte er ziemlich verlegen, »ich hätte wohl klopfen sollen. Ich bin ein wenig durcheinander, das müssen Sie mir zugute halten.« Er strich sich mit der Hand über die Stirn wie einer, der halb benommen ist, und ließ sich dann in einen Sessel fallen.

»Ich sehe, daß Sie ein paar Nächte nicht geschlafen haben«, sagte Holmes in seiner sorglos heiteren Art. »Das greift die Nerven mehr an als Arbeit, sogar mehr als Vergnügen. Darf ich fragen, wie ich Ihnen helfen kann?«

»Ich brauche Ihren Rat, Sir. Ich weiß nicht, was ich tun soll. Mein ganzes Leben scheint mir zerstört.«

»Sie möchten mich als beratenden Detektiv engagieren?«

»Nicht nur das. Ich möchte Ihre Meinung, die Meinung eines Mannes mit Urteil — eines Mannes von Welt. Ich möchte wissen, was ich als nächstes tun soll. Ich hoffe nur, Sie sind dazu in der Lage.«

Er sprach schnell und stoßweise, und mir kam es vor, als wäre es ihm peinlich zu reden, als müsse er sich dazu zwingen.

»Es ist eine sehr delikate Angelegenheit«, sagte er. »Man spricht nicht gern zu Fremden über Dinge des eigenen Hauses. Es ist schrecklich, die Beziehungen der eigenen Frau zu zwei Männern zu bereden, und dabei habe ich den anderen noch nicht einmal gesehen. Ja, das ist furchtbar. Aber ich bin am Ende meiner Kraft. Ich brauche dringend Rat.«

»Mein lieber Mr. Grant Munro ...«, begann Holmes.

Unser Besucher fuhr vom Stuhl hoch. »Wie!« rief er. »Sie kennen meinen Namen?«

»Wenn Sie Ihr Inkognito wahren wollen«, sagte Holmes lächelnd, »würde ich Ihnen empfehlen, Ihren Namen nicht ins Hutfutter schreiben zu lassen, oder Sie sollten wenigstens Leuten, mit denen Sie reden, nicht die Innenseite des Hutes zukehren. Ich wollte aber sagen, mein Freund und ich haben schon so manches seltsame Geheimnis in diesem Zimmer zu hören bekommen und zu unserem Glück mancher geprüften Seele ihren Frieden zurückgeben können. Ich bin sicher, es wird uns auch bei Ihnen gelingen. Dürfte ich Sie bitten, da die Zeit sich als wichtig herausstellen könnte, mir die Tatsachen Ihres Falls ohne Verzögerung mitzuteilen?«

Wieder fuhr sich unser Besucher mit dem Handrücken über die Stirn, als fände er es hart, mit dem Reden zu beginnen. An jeder Geste, jeder Miene erkannte ich, daß er ein zurückhaltender, beherrschter Mann mit einem gewissen Stolz war, der seine Wunden eher verbarg, als sie zu zeigen. Dann begann er plötzlich zu sprechen, und seine geballte Hand vollführte eine ungestüme Bewegung, so als wolle er alle Zurückhaltung in den Wind schlagen.

»Das sind die Tatsachen, Mr. Holmes«, sagte er. »Ich bin verheiratet, seit drei Jahren. All die Zeit haben meine Frau und ich uns so herzlich geliebt und lebten glücklich miteinander wie nur je ein Paar. Wir hatten keine Differenzen, nicht eine, weder im Denken, in Worten, noch im Handeln. Und jetzt, seit letztem Montag, steht plötzlich eine Barriere zwischen uns, und ich fühle, daß es etwas in ihrem Leben und Denken gibt, über das ich sowenig weiß wie bei einer Frau, die auf der Straße an mir vorüberstreift. Wir sind einander entfremdet, und ich will wissen, warum. Eines möchte ich noch versichern, ehe ich fortfahre, Mr. Holmes: Effie liebt mich. In dem Punkte darf es kein Mißverständnis geben. Sie liebt mich von ganzem Herzen und mit ganzer Seele und hat mich nie mehr geliebt als jetzt. Das weiß ich, das fühle ich. Dafür brauche ich keine Gründe anzuführen. Ein Mann weiß, ob eine Frau ihn liebt. Aber nun steht dieses Geheimnis zwischen uns, und ehe es nicht gelüftet ist, können wir nicht wieder sein, die wir früher waren.«

»Bitte, kommen Sie zu den Tatsachen, Mr. Munro«, sagte Holmes etwas ungeduldig.

»Ich werde Ihnen aus Effies Vergangenheit berichten, was ich weiß. Als wir uns kennenlernten, war sie Witwe, eine recht junge Witwe von fünfundzwanzig Jahren. Sie hieß Mrs. Hebron. Sie war nach Amerika ausgewandert und hatte sich in Atlanta niedergelassen, wo sie Mr. Hebron heiratete, einen Rechtsanwalt mit gutgehender Praxis. Sie hatten ein Kind, aber das gelbe Fieber brach aus, und der Mann und das Kind starben daran. Ich habe seinen Totenschein gesehen. Diese Geschehnisse erfüllten sie mit Widerwillen gegen Amerika; sie kam zurück und lebte mit einer unverheirateten Tante in Pinner, Middlesex. Ich sollte noch erwähnen, daß ihr Mann sie in guten Verhältnissen zurückgelassen hatte, sie besaß ein Kapital von ungefähr viertausendfünfhundert Pfund, und es war von ihm so gut angelegt, daß es einen durchschnittlichen Ertrag von sieben Prozent jährlich abwarf. Als ich sie kennenlernte, lebte sie erst sechs Monate in Pinner. Wir verliebten uns und heirateten nach einigen Wochen.

Ich bin Hopfenhändler, und da ich ein Einkommen von sieben- oder achthundert Pfund habe, ging es uns finanziell sehr gut, und wir konnten eine hübsche Villa in Norbury beziehen, die achtzig Pfund Miete im Jahr kostet. Norbury ist ein recht ländlicher Ort, wenn man bedenkt, daß er so nahe bei London liegt. Es gibt einen Gasthof und zwei Häuser ein Stück oberhalb unserer Villa und ein Landhaus hinter dem Feld uns gegenüber. Dann liegen Häuser erst wieder auf halbem Weg zum Bahnhof. Zuzeiten muß ich geschäftlich in die Stadt, aber sommers habe ich weniger zu tun, dann waren meine Frau und ich in unserem Haus auf dem Lande so glücklich, wie man es sich nur wünschen kann. Ich versichere Ihnen, daß nie ein Schatten über unserer Ehe lag, bis diese verfluchte Geschichte anfing.

Da gibt es noch etwas, das ich Ihnen erzählen sollte, ehe ich fortfahre. Als wir heirateten, überschrieb meine Frau mir ihr ganzes Vermögen, eigentlich gegen meinen Willen, denn ich sah voraus, wie fatal das sein konnte für den Fall, daß mein Geschäft einmal schlecht gehen sollte. Sie hatte es so haben wollen, und also war es so geregelt worden. Jetzt, vor sechs Wochen, kam sie zu mir.

›Jack‹, sagte sie, ›als du mein Geld annahmst, hast du gesagt, ich sollte zu dir kommen, wann immer ich Geld brauche.‹

›Gewiß‹, sagte ich, ›es gehört dir.‹

›Nun‹, sagte sie, ›ich möchte hundert Pfund.‹

Ich war ein wenig verdutzt, denn ich hatte geglaubt, sie wollte nur ein neues Kleid oder dergleichen.

›Wozu, um alles in der Welt?‹ fragte ich.

›Oh‹, entgegnete sie wie im Scherz, ›du hast einmal gesagt, du wirst nur mein Bankier, und Bankiers stellen nie Fragen.‹

›Wenn du es wirklich willst, sollst du selbstverständlich das Geld haben‹, sagte ich.

›Ja, ich will es wirklich.‹

›Und du willst mir nicht sagen, wozu du es brauchst?‹

›Eines Tages vielleicht, jetzt nicht, Jack.‹

So mußte ich mich zufriedengeben, obwohl es das erstemal war, daß ein Geheimnis zwischen uns trat. Ich gab ihr einen Scheck und dachte nicht mehr an die Sache. Das alles hat möglicherweise nichts mit dem zu tun, was sich später ereignete, aber ich wollte es erwähnen.

Ich habe Ihnen von dem Landhaus nahe unserer Villa erzählt. Es liegt zwar nur von uns zu dort ein Feld dazwischen, aber um hinzukommen, muß man ein Stück die Landstraße hinuntergehen und dann in einen Feldweg einbiegen. Hinter dem Landhaus beginnt ein kleines

Gehölz mit Schottischen Tannen, und es bereitete mir immer viel Freude, da spazierenzugehen, denn Bäume sind mir stets etwas Vertrautes. Das Landhaus hatte acht Monate leergestanden, und es war eine Schande, denn es ist ein schöner, zweigeschossiger Bau mit einer altmodischen, von Geißblatt umrankten Vorhalle. Ich habe oft davor angehalten und gedacht, was für eine nette kleine Heimstatt das ist.

Letzten Montag abend ging ich wieder hinüber, unterwegs begegnete mir ein Lastwagen, und auf dem Rasen neben der Vorhalle sah ich Teppiche und andere Einrichtungsgegenstände liegen. Offensichtlich hatte das Landhaus endlich einen Mieter gefunden. Ich ging vorbei, blieb dann aber stehen, wie ein Müßiggänger wohl tut, schaute zurück und fragte mich, was für Leute das sein mochten, die jetzt so dicht bei uns wohnten. Als ich so schaute, wurde ich plötzlich gewahr, daß mich aus einem der oberen Fenster jemand beobachtete.

Ich weiß nicht, Mr. Holmes, was es mit dem Gesicht auf sich hatte, aber sein Anblick jagte mir einen Schauder über den Rücken. Ich war etwas weit weg und konnte die Züge nicht genau ausmachen, aber ich spürte, daß von dem Gesicht etwas Unnatürliches und Unmenschliches ausging. Das jedenfalls war mein Eindruck, und ich trat näher zum Haus, um die mich beobachtende Person betrachten zu können. Doch da verschwand das Gesicht, so plötzlich, als hätte die Dunkelheit des Zimmers es verschlungen. Fünf Minuten verharrte ich, überdachte das Erlebnis und versuchte meinen Eindrücken auf den Grund zu kommen. Ich hätte nicht sagen können, ob es das Gesicht eines Mannes war oder das einer Frau. Vor allem hat mich die Farbe beeindruckt. Das Gesicht war von einem fahlen, stumpfen Gelb und von einer Starre, die ihm ein erschreckend unnatürliches Aussehen gab. Ich war so beunruhigt, daß ich mich entschloß, die neuen Bewohner etwas näher zu betrachten. Ich ging zur Tür, klopfte, und sofort erschien eine große, hagere Frau mit einem herben, abstoßenden Gesicht.

›Was wollen Sie?‹ fragte sie mit nördlichem Akzent.

›Ich bin Ihr Nachbar von dort drüben‹, sagte ich und wies in die Richtung meines Hauses. ›Ich habe gesehen, daß Sie gerade einziehen, und so dachte ich, wenn ich Ihnen irgendwie helfen...‹

›Wir werden Sie bitten, wenn wir Sie brauchen‹, sagte sie und schlug mir die Tür vor der Nase zu. Verärgert über die grobe Abweisung, kehrte ich dem Haus den Rücken und ging heim. Den ganzen Abend kamen meine Gedanken nicht los von der Erscheinung am Fenster und von der Grobheit der Frau, obwohl ich bemüht war, an anderes zu denken. Ich beschloß, meiner Frau von alledem nichts zu sagen, denn sie ist reizbar und nervlich überanstrengt, und ich wollte nicht, daß sie die unangenehmen Eindrücke, die ich empfangen hatte, teilen sollte. Dennoch machte ich vorm Einschlafen die Bemerkung, daß das Landhaus nun bewohnt sei. Aber sie antwortete nicht.

Für gewöhnlich habe ich einen sehr tiefen Schlaf. Meine Familie macht sich schon immer darüber lustig, daß mich nachts nichts wecken könne; in dieser Nacht jedoch — vielleicht verursacht durch die leichte Aufregung, die das kleine Abenteuer in mir hervorgerufen hatte — schlief ich weit unruhiger als gewöhnlich. Halb im Traum, halb im Wachen wurde mir dunkel bewußt, daß im Zimmer etwas vorging, und allmählich wurde mir klar, daß meine Frau sich angezogen hatte und dabei war, in den Mantel zu schlüpfen und den Hut aufzusetzen. Ich öffnete schon den Mund, um schlaftrunken ein paar Worte des Erstaunens oder des Einwandes gegen diese Vorkehrungen zu solch ungewöhnlicher Stunde zu murmeln. Aber plötzlich erfaßte mein noch müder Blick ihr Gesicht, das vom Licht der Kerze beleuchtet war, und ich verstummte vor Bestürzung. Solch einen Ausdruck hatte ich nie an ihr gesehen, und auch nie geglaubt, daß sie so aussehen könnte. Sie war totenbleich, atmete hastig, blickte, indem sie den Mantel zuknöpfte, verstohlen zum Bett, um festzustellen, ob sie mich geweckt hätte. Dann, da sie glaubte, ich schliefe, schlich sie geräuschlos aus dem Zimmer, und wenig später vernahm ich ein durchdringendes Knarren, das nur von den Angeln der Haustür herrühren konnte. Ich setzte mich im Bett auf und schlug mit den Knöcheln gegen das Bettgestell, mich versichernd, daß ich wirklich wach war. Dann holte ich meine Uhr unter dem Kopfkissen hervor. Es war drei Uhr morgens. Was in aller Welt hatte meine Frau um drei in der Frühe auf der Landstraße zu suchen? Ungefähr zwanzig Minuten wandte ich die Angelegenheit im Geiste um und um und versuchte eine befriedigende Erklärung zu finden. Je mehr ich darüber nachdachte, desto außergewöhnlicher und unerklärlicher erschien sie mir. Ich rätselte noch herum, als ich hörte, wie die Haustür sacht geschlossen wurde und ihre Schritte die Treppe heraufkamen.

›Wo warst du, Effie, um Gottes willen‹, fragte ich, als sie eintrat.

Sie zuckte heftig zusammen und stieß einen unterdrückten Schrei aus, und dieser Schrei und das Zusammenzucken beunruhigten mich mehr als alles andere, denn darin lag ein unbeschreibliches Schuldbewußtsein. Meine Frau war immer freimütig und offen gewesen, und der Anblick, wie sie nun in ihr eigenes Zimmer schlich und aufschrie und zusammenzuckte, wenn ihr Mann sie ansprach, ließ mich erschauern.

›Du bist wach, Jack?‹ rief sie und lachte nervös. ›Ich dachte, nichts könnte dich aufwecken.‹

›Wo warst du?‹ fragte ich strenger.

›Ich wundere mich nicht, daß du überrascht bist‹, sagte sie und öffnete mit zitternden Händen ihren

Mantel. ›Ich kann mich nicht erinnern, daß ich je im Leben so etwas getan hätte. Aber mir war, als müßte ich ersticken, und ich bekam ein dringendes Verlangen nach frischer Luft. Ich glaube, ich wäre ohnmächtig geworden, wenn ich nicht hätte nach draußen gehen können. Ich habe ein paar Minuten vor der Tür gestanden, und jetzt fühle ich mich wieder wohl.‹

Während sie mir diese Geschichte erzählte, sah sie mich nicht ein einziges Mal an, und ihre Stimme klang anders als gewöhnlich. Mir war klar, daß sie log. Ich sagte nichts, starrte nur die Wand an, merkte, wie mir das Herz schwer wurde, und hatte den Kopf voller giftiger Zweifel und Verdächtigungen. Was verbarg meine Frau vor mir? Wohin hatte sie den seltsamen Ausflug gemacht? Ich spürte, daß ich keine Ruhe finden würde, ehe ich das nicht wußte, und doch schrak ich davor zurück, sie noch einmal zu fragen, nachdem sie mich angelogen hatte. Den Rest der Nacht wälzte ich mich im Bett und bildete eine Theorie nach der anderen, jede unwahrscheinlicher als die andere.

Am nächsten Tag hätte ich in die Stadt fahren müssen, aber ich war zu verstört, um mich geschäftlichen Dingen zuwenden zu können. Meine Frau schien so sehr aus der Fassung zu sein wie ich, und an den flüchtigen fragenden Blicken, die sie mir dauernd zuwarf, merkte ich, sie hatte begriffen, daß ich ihre Erklärung nicht glaubte, und nun wußte sie nicht, was sie tun sollte. Während des Frühstücks wechselten wir kaum ein Wort, und anschließend machte ich einen Spaziergang, um in der frischen Morgenluft die Angelegenheit zu überdenken.

Ich ging bis Crystal Palace, verbrachte ungefähr eine Stunde in der Umgebung und war gegen eins wieder in Norbury. Es fügte sich, daß mich mein Weg an dem Landhaus vorüberführte, und ich blieb einen Augenblick stehen, um nach den Fenstern zu blicken und zu sehen, ob sich das seltsame Gesicht wieder zeigte, das mich am Tag zuvor angestarrt hatte. Denken Sie, wie überrascht ich war, Mr. Holmes, als sich die Tür öffnete, da ich dort stand, und meine Frau herauskam!

Sie plötzlich hier vor mir zu sehen verblüffte mich sehr; ich war bei ihrem Anblick sprachlos vor Erstaunen, aber meine Gefühle waren nichts im Vergleich zu dem, was sich auf ihrem Gesicht abspielte, als unsere Blicke sich trafen. Einen Moment schien es mir, daß sie wieder ins Haus verschwinden wollte, dann aber — sie sah wohl ein, daß es nichts nützen würde, sich zu verstecken — lief sie auf mich zu; ihr Gesicht war ganz weiß, und in den Augen stand eine Angst, die das Lächeln um ihren Mund Lügen strafte.

›Hallo, Jack!‹ sagte sie. ›Ich bin hergegangen, um zu sehen, ob ich unseren neuen Nachbarn irgendwie behilflich sein könnte. Was schaust du mich so an, Jack? Du bist doch nicht wütend auf mich?‹ — ›Hier also‹, sagte ich, ›bist du in der Nacht gewesen.‹

›Was meinst du damit?‹ rief sie.

›Du warst hier, da bin ich sicher. Wer sind die Leute, daß du sie um solche Zeit besuchst?‹

›Ich bin noch nie zuvor hier gewesen.‹

›Wie kannst du behaupten, es stimmt nicht, was ich weiß?‹ rief ich. ›Sogar deine Stimme verändert sich, wenn du davon sprichst. Habe ich jemals ein Geheimnis vor dir gehabt? Ich betrete jetzt das Haus und gehe der Sache auf den Grund.‹

›Nein, nein, Jack, um Gottes willen, nicht!‹ keuchte sie in einer unbeherrschten Gefühlsaufwallung. Als ich zur Tür wollte, packte sie mich krampfhaft angestrengt am Ärmel und hielt mich mit Gewalt zurück.

›Ich flehe dich an, Jack, tu es nicht‹, rief sie. ›Ich schwöre, ich werde dir eines Tages alles erklären. Aber wenn du jetzt hineingehst, kann nur Unglück entstehen.‹

Ich wollte sie abschütteln, aber sie hängte sich in wahnsinniger Zudringlichkeit an mich.

›Vertrau mir, Jack!‹ schrie sie. ›Vertrau mir nur dieses eine Mal. Du wirst keinen Grund finden, es zu bereuen. Du weißt, ich würde kein Geheimnis vor dir haben, wenn es nicht zu deinem Besten wäre. Unser ganzes Leben steht auf dem Spiel. Wenn du jetzt mit mir nach Hause gehst, wird alles gut. Wenn du dir Einlaß erzwingst, ist zwischen uns alles aus.‹

Wie sie sich aufführte, das wirkte so ernst und so verzweifelt, daß ich unschlüssig, wie gebannt, vor der Tür stehenblieb.

›Unter einer Bedingung glaube ich dir, nur unter dieser einen Bedingung‹, sagte ich schließlich. ›Die mysteriöse Angelegenheit muß sofort aufhören. Behalte meinetwegen dein Geheimnis für dich, aber du versprichst mir, daß es keine weiteren nächtlichen Besuche geben wird und überhaupt nichts mehr, wovon ich nicht erfahre. Was gewesen ist, will ich vergessen, wenn du mir versprichst, daß in Zukunft dergleichen nicht mehr vorkommt.‹

›Ich wußte, du würdest mir vertrauen‹, sagte sie und stieß einen Seufzer der Erleichterung aus. ›Alles soll sein, wie du es willst. Komm fort von hier, bitte, komm mit zu unserem Haus!‹

Sie zerrte noch immer an meinem Ärmel und führte mich weg von dem Landhaus. Im Gehen blickte ich zurück, und da war wieder das fahle, gelbe Gesicht oben im Fenster, und es beobachtete uns. Welche Verbindung konnte zwischen dieser Kreatur und meiner Frau bestehen? Oder zu der plumpen, groben Frau, der ich am Tag zuvor begegnet war? Das war ein ungewöhnliches Rätsel, und ich wußte, ich würde keine Ruhe finden, ehe ich es nicht gelöst hatte.

Danach blieb ich zwei Tage zu Hause, und meine Frau schien sich streng an unsere Abmachung zu halten, denn sie ging, soviel ich weiß, nicht vor die Tür. Doch der dritte Tag brachte ausreichenden Grund zu der Annahme, daß ihr feierliches Versprechen nicht stark genug war, sie dem geheimen Einfluß zu entziehen, der sie aus dem Haus und von der Seite ihres Mannes trieb.

An jenem Tag war ich zur Stadt gefahren, kam aber schon mit dem Zug um zwei Uhr vierzig statt wie üblich erst mit dem um drei Uhr sechsunddreißig zurück. Als ich in die Halle trat, eilte das Dienstmädchen mir mit verstörtem Gesicht entgegen.

›Wo ist Ihre Herrin?‹ fragte ich.

›Ich glaube, sie ist spazierengegangen‹, antwortete sie.

Sofort war ich voller Mißtrauen. Ich lief die Treppe hinauf, um mich zu vergewissern, daß sie nicht im Hause war. Oben warf ich zufällig einen Blick aus dem Fenster, und ich sah, wie das Dienstmädchen, mit dem ich soeben erst gesprochen hatte, über das Feld zum Landhaus rannte. Ich begriff natürlich gleich, was das bedeutete: Meine Frau war hinübergegangen und hatte das Mädchen beauftragt, ihr Bescheid zu sagen, wenn ich nach Hause zurückkommen sollte. Vor Wut kochend, hastete ich nach unten und lief querfeldein, entschlossen, der Sache ein für allemal ein Ende zu machen. Ich sah, wie meine Frau und die Magd über den Weg zurückeilten, hielt aber nicht an, um sie abzupassen. In dem Landhaus war ein Geheimnis verborgen, das einen Schatten auf mein Leben warf. Ich schwor mir, daß es, komme, was wolle, dieses Geheimnis nicht länger geben sollte. Ich klopfte nicht einmal, als ich davorstand, sondern drückte die Klinke nieder und stürzte in den Flur.

Im Erdgeschoß herrschte Stille. In der Küche summte auf dem Feuer ein Wasserkessel, in einem Korb lag behaglich eine große schwarze Katze. Nirgendwo eine Spur der Frau, der ich begegnet war. Ich ging in die Zimmer, aber die waren genauso verlassen. Dann jagte ich die Treppe hinauf, doch in den zwei Räumen, die ich im ersten Stock fand, war ebenfalls niemand. Im ganzen Haus kein Mensch. Die Möbel und die Bilder waren von der gewöhnlichsten und billigsten Sorte, außer in dem Zimmer, an dessen Fenster ich das seltsame Gesicht erblickt hatte. Das war gemütlich, ja elegant eingerichtet, und aller Verdacht, der in mir schwelte, schlug zu wilder Flamme hoch, als ich auf dem Kaminsims eine Fotografie meiner Frau bemerkte, die erst vor drei Monaten in meinem Auftrag gemacht worden war.

Ich blieb so lange, bis ich ganz sicher wußte, daß sich wirklich keiner in dem Haus aufhielt. Dann ging ich, und mein Herz war so schwer wie nie zuvor. Meine Frau kam in die Halle, als ich mein Haus betrat, aber ich war zu erregt und zu zornig, um mit ihr zu sprechen. Ich ließ sie stehen und ging in mein Arbeitszimmer. Doch sie folgte mir, ehe ich die Tür schließen konnte.

›Es tut mir leid, daß ich mein Versprechen gebrochen habe, Jack‹, sagte sie, ›aber ich bin gewiß, du würdest mir vergeben, wenn du alle Umstände kenntest.‹

›Dann erzähle sie mir‹, sagte ich.

›Ich kann nicht, Jack, ich kann nicht!‹ rief sie.

›Bis du mir nicht erklärt hast, wer der Mann ist, der in dem Landhaus wohnt, wer das ist, dem du die Fotografie gegeben hast, wird es kein Vertrauen mehr zwischen uns geben‹, sagte ich, riß mich los und verließ das Haus. Das war gestern, Mr. Holmes, und seitdem habe ich sie nicht mehr gesehen und auch nichts weiter über die seltsame Angelegenheit erfahren. Das ist der erste Schatten über unserer Ehe, und ich bin so erschüttert, daß ich nicht weiß, was ich tun soll. Heute morgen fiel mir plötzlich ein, daß Sie der Mann wären, mir zu helfen. So bin ich hergeeilt, und ich gebe mich bedingungslos in Ihre Hand. Sollte da noch ein Punkt sein, den ich nicht ganz klar dargelegt habe, dann fragen Sie bitte. Raten Sie mir schnell, was ich machen soll, denn ich ertrage das Elend nicht länger.«

Holmes und ich waren mit der größten Anteilnahme dem außergewöhnlichen Bericht gefolgt, den unser Gast stoßweise und stockend vorgetragen hatte, eben wie jemand, den stärkste Gefühlserregungen beeinflussen. Mein Gefährte saß nun eine Weile schweigend da, das Kinn in die Hand gestützt, in Gedanken verloren.

»Können Sie beschwören«, sagte er schließlich, »daß es das Gesicht eines Mannes war, das Sie am Fenster sahen?«

»Ich habe es jedesmal aus einiger Entfernung gesehen, so daß ich es nicht behaupten kann.«

»Aber es scheint, daß Sie das Gesicht unangenehm beeindruckt hat.«

»Durch die unnatürliche Farbe und weil es so sonderbar starr war. Immer, wenn ich näher kam, verschwand es schnell.«

»Wie lange ist es her, daß Ihre Frau Sie um die hundert Pfund bat?«

»Fast zwei Monate.«

»Haben Sie je eine Fotografie von ihrem ersten Mann gesehen?«

»Nein. Zwei Monate nach seinem Tod ist in Atlanta ein großes Feuer ausgebrochen, und alle ihre Papiere sind verbrannt.«

»Und doch besitzt sie den Totenschein. Den haben Sie aber gesehen?«

»Ja. Sie hat sich nach dem Feuer ein Duplikat ausstellen lassen.«

»Sind Sie jemals einem Menschen begegnet, der sie aus Amerika kennt?«

»Nein.«

»Hat sie je davon gesprochen, daß sie das Land wieder besuchen will?«

»Nein.«

»Oder sind Briefe von dort gekommen?«

»Nicht daß ich wüßte.«

»Ich danke Ihnen. Ich möchte nun die Sache ein wenig überdenken. Wenn das Landhaus von nun an unbewohnt bleibt, dürfte es für uns einige Schwierigkeiten geben; wenn aber — und das kommt mir wahrscheinlicher vor — die Leute vor Ihrem Kommen gewarnt wurden und das Haus nur verlassen haben, ehe Sie es betreten konnten, dann sind sie wohl inzwischen zurückgekehrt, und wir könnten vielleicht alles aufklären. Nehmen Sie also meinen Rat an, kehren Sie nach Norbury zurück und beobachten Sie die Fenster des Landhauses. Wenn Sie Grund haben zu der Annahme, daß man noch immer drin wohnt, dringen Sie nicht gewaltsam ein, sondern telegraphieren Sie meinem Freund und mir. Eine Stunde nach dem Eintreffen Ihres Telegramms sind wir bei Ihnen, und dann werden wir die Sache sehr bald ergründet haben.«

»Und wenn das Haus noch leer bleibt?«

»In dem Fall werde ich morgen zu Ihnen kommen, damit wir über alles sprechen können. Auf Wiedersehen — und, vor allem, beunruhigen Sie sich nicht, ehe Sie nicht wirklichen Grund dazu haben.«

Mein Gefährte begleitete Mr. Grant Munro zur Tür.

»Ich fürchte, das ist eine schlimme Angelegenheit, Watson«, sagte er dann. »Was halten Sie davon?«

»Es klang widerwärtig.«

»Ja. Wenn ich mich nicht irre, steckt Erpressung dahinter.«

»Und wer ist der Erpresser?«

»Nun, es muß der Bewohner des einzig komfortablen Zimmers des Hauses sein, der ihre Fotografie auf dem Kaminsims stehen hat. Im Vertrauen gesagt, Watson: Es hat für mich etwas sehr Anziehendes, mit dem fahlen Gesicht am Fenster, und um nichts in der Welt möchte ich diesen Fall missen.«

»Haben Sie eine Theorie?«

»Ja, eine vorläufige. Aber ich wäre erstaunt, wenn sie sich nicht bewahrheiten sollte. Es ist der erste Mann der Frau, der in dem Landhaus wohnt.«

»Woraus schließen Sie das?«

»Wie sonst sollen wir uns ihre wahnsinnige Angst davor erklären, daß ihr zweiter Mann hineingehen könnte? Die Tatsachen, wie ich sie sehe, liegen ungefähr so: Die Frau war in Amerika verheiratet. Ihr Mann entwickelte einige hassenswerte Eigenschaften, oder, nehmen wir an, ihn befiel eine widerwärtige Krankheit, vielleicht Lepra oder Geistesstörungen. Schließlich floh sie vor ihm, kam wieder nach England, änderte ihren Namen und glaubte, ihr Leben neu beginnen zu können. Ihre Ehe dauert drei Jahre, und sie denkt, ihre Stellung ist ganz sicher — sie hat ja ihrem Gatten den Totenschein eines Mannes gezeigt, dessen Namen sie angenommen hatte —, und plötzlich wird ihr Aufenthalt von ihrem ersten Mann ermittelt, möglicherweise auch von einer skrupellosen Frau, die sich an den Schwerkranken gehängt hat. Man schreibt ihr und droht, in den Ort zu kommen und sie bloßzustellen. Sie bittet um hundert Pfund und versucht sich loszukaufen. Sie kommen trotzdem, und als ihr Mann vor ihr zufällig erwähnt, neue Mieter seien in das Landhaus eingezogen, ahnt sie irgendwie, daß das die Verfolger sind. Sie wartet, bis Munro schläft, dann eilt sie aus dem Haus, um die beiden zu überreden, sie in Ruhe zu lassen. Da sie keinen Erfolg damit hat, geht sie am nächsten Morgen wieder hin, und ihr Mann trifft sie — wie er erzählt hat —, als sie aus dem Haus tritt. Sie verspricht ihm, nicht mehr hinzugehen, aber zwei Tage später wird sie von der Hoffnung, die schrecklichen Nachbarn loszuwerden, überwältigt, und sie macht einen neuerlichen Versuch; hierbei nimmt sie eine Fotografie von sich mit — das kann auch von ihr verlangt worden sein. In das Gespräch platzt das Dienstmädchen mit der Nachricht, daß der Herr heimgekehrt sei; daraufhin scheucht die Frau, da sie weiß, daß ihr Mann geradewegs zum Landhaus laufen wird, die Leute zur Hintertür hinaus, wahrscheinlich in das Tannenwäldchen, von dem wir gehört haben, es fange dort an. So findet er das Haus verlassen. Wenn er es heute abend in Augenschein nimmt und es immer noch leer vorfinden sollte, würde mich das sehr überraschen. Was halten Sie von meiner Theorie?«

»Sie basiert nur auf Annahmen.«

»Aber sie deckt wenigstens alle Tatsachen ab. Wenn wir neue Fakten erfahren, die nicht mehr hineinpassen, ist immer noch Zeit, sie zu überdenken. Gegenwärtig können wir nichts weiter tun, als auf Nachricht von unserem Freund aus Norbury zu warten.«

Aber wir brauchten nicht lange zu warten. Die Mitteilung erreichte uns, als wir gerade den Tee genommen hatten.

›Landhaus noch bewohnt‹, lautete sie. ›Habe wieder Gesicht am Fenster gesehen. Warte am Sieben-Uhr-Zug. Unternehme nichts vor Ihrer Ankunft.‹

Als wir ausstiegen, sahen wir ihn auf dem Bahnsteig, und das Licht der Bahnhofslaterne ließ erkennen, daß er bleich war und vor Aufregung zitterte.

»Sie sind noch da, Mr. Holmes«, sagte er und legte meinem Freund die Hand auf den Arm. »Als ich nach Hause kam, habe ich in dem Landhaus Licht gesehen. Jetzt sollten wir Klarheit schaffen, ein für allemal.«

»Wie sind denn Ihre Absichten?« fragte Holmes, als wir die dunkle, baumbestandene Straße entlanggingen.

»Ich werde eindringen und nachschauen, wer sich in dem Haus aufhält. Und ich möchte, daß Sie beide als Zeugen dabei sind.«

»Es ist also Ihr Entschluß, das zu tun, trotz der

Warnung Ihrer Frau, die es für besser hält, wenn das Geheimnis nicht gelüftet wird?«

»Ja, ich bin entschlossen.«

»Nun, ich denke, Sie haben das Recht dazu. Jede Wahrheit ist besser als endloser Zweifel. Also sollten wir gleich hingehen. Natürlich setzen wir uns hoffnungslos ins Unrecht, aber ich glaube, die Sache lohnt's.«

Es war eine sehr dunkle Nacht, und als wir von der Landstraße in einen schmalen Weg abbogen, der von tiefen Fahrspuren durchzogen war, begann es leicht zu regnen. Mr. Grant Munro drängte dennoch ungeduldig voran, und stolpernd liefen wir, so schnell wir konnten, hinter ihm her.

»Drüben, die Lichter, das ist mein Haus«, murmelte Mr. Munro und deutete auf einen Schein zwischen den Bäumen. »Und dies ist das Landhaus, das ich gleich betreten werde.«

Der Pfad machte eine Biegung, und danach lag das Anwesen vor uns. Eine den schwarzen Vordergrund teilende Lichtbahn zeigte an, daß die Tür nicht ganz geschlossen war; im Obergeschoß war ein Fenster hell erleuchtet. Als wir genauer hinsahen, bemerkten wir umrißhaft eine Gestalt, die sich vorüberbewegte.

»Das ist die Kreatur«, rief Grant Munro. »Sie sehen selbst, daß jemand drin ist. Folgen Sie mir, und bald werden wir alles wissen.«

Wir näherten uns der Tür, und plötzlich trat eine Frau aus dem Schatten in die helle Bahn des Lampenlichts. Ich konnte ihr Gesicht nicht erkennen, sah aber, daß sie die Arme flehend emporwarf.

»Tu es nicht, um Gottes willen, Jack«, rief sie. »Ich hatte eine Ahnung, daß du heute abend kommen würdest. Besinn dich eines Besseren, Liebster! Vertrau mir noch einmal, und du wirst keinen Grund finden, es zu bereuen.«

»Ich habe dir zu lange vertraut, Effie«, rief er streng. »Laß mich! Ich muß hinein. Meine Freunde und ich werden die Sache ein für allemal klären.« Er schob sie beiseite, und wir schlossen dicht auf. Als er die Tür aufriß, lief eine ältere Frau auf ihn zu und wollte ihm den Eintritt verwehren; er stieß sie weg, und Sekunden danach befanden wir alle uns auf der Treppe. Grant Munro stürzte in das erleuchtete Zimmer, und wir folgten ihm auf den Fersen.

Es war ein anheimelnder, gut eingerichteter Raum, zwei brennende Kerzen standen auf dem Tisch und zwei auf dem Kaminsims. In einer Ecke saß, über ein Pult gebeugt, eine Gestalt, die wie ein kleines Mädchen wirkte. Bei unserem Eintritt war das Gesicht abgewandt, und wir konnten nur erkennen, daß sie ein rotes Kleid und lange weiße Handschuhe trug. Als sie sich umdrehte, entfuhr mir ein Schrei der Überraschung und des Schreckens. Ein ungewöhnlich fahles, völlig bewegungsloses Gesicht kehrte sich uns zu. Einen Augenblick später war das Geheimnis gelüftet. Holmes griff lachend hinter die Ohren des Kindes, herunter fiel eine Maske, und belustigt über unsere bestürzten Gesichter, zeigte ein kohlschwarzes Negermädchen zwei Reihen blendendweißer Zähne. Angesichts der Fröhlichkeit des Kindes brach auch ich in Lachen aus; aber Grant Munro stand da und starrte, die Hände an der Kehle.

»Mein Gott!« rief er, »was bedeutet das?«

»Ich werde dir sagen, was das bedeutet«, rief die Dame, die stolzen Gesichts das Zimmer betrat. »Du hast, entgegen meiner Warnung, erzwungen, daß es dir offenbar wird. Jetzt müssen wir das Beste daraus machen. Mein Mann starb in Atlanta. Mein Kind lebt.«

»Dein Kind?«

Sie zog ein großes silbernes Medaillon aus dem Ausschnitt ihres Kleides. »Du hast es nie geöffnet gesehen.«

»Ich dachte, es wäre nicht zu öffnen.«

Sie berührte eine Feder, und der Deckel sprang auf. Zum Vorschein kam das Porträt eines überraschend gut und intelligent aussehenden Mannes, dessen Züge jedoch unmißverständlich auf afrikanische Herkunft wiesen.

»Das ist John Hebron aus Atlanta«, sagte die Dame, »und ein besserer Mann als er hat nie auf Erden geweilt. Ich habe mich von meiner Rasse losgerissen, um ihn zu heiraten, und ich habe es, solange er lebte, nicht für eine Sekunde bedauert. Es war unser Unglück, daß unser Kind seinem Volk mehr nachgeriet als dem meinen. Das geschieht häufig in solchen Verbindungen, und die kleine Lucy ist viel dunkler, als ihr Vater war. Aber hell oder dunkel, sie ist mein liebes kleines Mädchen und mein einziger Liebling.« Bei diesen Worten lief das kleine Geschöpf auf die Dame zu und schmiegte sich an ihr Kleid.

»Ich habe sie nur in Amerika gelassen«, fuhr die Dame fort, »weil sie eine schwache Gesundheit besaß und der Wechsel ihr möglicherweise nicht bekommen wäre. Ich gab sie zu einer vertrauenswürdigen Schottin, die einmal Bedienstete bei uns war, in Pflege. Keine Sekunde dachte ich daran, sie als mein Kind zu verleugnen. Aber als der Zufall mich deinen Weg kreuzen ließ, Jack, und ich dich liebgewann, bekam ich Angst, dir von meinem Kind zu erzählen. Gott möge mir vergeben; ich dachte, ich könnte dich verlieren, und brachte den Mut nicht auf, dir alles zu erzählen. Ich hatte zwischen euch zu wählen, und in meiner Schwachheit wandte ich mich von meinem kleinen Kind ab. Drei Jahre lang habe ich es vor dir geheimgehalten, aber ich hatte Verbindung mit der Pflegemutter, die mich wissen ließ, daß es ihm gut ging. Schließlich jedoch überwältigte mich der Wunsch, mein Kind wiederzusehen. Vergebens kämpfte ich dagegen an. Obwohl ich die Gefahr erkannte, entschloß ich mich, es herüberkommen zu lassen, und wäre es auch nur für wenige Wochen. Ich schickte hundert Pfund an die

Pflegemutter und gab ihr die Anweisung, dieses Landhaus zu mieten, so daß sie als Nachbarin auftreten und ich in keiner Weise mit ihr in Beziehung gebracht werden könnte. Ich ging in meinen Vorsichtsmaßregeln sogar so weit, daß ich anwies, das Kind bei Tag im Haus zu halten und ihm Gesicht und Hände zu bedecken, damit selbst Passanten, die es am Fenster sahen, keinen Grund zu Geschwätz über ein schwarzes Kind in der Gegend erhalten sollten. Wäre ich weniger vorsichtig gewesen, ich hätte klüger gehandelt. Aber ich war halb verrückt vor Angst, du könntest die Wahrheit erfahren.

Du hast mir als erster erzählt, daß das Landhaus bezogen worden sei. Ich hätte bis zum Morgen warten sollen, aber ich war zu aufgeregt, um zu schlafen, und so stahl ich mich schließlich aus dem Haus, da ich weiß, wie schwer es ist, dich aufzuwecken. Aber du hast mich gehen sehen, und damit begannen meine Sorgen. Am folgenden Tag hattest du es in der Hand, mein Geheimnis zu lüften, aber du verzichtetest in deiner Großmut, deinen Vorteil auszunützen. Und dennoch konnten drei Tage danach die Pflegemutter und das Kind nur durch die Hintertür fliehen, als du zur Vordertür hineinstürztest. Und heute abend weißt du alles. So frage ich dich, was nun aus uns werden soll, aus meinem Kind und mir?« Sie schlug die Hände zusammen und wartete auf eine Antwort.

Die zwei Minuten, ehe Grant Munro seine Antwort gab, wurden lang, und als dann die Antwort kam, war es eine, an die ich mich gern erinnere. Er hob das Kind hoch, küßte es und streckte dann, das Mädchen noch auf dem Arm, die freie Hand seiner Frau entgegen und wandte sich zur Tür.

»Daheim können wir bequemer über alles reden«, sagte er. »Ich bin kein sehr guter Mensch, Effie, aber ich glaube, ich bin ein besserer Mensch, als du mir zugetraut hast.«

Holmes und ich überholten sie auf dem Feldweg, und als wir sie hinter uns hatten, zupfte mein Freund mich am Ärmel. »Ich denke«, sagte er, »wir sind in London nützlicher als in Norbury.«

Er verlor über den Fall kein Wort mehr bis spät in der Nacht, als er mit brennender Kerze zu Bett gehen wollte.

»Watson«, sagte er da, »wenn es Ihnen jemals auffallen sollte, daß ich ein bißchen zu selbstbewußt werde oder einem Fall nicht die Sorgfalt angedeihen lasse, die er verdient, dann flüstern Sie mir bitte freundlich ›Norbury‹ ins Ohr, und ich werde Ihnen unendlich verbunden sein.«

# Der Schreiber des Börsenmaklers

Kurz nach meiner Heirat kaufte ich eine ärztliche Niederlassung im Paddington-Distrikt. Die Praxis hatte einmal floriert, aber als Mr. Farquhar, von dem ich sie übernahm, ins Alter kam und ihn dann auch noch der Veitstanz befiel, war sie doch sehr zurückgegangen. Das Publikum beharrt begreiflicherweise auf dem Prinzip, daß derjenige, der andere heilen will, selbst gesund sein sollte, und es betrachtet die heilenden Kräfte desjenigen mit Mißtrauen, der die eigene Krankheit mit seinen Mitteln nicht besiegen kann. Auf diese Weise ging die Schwächung seiner Gesundheit mit einem Verfall der Praxis einher, bis sie zu der Zeit, da ich sie ihm abkaufte, von zwölfhundert Pfund Einnahmen im Jahr auf wenig über dreihundert Pfund gemindert war. Dennoch, ich vertraute meiner Jugend und meiner Energie und war davon überzeugt, daß das Unternehmen innerhalb weniger Jahre wieder wie einst prosperieren würde.

Nachdem ich die Praxis übernommen hatte, arbeitete ich drei Monate lang sehr hart und sah wenig von meinem Freund Sherlock Holmes; ich war allzu beschäftigt, um einen Besuch in der Baker Street zu machen, und er ging selten außer Haus, es sei denn aus beruflichem Anlaß. So war ich sehr überrascht, als ich eines Morgens im Juni, ich las eben nach dem Frühstück das ›British Medical Journal‹, die Haustürklingel und bald darauf die helle, irgendwie kräftige Stimme meines alten Gefährten hörte.

»Hallo, Watson«, sagte er von der Zimmertür her, »ich freue mich sehr, Sie anzutreffen. Ich nehme an, Mrs. Watson hat sich von den kleinen Aufregungen erholt, die unser Abenteuer mit dem ›Zeichen der Vier‹ auslöste.«

»Vielen Dank, es geht uns beiden gut«, sagte ich und drückte ihm herzlich die Hand.

»Und ich hoffe auch«, fuhr er fort, indem er sich im Schaukelstuhl niederließ, »daß die ärztlichen Pflichten nicht gänzlich Ihr Interesse an unseren kleinen Deduktionsproblemen verdrängt haben.«

»Im Gegenteil«, antwortete ich. »Erst gestern abend habe ich meine Aufzeichnungen durchgesehen und einige der damaligen Ergebnisse klassifiziert.«

»Ich hoffe, Sie betrachten Ihre Sammlung nicht als abgeschlossen.«

»Auf keinen Fall. Ich kann mir nichts Besseres als weitere Erlebnisse der Art wünschen.«

»Zum Beispiel schon für heute?«

»Ja, heute, wenn Sie möchten.«

»Auch wenn es so weit weg ist wie in Birmingham?«

»Gewiß, wenn Sie wünschen.«

»Und die Praxis?«

»Ich helfe meinem Nachbarn, wenn der keine Zeit hat. Er ist immer bereit, seine Schulden abzuarbeiten.«

»Ha, es könnte sich nicht günstiger fügen!« sagte Holmes, lehnte sich in den Schaukelstuhl und sah mich aus halbgeschlossenen Augen durchdringend an. »Ich bemerke, daß Sie sich kürzlich nicht wohl gefühlt haben. Mit Erkältungen im Sommer wird man nicht leicht fertig.«

»In der letzten Woche war ich durch einen Schnupfen drei Tage ans Haus gefesselt. Aber ich glaubte, ich hätte alle Spuren der Krankheit überwunden.«

»Das ist wohl auch so. Sie sehen ausgesprochen robust aus.«

»Wieso sind Sie dann daraufgekommen?«

»Mein lieber Junge, Sie kennen doch meine Methoden.«

»Sie haben also darauf geschlossen?«

»Gewiß.«

»Und wovon sind Sie ausgegangen?«

»Von Ihren Pantoffeln.«

Ich blickte auf die neuen Hausschuhe aus Lackleder, die ich trug.

»Wie, um alles in der Welt ...«, begann ich, aber Holmes beantwortete meine Frage, noch ehe ich sie gestellt hatte.

»Ihre Pantoffeln sind neu«, sagte er, »Sie besitzen sie noch nicht länger als einige Wochen. Die Sohlen, die Sie mir zukehren, sind leicht angesengt. Einen Augenblick dachte ich, sie wären vielleicht naß geworden und beim Trocknen angebrannt. Aber am Spann klebt noch die Papiermarke mit dem Firmenzeichen des Händlers. Die hätte sich durch Nässe abgelöst. Also müssen Sie mit ausgestreckten Beinen am Feuer gesessen haben, und das tut man im Juni kaum, selbst wenn es so feucht ist wie in diesem Jahr, es sei denn, man fühlt sich nicht völlig gesund.«

Diese Schlußfolgerung erschien simpel, wie alle, die Holmes anstellte, wenn sie einmal erklärt waren. Er las mir diesen Gedanken vom Gesicht ab, und sein Lächeln hatte einen Anflug von Bitterkeit.

»Ich fürchte, ich verrate mich immer mit meinen Erklärungen«, sagte er. »Ergebnisse ohne erkennbare Ursachen sind viel eindrucksvoller. Sie wären also bereit, mich nach Birmingham zu begleiten?«

»Gewiß. Worum handelt es sich?«

»Das erzähle ich Ihnen im Zug. Mein Klient wartet draußen in einer Droschke. Können Sie sofort mitkommen?«

»Nur noch einen Augenblick.« Ich schrieb meinem Nachbarn einige Zeilen und lief die Treppe hinauf, um meiner Frau alles zu erklären.

Holmes wartete bei der Haustür. »Ihr Nachbar ist jener Arzt?« fragte er und wies auf das Messingschild.

»Ja, er hat, wie ich, eine Praxis gekauft.«

»Eine alteingeführte?«

»Genau wie meine. Beide bestehen, seit die Häuser gebaut worden sind.«

»Und Sie haben die bessere erworben.«

»Ich glaube schon. Aber woher wissen Sie das?«

»Die Stufen. Ihre sind drei Inches tiefer abgewetzt als seine. Aber der Herr dort in der Droschke ist mein Klient, Mr. Hall Pycroft. Ich erlaube mir, Sie ihm vorzustellen. — Treiben Sie Ihr Pferd an, Kutscher, die Zeit reicht gerade noch, um unseren Zug zu erreichen.«

Der Mann, dem ich dann gegenübersaß, war ein gutgebauter junger Bursche, mit offenem, ehrlichem Gesicht, frischem Teint und einem dünnen, gekräuselten Schnurrbart. Er trug einen glänzenden Zylinder und einen adretten, schlichten schwarzen Anzug, und das alles drückte aus, was er war — ein smarter junger Mann aus der City, doch einst ein typischer Cockney, wie heute die meisten in unseren tüchtigen Freiwilligenregimentern — eine Schicht, die mehr gute Sportler stellt als irgendeine andere dieser Inseln. Das runde rötliche Gesicht strahlte natürliche Heiterkeit aus, aber die Mundwinkel waren in fast komisch wirkendem Kummer heruntergezogen. Erst als wir in unserem Abteil erster Klasse saßen und die Reise nach Birmingham begonnen hatte, erfuhr ich, mit welchen Sorgen er zu Sherlock Holmes gekommen war.

»Die Fahrt dauert siebzig Minuten«, stellte Holmes fest. »Ich möchte, Mr. Hall Pycroft, daß Sie meinem Freund Ihre interessanten Erlebnisse genauso erzählen, wie Sie sie mir vorgetragen haben, wenn möglich gar mit noch mehr Einzelheiten. Es wird für mich nützlich sein, die Reihenfolge der Ereignisse noch einmal zu hören. Das ist ein Fall, Watson, der es möglicherweise in sich hat, oder an ihm ist überhaupt nichts dran, jedenfalls besitzt er zumindest die außergewöhnlichen, diese *outré*

Züge, die Sie und ich so sehr schätzen. Nun, Mr. Pycroft, werde ich Sie nicht länger aufhalten.«

Unser junger Begleiter zwinkerte mir zu.

»Das schlimmste an der Geschichte ist«, sagte er, »daß ich mich selber als ausgemachten Narren darstellen muß. Natürlich kann alles zu einem guten Ende kommen, aber ich weiß nicht, wie ich anders hätte handeln sollen. Wenn ich meine Stellung verlieren und mit leeren Händen dastehen sollte, wird mir wohl aufgehen, was für ein Pflaumenheini ich gewesen bin. Ich kann nicht gut Geschichten erzählen, Dr. Watson, da läßt sich nichts machen.

Ich war bei Coxon & Woodhouse in Drapers' Gardens angestellt; dann wurde die Firma kurz nach Beginn dieses Jahres durch die venezolanische Anleihe hereingelegt — Sie erinnern sich wohl an das Vorkommnis —, und sie geriet in die Bredouille. Weil ich schon fünf Jahre da gearbeitet hatte, stellte mir der alte Coxon ein prima Zeugnis aus, als der Hammer gefallen war, aber natürlich wurden wir Angestellten, alle siebenundzwanzig, auf die Straße gesetzt. Ich versuchte immer wieder, Arbeit zu kriegen, aber es gab viele Burschen, denen es so wie mir ging, und ich stand lange Zeit im Regen. Bei Coxon hatte ich drei Pfund die Woche, etwa siebzig hatte ich davon gespart, aber durch die hatte ich mich bald durchgefressen. Schließlich war ich mit meinem Latein ziemlich am Ende und hatte kaum noch das Geld, die Briefmarken für die Bewerbungen und die Kuverts zu kaufen, in die ich sie stecken mußte. Von dem vielen Treppensteigen zu den Büros waren meine Schuhe verschlissen, und eine Anstellung lag noch genauso fern wie zuvor.

Endlich las ich in der Zeitung von einer freien Stelle bei Mawson & Williams, der großen Maklerfirma in der Lombard Street. Vielleicht kennen Sie sich in E. C. nicht so sehr aus, aber ich kann Ihnen sagen, daß es fast das reichste Haus in London ist. Die Annonce sollte nur brieflich beantwortet werden. Also schickte ich mein Zeugnis und meine Bewerbung hin, hegte aber nicht die geringste Hoffnung, die Stelle zu erhalten. Doch postwendend kam eine Antwort: Wenn ich mich am folgenden Montag vorstellen wollte, könnte ich die Arbeit sofort antreten, vorausgesetzt, daß mein Äußeres anspräche. Keiner weiß genau, wie so was läuft. Vielleicht greift der Chef einfach in den Haufen Bewerbungen und nimmt den ersten, dessen Brief er zu fassen kriegt. Wie dem auch sei, jedenfalls war diesmal ich dran, und ich kann mir nicht vorstellen, daß ich mich je wieder so wohl fühlen werde. Als Gehalt sollte ich ein Pfund mehr die Woche verdienen, und die Arbeit war ungefähr die gleiche wie bei Coxon.

Und jetzt also zu der fragwürdigen Seite der Sache. Ich wohne draußen in Hampstead, Potters Terrace 17 ist die Adresse. Nun, ich sitze da und rauche eine, genau an dem Tag, als mir eine Anstellung zugesagt worden war, da kommt meine Wirtin mit einer Visitenkarte, ›Arthur Pinner, Finanzagent‹ steht drauf. Ich hatte den Namen noch nie gehört und konnte nicht ahnen, was der Mann von mir wollte, sagte aber selbstverständlich, sie sollte ihn raufflassen. Und dann war er da — mittelgroß, schwarze Haare, schwarze Augen, schwarzer Bart, die Nase etwas glänzend. Er trat energisch auf und sprach wie einer, der weiß, daß seine Zeit wertvoll ist.

›Mr. Hall Pycroft?‹ sagte er.

›Ja, Sir‹, antwortete ich und schob ihm einen Stuhl hin.

›Letzte Stellung bei Coxon & Woodhouse?‹

›Ja, Sir.‹

›Und jetzt bei Mawson?‹

›Ganz recht.‹

›Na denn‹, sagte er. ›Ich habe von Ihren außergewöhnlichen Fähigkeiten auf dem Finanzgebiet gehört. Sie erinnern sich an Parker, den Geschäftsführer bei Coxon? Der überschlägt sich fast vor Lob.‹

Natürlich hörte ich das gern. Ich war im Büro immer ziemlich tüchtig, aber daß man in der City so über mich sprach, hätte ich mir nicht träumen lassen.

›Sie haben ein gutes Gedächtnis?‹ fragte er.

›Ziemlich gut‹, antwortete ich bescheiden.

›Haben Sie mit dem Markt Verbindung gehalten, nachdem Sie Ihre Arbeit verloren?‹ fragte er.

›Ja, ich habe jeden Morgen den Börsenbericht gelesen.‹

›Das nenne ich Eifer!‹ rief er. ›So kommt man voran! Hätten Sie etwas dagegen, wenn ich Ihnen ein bißchen auf den Zahn fühle? Also: Wie stehen Ayrshires?‹

›Einhundertfünf bis einhundertfünfeinviertel.‹

›Und New Zealand Consolidated?‹

›Einhundertvier.‹

›Und British Broken Hills?‹

›Sieben bis sieben Komma sechs.‹

›Wunderbar!‹ rief er und warf die Hände hoch. ›Das paßt genau zu dem, was ich gehört habe. Alter Junge, Sie sind viel zu gut, um den Angestellten bei Mawson zu spielen!‹

Wie Sie sich denken können, war der Ausbruch für mich eine ziemliche Überraschung. ›Nun‹, sagte ich, ›andere Leute halten bei weitem nicht soviel von mir wie Sie, Mr. Pinner. Ich mußte ganz schön kämpfen, bis ich die Stelle bekam, und ich bin froh, daß ich sie habe.‹

›Pah, Mann! Sie sollten darüberstehen. Das ist doch nicht Ihr Wirkungskreis. Jetzt werde ich Ihnen mal erklären, wie Sie mit mir dran sind. Was ich Ihnen anzubieten habe, ist zwar wenig, wenn man es an Ihren Fähigkeiten mißt, aber verglichen mit Mawson doch wie Tag und Nacht. Wann fangen Sie bei Mawson an?‹

›Am Montag.‹

›Ha, ha! Ich würde eine kleine Wette drauf riskieren, daß Sie da überhaupt nicht hingehen.‹

›Überhaupt nicht?‹

›Genau so, Sir. An dem Tag werden Sie Geschäftsführer der Franco-Midland-Metallwaren-Company sein mit einhundertvierunddreißig Niederlassungen in französischen Städten und Dörfern, nicht gerechnet die in Brüssel und San Remo.‹

Das verschlug mir den Atem. ›Ich habe nie von der Firma gehört‹, sagte ich.

›Natürlich nicht. Das Ganze ist so still wie möglich gehalten worden, alles Kapital wurde von Privatleuten gezeichnet — es ist eben eine zu gute Sache, um sie an die große Glocke zu hängen. Mein Bruder, Harry Pinner, ist der Gründer und wird der Firmenleitung nach der Konstituierung als Geschäftsführender Direktor angehören. Er wußte, daß ich nach London fahren wollte, und trug mir auf, mich nach einem jungen Mann umzusehen — nach einem jungen, vorwärtsstrebenden Mann mit Biß. Parker sprach von Ihnen, und so bin ich heute abend hier. Wir können Ihnen für den Anfang nur lächerliche fünfhundert bieten . . .‹

›Fünfhundert pro Jahr!‹ rief ich.

›Für den Anfang. Aber Sie sind mit einem Prozent an dem Umsatz beteiligt, den Ihre Agenten machen, und das — darauf gebe ich Ihnen mein Wort — wird mehr ergeben als Ihr Gehalt.‹

›Aber ich verstehe nichts von Metallwaren.‹

›Ach, mein Junge, Sie verstehen etwas von Zahlen.‹

In meinem Kopf summte es, und ich konnte kaum ruhig auf dem Stuhl sitzen bleiben. Doch dann stieg plötzlich leiser Zweifel in mir hoch.

›Ich muß offen mit Ihnen reden‹, sagte ich. ›Mawson gibt mir nur zweihundert im Jahr, aber Mawson ist solide. Wirklich, ich weiß so wenig von Ihrer Gesellschaft . . .‹

›Ausgezeichnet, ausgezeichnet!‹ rief er, und mir schien, er schwappte über vor Begeisterung. ›Sie sind genau der richtige Mann für uns! Sie lassen sich nicht einfach beschwatzen, und das ist in Ordnung. Also, hier ist eine Hundertpfundnote; wenn Sie meinen, wir kommen miteinander ins Geschäft, dann stecken Sie sie ein, als Vorschuß auf Ihr Gehalt.‹

›Sie sind sehr großzügig‹, sagte ich. ›Wann soll ich meine Stellung antreten?‹

›Seien Sie morgen um eins in Birmingham‹, sagte er. ›Stellen Sie sich mit diesem Brief bei meinem Bruder vor. Sie finden ihn in der Corporation Street 126 b, im vorläufigen Büro der Gesellschaft. Selbstverständlich muß er unsere Abmachungen erst mal bestätigen — aber, unter uns: es geht alles in Ordnung.‹

›Ich weiß wirklich nicht, Mr. Pinner, wie ich Ihnen danken soll‹, sagte ich.

›Ach, nicht der Rede wert, mein Junge. Jedem nach seinem Verdienst. Es gibt nur noch ein paar Kleinigkeiten — reine Formalitäten —, die wir regeln müssen. Da sehe ich ein Blatt Papier, schreiben Sie drauf: ‚Ich bin einverstanden, als Geschäftsführer bei der Franco-Midland-Metallwaren-Company für ein Mindestgehalt von fünfhundert Pfund p.a. zu arbeiten.'‹

Ich tat, was er von mir verlangte, und er steckte das Papier ein.

›Noch etwas‹, sagte er. ›Was wollen Sie in bezug auf Mawson machen?‹

In meiner Freude hatte ich Mawson fast vergessen.

›Ich werde schreiben, daß ich von der Bewerbung zurücktrete‹, sagte ich.

›Genau das sollten Sie nicht tun. Ich hatte Ihretwegen einen Streit mit Mawsons Geschäftsführer. Ich war zu ihm gegangen, um mich bei ihm nach Ihnen zu erkundigen, und er wurde beleidigend, ich wollte Sie von seiner Firma weglocken und ähnliches. Schließlich habe ich ziemlich die Geduld verloren. ‚Wenn Sie gute Leute wollen, dann müssen Sie anständige Gehälter zahlen', sagte ich. ‚Er wird unser niedriges Gehalt Ihrem hohen vorziehen', sagte er. ‚Ich wette um einen Fünfer', sagte ich, ‚daß Sie nichts mehr von ihm hören werden, wenn er mein Angebot kennt'. — ‚Abgemacht', sagte er. ‚Wir haben ihn aus dem Rinnstein aufgelesen, er wird uns nicht ohne weiteres sitzenlassen.' Genau das hat er gesagt.‹

›Dieser unverschämte Schuft‹, rief ich. ›Ich habe ihn noch nie im Leben gesehen. Warum sollte ich auf ihn Rücksicht nehmen? Ich werde also nicht schreiben, wenn Sie es nicht wollen.‹

›Gut denn, das ist ein Wort‹, sagte er und stand auf. ›Ich freue mich, einen so guten Mann für meinen Bruder gewonnen zu haben. Hier ist Ihr Vorschuß über einhundert Pfund, und hier der Brief. Notieren Sie sich die Adresse: Corporation Street 126 b. Und vergessen Sie nicht, daß Sie morgen um ein Uhr verabredet sind. Ich wünsche Ihnen eine gute Nacht und das Glück, das Sie verdienen.‹

Das war ungefähr alles, soweit ich mich erinnere. Sie können sich wohl vorstellen, Dr. Watson, wie froh ich über das außergewöhnliche Glück war, das mir widerfuhr. Die halbe Nacht lag ich wach und gratulierte mir immer wieder, und am nächsten Tag reiste ich mit einem Zug nach Birmingham, der mir viel Zeit bis zu der Verabredung ließ. Ich brachte mein Gepäck in ein Hotel in der New Street und machte mich dann auf den Weg zu der Adresse, die ich erhalten hatte. Eine Viertelstunde vor der Zeit war ich dort, aber ich dachte, das kann nicht schaden. Der Eingang zu Nummer 126 b liegt zwischen zwei großen Läden. Das Haus hat eine steinerne Wendeltreppe, von der viele Appartements abgehen, die an Gesellschaften oder Geschäftsleute vermietet sind. Die Namen sind mit Farbe an die Wände geschrieben, aber einen Namen wie Franco-Midland-Metallwaren-Company gab es nicht. Zwei Minuten stand ich, das Herz war mir in die Hose gerutscht, und ich fragte mich, ob das Ganze nicht ein ausgemachter Jux war, als ein Mann die Treppe heraufkam und mich ansprach. Er ähnelte dem Burschen sehr, den ich am Abend zuvor kennengelernt hatte, dieselbe Figur, dieselbe Stimme, nur war er glattrasiert und hatte helleres Haar.

›Sind Sie Mr. Hall Pycroft?‹ fragte er.

›Ja‹, sagte ich.

›Ich erwarte Sie, aber Sie sind ein bißchen früh dran. Heute morgen erhielt ich einen Brief von meinem Bruder, der Sie in den höchsten Tönen lobt.‹

›Ich habe nach Ihrem Büro Ausschau gehalten, bevor Sie kamen.‹

›Unser Firmenname ist noch nicht angeschrieben, denn wir haben vorige Woche erst diese provisorische Unterkunft gefunden. Darf ich Sie mit mir nach oben bitten, da können wir alles besprechen.‹

Ich folgte ihm eine hohe Treppe hinauf, und unterm Dach führte er mich in einige leere, staubige Zimmer ohne Teppiche und Vorhänge. Ich hatte an ein großes Büro mit polierten Tischen und Scharen von Angestellten gedacht, so wie ich es gewohnt war, und starrte nun auf zwei Kiefernholzstühle und einen kleinen Tisch, die zusammen mit einem Hauptbuch und einem Papierkorb das ganze Mobiliar darstellten.

›Lassen Sie sich nicht entmutigen, Mr. Pycroft‹, sagte mein neuer Bekannter, als er sah, daß mein Gesicht immer länger wurde. ›Rom ist nicht an einem Tag erbaut worden, und hinter uns steckt viel Geld, wenn wir das auch nicht in Eleganz ausstellen. Bitte, setzen Sie sich und geben Sie mir das Schreiben.‹

Ich gab es ihm, und er las es sorgfältig durch.

›Sie scheinen ja großen Eindruck auf meinen Bruder

Arthur gemacht zu haben‹, sagte er, ›und ich weiß, daß er ein verdammt schlauer Menschenkenner ist. Er schwört auf London, müssen Sie wissen, und ich auf Birmingham. Aber diesmal werde ich seinem Rat folgen. Bitte, betrachten Sie sich als angestellt.‹

›Was sind meine Aufgaben?‹ fragte ich.

›Sie werden erst einmal das große Lager in Paris leiten, von dem aus sich eine Flut englischer Töpferware in die Läden unserer einhundertvierunddreißig Agenten in Frankreich ergießen wird. Die Einrichtung ist in einer Woche beendet. Sie bleiben inzwischen in Birmingham und machen sich nützlich.‹

›Wie denn?‹

Als Antwort zog er ein dickes rotes Buch aus einer Schublade.

›Das ist ein Adreßbuch von Paris‹, sagte er. ›Die einzelnen Firmen sind nach den Namen ihrer Inhaber aufgeführt. Ich möchte, daß Sie es mit nach Hause nehmen und alle Eisenwarenhändler mit ihren Adressen herausziehen. Eine solche Liste wäre von größtem Nutzen für mich.‹

›Es gibt doch sicherlich schon derartige Aufstellungen‹, gab ich zu bedenken.

›Keine verläßlichen. Das System der Zusammenstellung weicht von unserem ab. Machen Sie sich an die Arbeit, und bringen Sie mir die Liste am Montag um zwölf. Guten Tag, Mr. Pycroft. Wenn Sie weiterhin Eifer und Intelligenz an den Tag legen, werden Sie sehen, daß unsere Gesellschaft ein guter Brotgeber ist.‹

Ich ging, das dicke Buch unterm Arm, die widerstreitendsten Gefühle in der Brust, in mein Hotel zurück. Einerseits war ich nun endgültig angestellt und hatte hundert Pfund in der Tasche, andererseits hatten das Aussehen des Büros, das Fehlen des Namens an der Wand und anderes, was den Status meiner Brotgeber betraf, das einen Geschäftsmann schon vor den Kopf stoßen konnte, einen schlechten Eindruck auf mich gemacht. Doch wie dem auch sein mochte: Ich hatte mein Geld, und so begab ich mich an die Erfüllung meiner Aufgabe. Den ganzen Sonntag über arbeitete ich intensiv, und doch war ich am Montag erst bis zum Buchstaben H gekommen. Ich ging zu meinem Chef, traf ihn in denselben abgetakelten Räumen an und bekam den Bescheid, die Arbeit bis zum Mittwoch fortzusetzen und dann wieder zu erscheinen. Mittwoch war ich auch noch nicht fertig, und so schuftete ich weiter bis Freitag — das war gestern. Da konnte ich bei Mr. Harry Pinner das Resultat abliefern.

›Vielen Dank‹, sagte er. ›Ich fürchte, ich hatte die Schwierigkeit der Aufgabe unterschätzt. Die Liste wird uns eine sehr große Hilfe sein.‹

›Es hat ein bißchen lange gedauert‹, sagte ich.

›Und jetzt möchte ich‹, sagte er, ›daß Sie eine Liste aller Möbelhandlungen zusammenstellen. Die verkaufen nämlich alle Steingut.‹

›Geht in Ordnung.‹

›Kommen Sie morgen abend um sieben wieder, und berichten Sie mir, wie Sie vorankommen, und überarbeiten Sie sich nicht. Am Abend ein paar Stunden in Days Music Hall können nicht schaden.‹ Als er das sagte, lachte er, und da sah ich mit Schrecken, daß sein zweiter Zahn links unten sehr schlecht war und eine Goldplombe hatte.«

Sherlock Holmes rieb sich vergnügt die Hände, und ich starrte unseren Klienten überrascht an.

»Sie mögen erstaunt sein, Dr. Watson, aber es handelt sich um folgendes«, sagte der junge Mann. »Als ich in London mit dem anderen Burschen sprach, hatte der gelacht, weil ich bei Mawson anfangen wollte, und dabei ist mir aufgefallen, daß derselbe Zahn genauso plombiert war. Der Goldschimmer hatte damals wie jetzt meinen Blick angezogen. Ich fügte diese Entdeckung zu der Stimme und der Figur, die die gleichen waren, und bedachte, was sich durch ein Rasiermesser und eine Perücke verändern ließ, und da gab es für mich keinen Zweifel mehr, daß ich es mit ein und demselben Mann zu tun hatte. Natürlich können zwei Brüder sich sehr ähnlich sehen, aber ein und derselbe Zahn wird doch nicht auf die gleiche Weise plombiert sein. Er komplimentierte mich hinaus, und als ich auf der Straße war, wußte ich nicht, ob ich auf dem Kopf oder auf den Füßen stand. Im Hotel steckte ich den Kopf in eine Schüssel mit kaltem Wasser und versuchte alles zu durchdenken. Warum hatte er mich von London nach Birmingham gelockt? Wieso war er früher angekommen als ich? Und warum hatte er an sich selber einen Brief geschrieben? Das war zuviel für mich, ich konnte mir keinen Reim darauf machen. Und dann kam mir plötzlich der Einfall, daß das, was für mich dunkel war, für Sherlock Holmes etwas leicht Durchschaubares sein könnte. So bin ich denn noch mit dem Nachtzug losgefahren, um ihn heute früh aufzusuchen und Sie beide nach Birmingham zu holen.«

Nachdem der Gehilfe des Börsenmaklers den Bericht über sein erstaunliches Erlebnis beendet hatte, herrschte erst einmal Stille. Sherlock Holmes richtete den Blick auf mich. Er lehnte in den Polstern, sein Gesicht zeigte Zufriedenheit und doch auch ein Zögern wie das eines Weinkenners, der gerade den ersten Schluck von einem ausgezeichneten Jahrgang gekostet hat.

»Schöne Geschichte, Watson, wie?« sagte er. »Es gibt ein paar Sachen, die mir gefallen. Ich glaube, Sie werden mir zustimmen, daß eine Unterhaltung mit Mr. Arthur Harry Pinner in dem provisorischen Büro der Franco-Midland-Metallwaren-Company eine interessante Erfahrung für uns beide sein könnte.«

»Aber wie sollen wir das anstellen?« fragte ich.

»Ach, ganz leicht«, sagte Hall Pycroft aufgeräumt. »Sie sind zwei Freunde von mir, die sich nach einer Arbeit umschauen, und was wäre natürlicher, als daß ich Sie dem Geschäftsführenden Direktor vorstelle?«

»So ist es, ganz genau so!« sagte Holmes. »Ich möchte einen Blick auf diesen Gentleman werfen und sehen, ob ich aus der Geschichte schlau werde. Welche Fähigkeiten haben Sie, mein Freund, die Ihre Dienste ihm so wertvoll machen? Oder wäre es möglich, daß...« Er begann an den Fingernägeln zu kauen und starrte mit leerem Blick aus dem Fenster, und wir bekamen kaum noch ein Wort aus ihm heraus, bis wir in der New Street standen.

An jenem Abend um sieben Uhr gingen wir zu dritt zur Corporation Street, zum Büro der Gesellschaft.

»Es hat keinen Zweck, vor der Zeit da zu sein«, sagte unser Klient, »denn er kommt anscheinend nur her, um sich mit mir zu treffen. Bis dahin stehen die Räume leer.«

»Das leuchtet ein«, bemerkte Holmes.

»Du lieber Himmel, habe ich es Ihnen nicht gesagt!« rief unser Freund. »Dort vorn ist er.«

Er zeigte auf einen kleineren blonden, gut angezogenen Mann, der mit schnellen Schritten auf der anderen Straßenseite ging. Wir sahen, wie er zu einem Jungen auf unserer Seite herüberschaute, der die Abendausgaben ausrief, wie er sich zwischen Droschken und Bussen hindurchwand und eine Zeitung kaufte. Dann verschwand er in einem Hauseingang.

»Da ist er wieder!« rief Hall Pycroft. »In dem Haus befinden sich die Büros der Gesellschaft. Kommen Sie mit, ich werde es arrangieren.«

Wir folgten ihm ins fünfte Stockwerk, wo unser Klient an eine halbgeöffnete Tür klopfte. Eine Stimme sagte »Herein!«, und wir betraten einen nackten, unmöblierten Raum, so wie Hall Pycroft es beschrieben hatte. An dem einzigen Tisch saß der Mann, den wir auf der Straße gesehen hatten, die Abendzeitung vor sich ausgebreitet, und als er hochblickte, schien mir, ich hätte noch nie ein Gesicht gesehen, das so von Kummer gezeichnet war oder vielmehr von etwas, das den Kummer übertraf — von einem Schrecken, wie er nur wenige Menschen im Leben befällt. Die Stirn glänzte schweißnaß, die Wangen waren vom stumpfen, toten Weiß eines Fischbauchs überzogen, und die Augen starrten wild. Er sah auf seinen Angestellten, als könne er sich seiner nicht erinnern, und an dem Staunen unseres Führers erkannte ich, daß dies auf keinen Fall das gewöhnliche Gesicht seines Chefs war.

»Sie sehen krank aus, Mr. Pinner!« rief er.

»Ja, es geht mir nicht sehr gut«, antwortete der andere und unternahm offensichtliche Anstrengungen, sich zusammenzureißen; er leckte sich die trockenen Lippen, ehe er weitersprach.

»Wer sind die Herren, die Sie mitgebracht haben?«

»Der eine ist Mr. Harris aus Bermondsey, der andere ist Mr. Price aus dieser Stadt«, sagte unser Freund rasch. »Sie sind Freunde von mir, berufserfahrene Männer, die seit einiger Zeit keine Beschäftigung besitzen. Sie hoffen, daß Sie ihnen Arbeit in der Gesellschaft verschaffen können.«

»Sehr wohl möglich! Sehr wohl möglich!« rief Mr. Pinner mit einem gespenstischen Lächeln. »Ja, ich zweifle nicht, daß wir etwas für Sie tun können. Welchen Beruf haben Sie, Mr. Harris?«

»Ich bin Buchhalter«, sagte Holmes.

»Ja, ja, das brauchen wir. Und Sie, Mr. Price?«

»Schreiber«, sagte ich.

»Ich glaube bestimmt, daß die Gesellschaft Sie einstellen wird. Ich lasse von mir hören, sobald eine Entscheidung gefallen ist. Und nun gehen Sie bitte. Lassen Sie mich um Gottes willen allein.«

Die letzten Worte wurden herausgeschleudert, als sei die Beherrschung, die er sich offensichtlich auferlegt hatte, plötzlich und völlig zusammengefallen. Holmes und ich blickten einander an, und Hall Pycroft tat einen Schritt näher zum Tisch.

»Sie vergessen, Mr. Pinner, daß ich mit Ihnen verabredet bin, um Anweisungen entgegenzunehmen«, sagte er.

»Ich weiß, Mr. Pycroft, ich weiß«, antwortete der andere in ruhigerem Ton. »Warten Sie einen Augenblick hier, und es gibt natürlich keinen Grund, warum Ihre Freunde nicht auch bleiben sollten. In drei Minuten stehe ich zu Ihrer Verfügung, wenn ich Ihre Geduld so lange in Anspruch nehmen darf.« Er stand auf, verbeugte sich sehr höflich vor uns und ging durch eine Tür am anderen Ende des Zimmers, die er hinter sich schloß.

»Was nun?« flüsterte Holmes. »Er entkommt uns.«

»Unmöglich«, antwortete Pycroft.

»Wieso?«

»Weil die Tür nur in einen anderen Raum führt.«

»Und es gibt keinen Ausgang?«

»Keinen.«

»Ist der Raum möbliert?«

»Gestern stand er leer.«

»Was, zum Teufel, sucht er dann da drin? Ich verstehe hier einiges nicht. Wenn es jemals einen Mann gab, der vor Angst fast durchdrehte, dann heißt der Pinner. Was hat nur das große Zittern über ihn gebracht?«

»Er vermutet, daß wir Detektive sind«, gab ich zu bedenken.

»Das wird's sein«, sagte Pycroft.

Holmes schüttelte den Kopf. »Er ist nicht bleich geworden. Er war schon bleich, als wir den Raum betraten«, sagte er. »Es ist möglich, daß...«

Ein Klopfen unterbrach ihn, das aus der Richtung der Tür kam.

»Warum, um alles in der Welt, klopft er an seine eigene Tür?« rief Pycroft.

Wieder hörten wir das Klopfen, diesmal lauter. Wir blickten alle erwartungsvoll zu der Tür hin. Ich sah, wie Holmes' Gesicht hart wurde, wie er sich in starker Erregung vorbeugte. Dann hörten wir ein leises, gurgelndes Geräusch und kurzes, heftiges Trommeln auf Holz. Holmes raste durch den Raum und drückte gegen die Tür. Sie war von der anderen Seite verschlossen. Seinem Beispiel folgend, warfen wir uns gegen sie. Eine Angel brach, dann die andere, und die Tür fiel krachend zu Boden. Wir stürmten über sie hinweg und standen im Nebenraum.

Er war leer.

Aber unsere Unschlüssigkeit währte nur einen Augenblick. In einer Ecke — der Ecke nächst dem Raum, aus dem wir kamen — gab es noch eine Tür. Holmes stürzte los und riß sie auf. Ein Rock und eine Weste lagen auf dem Boden, und an einem Haken hinter der Tür hing, die eigenen Hosenträger um den Hals, der Geschäftsführende Direktor der Franco-Midland-Metallwaren-Company. Die Knie waren hochgezogen, der Kopf stand schrecklich verdreht vom Körper ab; das Klopfen der Absätze gegen die Tür verursachte das Geräusch, das uns aufgestört hatte. Eine Sekunde später hatte ich ihn um die Hüften gepackt und hielt ihn hoch, während Holmes und Pycroft die elastischen Bänder lösten, die sich in die bläulichen Hautfalten des Halses eingegraben hatten. Wir trugen ihn ins Nebenzimmer, und da lag er dann mit schiefergrauem Gesicht, die hochroten Lippen stülpten sich bei jedem Atemzug nach außen — das furchtbar anzusehende Wrack eines Mannes.

»Wie steht es um ihn, Watson?« fragte Holmes.

Ich beugte mich über den Mann und untersuchte ihn. Sein Puls ging schwach und unregelmäßig, aber sein Atem wurde tiefer, und dann flatterten die Lider schwach, und ein schmaler Streifen der Augäpfel wurde sichtbar.

»Das war um Haaresbreite«, sagte ich, »aber nun wird er es überstehen. Öffnen Sie das Fenster, und geben Sie mir die Wasserkaraffe.« Ich öffnete dem Mann den Kragen, goß ihm das kalte Wasser über das Gesicht und hob und senkte seine Arme, bis er einen langen natürlichen Atemzug tat.

»Jetzt ist es nur noch eine Frage der Zeit«, sagte ich, als ich mich von ihm abwandte.

Holmes stand am Tisch, die Hände tief in die Hosentaschen vergraben und das Kinn auf die Brust gesenkt.

»Ich glaube, wir sollten jetzt die Polizei rufen«, sagte er. »Ich gestehe aber, daß ich ihr am liebsten einen abgeschlossenen Fall übergeben würde, wenn sie kommt.«

»Das ist für mich alles ein Geheimnis«, rief Pycroft und kratzte sich am Kopf. »Warum haben die mich hierherkommen lassen, wenn sie dann...«

»Ach, es ist alles klar«, sagte Holmes ungeduldig. »Um die letzte, plötzliche Wendung geht es.«

»Sie verstehen also das andere?«

»Ich denke, es liegt auf der Hand. Was meinen Sie, Watson?«

Ich zuckte die Schultern. »Ich muß gestehen, es übersteigt meine Vorstellungskraft«, sagte ich.

»Aber nicht doch! Wenn Sie die Ereignisse betrachten, dann sehen Sie, daß sie nur in eine Richtung weisen.«

»Und in welche?«

»Nun, die ganze Sache beruht auf zwei Punkten. Der erste besteht darin, daß man Pycroft dahin gebracht hat, eine Erklärung zu schreiben, woraufhin er in den Dienst dieser abgeschmackten Gesellschaft eintrat. Begreifen Sie nicht, wie bedeutsam das ist?«

»Ich fürchte, ich komme nicht dahinter.«

»Nun, warum haben sie ihn dahin gebracht, das zu tun? Mit der Anstellung hat es nichts zu schaffen, denn solche Vereinbarungen werden im allgemeinen mündlich getroffen, und es gab überhaupt keinen Grund, in diesem Fall eine Ausnahme zu machen. Erkennen Sie nicht, mein junger Freund, daß man sehr daran interessiert war, eine Probe Ihrer Handschrift zu bekommen, und daß man keinen anderen Weg sah als diesen?«

»Aber warum?«

»Ganz recht: warum? Wenn wir das beantworten können, sind wir mit unserem kleinen Problem ein Stück weiter. Warum? Ich kann mir nur einen hinreichenden Grund denken. Irgend jemand wollte Ihre Schrift nachahmen, mußte sich aber dafür erst eine Vorlage verschaffen. Wenn wir jetzt zum zweiten Punkt kommen, dann sehen wir, daß er den ersten erhellt, und umgekehrt. Dieser Punkt ist die Forderung Pinners, daß Sie Ihre Zusage nicht zurückziehen, sondern den Chef des bedeutenden Unternehmens in dem Glauben lassen sollten, ein Mr. Hall Pycroft, den er noch nie gesehen hatte, würde am Montag morgen den Dienst in seinem Büro antreten.«

»Mein Gott!« rief unser Klient. »Was bin ich doch für ein blindes Huhn gewesen!«

»Jetzt wissen Sie, was Ihre Handschrift ausmachen mußte. Angenommen, jemand wäre dort aufgetaucht, der eine völlig andere Schrift besaß als die, in der Ihre Bewerbung um die Stellung gehalten war, dann wäre die Sache natürlich aufgeflogen. Aber inzwischen hatte der Schurke Ihre Schrift nachzuahmen gelernt, und so konnte er seiner Sache sicher sein, wenn — wie ich annehme — niemand im Büro Sie jemals gesehen hat.«

»Keine Menschenseele kennt mich da«, stöhnte Hall Pycroft.

»Sehr gut. Natürlich war es von äußerster Wichtigkeit, daß Sie es sich nicht anders überlegten, und gleichfalls, daß Sie davon abgehalten wurden, mit irgend jemandem Berührung zu bekommen, der Ihnen erzählen konnte, daß Ihr Doppelgänger in Mawsons Büro arbeitete. Deshalb gab man Ihnen einen ansehnlichen Vorschuß auf Ihr Gehalt, lockte Sie in die Midlands und verpaßte Ihnen genügend Arbeit, um Sie von der Rückkehr nach London abzuhalten, wo Sie das Spielchen hätten auffliegen lassen können. Soweit ist alles geklärt.«

»Aber warum soll dieser Mann vorgegeben haben, sein eigener Bruder zu sein?«

»Nun, auch das ist klar. An der Sache sind offensichtlich nur zwei Leute beteiligt. Der andere sitzt jetzt als Hall Pycroft im Büro. Dieser hier war derjenige, der Sie engagierte, und ihm war bewußt, daß er, um Ihnen einen Arbeitgeber vorzusetzen, eine dritte Person in die Sache hätte einweihen müssen. Das aber wollte er auf keinen Fall. Also veränderte er sein Äußeres, so gut er konnte, und vertraute darauf, daß Sie die Ähnlichkeit, die Ihnen auffiel, der nahen Verwandtschaft zuschreiben würden. Ohne den glücklichen Zufall, daß Sie die Goldplombe entdeckten, wäre Ihr Verdacht vermutlich nie geweckt worden.«

Hall Pycroft schüttelte die Fäuste.

»Guter Gott!« rief er, »was hat nur der andere Hall Pycroft bei Mawson gemacht, während man mich hier an der Nase herumführte? Was können wir tun, Mr. Holmes? Was soll ich tun, sagen Sie mir das!«

»Wir müssen Mawson telegraphieren.«

»Das Büro wird samstags um zwölf geschlossen.«

»Das macht nichts, es wird doch wohl einen Pförtner oder Ähnliches geben...«

»Ja, ja, sie haben einen ständigen Wächter, wegen der Wertpapiere, die dort deponiert sind. Ich erinnere mich, daß in der City davon geredet wurde.«

»Gut denn, wir werden telegraphieren und uns erkundigen, ob alles in Ordnung ist und ob ein Schreiber Ihres Namens dort arbeitet. Das wäre also geklärt, aber nicht klar ist, warum der eine der Schurken kurz nach unserem Kommen den Raum verlassen und sich aufgehängt hat.«

»Die Zeitung!« krächzte eine Stimme hinter uns.

Der Mann saß jetzt, bleich und gespenstisch, aber schon wieder mit Augen, in die Vernunft zurückkehrte, und rieb sich nervös die breite rote Strieme, die noch immer an seinem Hals zu sehen war.

»Die Zeitung! Natürlich!« schrie Holmes sofort sehr aufgeregt. »Ich war ein Idiot! Ich habe so sehr an einen Zusammenhang mit unserem Besuch gedacht, daß mir die Zeitung nicht eine Sekunde in den Sinn gekommen ist. Selbstverständlich liegt dort die Erklärung.« Er glättete die Zeitung auf dem Tisch, und ein Triumphschrei löste sich von seinen Lippen.

»Schauen Sie sich das an, Watson!« rief er. »Es ist eine Londoner Zeitung, eine Frühausgabe des ›Evening Standard‹. Hier steht, was wir brauchen. Sehen Sie die Schlagzeilen: ›Verbrechen in der City. Mord bei Mawson & Williams. Raubversuch riesigen Ausmaßes. Festnahme des Verbrechers.‹

Nehmen Sie, Watson, wir sind begierig, die Nachricht zu hören; seien Sie so freundlich, sie uns vorzulesen.«

Nach der Placierung in der Zeitung schien die Begebenheit das Wichtigste zu sein, was sich in London ereignet hatte. Die Meldung hatte folgenden Wortlaut:

›Ein rücksichtsloser Raubversuch, der mit dem Tod eines Mannes und mit der Gefangennahme des Verbrechers seinen Höhepunkt fand, ereignete sich heute nachmittag in der City. Seit einiger Zeit liegen im Haus Mawson & Williams, dem bekannten Finanzunternehmen, Wertpapiere, deren Gesamtwert eine Million Pfund Sterling beträchtlich übersteigt. Der Geschäftsführer des Unternehmens war sich der Verantwortung, die dadurch auf ihm lastete, so sehr bewußt, daß er modernste Safes anschaffte und Tag und Nacht einen bewaffneten Wächter in dem Gebäude patrouillieren ließ. Es scheint, daß letzte Woche ein gewisser Hall Pycroft als Schreiber in der Firma anfing, und diese Person ist vermutlich kein anderer als Beddington, der berüchtigte Fälscher und Tresorknacker, der vor kurzem zusammen mit seinem Bruder aus fünfjähriger Zuchthaushaft entlassen wurde. Auf eine noch ungeklärte Weise hat er unter falschem Namen die Stellung im Büro der Firma erhalten, die er dazu ausnutzte, Abdrücke von den verschiedenen Schlössern anzufertigen und sich eine genaue Kenntnis der Lage des Tresorraums und der Safes anzueignen.

Es ist bei Mawson üblich, daß die Angestellten samstags mittags das Büro verlassen. Deshalb war Sergeant Tuson von der City-Polizei einigermaßen erstaunt, als er einen Mann mit einer Reisetasche um zwanzig nach eins aus dem Haus treten sah. Da sein Verdacht geweckt war, folgte der Sergeant dem Mann, und es gelang ihm, mit Hilfe von Konstabler Pollock, ihn nach verzweifelter Gegenwehr festzunehmen. Bald stellte sich heraus, daß ein gewaltiger Raub gewagt worden war. Amerikanische Eisenbahn-Aktien im Wert von fast einhunderttausend Pfund und eine große Anzahl Interimsscheine anderer Minen und Gesellschaften wurden in der Reisetasche entdeckt. Als man das Gebäude durchsuchte, fand man die Leiche des unglücklichen Wächters. Sie war in den größten Safe gepfercht, wo sie vor Montagmorgen nicht entdeckt worden wäre, hätte Sergeant Tuson nicht entschlossen gehandelt. Der Schädel des Mannes war durch einen hinterrücks geführten Schlag mit einer Eisenstange zertrümmert worden. Zweifellos hatte Beddington sich Einlaß in das Gebäude verschafft, indem er vorgab, etwas vergessen zu haben, und nachdem er den Wächter ermordet hatte, raubte er den Haupttresor in aller Eile aus und wollte sich mit der Beute davonmachen. Sein Bruder, der gewöhnlich mit ihm zusammenarbeitete, trat bei dem Coup nicht in Erscheinung; trotzdem unternimmt die Polizei verstärkte Nachforschungen nach dessen derzeitigem Aufenthalt.‹

»Nun, wir können der Polizei in dieser Hinsicht einige Mühe ersparen«, sagte Holmes mit einem Blick auf die zusammengesunkene Gestalt nahe dem Fenster. »Die menschliche Natur ist auf seltsame Weise widersprüchlich, Watson. Sie sehen, daß selbst ein Schurke und Mörder einen großen Einfluß auf seinen Bruder ausübt; sogar einen so großen, daß der versucht, Selbstmord zu begehen, wenn er erfährt, daß der andere sein Leben verwirkt hat. Wie dem auch sei, wir haben hier keine Wahl. Der Doktor und ich bleiben, Mr. Pycroft, indes Sie sich freundlicherweise nach der Polizei umsehen.«

# Die ›Gloria Scott‹

»Ich habe hier einige Papiere«, sagte mein Freund Sherlock Holmes, als wir an einem Winterabend beim Kaminfeuer saßen, »die es wert wären, Watson, überflogen zu werden. Das sind die Dokumente des außergewöhnlichen Falls, der mit der ›Gloria Scott‹ zusammenhängt, und dies ist die Nachricht, bei deren Lesen den Friedensrichter Trevor vor Schreck der Schlag getroffen hat.«

Er hatte ein kleines angelaufenes Metallrohr aus der Schublade genommen, löste das Band und reichte mir eine kurze Mitteilung — auf eine halbe Seite schiefergrauen Papiers gekritzelte Wörter.

Da stand: ›Die lange erwartete Jagd auf Wild hat heute schon begonnen. Der Oberförster Hudson, unser Freund, hat mir bereits alles nötige Wissen preisgegeben. Komme im Verlauf der Woche, um Dich und Dein Fasanenweibchen am Leben zu finden.‹

Als ich von der rätselhaften Botschaft aufblickte, sah ich, daß Holmes sich über meinen Gesichtsausdruck amüsierte.

»Sie blicken ein wenig verstört drein«, sagte er.

»Ich verstehe nicht, wie so eine Nachricht Schrecken hervorrufen kann. Sie scheint mir eher grotesk.«

»So scheint es. Aber die Tatsache bleibt, daß es den Empfänger, einen wackeren, robusten alten Mann, beim Lesen glatt niedergestreckt hat, so, als hätte ihn eine Pistolenkugel getroffen.«

»Sie machen mich neugierig«, sagte ich. »Aber warum meinten Sie, es gäbe einen besonderen Grund, aus dem ich diesem Fall meine Aufmerksamkeit schenken sollte?«

»Weil er der erste war, in den ich mich eingelassen habe.«

Ich hatte oft versucht, aus meinem Gefährten herauszubekommen, was ursprünglich sein Interesse auf kriminalistische Untersuchungen gelenkt hat, aber nie war ich bei ihm auf eine mitteilsame Laune gestoßen. Jetzt saß er vorgeneigt in seinem Lehnsessel und breitete die Dokumente auf den Knien aus. Dann zündete er sich die Pfeife an, rauchte und ging dabei die Papiere durch.

»Haben Sie mich nie von Victor Trevor sprechen hören?« fragte er. »Er war mein einziger Freund während der zwei Jahre, die ich auf dem College verbrachte. Ich war nie sehr gesellig, Watson, und habe mich auch nicht viel mit den Leuten meines Studienjahrs abgegeben; eher fand ich Freude daran, die Zeit in meiner Wohnung zu verträumen und meine unbedeutenden Denkmethoden auszuarbeiten. Außer Fechten und Boxen hatte ich wenig sportliche Interessen, auch meine Studien unterschieden sich von denen der anderen Jungs, und also gab es keine Kontaktmöglichkeiten. Trevor war der einzige, den ich kannte, und das auch nur durch seinen Bullterrier, der sich eines Morgens, als ich zur Kapelle ging, in mein Fußgelenk verbiß.

Das war eine prosaische Art, Freundschaft anzufangen, aber eine wirkungsvolle. Zehn Tage lag ich flach, und Trevor kam häufig und kümmerte sich um mich. Zuerst blieb er nur eine Minute, bald aber dehnte er seine Besuche aus, und am Ende des Semesters waren wir gute Freunde. Er war ein herzlicher, vitaler Bursche, voller Geist und Energie, in vieler Hinsicht das genaue Gegenteil von mir; dennoch fanden wir, daß wir einiges gemeinsam hatten, und als ich erfuhr, daß er ohne Freunde war wie ich, wurde das zum Freundschaftsband. Schließlich lud er mich in das Haus seines Vaters ein, nach Donnithorpe in Norfolk, und ich nahm seine

Gastfreundschaft während der großen Ferien einen ganzen Monat lang in Anspruch.

Der alte Trevor war offensichtlich ein ziemlich wohlhabender und angesehener Mann, J. P. und Grundbesitzer. Donnithorpe ist ein Dörfchen im Norden von Langmere, mitten in den Broads. Das altertümliche Haus war ein geräumiges, solides Backsteingebäude, zu dem eine schöne Lindenallee hinführte. Es gab eine ausgezeichnete Wildentenjagd im Moor, bemerkenswerte Fischgründe, eine kleine, aber erlesene Bibliothek, die man, wie ich erfuhr, vom früheren Besitzer übernommen hatte, und eine leidlich gute Köchin, so daß man schon ein Mäkler hätte sein müssen, um dort nicht einen angenehmen Monat verbringen zu können.

Trevor senior war Witwer und mein Freund sein einziger Sohn. Er hatte auch, wie ich erfuhr, eine Tochter besessen, sie jedoch während eines Besuchs in Birmingham durch die Diphtherie verloren. Der Vater interessierte mich außerordentlich. Er war ein recht unkultivierter Mann, verfügte jedoch über ein beträchtliches Maß körperlicher wie geistiger Robustheit. Er kannte kaum ein Buch, war aber weit gereist, hatte viel gesehen und erinnerte sich an alles, was er erfahren hatte. Er war stämmig und untersetzt, hatte dichtes graues Haar, ein braunes, vom Wetter gegerbtes Gesicht und blaue Augen, die hitzig bis an die Grenze der Wildheit blicken konnten. Dennoch stand er im Ruf, ein freundlicher und wohltätiger Mann zu sein, und war bekannt für seine milden Urteile im Gerichtssaal.

Eines Abends, kurz nach meiner Ankunft, als wir nach dem Dinner bei einem Glas Portwein beisammensaßen, brachte der junge Trevor die Rede auf meine Gewohnheit, zu beobachten und zu schlußfolgern, die ich bereits systematisiert hatte, wenn ich auch noch nicht abschätzen konnte, welche Rolle sie einmal in meinem Leben spielen würde. Der alte Mann glaubte offenbar, sein Sohn übertriebe bei der Beschreibung einiger Kunststückchen, die ich vollbracht hatte.

›Kommen Sie, Mr. Holmes‹, sagte er und lachte gut gelaunt, ›ich bin ein ausgezeichnetes Medium für Ihre Schlußfolgerungen.‹

›Ich fürchte, bei Ihnen gibt es nicht viel zu schließen‹, antwortete ich. ›Ich könnte darauf verweisen, daß Sie in den letzten zwölf Monaten mit der Furcht gelebt haben, angegriffen zu werden.‹

Das Lächeln um seine Lippen verschwand, und er starrte mich verwundert an.

›Nun, das stimmt nur zu sehr‹, sagte er. ›Du weißt, Victor‹, wandte er sich an seinen Sohn, ›daß die Wildererbande, nachdem wir sie haben auffliegen lassen, uns mit Erdolchen gedroht hat; und Sir Edward Hoby ist auch wirklich angegriffen worden. Seitdem bin ich auf der Hut. Dennoch kann ich mir nicht vorstellen, wie Sie daraufgekommen sind.‹

›Sie besitzen einen sehr soliden Spazierstock‹, antwortete ich. ›Aber Sie besitzen ihn erst seit einem Jahr, wie ich aus der Inschrift feststellen konnte. Außerdem haben Sie es sich angelegen sein lassen, den Knauf auszubohren und Blei in die Höhlung zu gießen, und so den Stock zu einer fürchterlichen Waffe gemacht. Ich schloß daraus, daß Sie solche Vorkehrungen nicht getroffen hätten, wenn Sie nicht eine Gefahr befürchteten.‹

›Sonst noch etwas?‹ fragte er lächelnd.

›Sie haben in Ihrer Jugend viel geboxt.‹

›Wieder richtig. Woher wissen Sie das? Ist meine Nase ein bißchen schief geschlagen?‹

›Nein‹, sagte ich, ›man sieht es an Ihren Ohren. Sie weisen die für Boxer typischen Abplattungen und Verdickungen auf.‹

›Sonst noch etwas?‹

›Sie haben viel gegraben, nach Ihren Schwielen zu urteilen.‹

›Ich habe mein Geld auf den Goldfeldern gemacht.‹

›Sie waren in Neuseeland.‹

›Wieder richtig.‹

›Sie haben Japan besucht.‹

›Ganz recht.‹

›Und Sie waren sehr eng befreundet mit jemandem, dessen Name mit den Buchstaben J. A. beginnt und den Sie sich völlig zu vergessen bemüht haben!‹

Mr. Trevor erhob sich ganz langsam, starrte mich aus seinen großen blauen Augen seltsam wild an und fiel dann in tödlicher Ohnmacht nach vorn aufs Gesicht, mitten zwischen die Nußschalen, die auf dem Tischtuch verstreut waren.

Sie können sich wohl vorstellen, Watson, wie erschrocken wir waren, sein Sohn und ich. Der Anfall dauerte nicht lange; als wir ihm den Kragen geöffnet und ihm Wasser aus einer der Fingerschalen ins Gesicht gesprengt hatten, schnappte er einige Male nach Luft und setzte sich wieder auf.

›Ah, Jungs‹, sagte er mit gezwungenem Lächeln, ›hoffentlich habe ich euch nicht erschreckt. So stark ich auch aussehe, mein Herz ist nicht allzu stark, und es ist nicht allzuviel nötig, mich umzuwerfen. Ich weiß nicht, wie Sie es anstellen, Mr. Holmes, aber mir scheint, alle Detektive mit Gespür und Phantasie sind, mit Ihnen verglichen, nur Kinder. Hier liegt Ihre Lebensaufgabe, Sir, hören Sie auf einen Mann, der einiges von der Welt gesehen hat.‹

Und diese Empfehlung mit der übertriebenen Wertschätzung meiner Fähigkeiten, die er vorausgeschickt hatte, war, ob Sie es glauben oder nicht, Watson, der erste Anstoß zu der Überlegung, ob ich aus dem, was ich bis dahin als reines Steckenpferd betrieben hatte, einen Beruf machen könnte. In diesem Augenblick jedoch war ich zu besorgt wegen der plötzlichen Übelkeit meines Gastgebers, als daß ich an etwas anderes hätte denken können.

›Hoffentlich habe ich nichts geäußert, was für Sie schmerzlich ist‹, sagte ich.

›Nun, Sie haben einen ziemlich wunden Punkt berührt. Darf ich fragen, woher Sie davon wissen und wieviel Sie wissen?‹ Er redete jetzt halb im Scherz, aber auf dem Grund seiner Augen lauerte noch immer der Schrecken.

›Nichts ist einfacher als das‹, sagte ich. ›Als Sie neulich beim Angeln den Arm entblößten, um den Fisch ins Boot zu ziehen, sah ich, daß nahe dem Ellbogen die Buchstaben J. A. eintätowiert sind. Die Buchstaben waren noch lesbar, aber aus ihrer Undeutlichkeit und den Einstichen rings schloß ich, daß Versuche unternommen worden waren, sie auszulöschen. Da lag es für mich auf der Hand, daß diese Initialen Ihnen einmal sehr teuer gewesen sind und daß Sie später versucht haben, Sie zu vergessen.‹

›Welche Beobachtungsgabe!‹ rief er und seufzte erleichtert. ›Es ist genau, wie Sie sagen. Aber reden wir nicht darüber. Von allen Gespenstern sind die Gespenster aus unseren alten Liebesaffären die schlimmsten. Kommt ins Billardzimmer, da können wir in Ruhe eine Zigarre rauchen.‹

Von diesem Tag an lag bei all seiner Herzlichkeit immer ein Anflug von Mißtrauen in Mr. Trevors Verhalten mir gegenüber. Sogar sein Sohn bemerkte das. ›Du hast den Chef dermaßen erschreckt‹, sagte er, ›daß er sich nie wieder darüber im klaren sein wird, was du weißt und was du nicht weißt.‹ Er wollte seine Unsicherheit nicht zeigen, dessen bin ich gewiß; aber sie beherrschte sein Denken so sehr, daß sie bei jeder Gelegenheit zutage trat. Schließlich war ich davon überzeugt, daß ich ihm Unbehagen bereitete, und ich beschloß, meinen Besuch zu beenden. Jedoch ereignete sich am Tag vor meiner Abfahrt etwas, das in der Folge Bedeutung erhalten sollte.

Wir drei saßen in Gartenstühlen auf dem Rasen, dösten in der Sonne und genossen die Aussicht auf die Broads, als das Dienstmädchen herauskam und meldete, daß ein Mann an der Tür sei, der Mr. Trevor zu sprechen wünsche.

›Wie heißt er?‹ fragte mein Gastgeber.

›Er wollte seinen Namen nicht nennen.‹

›Was will er denn?‹

›Er sagt, Sie kennen ihn, und er will nur ein paar Worte mit Ihnen wechseln.‹

›Führen Sie ihn her.‹ Einen Augenblick später erschien ein kleiner, welker, kriecherischer Bursche, der vornübergebeugt watschelte. Er trug ein offenstehendes Jackett mit einem Teerfleck auf dem Ärmel, ein rot-schwarz kariertes Hemd, blaue Baumwollhosen und abgetragene schwere Stiefel. Sein Gesicht war schmal und braun und verschlagen und stellte ein dauerndes Lächeln zur Schau, das eine Reihe unregelmäßiger gelber Zähne entblößte. Seine verschrumpelten Hände waren auf eine Art halb geschlossen, die Seeleuten eigen ist. Als er über den Rasen schlurrte, hörte ich, wie Mr. Trevor einen Ton von sich gab, als habe ihn ein Schluckauf befallen, und dann sprang er aus seinem Stuhl und rannte ins Haus. Gleich darauf kehrte er zurück, und ich roch den starken Duft von Kognak, als er an mir vorüberging.

›Nun, lieber Mann‹, sagte er, ›was kann ich für Sie tun?‹

Der Seemann stand da und sah ihn aus zusammengekniffenen Augen an, immer dieses Lächeln auf dem Gesicht.

›Sie kennen mich nicht?‹ fragte er.

›Ist das nicht Hudson!‹ sagte Mr. Trevor im Ton der Überraschung.

›Es ist Hudson, Sir‹, sagte der Seemann. ›Es ist dreißig Jahre her oder länger, daß ich Sie nicht gesehen habe.

Sie sitzen hier in Ihrem Haus, und ich esse noch immer Pökelfleisch aus dem Blechnapf.‹

›Du wirst schon noch sehen, daß ich die alten Zeiten nicht vergessen habe‹, rief Mr. Trevor, ging auf den Seemann zu und sagte etwas zu ihm mit leiser Stimme. ›Geh in die Küche‹, fuhr er laut fort, ›und laß dir etwas zu essen und zu trinken geben. Und ich werde auch eine Stellung für dich finden.‹

›Vielen Dank, Sir‹, sagte der Seemann und legte grüßend die Hand an die Schläfe. ›Ich hab nach zwei Jahren von einem Achtknotendampfer abgemustert und muß mal ausspannen. Und da hab ich mir gedacht, das kann ich entweder bei Mr. Beddoes oder bei Ihnen.‹

›Ah!‹ rief Mr. Trevor, ›du weißt, wo Mr. Beddoes ist?‹

›Aber, Sir, ich weiß, wo alle meine alten Freunde sind‹, sagte der Kerl mit finsterem Lächeln und schlurrte hinter der Magd her in die Küche. Mr. Trevor murmelte irgend etwas der Art, daß er und der Mann gemeinsam auf einem Schiff gefahren wären, als er von der Goldgräberei zurückgekehrt sei, ging dann ins Haus und ließ uns auf dem Rasen zurück. Eine Stunde später, als wir das Haus betraten, fanden wir ihn stockbetrunken auf dem Sofa im Salon liegen. Der ganze Zwischenfall hinterließ bei mir einen schlechten Eindruck, und es tat mir nicht leid, am nächsten Tag Donnithorpe hinter mir lassen zu können; denn ich spürte, daß meine Gegenwart für meinen Freund eine stete Quelle der Verlegenheit sein mußte.

Das alles geschah während des ersten Monats der großen Ferien. Ich fuhr in meine Londoner Wohnung zurück und verbrachte die folgenden Wochen mit einigen chemischen Experimenten. Eines Tages, als der Herbst schon weit fortgeschritten war und die Ferien zu Ende gingen, erhielt ich von meinem Freund ein Telegramm, in dem er mich bat, nach Donnithorpe zurückzukehren, da er meinen Rat und meine Hilfe dringend brauche. Natürlich ließ ich alles stehen und liegen und reiste noch einmal nordwärts.

Er erwartete mich am Bahnhof mit einem Dogcart, und ich bemerkte auf den ersten Blick, daß die beiden vergangenen Monate ihn arg mitgenommen hatten.

Er sah dünn und abgehärmt aus und hatte seine laute, fröhliche Art, für die er bekannt war, eingebüßt.

›Der Chef liegt im Sterben‹, war das erste, was er sagte.

›Unmöglich!‹ rief ich. ›Was fehlt ihm denn?‹

›Apoplexie. Nervenzusammenbruch. Es steht den ganzen Tag schon mit ihm auf der Kippe. Ich zweifle, ob wir ihn noch lebend antreffen.‹

Ich war, wie Sie sich wohl vorstellen können, Watson, entsetzt über diese Nachricht.

›Wodurch ist das ausgelöst worden?‹ fragte ich.

›Eben darum geht es ja. Steig ein, unterwegs können wir darüber sprechen. Erinnerst du dich an den Burschen, der an dem Abend, bevor du abgereist bist, aufkreuzte?‹

›Sehr genau.‹

›Weißt du, wer das war, den wir an dem Tag ins Haus gelassen haben?‹

›Keine Ahnung.‹

›Es war der Teufel, Holmes!‹ rief er.

Ich sah ihn überrascht an.

›Ja, es war der Teufel persönlich. Seitdem hatten wir keine ruhige Stunde — nicht eine. Seit jenem Abend hat der Chef den Kopf nicht mehr hoch getragen, und jetzt ist alles Leben aus ihm gewichen und sein Herz gebrochen, alles durch diesen verdammten Hudson.‹

›Welche Gewalt hat er denn über deinen Vater?‹

›Das zu wissen, würde ich viel geben. Der freundliche, gutherzige alte Chef! Wie konnte er nur in die Klauen eines solchen brutalen Kerls fallen? Aber ich bin so froh,

Holmes, daß du gekommen bist. Ich verlasse mich ganz auf dein Urteil und deine Verschwiegenheit, und ich weiß, daß du mich aufs beste beraten wirst.‹

Wir jagten über die glatte, helle Landstraße, vor uns die lange Kette der Broads, die im roten Licht der untergehenden Sonne leuchteten. Hinter einem Wäldchen zu unserer Linken konnte ich schon die hohen Schornsteine und die Fahnenstange sehen, die den Wohnsitz des Squire markierten.

›Mein Vater hat den Kerl zum Gärtner gemacht‹, sagte mein Gefährte, ›und ihn dann, als das ihn nicht befriedigte, zum Butler befördert. Das ganze Haus schien in seiner Gewalt zu sein, und er tat, was ihm beliebte. Die Dienstmädchen beschwerten sich über sein Benehmen, wenn er betrunken war, und über seine ordinären Reden. Mein Vater erhöhte ihren Lohn, um sie für ihren Verdruß zu entschädigen. Der Bursche nahm einfach das Boot und das beste Gewehr meines Vaters und veranstaltete für sich selbst kleine Jagdausflüge. Und alles mit einer so höhnisch grinsenden, unverschämten Miene, daß ich ihn zwanzigmal hätte niederschlagen mögen, wenn er ein Mann meines Alters gewesen wäre. Ich versichere dir, Holmes, ich mußte mich die ganze Zeit über mit Gewalt im Zaum halten, und jetzt frage ich mich, ob es nicht klüger gewesen wäre, wenn ich mich hätte gehenlassen.

Die Sache wurde immer schlimmer, und Hudson, dieses Vieh, war schließlich so aufdringlich geworden, daß ich ihn einmal, als er in meiner Gegenwart meinem Vater eine unverschämte Antwort gab, an den Schultern packte und aus dem Zimmer stieß. Er schlich davon, mit fahlem Gesicht und boshaften Augen, die drohender waren als Worte je hätten sein können. Ich weiß nicht, was sich zwischen meinem armen Vater und ihm danach abgespielt hat, jedenfalls kam mein Vater am nächsten Tag zu mir und fragte mich, ob es mir etwas ausmache, mich bei Hudson zu entschuldigen. Wie du dir vorstellen kannst, habe ich das abgelehnt, und ich fragte meinen Vater, wie er so einem Lumpen erlauben konnte, sich ihm gegenüber und in seinem Haus derartige Frechheiten herauszunehmen.

‚Ach, mein Junge', sagte er, ‚du hast gut reden, du weißt nicht, in welcher Lage ich bin. Aber du sollst es wissen, Victor. Ich werde dafür sorgen, daß du es erfährst, komme, was da wolle! Du würdest doch nichts Schlechtes von deinem Vater denken, oder?' Er war sehr bewegt und schloß sich den ganzen Tag über in seinem Arbeitszimmer ein. Durchs Fenster sah ich, wie er emsig schrieb.

An diesem Abend schien für uns die Stunde der Erlösung zu schlagen, denn Hudson teilte uns mit, er werde uns verlassen. Er kam nach dem Dinner ins Speisezimmer und verkündete seinen Entschluß mit der schweren Zunge des Betrunkenen.

‚Ich habe von Norfolk die Nase voll', sagte er. ‚Ich verzieh mich nach Hampshire zu Mr. Beddoes. Ich wette, der ist genauso froh, mich wiederzusehen, wie Sie.'

‚Du wirst uns doch nicht mit unfreundlichen Gefühlen verlassen, Hudson?' sagte mein Vater so zahm, daß mein Blut zu kochen begann.

‚Man hat sich nicht bei mir entschuldigt!' sagte er verdrießlich und sah dabei in meine Richtung.

‚Victor, möchtest du nicht zugeben, daß du diesen ehrenwerten Mann reichlich grob behandelt hast?' sagte mein Vater und wandte sich mir zu.

‚Im Gegenteil, mir scheint, wir haben ihm beide außerordentliche Geduld entgegengebracht', antwortete ich.

‚Ach nee, wirklich?' knurrte der Kerl. ‚Sehr schön, Freundchen. Darüber reden wir noch.' Er schlurrte aus dem Zimmer, und eine halbe Stunde später verließ er das Haus. Mein Vater blieb in bejammernswerter

Nervosität zurück. Nacht für Nacht hörte ich, wie er in seinem Zimmer auf und ab ging, und gerade als er dabei war, seine Sicherheit wiederzufinden, fiel der Schlag.‹

›Und wie?‹ fragte ich.

›Auf die ungewöhnlichste Weise. Gestern abend kam ein Brief für meinen Vater an, mit dem Poststempel von Fordingbridge. Mein Vater las ihn, schlug sich die Hände vor den Kopf und begann in kleinen Kreisen im Zimmer herumzurennen, wie einer, der den Verstand verloren hat. Als ich ihn schließlich aufs Sofa ziehen konnte, sah ich, daß eine Seite des Mundes und ein Lid herabhingen. Er hatte einen Schlaganfall erlitten. Dr. Fordham kam sofort, und wir brachten ihn ins Bett. Doch die Lähmung hat sich ausgebreitet. Seitdem ist sein Bewußtsein nicht zurückgekehrt, und ich glaube nicht, daß wir ihn noch lebend antreffen werden.‹

›Du erschreckst mich, Trevor!‹ rief ich. ›Was kann denn in dem Brief gestanden haben, das so furchtbare Folgen nach sich ziehen konnte?‹

›Nichts. Das ist das Unerklärliche. Die Botschaft ist absurd und nichtssagend. O mein Gott, es ist, wie ich befürchtet habe!‹

Während er sprach, waren wir in die Allee eingebogen und sahen im schwindenden Licht, daß man alle Vorhänge im Haus zugezogen hatte. Als wir auf die Tür zuhasteten, mein Freund mit schmerzverzerrtem Gesicht, kam uns ein Herr in Schwarz entgegen.

›Wann ist es geschehen, Doktor?‹ fragte Trevor.

›Unmittelbar nachdem Sie gefahren waren.‹

›Hat er das Bewußtsein wiedererlangt?‹

›Für einen Moment, bevor es zu Ende ging.‹

›Irgendeine Nachricht für mich?‹

›Nur, daß die Papiere sich in der hinteren Schublade der japanischen Kommode befänden.‹

Mein Freund ging mit dem Arzt hinauf ins Sterbezimmer; ich blieb im Arbeitszimmer und ließ mir die ganze Sache wieder und wieder durch den Kopf gehen. Dabei fühlte ich mich bedrückt wie nie zuvor im Leben. Wie sah die Vergangenheit dieses Trevor aus: Boxer, Weltenbummler, Goldgräber? Und wie war er in die Gewalt dieses Seemanns mit dem abstoßenden Gesicht geraten? Und warum verlor er das Bewußtsein, wenn man auf halbverblaßte Initialen auf seinem Arm anspielte? Und warum starb er vor Angst, nachdem er einen Brief aus Fordingbridge erhalten hatte? Dann fiel mir ein, daß Fordingbridge in Hampshire liegt und daß es von diesem Mr. Beddoes, den der Seemann aufsuchen und wahrscheinlich erpressen wollte, geheißen hatte, er lebe in Hampshire. Der Brief war dann entweder von Hudson geschrieben worden, und der Seemann hatte in ihm darin mitgeteilt, er habe das Geheimnis einer Schuld, die es offenbar gab, gelüftet, oder er konnte von Beddoes gekommen sein, der einen alten Verbündeten davon unterrichtete, daß Gefahr bestünde, das Geheimnis könnte gelüftet werden. Soweit schien mir alles klar. Aber wie konnte der Brief dann absurd und nichtssagend sein, wie der Sohn sich ausgedrückt hatte? Er mußte ihn nicht richtig gelesen haben. Wenn doch, dann war der Brief vermutlich in einem der scharfsinnigen Codes abgefaßt, die eine Sache meinen, während sie auf eine andere zielen. Ich mußte den Brief sehen. Wenn er einen verborgenen Sinn enthielt, traute ich mir zu, ihn herauszubekommen. Eine Stunde lang saß ich grübelnd im Dunkeln, bis schließlich ein weinendes Dienstmädchen eine Lampe brachte. Kurz danach kam mein Freund Trevor, bleich, aber gefaßt, mit eben den Papieren, die jetzt auf meinen Knien liegen. Er nahm mir gegenüber Platz, rückte die Lampe zur Tischkante und reichte mir das schiefergraue Blatt. Ich las: ›Die lange erwartete Jagd auf Wild hat heute schon begonnen. Der Oberförster Hudson, unser Freund, hat mir bereits alles nötige Wissen preisgegeben. Komme im Lauf der Woche, um Dich und Dein Fasanenweibchen am Leben zu finden.‹

Ich glaube, als ich den Text zum ersten Mal las, sah ich genauso verwirrt aus wie Sie jetzt. Dann las ich ihn noch einmal sehr sorgfältig. Es war offensichtlich so, wie ich gedacht hatte: Hinter der seltsamen Kombination von Wörtern mußte ein verborgener Sinn stecken. Oder konnte es sein, daß Wörter wie ›Oberförster‹ oder ›Fasanenweibchen‹ eine vorher abgesprochene Bedeutung besaßen? Eine solche Bedeutung wäre etwas Willkürliches gewesen und durch keinerlei Schlußfolgerungen zu enträtseln. Doch ich neigte nicht zu dieser Annahme, und das Vorhandensein des Namens Hudson schien mir darauf hinzuweisen, daß es sich mit der Nachricht so verhielt, wie ich es bereits vermutet hatte, daß sie eher von Beddoes abgeschickt worden war als von dem Seemann. Ich versuchte es mit Rückwärtslesen, aber die Kombination ›finden zu Leben am‹ war nicht gerade ermutigend. Dann las ich jedes zweite Wort, aber die Folgen ›lange Jagd Wild‹ und ›die erwartete auf‹ versprachen nicht, Licht in die Sache zu bringen. Dann, durch eine Eingebung des Augenblicks, hielt ich den Schlüssel des Rätsels in der Hand: Ich erkannte, daß, begonnen mit dem ersten und dann fortgesetzt mit jedem dritten Wort, sich eine Nachricht ergab, die den alten Trevor hatte zur Verzweiflung treiben können.

Es war eine kurze klare Warnung, was ich nun meinem Gefährten vorlas: ›Die Jagd hat begonnen. Hudson hat alles preisgegeben. Lauf um Dein Leben.‹

Victor Trevor barg das Gesicht in den zitternden Händen. ›Das muß es sein‹, sagte er. ›Und das war schlimmer als Tod, denn es bedeutet auch Entehrung. Aber was sollen denn die Worte ‚Oberförster' und ‚Fasanenweibchen'?‹

›Die Wörter haben mit der Nachricht nichts zu tun, könnten für uns aber wichtig werden, wenn wir keine anderen Mittel hätten, den Absender zu erschließen. Er hat einfach zu schreiben begonnen: Die... Jagd... hat..., und so weiter. Danach mußte er, um den abgesprochenen Code herzustellen, jeweils zwei Wörter in die Lücken setzen. Natürlich nahm er die ersten Wörter, die ihm in den Sinn kamen, und da es unter den Freunden deines Vaters anscheinend viele Sportliebhaber gibt, kannst du fast sicher sein, daß der Absender entweder ein begeisterter Jäger ist oder sich für Vogelzucht interessiert. Weißt du etwas über diesen Beddoes?‹

›Jetzt, da du mich fragst‹, sagte er, ›fällt mir ein, daß mein Vater von ihm in jedem Herbst eine Einladung zur Jagd auf seinen Besitzungen erhielt.‹

›Dann kommt der Brief zweifellos von ihm‹, sagte ich. ›Bleibt für uns nur noch, herauszubekommen, was das für ein Geheimnis ist, das der Seemann drohend über den Häuptern dieser beiden wohlhabenden und angesehenen Männer hält.‹

›Ach, Holmes, ich fürchte, es birgt Sünde und Schande!‹ rief mein Freund. ›Aber vor dir will ich nichts verbergen. Hier ist die Erklärung, die mein Vater niedergeschrieben hat, als er einsehen mußte, daß die Gefahr, die Hudsons Auftauchen heraufbeschwor, unabwendbar war. Ich habe sie in der japanischen Kommode gefunden, wie der Doktor mir gesagt hatte. Lies sie vor, ich habe weder die Kraft noch den Mut, es selbst zu tun.‹

Und das hier, Watson, sind die Papiere, die er mir gab; ich werde sie Ihnen vorlesen, wie ich sie ihm an dem Abend in dem altertümlichen Arbeitszimmer vorgelesen habe. Wie Sie sehen, steht ein Vermerk auf dem Umschlag: ›Einige Einzelheiten über die Reise der Bark ‚Gloria Scott', von ihrem Auslaufen aus dem Hafen von

Falmouth am 8. Oktober 1855 bis zu ihrer Zerstörung im Gebiet 15° 20' nördlicher Breite und 25° 14' westlicher Länge am 6. November‹. Der Bericht ist in der Form eines Briefes abgefaßt und lautet folgendermaßen:

›Mein lieber, lieber Sohn,
jetzt, da die Schande meine letzten Jahre zu verdunkeln droht, kann ich auf Ehre und Gewissen erklären, daß es nicht die Angst vor dem Gesetz ist, nicht der Verlust meiner Stellung in der County noch die Herabsetzung in den Augen all derer, die mich kennen, was mir das Herz abdrückt. Es ist vielmehr der Gedanke, daß Du um meinetwillen erröten müßtest — Du, der Du mich liebst und der Du selten — so hoffe ich — Grund hattest, mich nicht zu respektieren. Aber wenn das Schwert gefallen ist, das stets über mir gehangen hat, wünsche ich, daß Du diese Zeilen liest, damit Du aus meinem Mund erfährst, inwieweit ich verantwortlich zu machen bin. Wenn aber alles gut ausgehen (was Gott der Allmächtige gnädig fügen möge) und dieses Papier noch nicht verbrannt sein sollte, dann beschwöre ich Dich bei allem, was Dir heilig ist, beim Andenken an Deine liebe Mutter und bei der Liebe, die wir füreinander empfunden haben: Wirf es ins Feuer und verschwende keinen Gedanken mehr daran.

Ich weiß: Wenn Dein Blick auf diese Zeile fällt, bin ich entdeckt und schon aus meinem Haus geschleppt worden oder — Du kennst mein schwaches Herz — ich liege mit für immer verstummter Zunge da. Auf jeden Fall ist dann die Zeit des Verheimlichens vorbei. Mit jedem Wort, das ich Dir mitteile, sage ich Dir die nackte Wahrheit, das beschwöre ich, so ernst, wie ich Vergebung zu finden hoffe.

Mein Name, mein lieber Junge, ist nicht Trevor. Früher hieß ich James Armitage, und nun wirst Du auch die Erschütterung verstehen, die mich ergriff, als Dein

Studienfreund zu mir Worte sagte, die anzudeuten schienen, daß er hinter mein Geheimnis gekommen sein könnte. Als Armitage arbeitete ich in einer Londoner Bank, als Armitage wurde ich für schuldig befunden, die Gesetze meines Landes gebrochen zu haben, und als Armitage wurde ich zu Deportation verurteilt. Sei nicht allzu streng gegen mich. Es war eine sogenannte Ehrenschuld, die ich zu zahlen hatte, und ich bezahlte sie mit Geld, das mir nicht gehörte, in der Gewißheit, es erstatten zu können, ehe jemand es vermißte. Aber ich war vom schrecklichsten Unglück verfolgt. Das Geld, auf das ich gerechnet hatte, blieb aus, und eine vorzeitige Überprüfung der Konten brachte das Defizit an den Tag. Man hätte den Fall milde beurteilen können, aber vor dreißig Jahren waren die Gesetze strenger als heute, und so befand ich mich an meinem dreiundzwanzigsten Geburtstag als Verbrecher, mit siebenunddreißig anderen Sträflingen zusammengekettet, im Zwischendeck der Bark ‚Gloria Scott' auf dem Weg nach Australien.

Man schrieb das Jahr 1855, der Krimkrieg hatte seinen Höhepunkt erreicht, und viele Sträflingsschiffe wurden als Transporter im Schwarzen Meer eingesetzt. Deshalb war die Regierung gezwungen, auf kleinere und weniger geeignete Barken zurückzugreifen, um die Gefangenen an ihren Bestimmungsort zu bringen. Die ‚Gloria Scott' hatte dem Teehandel mit China gedient; sie war ein altmodisches Gefährt, ein Fünfhunderttonner mit breitem Bug und schweren Decksbalken, den die neuen Klipper ausgestochen hatten. Neben den achtunddreißig Galgenvögeln befand sich eine Besatzung von sechsundzwanzig Matrosen, einem Kapitän, drei Offizieren, einem Arzt, einem Kaplan an Bord, außerdem achtzehn Soldaten und vier Gefangenenwärter. Alles in allem stach sie mit fast einhundert Seelen von Falmouth in See.

Die Trennwände zwischen den Zellen der Sträflinge

waren ziemlich dünn und schwach, auf regulären Sträflingstransportern bestanden sie aus dicken Eichenbohlen. Den Mann, der achtern von mir lag, hatte ich mir besonders gemerkt, als wir zum Kai hinuntergeführt worden waren. Er war jung und hatte ein offenes, bartloses Gesicht mit einer langen, schmalen Nase und einer Kinnlade wie ein Nußknacker. Er trug den Kopf keck erhoben, ging mit wiegenden Schritten und fiel vor allem durch seine außerordentliche Länge auf. Ich glaube nicht, daß wir anderen ihm auch nur bis zur Schulter reichten, und bin sicher, daß er nicht weniger als sechs und einen halben Fuß maß. Es war seltsam, zwischen all den traurigen und bekümmerten Gesichtern eines zu sehen, aus dem Tatkraft und Entschlossenheit sprach. Sein Anblick war für mich so etwas wie ein Feuer im Schneesturm. Deshalb freute ich mich, als ich fand, daß er mein Nachbar war, und ich freute mich noch mehr, als ich mitten in der Nacht ein Flüstern hörte und entdeckte, daß es ihm gelungen war, ein Loch in die hölzerne Trennwand zu bohren.

‚Hallo, Kumpel!' sagte er. ‚Wie heißt du und weshalb bist du hier?'

Ich gab ihm Auskunft und fragte zurück, mit wem ich spräche.

‚Ich bin Jack Prendergast', sagte er, ‚und du wirst, bei Gott, meinen Namen preisen lernen, ehe wir miteinander fertig sind.'

Ich erinnerte mich, von seinem Fall gehört zu haben, denn er hatte einige Zeit vor meiner eigenen Verhaftung im ganzen Land unerhörtes Aufsehen erregt. Er entstammte einer guten Familie, besaß große Fähigkeiten, aber auch eine unausrottbare Neigung zum Bösen und hatte durch ein geniales System die führenden Londoner Kaufleute um ungeheure Summen geprellt.

‚Aha! du erinnerst dich an meinen Fall?' fragte er stolz.

‚Sehr gut sogar.'

‚Erinnerst du dich auch daran, daß an ihm etwas sonderbar war?'

‚Was denn?'

‚Ich hatte fast eine Viertel Million, stimmt's?'

‚So hieß es.'

‚Aber von dem Geld ist nichts entdeckt worden, oder?'

‚Nichts.'

‚Gut, und wo, nimmst du an, ist das Geld jetzt?' fragte er.

‚Keine Ahnung', sagte ich.

‚Hier ist es, zwischen meinem Zeigefinger und meinem Daumen!' rief er. ‚Bei Gott, ich besitze mehr Pfund, als du Haare auf dem Kopf hast. Und wenn du Geld hast, mein Sohn, und weißt, wie man damit umgeht, und du kannst es richtig ausgeben, erreichst du alles! Und hältst du es für wahrscheinlich, daß ein Mann, der alles erreichen kann, in diesem stinkenden, von Ratten und Schaben wimmelnden Verschlag auf einem schwimmenden Sarg seine Hosen verschleißt? Nein, Sir, so ein Mann wird sehen, wo er bleibt und wo seine Kumpel bleiben. Darauf kannst du dich verlassen! Halt dich an ihn, und so sicher wie das Amen in der Kirche wird er dich durchbringen.'

So redete er, und zuerst glaubte ich, es hätte nichts zu bedeuten, aber eine Weile darauf, nachdem er mich geprüft und mir in allem Ernst das Ehrenwort abgenommen hatte, ließ er mich wissen, daß wirklich eine Verschwörung im Gange war, mit dem Ziel, das Kommando auf dem Schiff zu übernehmen. Ein Dutzend Gefangene hatten sie ausgeheckt, ehe sie an Bord gingen; Prendergast war der Anführer, und sein Geld war die treibende Kraft.

‚Ich hatte einen Partner', sagte er, ‚ein wirklich guter Mann, treu wie Gold. Er hat den Zaster. Und weißt du, wo der in diesem Moment ist? Er ist der Schiffskaplan — kein Geringerer als der Kaplan! Er kam an Bord im schwarzen Rock, mit anständigen Papieren und genug Geld in der Tasche, um den Kasten von Bug bis Steven zu kaufen. Die Mannschaft ist ihm mit Leib und Seele ergeben. Er konnte sie im Dutzend gegen Barzahlung kaufen, und er hat's getan, noch bevor sie sich haben anheuern lassen. Zwei von den vier Gefangenenwärtern hat er auch in der Tasche, und Mercer, den zweiten Offizier, und er könnte auch den Kapitän kriegen, wenn er glaubte, es lohnte sich.'

,Was sollen wir denn tun?' fragte ich.

,Was glaubst du?' sagte er. ,Wir machen die Röcke von ein paar Soldaten noch roter, als der Färber sie gemacht hat.'

,Aber sie sind bewaffnet', sagte ich.

,Und wir werden's auch sein, mein Junge. Für jeden von uns sind zwei Pistolen da, und wenn es uns, mit der Mannschaft im Rücken, nicht gelingt, das Schiff zu übernehmen, dann sollten wir in ein Mädchenpensionat eintreten. Sprich heut abend mit dem Kumpel links von dir und stell fest, ob man dem trauen kann.'

Das tat ich. Mein anderer Nachbar war ein junger Mann, der wegen Fälschung verurteilt und in der gleichen Lage wie ich war. Er hieß Evans, aber er änderte später seinen Namen, wie ich, und lebt jetzt als reicher und glücklicher Mann in Südengland. Er erklärte sich sofort bereit, der Verschwörung beizutreten, da er sie als das einzige Mittel ansah, uns zu retten. Noch ehe wir den Golf von Biscaya hinter uns hatten, gab es nur noch zwei Gefangene, die nicht eingeweiht waren. Der eine von den beiden war ein wenig schwach im Kopf, und wir wagten es nicht, ihm unseren Plan anzuvertrauen, der andere litt an der Gelbsucht und konnte uns deshalb in keiner Weise nutzen.

Von Anfang an gab es wirklich nichts, was uns daran

hätte hindern können, von dem Schiff Besitz zu ergreifen. Die Mannschaft war eine Ansammlung roher Burschen, eigens zu diesem Zweck ausgesucht. Der falsche Kaplan kam in unsere Zellen, um uns geistlichen Zuspruch zuteil werden zu lassen, und er trug einen schwarzen Beutel bei sich, in dem sich angeblich Traktate befanden, und er kam so oft, daß am dritten Tag jeder von uns am Fußende seines Betts zwei Pistolen, ein Pfund Pulver und zwanzig Kugeln versteckt hielt. Zwei der Gefangenenwärter waren Prendergasts Leute, und der Zweite Offizier war seine rechte Hand. Gegen uns hatten wir nur den Kapitän, die beiden anderen Offiziere, zwei Gefangenenwärter, Leutnant Martin, seine achtzehn Soldaten und den Arzt. Wir entschlossen uns, den Angriff plötzlich und in der Nacht auszuführen. Es kam eher dazu, als wir uns das vorgestellt hatten, und zwar aus folgendem Grund:

Eines Abends, in der dritten Woche nach Antritt der Fahrt, war der Doktor heruntergekommen, um nach einem erkrankten Gefangenen zu sehen, und als er seine Hände auf das Fußende der Pritsche legte, fühlte er die Umrisse der Pistolen. Wäre er ruhig geblieben, hätte die ganze Sache auffliegen können. Aber er war ein nervöser kleiner Bursche, und er schrie auf und wurde so blaß, daß der kranke Mann im Nu wußte, was die Stunde geschlagen hatte, und ihn ergriff. Ehe der Doktor Alarm schlagen konnte, war er geknebelt und auf das Bett gefesselt. Er hatte die Tür offengelassen, und wir stürmten an Deck. Die zwei Wachen wurden niedergeschossen, desgleichen ein Korporal, der gelaufen kam, um zu sehen, was los war. Vor der Passagierkajüte standen zwei weitere Soldaten. Ihre Gewehre schienen nicht geladen zu sein, denn sie feuerten nicht auf uns; sie wurden erschossen, als sie die Bajonette aufpflanzen wollten. Dann stürzten wir weiter zur Kapitänskabine. Als wir die Tür aufstießen, hörten wir einen Schuß, und wir fanden den Kapitän mit dem Kopf auf der Karte vom Atlantik liegen, die auf dem Tisch befestigt war, und neben ihm stand mit rauchender Pistole der Kaplan. Die beiden Offiziere waren von der Mannschaft gefangengenommen worden, und die ganze Sache schien geglückt zu sein.

Die Passagierkajüte lag neben der Kapitänskajüte. Wir drängten in sie hinein, warfen uns in die Polstersessel und redeten alle durcheinander, weil das Gefühl, wieder frei zu sein, uns toll machte. An den Wänden rings waren Schränke eingebaut, und Wilson, der falsche Kaplan, brach einen auf und holte ein Dutzend Flaschen braunen Sherry heraus. Wir schlugen die Flaschenhälse ab, gossen das Zeug in Gläser und waren gerade dabei, es hinunterzustürzen, als plötzlich und ohne Warnung eine Schießerei losbrach. Die Kajüte war voller Rauch, man konnte nicht über den Tisch hinwegsehen. Als er sich wieder verzogen hatte, sah der Raum wie ein Schlachthaus aus. Wilson und acht andere wälzten sich übereinander am Boden. Der Gedanke an das Blut und den braunen Sherry auf dem Tisch macht mich jetzt noch krank. Der Anblick entmutigte uns so, daß wir unsere Sache aufgegeben hätten, wenn Prendergast nicht gewesen wäre. Er brüllte wie ein Stier und stürzte zur Tür, und alle, die noch lebten, folgten ihm. Wir drängten nach draußen, wo auf dem Schanzdeck der Leutnant und zehn seiner Männer standen. Die aufklappbaren Oberlichter der Kajüte standen ein Stück offen, und durch die Öffnungen hatten sie auf uns gefeuert. Wir fielen über die Soldaten her, ehe sie wieder laden konnten. Sie wehrten sich mannhaft, aber wir gewannen die Oberhand, und in fünf Minuten war alles vorbei. Mein Gott! gab es je so ein Schlachthaus wie dieses Schiff? Prendergast gebärdete sich wie ein tobender Teufel. Er riß die Soldaten hoch, als wären sie Puppen, und warf sie, lebend oder tot, über Bord. Ein Sergeant, der schrecklich verwundet war, hielt sich schwimmend eine erstaunlich lange Zeit über Wasser, bis jemand sich seiner erbarmte und ihm eine Kugel durch den Kopf schoß. Als der Kampf beendet war, lebte von unseren Feinden niemand mehr außer den beiden Gefangenenwärtern, den zwei Offizieren und dem Arzt.

Darüber, was mit ihnen geschehen sollte, brach ein großer Streit aus. Viele von uns waren froh, die Freiheit wiedergewonnen zu haben, und sie wollten ihr Gewissen nicht mit Mord belasten. Es war ein Unterschied, Soldaten mit Gewehren zu überrennen, oder dabeizustehen, wenn Menschen kaltblütig ermordet wurden. Acht von uns, fünf Sträflinge und drei von der Mannschaft, sagten klar, daß sie das nicht dulden würden. Aber Prendergast und die Leute, die zu ihm standen, waren nicht zu bewegen. Unsere einzige Sicherheit bestehe darin, sagte er, reinen Tisch zu machen, und er sei nicht gesonnen, auch nur eine Zunge, die vor Gericht gegen uns aussagen könne, übrigzulassen. Fast hätten wir das Schicksal unserer Gefangenen geteilt, aber schließlich sagte er, wir könnten, wenn wir wollten, in die Boote steigen und fortrudern. Wir nahmen das Angebot sofort an, denn uns war schon übel von all dem blutrünstigen Geschehen, und wir konnten absehen, daß sich noch Schlimmeres ereignen würde, ehe alles vorbei war. Man gab uns Seemannskleidung, eine Tonne mit Wasser, ein Fäßchen mit Pökelfleisch und eins mit Zwieback und einen Kompaß. Prendergast warf uns noch eine Seekarte ins Boot und schärfte uns ein, wir wären schiffbrüchige Matrosen, deren Schiff im Gebiet von 15° nördlicher Breite und 25° westlicher Länge gesunken sei. Dann kappte er die Fangleine, und wir ruderten davon.

Und jetzt komme ich zum erstaunlichsten Teil meiner Geschichte, mein lieber Sohn. Die Matrosen hatten während des Aufstands das Focksegel eingeholt; jetzt setzten sie es wieder, und da ein leichter Wind von

Norden und Osten wehte, begann die Bark langsam von uns weg zu driften. Unser Boot hob und senkte sich auf langen, glatten Wellen, und Evans und ich, die wir die Gebildetsten der Gesellschaft waren, saßen auf den Schoten, machten unsere Position aus und überlegten, welche Küste wir anlaufen sollten. Das war eine heikle Frage, dann die Kapverdischen Inseln lagen ungefähr fünfhundert Meilen nördlich von uns, und das afrikanische Festland befand sich ungefähr siebenhundert Meilen östlich. Da der Wind sich nach Norden drehte, dachten wir, es sei am besten, Sierra Leone anzusteuern, und wir wandten die Köpfe in diese Richtung. Die Bark lag zu dieser Zeit steuerbords unter dem Horizont. Plötzlich sahen wir eine dichte schwarze Rauchwolke aus dem Schiff hervorschießen, die dann wie ein mißgestalter Baum gegen den Himmel stand. Sekunden später dröhnte es wie Donnerkrachen in unseren Ohren, und als der Rauch sich verzogen hatte, war von der ‚Gloria Scott' nichts mehr zu entdecken. Sofort änderten wir den Kurs und ruderten mit allen Kräften auf die Stelle zu, wo der Dunst noch über dem Wasser hing und den Schauplatz der Katastrophe bezeichnete. Die Stunde, die wir bis dorthin brauchten, wurde uns lang, und wir fürchteten, wir würden zu spät kommen, um noch jemanden zu retten. Ein zertrümmertes Boot und einige Kisten und Bruchstücke von Spieren, die auf den Wellen tanzten, zeigten an, wo das Schiff untergegangen war. Aber wir sahen keine Überlebenden und hatten schon in Verzweiflung abgedreht, als wir einen Hilferuf hörten. Dann erblickten wir in einiger Entfernung ein Wrackteil, auf dem ein Mann lag. Als wir ihn ins Boot gezogen hatten, stellte sich heraus, daß es ein junger Matrose namens Hudson war. Er hatte so schreckliche Brandwunden und war so erschöpft, daß er uns erst am kommenden Morgen einen Bericht von den Ereignissen geben konnte.

Nachdem wir das Schiff verlassen hatten, waren Prendergast und seine Bande darangegangen, die fünf Gefangenen vom Leben zum Tod zu befördern: Die zwei Gefangenenwärter hatte man schon erschossen, ebenso den Dritten Offizier, und über Bord geworfen. Dann stieg Prendergast ins Zwischendeck hinunter, wo er dem unglücklichen Arzt eigenhändig die Kehle durchschnitt. So blieb nur noch der Erste Offizier, ein tapferer und entschlossener Mann. Als er den Sträfling mit dem blutigen Messer auf sich zukommen sah, warf er seine Fesseln ab, die er irgendwie hatte lösen können, und sprang in den Achterraum hinunter.

Ein Dutzend Sträflinge, die mit Pistolen bewaffnet hinterherstiegen, um ihn zu suchen, fanden ihn neben einem offenen Pulverfaß, von denen hundert Stück an Bord lagerten, eine Schachtel Streichhölzer in der Hand. Er schwor, er werde alles in die Luft sprengen, wenn sie Hand an ihn legten. Einen Augenblick später ereignete sich die Explosion, und Hudson meinte, daß sie eher durch eine fehlgeleitete Kugel aus der Pistole eines der Sträflinge als durch ein Streichholz des Offiziers ausgelöst worden sei. Wie auch immer, jedenfalls bedeutete das das Ende der ‚Gloria Scott' und des Gesindels, das sich ihrer bemächtigt hatte.

Dies, mein Junge, ist also, in wenigen Worten, die schreckliche Sache, in die ich verwickelt war. Am nächsten Tag wurden wir von der Brigg ‚Hotspur' aufgelesen; sie fuhr nach Australien, und der Kapitän glaubte uns ohne weiteres, daß wir die Überlebenden eines untergegangenen Passagierschiffes seien. Der Transporter ‚Gloria Scott' wurde von der Admiralität für verloren erklärt, und nie ist ein Wort über ihr wahres Schicksal laut geworden. Nach einer vorzüglichen Reise setzte uns die ‚Hotspur' in Sydney an Land, wo Evans und ich die Namen wechselten und uns auf den Weg zu den Goldfeldern machten. Hier, unter Leuten aus allen

Ländern, war es nicht schwierig, die Identität abzulegen.

Den Rest brauche ich nicht zu erzählen. Wir gediehen prächtig, wir unternahmen Reisen und kamen als reiche Männer aus den Kolonien nach England zurück und kauften uns Landsitze. Länger als zwanzig Jahre führten wir ein ruhiges und nützliches Leben und hofften, die Vergangenheit wäre für immer begraben. Stell Dir meine Gefühle vor, als ich den Matrosen, der zu uns kam, sofort als den Mann erkannte, den wir von dem Wrackteil gerettet hatten! Er hat irgendwie unsere Spur aufgenommen und beschlossen, aus unserer Angst Kapital zu schlagen. Du wirst jetzt verstehen, warum ich bestrebt war, in Frieden mit ihm auszukommen, und Du wirst auch in gewisser Weise die Furcht nachempfinden können, die mich beherrscht, jetzt, da er unter Drohungen gegangen ist, sein anderes Opfer aufzusuchen.‹

Darunter steht von zitternder Hand und kaum leserlich geschrieben: ›Beddoes hat mir verschlüsselt mitgeteilt, daß H. alles preisgegeben hat. Lieber Gott, sei unseren Seelen gnädig!‹

Das war die Geschichte, die ich in jener Nacht dem jungen Trevor vorlas, und Sie können sich wohl vorstellen, Watson, daß sie sich unter den gegebenen Umständen dramatisch anhörte. Dem guten Burschen hat es fast das Herz gebrochen; er ist ausgewandert nach den Teeplantagen von Terai, wo es ihm gut geht, wie ich erfahren habe. Was den Seemann und Beddoes betrifft, so hat man nach dem Tage, an dem der Warnbrief geschrieben wurde, nichts mehr von ihnen gehört. Sie verschwanden völlig und für immer. Bei der Polizei war keine Anzeige eingegangen, Beddoes hatte eine Drohung für die Tat genommen. Hudson lungerte noch eine Weile herum, und die Polizei nimmt an, daß er Beddoes umbrachte und dann floh. Ich allerdings denke, das Entgegengesetzte ist die Wahrheit. Ich halte es für sehr wahrscheinlich, daß Beddoes, zur Verzweiflung getrieben, da er glaubte, er sei bereits angezeigt worden, sich an Hudson gerächt hat und außer Landes geflohen ist, mit so viel Geld, wie er zusammenraffen konnte. Das sind die Tatsachen des Falles, Doktor; und wenn sie Ihrer Sammlung irgend nützen können, stelle ich sie Ihnen gern zur Verfügung.«

# Das Ritual der Familie Musgrave

Ein Widerspruch im Charakter meines Freundes Sherlock Holmes hat mich oft beschäftigt. Er, der in seinem Denken der ordentlichste und methodischste Mensch überhaupt war, der auch bei seiner Kleidung auf unauffällige Eleganz hielt, war in seinen Lebensgewohnheiten nichtsdestoweniger derart unordentlich, daß es einen Wohngenossen schier zur Verzweiflung treiben konnte. Dabei ist es nicht so, daß ich in dieser Beziehung besonders konventionell eingestellt wäre. Das rauhe und unsichere Leben in Afghanistan hat in mir die Veranlagung zum Bohemien so wuchern lassen, daß ich weit nachlässiger bin, als es einem Arzt ansteht. Aber bei mir gibt es eine Grenze, und wenn ich einen Mann treffe, der seine Zigarren im Kohlenkasten und den Tabak in seinen persischen Pantoffeln aufbewahrt und die unbeantworteten Briefe mit dem Taschenmesser an den hölzernen Sims des Kamins heftet, dann fange ich an, mir einzubilden, ich sei besonders tugendhaft. Ich habe auch immer dafürgehalten, daß Pistolenschießen unbedingt ein im Freien auszuübender Zeitvertreib bleiben sollte; und wenn Holmes sich in einer seiner wunderlichen Launen mit der Waffe und hundert Patronen in einen Sessel setzte und daranging, die gegenüberliegende Wand mit einem patriotischen V. R. aus Einschußlöchern zu verzieren, so hatte ich stark das Gefühl, daß dies weder die Atmosphäre noch das Aussehen unseres Zimmers veredelte.

Unsere Wohnung war ständig voller Chemikalien und Überbleibsel von Kriminalfällen, die sich in die unwahrscheinlichsten Winkel verkrochen, in die Butterdose oder in andere, noch weniger geeignete Behältnisse.

Aber meine größte Crux waren seine Papiere. Er hatte einen Horror davor, Dokumente zu vernichten, besonders solche, die mit seinen früheren Fällen zusammenhingen. Immerhin geschah es alle ein oder zwei Jahre, daß er sie entschlossen durchsah, um sie zu registrieren und zu ordnen. Aber — ich habe es schon irgendwo in diesen unzusammenhängenden Memoiren erwähnt — auf seine Ausbrüche leidenschaftlicher Energie, in denen er auch alle die bemerkenswerten Taten vollbrachte, die mit seinem Namen verbunden sind, folgten Phasen von Lethargie; dann hing er herum mit seiner Violine und seinen Büchern und bewegte sich kaum, höchstens zwischen Sofa und Tisch. So häuften sich seine Papiere Monat um Monat zu Bergen, bis jede Ecke des Raums vollgestopft war mit Manuskriptbündeln, jedoch nicht gestapelt, um verbrannt zu werden, und sie durften auch nicht weggeräumt werden, es sei, durch den Eigentümer.

In einer Winternacht, als wir am Kamin saßen, erlaubte ich mir die Bemerkung, er könnte doch nun, da er die Auszüge aus abgeschlossenen Fällen in seine Sammlung eingeklebt habe, die nächsten zwei Stunden darauf verwenden, unser Zimmer ein wenig wohnlicher zu machen. Er konnte sich der Berechtigung meiner Bitte nicht entziehen und ging mit einem ziemlich grämlichen Gesicht in seinen Schlafraum, kam aber sogleich wieder zurück, einen großen Blechkasten hinter sich her zerrend, den er mitten ins Zimmer stellte. Er hockte sich auf einen Schemel davor, schlug den Deckel auf, und ich sah, daß der Kasten zu einem Drittel mit rot verschnürten Manuskriptbündeln angefüllt war.

»Hier drin sind lauter Fälle, Watson«, sagte er und sah mich schadenfroh an. »Ich glaube, wenn Sie wüßten, was ich alles in diesem Kasten habe, Sie würden mich bitten, einiges herauszuholen, statt noch mehr hineinzupakken.«

»Es sind wohl Berichte aus den Anfängen Ihrer Arbeit?« fragte ich. »Ich habe mir oft gewünscht, Aufzeichnungen über die Fälle jener Zeit zu besitzen.«

»Ja, mein Junge, die hier waren längst gelöst, ehe mein Biograph antrat, mich zu rühmen.« Er hob Bündel um Bündel behutsam, fast zärtlich an. »Nicht alles sind Erfolge, Watson«, sagte er, »aber es gibt unter ihnen ein paar hübsche kleine Probleme. Hier ist der Bericht über die Morde in Tarseton, das ist der Fall des Weinhändlers Vamberry, dies sind die Abenteuer der alten Russin, die außerordentliche Affäre mit der Aluminiumkrücke und die Darstellung über Ricoletti den Klumpfuß und sein abscheuliches Weib. Und hier — ach, ja! das war tatsächlich eine richtige *recherche.*«

Seine Hand tauchte auf den Grund der Kiste und förderte ein Holzkästchen mit Schiebedeckel zutage, eines von der Art, in denen Kinder Spielzeug aufheben. Daraus zauberte er ein zerknittertes Stück Papier, einen altmodischen Messingschlüssel, einen Holzpflock, um den ein Bindfadenknäuel gewickelt war, und drei alte verrostete Metallscheiben hervor.

»Nun, mein Junge, was halten Sie von diesen Sachen?« fragte er, meinen Gesichtsausdruck belächelnd.

»Das ist eine kuriose Sammlung.«

»Sehr kurios, und die Geschichte, die daran hängt, wird Ihnen noch viel kurioser vorkommen.«

»Diese Überbleibsel haben demnach eine Geschichte?«

»So sehr, daß sie selber Geschichte *sind.*«

»Wie meinen Sie das?«

Sherlock Holmes nahm Stück um Stück und legte sie am Ende des Tisches in eine Reihe. Dann setzte er sich wieder in seinen Sessel und betrachtete sie mit Genugtuung.

»Das ist alles«, sagte er, »was ich zum Andenken an die Episode um das Ritual der Musgraves aufgehoben habe.«

Ich hatte ihn diesen Fall mehr als einmal erwähnen hören, doch niemals hatte ich die Einzelheiten erfahren können.

»Ich wäre überglücklich, wenn Sie mir die Sache erzählten.«

»Und den anderen Kram würden wir liegenlassen?« rief er listig. »Aber Ihre Ordnungsliebe könnte das nicht länger ertragen, Watson. Doch ich wäre wirklich froh, wenn Sie den Fall Ihren Aufzeichnungen hinzufügen würden, denn es gibt in ihm Punkte, die ihn zu etwas Einmaligem in der Verbrechenschronik dieses Landes, ich nehme sogar an, aller Länder machen. Eine Sammlung meiner bescheidenen Verdienste, welche die Schilderung dieser ungewöhnlichen Aufgabe nicht enthält, wäre gewiß unvollkommen.

Sie werden sich erinnern, daß es die Affäre um die ›Gloria Scott‹ und mein Gespräch mit jenem unglücklichen Mann, dessen Schicksal ich Ihnen erzählt habe, gewesen sind, wodurch meine Aufmerksamkeit zum ersten Mal in die Richtung des Berufes gelenkt wurde, der zu meiner Lebensaufgabe geworden ist. Jetzt ist mein Name weit und breit bekannt, und ich erfreue mich der Anerkennung beider Seiten, der Öffentlichkeit wie auch der Polizeibehörden, als der letzten Berufungsinstanz in zweifelhaften Fällen. Sogar als Sie mich kennenlernten, zur Zeit der Ereignisse, denen Sie in Ihrem Buch ›Späte Rache‹ ein Denkmal setzten, verfügte ich bereits über ansehnliche, obzwar nicht besonders einträgliche Verbindungen. Sie können es also kaum nachvollziehen, wie schwierig es anfangs für mich war und wie lange ich warten mußte, bis meine Erfolge einsetzten.

Als ich nach London kam, wohnte ich zuerst in der Montague Street, gleich um die Ecke beim Britischen Museum. Dort saß ich herum und wartete und füllte meine überreichlichen Mußestunden mit Studien in allen den Zweigen der Wissenschaften, die meine Tätigkeit effektiver machen konnten. Hin und wieder kamen mir Fälle über den Weg, hauptsächlich durch die Vermittlung ehemaliger Kommilitonen, denn während meiner letzten Jahre an der Universität hatte es dort eine Menge Erzählens über mich und meine Methoden gegeben. Der dritte dieser Fälle war der um das Ritual der Musgraves, und es ist auf das Interesse zurückzuführen, das die Kette jener außergewöhnlichen Ereignisse hervorrief, und auf die aus ihnen hervorgehenden weitreichenden Folgen, daß ich damit den ersten Schritt auf dem Weg zu der Stellung tat, die ich heute innehabe.

Reginald Musgrave besuchte dasselbe College wie ich, und ich war flüchtig mit ihm bekannt. Er war unter den Studenten nicht sehr angesehen, obwohl es mir immer so schien, als wenn das, was ihm den Ruf, hochmütig zu sein, eingetragen hatte, in Wirklichkeit Versuche waren, eine außergewöhnliche Schüchternheit zu verdecken. Nach seinem Äußeren war er ein Mann ausgesprochen aristokratischen Typs, sehr schlank, adlernasig, großäugig, mit lässigen und dennoch höflichen Manieren. Er war tatsächlich Abkomme einer der ältesten Familien des Königreichs, obgleich einer Nebenlinie, die sich von den im Norden ansässigen Musgraves abgespalten und im westlichen Sussex niedergelassen hatte; ihr Schloß in Hurlstone ist vielleicht das älteste noch bewohnte Gebäude in der County. Vom Platz seiner Geburt schien dem Mann etwas anzuhaften, und ich konnte nie sein blasses, scharfgeschnittenes Gesicht oder die Form seines Kopfes betrachten, ohne daß mir graue Torgewölbe, solide Fensterpfeiler und all die ehrwürdigen Überreste einer mittelalterlichen Burg einfielen. Dann und wann kamen wir miteinander ins Gespräch, und ich erinnere mich, daß er mehr als einmal starkes Interesse an meinen Methoden der Beobachtung und des Schlußfolgerns an den Tag legte.

Vier Jahre lang hatte ich nichts von ihm gesehen, bis er eines Tages in mein Zimmer in der Montague Street hereinspazierte. Er hatte sich wenig verändert, war gekleidet wie ein modebewußter junger Mann — er hatte schon immer etwas von einem Dandy an sich —, und er wahrte dieselbe gemessene, verbindliche Art, die ihn früher schon heraushob.

›Wie ist es Ihnen ergangen, Musgrave?‹ fragte ich, nachdem wir uns herzlich die Hände geschüttelt hatten.

›Sie haben wohl vom Tod meines armen Vaters gehört‹, sagte er. ›Er ist vor zwei Jahren dahingegangen. Seitdem stehe ich natürlich den Besitzungen in Hurlstone vor, und da ich außerdem Abgeordneter meines Distrikts bin, führe ich ein vielbeschäftigtes Leben; aber ich hörte, Holmes, daß Sie Ihre Fähigkeiten, mit denen Sie uns in Erstaunen zu versetzen pflegten, für praktische Zwecke nutzen?‹

›Ja‹, sagte ich, ›ich habe begonnen, von meinem Verstand zu leben.‹

›Das freut mich zu hören, denn Ihr Rat könnte eben jetzt für mich von großem Wert sein. Wir hatten in Hurlstone einige sehr seltsame Vorkommnisse, und die Polizei war außerstande, Licht in die Angelegenheiten zu bringen. Es ist wirklich eine sehr ausgefallene und schwer aufklärbare Sache.‹

Sie können sich vorstellen, mit welcher Aufregung ich ihm zuhörte, Watson, denn mir schien die Chance, die ich in all den Monaten der Untätigkeit ersehnt hatte, greifbar nahe gekommen. Im innersten Herzen glaubte ich, ich könnte erfolgreich sein, wo andere versagten, und nun bekam ich die Gelegenheit, mich zu testen.

›Bitte, lassen Sie mich die Einzelheiten hören‹, rief ich.

Reginald Musgrave setzte sich mir gegenüber und brannte die Zigarette an, die ich ihm angeboten hatte.

›Sie müssen wissen‹, sagte er, ›daß ich, obwohl ich Junggeselle bin, eine ansehnliche Dienerschaft auf Hurlstone halten muß, denn es ist ein weitläufiges altes Gebäude, das viel Wartung erfordert. Ich muß auch Vorsorge treffen; denn in den Monaten der Fasanenjagd gebe ich ein Fest in meinem Haus, so daß es sich nicht auszahlte, wenn ich in diesem Punkt knausern würde. Alles in allem habe ich acht Dienstmädchen, die Köchin, den Butler, zwei Dienstmänner und einen Burschen. Natürlich halte ich noch Leute für den Garten und die Stallungen.

Von den Dienern war Brunton, der Butler, am längsten im Haus. Er war ein junger beschäftigungsloser Lehrer, als mein Vater ihn einstellte, und seither hatte er sich für die Haushaltung unersetzlich gemacht. Er ist ein gutgewachsener, ansehnlicher Mann mit einer prächtigen Stirn, und obwohl er zwanzig Jahre lang bei uns gelebt hat, kann er jetzt nicht älter als vierzig sein. Betrachtet man seine Vorzüge und seine außergewöhnlichen Begabungen — er spricht mehrere Sprachen und spielt nahezu jedes Musikinstrument —, dann ist es ein Wunder, daß er Befriedigung in einer solchen Stellung gefunden haben soll; aber ich nehme an, er war bequem, und ihm fehlte die Energie, einen Wechsel vorzunehmen. Der Butler von Hurlstone war etwas, das alle in Erinnerung behielten, die uns besuchten.

Aber dieser vorbildliche Mensch hat einen Fehler. Er ist ein Don Juan, und Sie können sich vorstellen, daß es für einen Mann seiner Art in einem stillen Landbezirk nicht sehr schwierig ist, diese Rolle zu spielen.

Solange er verheiratet war, ging alles gut, aber seit er Witwer geworden war, kamen wir aus dem Ärger mit ihm nicht mehr heraus. Vor einigen Monaten konnten wir dann die Hoffnung hegen, daß er wieder zur Ruhe kommen würde, denn er verlobte sich mit Rachel Howells, unserem zweiten Hausmädchen, aber dann hat er sie sitzenlassen und Beziehungen zu Janet Tregellis, der Tochter des obersten Wildhüters, angeknüpft. Rachel ist ein sehr gutes Mädchen, aber von leicht erregbarem, wildem walisischem Temperament; sie wurde von einem heftigen Nervenfieber befallen, und nun geht sie umher — oder vielmehr: ging sie bis gestern umher — wie ein hohläugiger Schatten ihres früheren Selbst. Das war unser erstes Drama in Hurlstone; aber ein zweites kam, um das erste aus unseren Gemütern zu vertreiben, und es wurde eingeleitet von der Schande und der Entlassung des Butlers Brunton.

Es passierte folgendes. Ich sagte, daß der Mann intelligent ist, und diese hervorragende Intelligenz hat seinen Ruin verursacht, denn es scheint, sie hat ihn zu einer unersättlichen Wißbegier über Dinge verleitet, die ihn überhaupt nichts angehen. Ich hatte keine Ahnung, wie weit es ihn treiben würde, bis mir der reine Zufall die Augen öffnete.

Ich sagte bereits, das Haus ist sehr groß. Eines Nachts in der letzten Woche — Donnerstagnacht, um genauer zu sein — konnte ich nicht einschlafen, weil ich dummerweise nach dem Dinner eine Tasse starken schwarzen Kaffee getrunken hatte. Nachdem ich bis etwa zwei Uhr morgens gegen die Schlaflosigkeit angekämpft hatte, merkte ich, daß es ganz hoffnungslos war; so stand ich auf und zündete eine Kerze an in der Absicht, einen angefangenen Roman weiterzulesen. Das Buch war jedoch im Billardzimmer liegengeblieben, also zog ich meinen Schlafrock an und ging, es zu holen. Um zum Billardzimmer zu gelangen, mußte ich eine Treppe hinabsteigen und dann an der Einmündung eines Korridors vorübergehen, der zur Bibliothek und zur Gewehrkammer führt. Sie können sich meine Überraschung vorstellen, als ich einen Blick in diesen Korridor warf und einen Lichtschein bemerkte, der aus der offenen Tür zur Bibliothek fiel. Ich selber hatte die Lampe gelöscht und die Tür geschlossen, bevor ich zu Bett ging. Natürlich dachte ich sogleich an Einbrecher. Die Korridorwände in Hurlstone sind üppig mit alten Waffen behangen. Ich nahm eine Streitaxt herunter, stellte mein Licht beiseite, schlich auf Zehenspitzen den Gang hinunter und spähte vorsichtig durch die Tür.

Brunton, der Butler, war in der Bibliothek. Er saß vollständig angekleidet in einem Lehnstuhl, auf dem Knie ein Blatt, das eine Karte zu sein schien, den Kopf gedankenversunken in die Hand gestützt. Ich stand stumm vor Staunen und beobachtete ihn aus dem Dunkeln. Eine kleine Kerze am Rande des Tischs gab ein schwaches Licht, das aber genügte, mir zu zeigen, daß er vollständig angezogen war. Plötzlich erhob er sich von seinem Stuhl, trat zu einem an der Wand stehenden Schreibtisch, schloß ihn auf und zog eine der Schubladen heraus. Er entnahm ihr ein Papier, und nachdem er an seinen Platz zurückgekehrt war, breitete er es neben der Kerze auf dem Tisch aus und begann, es peinlich genau zu studieren. Mein Unwille über dieses seelenruhige Schnüffeln in unseren Familiendokumenten packte mich so heftig, daß ich einen Schritt vor tat und der aufblickende Brunton mich in der Tür stehen sah. Er sprang auf, sein Gesicht wurde vor Schreck totenblaß, und er schob das kartenähnliche Blatt, das er zuerst durchgesehen hatte, unter die Jacke.

‚So!' sagte ich, ‚auf diese Weise vergelten Sie das Vertrauen, das wir in Sie setzten! Sie werden meinen Dienst morgen verlassen.'

Er krümmte sich und sah mich an wie einer, der gänzlich vernichtet ist, und schlich ohne ein Wort zu sagen an mir vorüber. Die Kerze stand noch auf dem Tisch, und in ihrem Licht schaute ich nach, was das für ein Papier war, das Brunton aus dem Schreibtisch genommen hatte. Zu meinem Erstaunen war es nichts von irgendwelcher Bedeutung, sondern einfach eine Abschrift der Fragen und Antworten aus einem merkwürdigen alten Regelwerk, das Ritual der Musgraves genannt. In unserer Familie gibt es einen feierlichen Brauch, dem sich jeder Musgrave seit Jahrhunderten am Tag seiner Volljährigkeit unterziehen muß — etwas, das nur uns angeht und das vielleicht von einiger Bedeutung für den Altertumsforscher ist, so wie unsere Wappen und Ränge, jedoch ohne praktischen Nutzen.‹

›Es wird besser sein, wir kommen auf die Dokumente am Schluß zurück‹, sagte ich.

›Wenn Sie es wirklich für nötig halten‹, antwortete er mit einigem Zögern. ›Um aber meinen Bericht fortzusetzen: Ich verschloß den Schreibtisch wieder mit dem Schlüssel, den Brunton hatte steckenlassen, und wandte mich zum Gehen, als ich überrascht feststellte, daß der Butler zurückgekommen war und vor mir stand.

‚Mr. Musgrave, Sir', rief er mit vor Erregung heiserer Stimme, ‚ich kann die Schande nicht ertragen, Sir. Ich bin auf meinen Platz im Leben immer stolz gewesen, der Verlust meiner Ehre würde mich töten. Mein Blut wird über Sie kommen, Sir — Sie können es mir glauben —, wenn Sie mich zur Verzweiflung treiben. Wenn Sie mich nach allem, was geschehen ist, nicht behalten wollen, dann lassen Sie mich um Gottes willen kündigen und in einem Monat gehen, wie aus eigenem Entschluß. Das könnte ich ertragen, Mr. Musgrave, aber nicht, fortgejagt zu werden, vor all den Leuten, die ich so gut kenne.'

‚Sie haben keine Rücksicht verdient, Brunton', antwortete ich. ‚Ihr Betragen war infam. Da Sie aber eine so lange Zeit in unserer Familie waren, möchte ich nicht öffentliche Schande über Sie bringen. Ein Monat aber ist zu lang. Entfernen Sie sich in einer Woche und geben Sie als Grund Ihres Fortgehens an, was Sie wollen.'

‚Nur eine Woche, Sir?' rief er verzweifelt. ‚Vierzehn Tage — sagen Sie wenigstens, vierzehn Tage!'

‚Eine Woche', sagte ich, ‚und bedenken Sie bitte, daß Sie damit noch glimpflich davongekommen sind.'

Er schlich fort, mit hängendem Kopf, wie ein gebrochener Mann; ich löschte das Licht und ging zurück in mein Zimmer.

An den beiden folgenden Tagen war Brunton sehr eifrig in der Erfüllung seiner Pflichten. Ich erwähnte, was geschehen war, mit keiner Silbe und wartete mit einer gewissen Spannung ab, wie er seine Schmach verbergen würde. Am dritten Morgen aber erschien er nicht, und es war doch seine Gewohnheit, nach dem Frühstück meine Anweisungen für den Tag entgegenzunehmen. Als ich das Eßzimmer verließ, traf ich zufällig Rachel Howell, das Dienstmädchen. Ich sagte Ihnen bereits, sie hatte eben erst eine Krankheit überstanden, und sie sah so entsetzlich bleich und schwach aus, daß ich sie schalt, weil sie schon wieder bei der Arbeit war.

‚Sie gehören ins Bett', sagte ich. ‚Treten Sie Ihren Dienst wieder an, wenn Sie kräftiger sind.'

Sie sah mich mit einem so seltsamen Ausdruck an, daß ich fürchtete, ihr Verstand habe gelitten.

‚Ich bin kräftig genug, Mr. Musgrave', sagte sie.

‚Wir werden sehen, was der Doktor sagt', antwortete ich. ‚Jetzt hören Sie mit der Arbeit auf. Wenn Sie hinuntergehen, richten Sie gleich aus, daß ich Brunton zu sprechen wünsche.'

‚Brunton ist fort', sagte sie.

‚Fort? Wohin?'

‚Er ist fort. Keiner hat ihn gesehen. Er ist nicht in seinem Zimmer. Ja, er ist fort — fort!' Sie fiel mit dem Rücken gegen die Wand und brach in stoßweises, kreischendes Gelächter aus, und ich, entsetzt über diesen plötzlichen hysterischen Anfall, stürzte zur Glocke, um Hilfe herbeizurufen. Das Mädchen wurde in sein Zimmer gebracht, es hörte nicht auf zu schreien und zu schluchzen. Ich stellte sofort Nachforschungen über Brunton an. Es gab keinen Zweifel, er war verschwunden. Sein Bett war unberührt, und niemand hatte ihn gesehen, seit er sich am vergangenen Abend zurückgezogen hatte. Es war schwierig, sich vorzustellen, wie er das Haus sollte verlassen haben, da man am Morgen Fenster und Türen fest verschlossen vorgefunden hatte. Seine Kleidung, seine Uhr und sogar sein Geld befanden sich in seinem Zimmer — nur der schwarze Anzug, den er für gewöhnlich trug, wurde vermißt. Auch seine Hausschuhe wurden vermißt, aber die Stiefel hatte er zurückgelassen. Wohin nur konnte Brunton in der Nacht gegangen und was konnte inzwischen aus ihm geworden sein?

Wir durchsuchten das Haus vom Keller bis zum Boden, aber es gab keine Spur von ihm. Das Haus ist, wie ich gesagt habe, ein wahres Labyrinth, besonders der ursprüngliche, heute praktisch unbewohnte Teil. Wir durchforschten jeden Raum, selbst die entlegenste Dachkammer, jedoch ohne auf den geringsten Hinweis auf den Vermißten zu stoßen. Es war mir unvorstellbar, daß er fortgegangen sein und sein Eigentum dagelassen haben sollte. Und dennoch: Wo konnte er stecken? Ich wandte mich an die örtliche Polizei, aber es brachte keinen Erfolg. In der Nacht war Regen gefallen, und wir untersuchten die Wiese und alle Fußwege rund um das Haus; vergebens. So standen die Dinge, als ein neues Geschehnis unsere Aufmerksamkeit von dem ersten Rätsel ablenkte.

Zwei Tage lang war Rachel Howells sehr krank gewesen, Fieberphantasien wechselten mit hysterischen Ausbrüchen, so daß eine Krankenschwester angestellt werden mußte, nachts bei ihr zu wachen. In der dritten Nacht nach Bruntons Verschwinden war die Schwester, in der Meinung, ihre Patientin schlafe, in ihrem Lehnsessel eingenickt. Als sie am frühen Morgen aufwachte, fand sie das Bett leer, das Fenster offen und von der Kranken keine Spur. Ich war gerade aufgestanden und ging mit zwei Dienstmännern sofort daran, das vermißte Mädchen zu suchen. Es war nicht schwierig, die Richtung festzustellen, die sie eingeschlagen hatte, denn da wir mit der Suche unter dem Fenster anfingen, konnten wir ihren Fußabdrücken über die Wiese bis zum Ufer des Teiches folgen, aber dort hörten sie auf, dicht bei dem Kiesweg, der aus dem Grundstück hinausführt. Der Teich ist dort acht Fuß tief, und Sie können sich unsere Empfindungen vorstellen, als wir sahen, daß die Spur des armen geistesverwirrten Mädchens hier endete.

Natürlich warfen wir sofort Schleppnetze aus, um die sterblichen Überreste heraufzubringen; aber wir fanden den Körper nicht. Statt dessen förderten wir einen Gegenstand zutage, mit dem wir ganz und gar nicht gerechnet hatten. Es war ein Leinensack, der einen mit altem Rost bedeckten und total verfärbten Metallklumpen enthielt sowie mehrere trübe Steine oder Glasstücke. Dieser seltsame Fund war alles, was wir aus dem Teich herausholen konnten, und obwohl wir gestern an jedem nur möglichen Ort gesucht und nachgefragt haben, wissen wir weder etwas über das Schicksal von Rachel Howells noch von Richard Brunton. Die Polizei der County ist mit ihrer Weisheit am Ende, und nun bin ich zu Ihnen gekommen, Sie sind meine letzte Hoffnung!‹

Sie können sich vorstellen, Watson, mit welcher Begierde ich dieser außergewöhnlichen Folge von Ereignissen gelauscht und wie ich mich bemüht habe, die Stücke zusammenzufügen und den Faden zu finden, an dem sie vielleicht alle hingen.

Der Butler war fort. Das Mädchen war fort. Das Mädchen hatte den Butler geliebt, bekam danach aber Grund, ihn zu hassen. Sie war von walisischem Blut, feurig und leidenschaftlich, und war fürchterlich erregt nach seinem Verschwinden. Sie hatte einen Sack mit sonderbarem Inhalt in den Teich geworfen. Dies alles waren Faktoren, die in Erwägung gezogen werden mußten, und dennoch führte keiner davon zum Kern der Sache. Wo war der Anfang dieser Kette von Ereignissen? Vor uns lag das Ende des verworrenen Fadens.

›Ich muß das Papier sehen, Musgrave‹, sagte ich, ›das Ihr Butler des Studierens wert hielt, selbst auf die Gefahr hin, seine Stellung zu verlieren.‹

›Es ist ein ziemlich abwegiges Ding, unser Ritual‹, antwortete er, ›aber wenigstens hat es die Würde des Alters für sich. Ich habe eine Abschrift der Fragen und Antworten bei mir, wenn Sie ein Auge darauf werfen wollen.‹

Er gab mir dieses Papier hier, Watson: Eben das ist der seltsame Katechismus, den jeder Musgrave anzuerkennen hatte, wenn er volljährig wurde. Ich lese Ihnen die Fragen und Antworten vor, wie sie hier stehen:

Wem gehört es?
Dem, der dahingegangen ist.
Wer soll es haben?
Der, der da kommen wird.
Welches war der Monat?
Der sechste vom ersten.
Wo stand die Sonne?
Über der Eiche.
Wo lag der Schatten?
Unter der Ulme.
Wie wurde ausgeschritten?
Norden zehn zu zehn, Osten fünf zu fünf, Süden zwei zu zwei, Westen eins zu eins, und so hinunter.
Was sollen wir dafür geben?
All das Unsere.
Warum sollen wir es geben?
Um des Vertrauens willen.

›Das Original trägt kein Datum, aber es wurde der Schreibweise nach um die Mitte des 17. Jahrhunderts verfaßt‹, bemerkte Musgrave. ›Ich fürchte, es wird Ihnen kaum helfen, das Geheimnis um das Verschwinden der beiden zu enträtseln.‹

›Wenigstens‹, sagte ich, ›enthält das Papier ein anderes Geheimnis, eines, das anziehender ist als das erste. Vielleicht stellt sich die Lösung des einen als die Lösung des anderen heraus. Erlauben Sie mir zu sagen, Musgrave, daß Ihr Butler ein sehr schlauer Mann ist, der eine klarere Einsicht zu haben scheint als zehn Generationen seiner Herren.‹

›Ich kann Ihnen nicht recht folgen‹, sagte Musgrave. ›Das Dokument scheint mir keine praktische Bedeutung zu besitzen.‹

›Aber mir scheint seine praktische Bedeutung sogar außerordentlich zu sein, und ich nehme an, daß Brunton es ebenso auffaßte. Die Bedeutung ist ihm wahrscheinlich schon vor der Nacht aufgegangen, in der Sie ihn ertappten.‹

›Das ist leicht möglich. Wir machten uns nie die Mühe, den Katechismus zu verstecken.‹

›Ich denke mir, er hatte an dem Abend nur vor, sein Gedächtnis aufzufrischen. Er beschäftigte sich, so wie ich Sie verstanden habe, mit etwas wie einer Landkarte, die er mit dem Text der Schrift verglich und dann schnell in seine Tasche steckte, als Sie erschienen.‹

›Ja, das ist richtig. Aber was kann er mit unserem Familienbrauch zu schaffen haben, und was mögen die Sprüche bedeuten?‹

›Ich denke nicht, daß es uns viel Schwierigkeiten macht, das festzustellen‹, sagte ich. ›Mit Ihrem Einverständnis werden wir den ersten Zug nach Sussex nehmen und an Ort und Stelle der Sache auf den Grund gehen.‹

Am selben Nachmittag noch waren wir in Hurlstone.

Vielleicht haben Sie von dem berühmten alten Bauwerk Bilder gesehen oder Beschreibungen gelesen; deshalb will ich meine Eindrücke dahingehend zusammenfassen, daß es in der Form eines L angelegt wurde, wobei der lange Arm der modernere Teil ist und der kürzere der ursprüngliche Kern, an den man das andere angebaut hat. Über der niedrigen, unter schwerem Holz eingelassenen Tür in der Mitte des Gebäudes ist die Jahreszahl 1607 eingemeißelt, aber Experten stimmen darin überein, daß die Balken und das Gemäuer in Wirklichkeit viel älter sind. Die enorm dicken Wände und die winzigen Fenster haben die Familie im letzten Jahrhundert zum Bau des neuen Flügels veranlaßt, und der alte Teil wurde nun nur noch als Vorratshaus und Keller, wenn überhaupt, genutzt. Ein prächtiger Park mit herrlichen alten Bäumen umgab das Haus, und der Teich, den mein Klient erwähnt hatte, lag nahe einer breiten, etwa zweihundert Yards vom Hause entfernten Allee.

Ich war bereits fest überzeugt, Watson, daß es hier nicht drei verschiedene Rätsel gab, sondern nur eines, und daß ich, wenn ich das Ritual richtig zu deuten verstand, den Faden in der Hand hielt, der mich zur Wahrheit über die beiden anderen, das des Butlers Brunton und das des Mädchens Howells, führen würde. In die Richtung wandte ich denn auch alle meine Kräfte. Warum war der Diener so begierig gewesen, die alte Formel zu begreifen? Offenbar weil er in ihr etwas sah, das diesen Landjunkern seit Generationen entgangen war und wovon er sich einen persönlichen Gewinn erhoffte. Was aber war es, und wie hatte es sein Schicksal beeinflußt?

Mir war beim Lesen des Rituals gleich klar gewesen, daß sich die Maßangaben auf einen Ort beziehen mußten, auf den auch der übrige Inhalt hinwies, und daß wir, wenn wir diesen Ort fanden, bereits auf dem

Weg waren, das Geheimnis zu entdecken, das die alten Musgraves für nötig befunden hatten, in einer so sonderbaren Form vor dem Vergessen zu bewahren. Zwei Hinweise waren für den Anfang gegeben, eine Eiche und eine Ulme. Welches die Eiche war, stand außer Frage. Direkt vorm Haus stand inmitten anderer Eichen ein wahrer Patriarch von Baum, einer der herrlichsten, den ich je gesehen hatte.

›Der Baum war bereits da, als Ihr Ritual aufgesetzt wurde?‹ sagte ich, als wir an ihm vorüberfuhren.

›Höchstwahrscheinlich gab es ihn schon bei der Eroberung Englands durch die Normannen‹, antwortete er. ›Er hat einen Umfang von dreiundzwanzig Fuß.‹

Damit besaß ich einen sicheren Fixpunkt.

›Haben Sie alte Ulmen?‹ fragte ich.

›Dort drüben stand eine sehr alte Ulme, aber vor zehn Jahren ist ein Blitz hineingeschlagen, und wir haben den Stumpf herausgehauen.‹

›Sie wissen ihren Standort noch?‹

›O ja.‹

›Andere Ulmen sind dort nicht?‹

›Keine alten, aber eine Menge Buchen.‹

›Ich würde gern sehen, wo die Ulme gestanden hat.‹

Ein Dogcart hatte uns zum Schloß gebracht, und mein Klient führte mich sofort, ohne daß wir erst eintraten, zu dem früheren Standort der Ulme, der an der Grasnarbe noch zu erkennen war. Die Stelle lag etwa auf dem halben Weg zwischen dem Haus und der Eiche. Meine Untersuchungen schienen voranzukommen.

›Ich nehme an, es ist unmöglich, jetzt noch festzustellen, wie hoch die Ulme war?‹ fragte ich.

›Das kann ich Ihnen sofort sagen. Sie war vierundsechzig Fuß hoch.‹

›Wieso wissen Sie das?‹ fragte ich überrascht.

›Wenn mein alter Lehrer mir Aufgaben in Trigonometrie stellte, handelte es sich immer um Höhenmessungen.

Als Junge vermaß ich jeden Baum und jedes Gebäude auf dem Besitz.‹

Das war ein unerwarteter Glücksumstand. Meine Fakten kamen schneller zusammen, als ich vernünftigerweise hatte hoffen können.

›Sagen Sie mir‹, fragte ich, ›hat Ihr Butler Ihnen jemals solch eine Frage gestellt?‹

Reginald Musgrave blickte mich sehr erstaunt an. ›Nun, da Sie es mir ins Gedächtnis rufen‹, sagte er, ›Brunton *hat* mich vor einigen Monaten nach der Höhe des Baums gefragt. Der Zusammenhang war eine kleine Auseinandersetzung mit dem Stallknecht.‹

Dies war eine treffliche Neuigkeit, Watson, denn sie zeigte mir, daß ich mich auf dem richtigen Weg befand. Ich blickte nach der Sonne. Sie stand niedrig am Himmel, und ich berechnete, daß sie in weniger als einer Stunde genau über den obersten Ästen der alten Eiche stehen müßte. Eine Bedingung des Rituals wäre dann erfüllt. Und mit dem Schatten der Ulme müßte das äußerste Ende ihres Schattens gemeint sein, andernfalls hätte man den Stamm als Schlüssel gewählt. Ich hatte demnach herauszufinden, wohin der letzte Ausläufer des Schattens fallen würde, wenn die Sonne genau über der Eiche stand.«

»Das muß schwierig gewesen sein, Holmes, da die Ulme ja nicht mehr vorhanden war.«

»Ja, aber ich wußte doch, daß ich es herausbekommen konnte, wenn Brunton es geschafft hatte. Nebenbei gesagt, war es nicht gar so schwierig. Musgrave und ich gingen in sein Arbeitszimmer; ich schnitzte mir diesen Pflock und befestigte daran diese Schnur mit Knoten nach jedem Yard. Außerdem band ich zwei Angelruten aneinander, die zusammen auf die Länge von genau sechs Fuß kamen. Dann gingen mein Klient und ich zu der Stelle zurück, wo die Ulme gestanden hatte. Die Sonne berührte eben den Wipfel der Eiche. Ich steckte die Angelrute senkrecht in die Erde, richtete sie und vermaß ihren Schatten. Er war neun Fuß lang.

Natürlich war die weitere Berechnung eine einfache Sache. Wenn eine Rute von sechs Fuß einen Schatten von neun Fuß warf, hätte ein Baum von vierundsechzig Fuß einen Schatten von sechsundneunzig Fuß Länge geworfen; die Richtung blieb selbstverständlich dieselbe. Ich maß die Strecke aus, sie brachte mich beinahe bis an die Hauswand; dort steckte ich einen Pflock in die Erde. Sie können sich mein Entzücken vorstellen, Watson, als ich knapp zwei Inches von meinem Pflock entfernt eine trichterförmige Vertiefung im Boden sah. Ich wußte sofort: Das war die Markierung, die Brunton bei seinen Messungen angebracht hatte, und ich war noch auf seiner Spur. Ich hatte also meinen Ausgangspunkt. Von hier ging ich weiter, nachdem ich mit meinem Taschenkompaß die Himmelsrichtung angepeilt hatte. Ich tat zehn Schritte parallel zur Hauswand, und wieder steckte ich den erreichten Punkt mit einem Pflock ab. Dann machte ich sorgfältig fünf Schritte nach Osten und zwei nach Süden. Sie führten mich direkt vor die Schwelle der alten Tür. Die zwei Schritte nach Westen bedeuteten, daß ich zwei Schritte in den mit Steinplatten ausgelegten Flur hineingehen mußte und damit die Stelle ermittelt hatte, die das Ritual bezeichnete.

Nie habe ich einen so kalten Schauer der Enttäuschung verspürt, Watson. Für einen Augenblick glaubte ich, es müsse einen kardinalen Fehler in meinen Berechnungen geben. Die untergehende Sonne schien voll in den Flur, und ich konnte sehen, daß die alten abgetretenen grauen Steine fest gefügt und gewiß seit vielen Jahren nicht angerührt worden waren. Hier war Brunton nicht am Werk gewesen. Ich klopfte den Boden ab, aber überall hörte ich den gleichen Ton, und ich sah nirgends einen Spalt oder einen Riß. Glücklicherweise nahm Musgrave, der den Sinn meines Vorgehens zu begreifen begonnen hatte und nun so aufgeregt war wie ich selber, sein Manuskript heraus, um meine Berechnungen zu prüfen.

›Und so hinunter‹, rief er, ›Sie haben das *so hinunter* nicht beachtet.‹

Ich hatte angenommen, es bedeutete, wir würden graben müssen, aber jetzt sah ich natürlich ein, daß ich mich geirrt hatte.

›Es gibt hier wohl einen Keller?‹ fragte ich.

›Ja, und der ist so alt wie das Haus. Da, durch diese Tür.‹

Wir gingen eine gewundene Steintreppe hinab, und mein Begleiter zündete mit einem Streichholz eine Laterne an, die auf einem Faß in einer Ecke stand. Sofort wurde offensichtlich, daß wir am Ende doch an den richtigen Ort gekommen und auch, daß wir nicht die einzigen waren, die ihn in der letzten Zeit aufgesucht hatten. Der Keller diente als Holzlager, und die Scheite waren immer einfach auf den Boden geschüttet worden; aber nun hatte man sie an den Wänden hochgestapelt, um die Mitte freizubekommen. Dort lag eine große schwere Steinplatte mit einem verrosteten Eisenring, an dem ein dickes wollenes Halstuch befestigt war.

›Bei Gott!‹ rief mein Klient, ›das ist Bruntons Halstuch! Ich habe es an ihm gesehen, das könnte ich beschwören. Was hatte der Schurke hier zu schaffen?‹

Auf meinen Vorschlag wurden ein paar Männer von der Polizei herbeigerufen; dann versuchte ich den Stein anzuheben, indem ich an dem Halstuch zog. Ich konnte ihn nur wenig bewegen, und erst mit der Hilfe eines der Konstabler gelang es mir schließlich, ihn beiseite zu schieben. Ein schwarzes Loch gähnte; wir guckten alle hinein, während Musgrave mit der Laterne niederkniete.

Eine kleine Kammer, ungefähr sieben Fuß tief und

vier Fuß lang und breit, lag offen vor unseren Blicken. An einer Seite stand ein viereckiger, mit Messingbändern beschlagener Holzkasten, aus dessen Schloß ein merkwürdiger altertümlicher Schlüssel ragte; der Deckel war hochgeklappt. Außen war der Kasten von einer dicken Staubschicht überzogen, und Feuchtigkeit und Würmer hatten das Holz zerfressen, so daß auf den Innenseiten ein wahrer Pilzsegen sproß. Mehrere Metallscheibchen — anscheinend alte Münzen —, wie ich sie hier habe, lagen über den Boden des Kastens verstreut, aber sonst enthielt er nichts.

In diesem Augenblick dachten wir aber nicht weiter nach über den alten Kasten; unsere Augen wurden von etwas, das neben ihm kauerte, angezogen: Es war ein mit einem schwarzen Anzug bekleideter Mann, der auf den Unterschenkeln hockte, dessen Stirn auf dem Rande des Kastens lag und der mit den Armen die Seitenwände umklammerte. In dieser Stellung war dem Mann alles stockende Blut ins Gesicht getreten, und niemand hätte diese verzerrten leberfarbenen Züge wiedererkennen können; aber seine Größe, die Kleidung und das Haar genügten meinem Klienten, als wir den Körper hochgezogen hatten, zu der Feststellung, daß es sich tatsächlich um den verschwundenen Butler handelte. Er war schon mehrere Tage tot, hatte aber keine Wunde oder Quetschung, die hätte erklären können, auf welche Weise sein furchtbares Ende eingetreten war. Als man ihn aus dem Keller forttrug, standen wir noch immer vor einem Problem, das genauso schrecklich war wie jenes, mit dem wir begonnen hatten.

Ich gestehe, Watson, daß ich bis dahin von meinen Untersuchungen sehr enttäuscht gewesen war. Ich hatte damit gerechnet, daß die Sache in dem Moment geklärt sein würde, da ich den Ort, auf den das Ritual anspielte, gefunden hätte. Aber nun war ich anscheinend von dem Wissen darüber, was die Familie mit einer derartigen

Sorgfalt und Vorsicht verborgen hatte, genauso fern wie zuvor. Es ist wahr, ich hatte Bruntons Schicksal aufgehellt, aber nun blieben die Umstände zu ermitteln, unter denen sich dieses Schicksal vollendet und welche Rolle die verschwundene Frau gespielt hatte. Ich hockte mich auf ein Faß in der Ecke und überdachte die ganze Angelegenheit gründlich.

Sie kennen mein Vorgehen in solchen Fällen, Watson: Ich versetze mich an die Stelle des betreffenden Mannes, und nachdem ich seine geistigen Fähigkeiten abgeschätzt habe, versuche ich mir vorzustellen, wie ich selber unter den gegebenen Umständen gehandelt haben würde. In diesem Fall war das verhältnismäßig einfach, weil Brunton einen erstklassigen Verstand besaß; es war also unnötig, irgendwelche Ausgleiche vorzunehmen, zu denen die Astronomen bei ihren Berechnungen gezwungen sind. Er wußte, daß etwas Wertvolles verborgen war. Er hatte den Ort ausfindig gemacht. Er fand, daß der Stein, der es bedeckte, zu schwer war für einen Mann ohne Beistand. Was würde er als nächstes tun? Von außerhalb konnte er, selbst wenn er jemanden gewußt hätte, dem er vertrauen konnte, Hilfe nicht holen, ohne Türen aufzuschließen und so seine Entdeckung zu riskieren. Es war besser, wenn es gelang, einen Gehilfen von innerhalb des Hauses zu besorgen. Aber wen konnte er fragen? Das Mädchen war ihm ergeben gewesen. Einem Mann fällt es immer schwer, einzusehen, daß er die Liebe einer Frau endgültig verloren haben könnte, wie schlecht er sie auch behandelt haben mag. Er wird vielleicht versucht haben, durch ein paar Aufmerksamkeiten Frieden mit dem Mädchen Howells zu schließen und sie dann als Komplizin anzustellen. Zusammen werden sie nachts zu dem Keller gegangen sein, und ihrer vereinten Kraft gelang es, den Stein zu heben. Soweit vermochte ich ihrem Tun zu folgen, als hätte ich dabei zugesehen.

Aber für zwei Personen, eine davon sogar eine Frau, muß das Heben des Steins eine schwere Arbeit gewesen sein. Ein starker Konstabler aus Sussex und ich hatten es als keine leichte Aufgabe empfunden. Was mochten sie unternommen haben, um zusätzliche Hilfe zu erhalten? Wahrscheinlich genau das, was ich selber getan hätte. Ich stand auf und untersuchte die Holzscheite, die auf dem Boden umherlagen. Da plötzlich stieß ich auf etwas, das ich erwartete. Ein etwa drei Fuß langes Holzstück hatte an einem Ende eine auffällige Auszackung, während mehrere andere so plattgedrückt waren, als hätte ein beträchtliches Gewicht auf ihnen gelastet. Offenbar hatten die beiden, als sie den Stein bewegten, die Hölzer in den Spalt geschoben und ihn schließlich, als er groß genug war, um hindurchzukriechen, mit einem der Länge nach zwischengeklemmten Scheit offengehalten, das dann an dem Ende zusammengequetscht worden war, auf das das ganze Gewicht des Steins drückte. Soweit befand ich mich noch auf sicherem Boden.

Aber wie nun weiter bei der Rekonstruktion des mitternächtlichen Dramas? Natürlich konnte nur einer durch den Spalt schlüpfen, und dieser eine war Brunton. Das Mädchen muß oben gewartet haben. Brunton öffnete dann unten die Kiste, reichte hoch, was sie enthielt — wir hatten ja schließlich nichts mehr gefunden ... Aber dann — was war dann geschehen?

Welch glimmendes Rachefeuer mochte in der Seele der leidenschaftlichen Keltin plötzlich in offene Flamme umgeschlagen sein, als sie den Mann, der ihr ein Unrecht angetan hatte, vielleicht ein viel tiefer gehendes Unrecht, als wir vermuten konnten, in ihrer Gewalt sah? War das Holzscheit zufällig herausgerutscht und hatte den Stein zum Grabdeckel für Brunton werden lassen? War sie hinsichtlich seines Schicksals nur des Schweigens schuldig? Oder hatte sie mit jähem Faustschlag das

Scheit weggeschlagen und die Steinplatte in ihre ursprüngliche Lage krachen lassen? Wie dem auch sei; mir war, als sähe ich die Gestalt dieser Frau, wie sie den gefundenen Schatz umkrampft hält und wild die Wendeltreppe hinaufstürmt, in den Ohren gellt es vielleicht von den dumpfen Schreien hinter ihr und vom wahnsinnigen Trommeln der Hände gegen die Steinplatte, die das Leben ihres treulosen Liebhabers erstickte.

Hier lag das Geheimnis ihres bleichen Gesichts, ihrer zerrütteten Nerven, ihres hysterischen Lachens am nächsten Morgen. Aber was hatte der Kasten enthalten? Was hat sie mit dem Inhalt gemacht? Natürlich, es mußten das alte Metall und die Steine gewesen sein, die mein Klient aus dem Teich fischte. Sie hatte alles bei der erstbesten Gelegenheit dort hineingeworfen, um die letzte Spur ihres Verbrechens zu beseitigen.

Zwanzig Minuten lang saß ich bewegungslos und dachte den Fall zu Ende. Musgrave stand noch immer mit sehr blassem Gesicht da, hielt seine Laterne und schaute in das Loch.

›Das sind Münzen aus der Zeit Karls I.‹, sagte er und hielt mir die wenigen Metallscheiben, die in der Kiste zurückgeblieben waren, entgegen. ›Sie sehen, wir haben das Datum der Entstehung des Rituals richtig festgelegt.‹

›Wir könnten noch etwas von Karl I. finden‹, rief ich, als mir die mögliche Bedeutung der ersten zwei Fragen des Rituals zu Bewußtsein kam. ›Lassen Sie mich einen Blick auf den Inhalt des Sacks werfen, den Sie aus dem Teich gefischt haben.‹

Wir gingen hinauf in sein Arbeitszimmer, und er legte die *débris* vor mich hin. Als ich einen Blick darauf geworfen hatte, konnte ich verstehen, daß er sie für unbedeutend gehalten hatte, denn das Metall war fast schwarz angelaufen, und die Steine waren glanzlos und trüb. Einen der Steine rieb ich an meinem Ärmel, und plötzlich glänzte er in der dunklen Höhle meiner Hand wie ein Funke. Die Metallarbeit zeigte die Form eines Doppelringes, war aber durch Biegen und Drehen aus ihrer ursprünglichen Form gebracht worden.

›Sie müssen bedenken‹, sagte ich, ›daß die Partei des Königs in England noch stark war, auch nach seinem Tod; als sie schließlich fliehen mußten, haben sie wahrscheinlich viele ihrer kostbarsten Besitztümer vergraben, um sie in friedvolleren Zeiten wieder hervorzuholen.‹

›Mein Vorfahr, Sir Ralph Musgrave, war ein hervorragender Cavalier und die rechte Hand Karls II. auf der Flucht‹, sagte mein Freund.

›Oh, wirklich!‹ antwortete ich. ›Nun, das, glaube ich, ist das letzte Kettenglied, das uns noch fehlte. Ich muß Ihnen dazu gratulieren, daß Sie, wenn auch auf ziemlich tragische Weise, in den Besitz einer Hinterlassenschaft gekommen sind, die von wahrhaft großem Wert, aber wahrscheinlich noch größerer Bedeutung als kunsthistorische Rarität ist.‹

›Und was soll das sein?‹ fragte er vor Staunen atemlos.

›Es ist nichts weniger als die alte Krone der Könige von England.‹

›Die Krone!‹

›So ist es. Bedenken Sie, wie es in dem Ritual heißt. Wie lautet der Text? — Wem gehört es? — Dem, der dahingegangen ist. — Das war nach Karls Hinrichtung. Dann: Wer soll es haben? — Der, der da kommen wird. — Das war Karl II., dessen Kommen vorhergesehen wurde. Ich glaube, es gibt keinen Zweifel, daß dieses unansehnliche und formlose Diadem einstmals die Stirnen der Stuartkönige umschloß.‹

›Und wie geriet es in den Teich?‹

›Ach, das ist eine Frage, deren Beantwortung lange dauert.‹

Und dann entwickelte ich vor ihm die lange Kette aus Annahmen und Beweisen, die ich zusammengefügt hatte. Das Zwielicht war gewichen, und hell schien der Mond vom Himmel, als ich mit meiner Erzählung zu Ende gekommen war.

›Und warum hat Karl dann, als er zurückkam, die Krone nicht erhalten?‹ fragte Musgrave, während er die Hinterlassenschaft in den Leinensack steckte.

›Ja, da legen Sie den Finger auf den Punkt, den wir wohl nie werden aufklären können. Es ist wahrscheinlich, daß der Musgrave, der das Geheimnis wußte, in der Zwischenzeit gestorben war und seinem Nachkommen das Ritual hinterlassen hatte, ohne ihm, vielleicht aus Unachtsamkeit, die Bedeutung erklärt zu haben. Von da an bis auf den heutigen Tag wurde es so vom Vater auf den Sohn vererbt, bis es an den Mann gelangte, der das Geheimnis aus ihm herausholte und bei dem Unternehmen sein Leben verlor.‹

Das ist die Geschichte vom Ritual der Musgraves, Watson.

Sie haben die Krone noch in Hurlstone — obwohl es einigen Ärger mit dem Gesetz gab und sie eine stattliche Summe bezahlen mußten, ehe ihnen erlaubt wurde, sie zu behalten. Ich bin sicher, man wäre glücklich, sie Ihnen zeigen zu dürfen, wenn Sie meinen Namen erwähnten. Von der Frau hat man nie mehr etwas gehört, und es ist wahrscheinlich, daß sie England verlassen und die Erinnerung an ihr Verbrechen in ein Land jenseits des Ozeans mit sich genommen hat.«

# Die Squires von Reigate

Es war, ehe sich mein Freund Sherlock Holmes von den Anstrengungen des Frühjahres 1887 erholt hatte. Die Angelegenheit mit der Holland-Sumatra-Company und der ungeheuren Intrige des Barons Maupertuis ist noch zu frisch in Erinnerung und auch zu eng mit der Welt der Politik und der Finanzen verknüpft, als daß sie einen geeigneten Gegenstand für diese meine Skizzen abgeben könnte. Jedoch führte dieser Fall indirekt hin zu einem ungewöhnlichen, verzwickten Problem, das meinem Freund Gelegenheit bot, den Wert einer neuen Waffe unter den vielen, mit denen er in seinem lebenslangen Kampf gegen das Verbrechen stritt, zu demonstrieren.

Wenn ich meine Notizen zu Rate ziehe, sehe ich, daß es der 14. April war, als ein Telegramm aus Lyon mich in Kenntnis setzte, Holmes liege krank im Hotel ›Dulong‹. Noch vor Ablauf von vierundzwanzig Stunden befand ich mich an seinem Krankenlager und konnte mich über seinen Zustand beruhigen, da die Symptome auf nichts Schlimmes deuteten. Seine eiserne Gesundheit war unter den Anstrengungen einer sich über zwei Monate erstreckenden Nachforschung zusammengebrochen. In der Zeit hatte er nie weniger als fünfzehn Stunden pro Tag gearbeitet und war, wie er mir versicherte, mehr als einmal fünf Tage hintereinander mit seiner Aufgabe beschäftigt gewesen. Der triumphale Erfolg konnte ihn indes vor einer körperlichen Reaktion auf die fürchterlichen Mühen nicht bewahren, und so fand ich ihn, während ganz Europa von seinem Namen widerhallte und sein Zimmer mit Glückwunschtelegrammen buchstäblich überflutet wurde, als eine Beute schwärzester Niedergeschlagenheit. Sogar das

Wissen darum, daß er erfolgreich blieb, wo die Polizei dreier Länder versagt hatte, daß es ihm gelungen war, den vollendetsten Betrüger Europas auszumanövrieren, reichte nicht hin, ihm aus der Nervenerschöpfung aufzuhelfen.

Drei Tage später waren wir wieder in der Baker Street, aber es lag klar am Tage, daß meinem Freund eine Abwechslung guttun würde, und auch auf mich wirkte die Vorstellung von einer Woche auf dem Lande höchst anziehend. Mein alter Freund Colonel Hayter, den ich in Afghanistan medizinisch betreut hatte, besaß jetzt ein Haus in der Nähe von Reigate in Surry; er hatte mich häufig gebeten, ihm einen Besuch abzustatten. Beim letztenmal hatte er hinzugefügt, daß er meinen Freund ebenfalls gastlich aufnehmen würde, wenn er mitkommen wolle. Ein bißchen Diplomatie war schon vonnöten, doch als Holmes erfuhr, daß es sich um einen Junggesellenhaushalt handle und ihm volle Freiheit garantiert sei, stimmte er meinem Vorschlag zu. So kam es, daß wir schon eine Woche nach der Rückkehr aus Lyon unter Colonel Hayters Dach weilten. Hayter war ein tüchtiger alter Soldat, weit in der Welt herumgekommen, und so entdeckte er bald, wie ich gehofft hatte, daß ihn vieles mit Holmes verband.

Den Abend des Tags unserer Ankunft verbrachten wir nach dem Dinner im Gewehrzimmer des Hausherrn; Holmes rekelte sich auf dem Sofa, und Hayter und ich betrachteten das kleine Arsenal von Handfeuerwaffen.

»Übrigens«, sagte der Colonel plötzlich, »nehme ich eine der Pistolen mit hinauf, für den Fall, daß man uns alarmiert.«

»Alarmiert!« sagte ich.

»Ja, in letzter Zeit ist das vorgekommen. Beim alten Acton, einem der Grundbesitzer hier in der Nähe, wurde letzten Montag eingebrochen. Es ist kein großer Schaden angerichtet worden, aber die Kerle sind noch auf freiem Fuß.«

»Keine Spuren?« fragte Holmes und richtete den Blick interessiert auf den Colonel.

»Bis jetzt nichts. Aber es ist nur eine Bagatelle, eines der kleinen Verbrechen, die auf dem Lande geschehen; derartiges, Mr. Holmes, dürfte nach Ihrem bedeutenden internationalen Erfolg Ihrer Aufmerksamkeit kaum wert sein.«

Holmes wehrte das Kompliment mit einer Geste ab, wenngleich sein Lächeln erkennen ließ, daß er es angenehm empfand.

»Gibt es etwas Besonderes an dem Fall?«

»Ich glaube, nein. Die Diebe haben die Bibliothek durchstöbert und wenig für ihre Mühe eingeheimst. Der ganze Raum war umgekrempelt, die Schubladen aufgebrochen und alle Bücher durcheinandergeworfen. Man hat schließlich festgestellt, daß ein einzelner Band von Popes ›Homer‹, zwei vergoldete Kerzenhalter, ein Briefbeschwerer aus Elfenbein, ein kleines eichenes Barometer und ein Knäuel Bindfaden fehlten.«

»Ein ausgefallenes Sortiment!« rief ich.

»Ja, die Burschen haben zusammengeramscht, was ihnen unter die Finger kam.«

Holmes knurrte vom Sofa herüber.

»Die County-Polizei sollte daraus einiges schließen«, sagte er. »Es ist doch offensichtlich, daß ...«

Ich hob warnend den Finger in die Höhe.

»Sie sind hier, um sich auszuruhen, mein lieber Junge. Fangen Sie um Himmels willen nicht mit einem neuen Fall an, Ihre Nerven hängen in Fetzen.«

Holmes zuckte die Schulter und sandte dem Colonel einen Blick voller komischer Resignation, und das Gespräch mündete in weniger heikle Kanäle.

Es war jedoch vorherbestimmt, daß all meine ärztliche Fürsorge verschwendet sein sollte, denn am nächsten Morgen drängte sich uns das Problem in einer Weise auf, daß es unmöglich wurde, es zu ignorieren; unsere Visite auf dem Lande nahm eine Wendung, die wir nicht hatten voraussehen können.

Wir saßen beim Frühstück, als der Butler des Colonel, seine guten Manieren gänzlich vergessend, ins Zimmer stürzte.

»Haben Sie schon gehört, Sir?« Er rang nach Luft. »Bei den Cunninghams, Sir!«

»Einbruch?« rief der Colonel, setzte aber nicht einmal die Kaffeetasse ab.

»Mord!«

Der Colonel pfiff durch die Zähne. »Beim Zeus!« sagte er. »Wer ist denn getötet worden? J. P. oder sein Sohn?«

»Von ihnen keiner, Sir. Es traf William, den Kutscher. Durchs Herz geschossen, Sir, und auf der Stelle tot.«

»Und wer hat ihn erschossen?«

»Der Einbrecher, Sir. Und dann war er weg wie der Blitz. Er wollte gerade durch das Fenster der Speisekammer einsteigen, und William hat ihn gestellt. Er fand den Tod, weil er das Eigentum seines Herrn rettete.«

»Um wieviel Uhr?«

»In der Nacht, Sir, ungefähr um zwölf.«

»Dann wollen wir gleich mal hinübergehen«, sagte der Colonel und frühstückte gelassen weiter. »Eine schlimme Sache«, fügte er hinzu, als der Butler gegangen war. »Er ist der erste Squire in der Gegend hier und ein anständiger Kerl obendrein. Das wird ihn hart getroffen haben, denn der Mann stand seit Jahren bei ihm in Dienst und war ein guter Diener. Offensichtlich waren das dieselben Schufte, die bei Acton eingebrochen haben.«

»Und die sonderbare Sammlung stahlen«, sagte Holmes nachdenklich.

»Genau.«

»Hm. Das kann sich als die banalste Sache von der

Welt herausstellen. Und dennoch: auf den ersten Blick nimmt sie sich ein bißchen seltsam aus. Oder nicht? Eine Einbrecherbande, die das flache Land unsicher macht, würde doch den Schauplatz ihrer Taten wechseln und nicht innerhalb von ein paar Tagen zweimal in derselben Gegend einsteigen. Als Sie gestern abend vorschlugen, Vorsichtsmaßnahmen zu ergreifen, ging es mir durch den Sinn, daß dies hier doch wahrscheinlich der letzte Sprengel sein müsse, dem ein Dieb oder gar mehrere Aufmerksamkeit schenken dürften. Was beweist, daß ich noch viel zu lernen habe.«

»Ich nehme an, es ist einer aus dem Umkreis am Werk«, sagte der Colonel. »In dem Falle scheint mir selbstverständlich, daß er sich an die Besitzungen von Acton und Cunningham hält, denn die sind bei weitem die größten.«

»Und die reichsten?«

»Nun, jedenfalls könnte man es annehmen; aber sie haben einige Jahre lang gegeneinander prozessiert, und das hat beide zur Ader gelassen, stelle ich mir vor. Der alte Acton erhebt Anspruch auf den halben Besitz der Cunninghams, und da haben die Advokaten kräftig zugelangt.«

»Wenn der Schurke aus der Gegend stammt, dann wird es wahrscheinlich keine Schwierigkeiten bereiten, ihn zur Strecke zu bringen«, sagte Holmes gähnend. »Schon gut, Watson, ich habe nicht die Absicht, mich einzumischen.«

Der Butler öffnete die Tür. »Inspektor Forrester, Sir«, meldete er.

Der Polizist, ein flotter, eifriger junger Mann, trat ins Zimmer. »Guten Morgen, Colonel«, sagte er. »Ich störe hoffentlich nicht, aber wir haben gehört, daß Mr. Holmes aus der Baker Street hier ist.«

Der Colonel machte eine Handbewegung in die Richtung meines Freundes, und der Inspektor verbeugte sich.

»Wir dachten, daß Sie vielleicht gern hinkommen möchten, Mr. Holmes.«

»Das Schicksal ist gegen Sie, Watson«, sagte Sherlock Holmes lachend. »Wir sprachen gerade von der Angelegenheit, Inspektor, bevor Sie hereinkamen. Können Sie uns vielleicht mit ein paar Einzelheiten dienen?« Als er sich in der mir vertrauten Weise im Sessel zurücklehnte, wußte ich, er war ein hoffnungsloser Fall.

»Bei Acton haben wir keine Spur. Aber jetzt gibt es viel, woran wir uns halten können. Zweifellos war es ein und derselbe Kunde. Der Mann wurde gesehen.«

»Ah!«

»Ja, Sir. Aber nach dem Schuß, der den armen William Kirwan tötete, ist er davongestoben wie ein Hirsch. Mr. Cunningham sah ihn vom Schlafzimmerfenster, und Mr. Alec Cunningham hat ihn vom hinteren Korridor aus gesehen. Es war Viertel vor zwölf, als der Überfall stattfand. Mr. Cunningham war soeben zu Bett gegangen, und Mr. Alec saß im Schlafrock und rauchte noch eine Pfeife. Beide hörten, wie der Kutscher um Hilfe rief, und Mr. Alec lief nach unten, um nachzusehen, was los war. Die Hintertür stand offen, und bereits von der Treppe her erblickte er zwei Männer, die draußen miteinander rangen. Einer feuerte einen Schuß ab, der andere sank zu Boden, und der Mörder rannte in den Garten und sprang durch die Hecke. Mr. Cunningham beobachtete aus seinem Fenster, wie der Fliehende die Landstraße erreichte, hat ihn dann aber aus den Augen verloren. Mr. Alec blieb bei dem Sterbenden, um zu helfen, und so konnte der Schurke entkommen. Außer den Angaben, daß er mittelgroß war und dunkel gekleidet, besitzen wir keinen Hinweis, aber wir betreiben die Untersuchungen energisch, und wenn es ein Fremder ist, werden wir ihn bald haben.«

»Was hatte dieser William draußen zu suchen? Hat er noch etwas gesagt, ehe er starb?«

»Kein Wort. Er wohnte mit seiner Mutter im Pförtnerhaus, und er war ein treuer Mann. Wir nehmen an, daß er zum Haupthaus ging, um zu kontrollieren, ob alles in Ordnung war. Natürlich sind durch den Einbruch bei Acton alle vorsichtig geworden. Der Einbrecher muß gerade die Tür geöffnet haben — das Schloß war nämlich aufgebrochen —, als William ihn erwischte.«

»Hat William zu seiner Mutter irgend etwas gesagt, ehe er hinausging?«

»Sie ist sehr alt und taub, von ihr werden wir keine Aussage erhalten. Der Schock hat sie von Sinnen gebracht, doch wie ich hörte, soll sie nie sehr hell gewesen sein. Es gibt aber einen wichtigen Hinweis. Sehen Sie sich das an!«

Er holte einen kleinen Papierfetzen aus der Brieftasche und strich ihn über dem Knie glatt.

»Das fanden wir zwischen Daumen und Zeigefinger des Toten. Es scheint, das ist von einem Blatt abgerissen. Ihnen wird auffallen, daß die Zeit, die da steht, genau die ist, zu der den armen Burschen das Schicksal ereilte. Der Mörder wird wohl versucht haben, ihm das Blatt zu entreißen, oder aber William hat dem Mörder das Stückchen abgenommen. Das liest sich, als ob es sich um eine Verabredung handelte.«

Holmes nahm den Schnipsel, den ich im Faksimile hier wiedergebe:

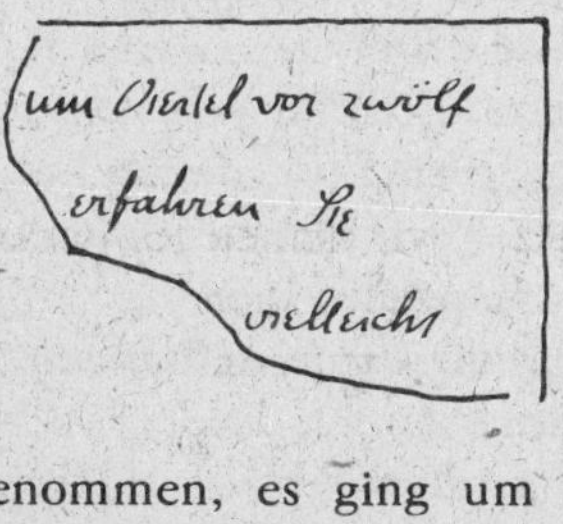


»Angenommen, es ging um eine Verabredung«, fuhr

der Inspektor fort, »so ergibt sich natürlich die nicht von der Hand zu weisende Überlegung, ob dieser William Kirwan, wenn er auch im Ruf eines ehrlichen Mannes stand, mit dem Verbrecher im Bunde war. Vielleicht hat er sich hier mit ihm getroffen, vielleicht hat er ihm sogar geholfen, die Tür aufzubrechen, und möglicherweise sind die beiden dann in Streit geraten.«

»Dieses bißchen Handschrift ist außerordentlich wichtig«, sagte Holmes, nachdem er die Probe konzentriert untersucht hatte. »Die Sache geht viel tiefer, als ich zuerst dachte.« Er stützte den Kopf in die Hände, und der Inspektor lächelte über die Wirkung, die der Fall bei dem berühmten Kriminalisten aus London hervorgerufen hatte.

»Ihre Bemerkung«, sagte Holmes, »daß zwischen dem Einbrecher und dem Diener Einvernehmen geherrscht haben könnte und wir hiermit den Rest einer Nachricht von dem einen an den anderen in der Hand hielten, ist eine phantastische, aber nicht ganz unmögliche Annahme. Doch der Text beginnt...« Wieder stützte er den Kopf auf und verlor sich für einige Minuten in tiefe Gedanken. Als er das Gesicht dann hob, sah ich überrascht, daß seine Wangen einen Anflug von Farbe zeigten und seine Augen wie vor der Krankheit leuchteten. Er sprang mit der ihm eigenen Energie auf.

»Ich will Ihnen mal etwas sagen!« rief er. »Ich möchte gern einen ganz kleinen Blick auf die Einzelheiten des Falles werfen. In einer gewissen Hinsicht fasziniert er mich außerordentlich. Mit Ihrer Erlaubnis, Colonel, werde ich Sie und meinen Freund Watson einander überlassen und mit dem Inspektor gehen, um festzustellen, ob einige meiner Vorstellungen zutreffen. In einer halben Stunde bin ich wieder hier.«

Eine und eine halbe Stunde waren vergangen, als der Inspektor allein zurückkam.

»Mr. Holmes spaziert in dem Anwesen herum. Er

möchte, daß auch Sie beide jetzt mit zum Haus gehen.«

»Zu den Cunninghams?«

»Ja, Sir.«

»Und warum?«

Der Inspektor zuckte die Achseln. »Ich weiß auch nicht recht. Unter uns gesagt: Mr. Holmes scheint seine Krankheit noch nicht ganz überwunden zu haben. Er hat sich recht sonderbar benommen und ziemlich aufgeregt.«

»Ich glaube, Sie brauchen sich nicht zu beunruhigen«, antwortete ich. »Gewöhnlich hat sein Wahnsinn Methode.«

»Man könnte auch sagen, seine Methoden haben Wahnsinn in sich«, murmelte der Inspektor. »Aber er brennt darauf loszulegen, Colonel, und wir sollten aufbrechen, wenn Sie bereit sind.«

Wir trafen Holmes, wie er die Gegend mit langen Schritten durchmaß, das Kinn auf die Brust gesenkt und die Hände in den Hosentaschen vergraben.

»Die Sache wird immer interessanter«, sagte er. »Watson, Ihr Ausflug aufs Land ist ein voller Erfolg. Ich habe einen bezaubernden Morgen verbracht.«

»Sie waren also am Ort des Verbrechens?« fragte der Colonel.

»Ja, der Inspektor und ich haben uns dort ein bißchen umgesehen.«

»Ist etwas herausgekommen?«

»Nun, wir haben einiges sehr Anregende festgestellt. Wenn wir jetzt gehen, werde ich Ihnen verraten, was wir unternommen haben. Vor allem haben wir die Leiche des unglücklichen Mannes gesehen. Er ist wirklich an einem Revolverschuß gestorben, wie schon berichtet wurde.«

»Haben Sie denn daran gezweifelt?«

»Ach, man soll eben alles überprüfen. Und unsere Besichtigung war nicht vergebens. Dann haben wir

Mr. Cunningham und seinen Sohn befragt, und sie konnten uns genau die Stelle zeigen, wo der Mörder auf der Flucht die Hecke durchbrach. Das war höchst bemerkenswert.«

»Natürlich.«

»Dann haben wir kurz zu der Mutter des armen Mannes hineingeschaut. Selbstverständlich konnten wir von ihr keine Auskünfte erhalten; sie ist sehr alt und hinfällig.«

»Und zu welchem Ergebnis führten Ihre Nachforschungen?«

»Zu der Überzeugung, daß hier ein ganz besonderes Verbrechen vorliegt. Vielleicht trägt jetzt unser Besuch dazu bei, etwas aufzuhellen. Ich denke doch, Inspektor, daß wir darin übereinstimmen: Das Papierstückchen aus der Hand des Toten, das die genaue Zeit seines Todes verzeichnet, ist von höchster Wichtigkeit.«

»Es könnte eine Spur weisen, Mr. Holmes.«

»Es *ist* eine Spur. Der diese Nachricht verfaßt hat, ist der Mann, dessentwegen William Kirwan in der Nacht das Bett verließ. Aber wo befindet sich der andere Teil des Blattes?«

»Ich habe den Boden sorgfältig abgesucht in der Hoffnung, ihn zu finden«, sagte der Inspektor.

»Er wurde dem Toten aus der Hand gerissen. Warum lag jemandem soviel daran, das Blatt an sich zu bringen? Weil es ihn belastete. Und was hatte er damit vor? Er wird es wahrscheinlich in die Tasche gestopft haben, ohne darauf zu achten, daß eine Ecke in der Hand des Toten blieb. Wenn wir den Rest hätten, wären wir der Lösung des Geheimnisses ein gutes Stück näher.«

»Ja, aber wie kommen wir an die Tasche des Verbrechers, ehe wir ihn gefangen haben?«

»Nun, nun, jedenfalls war das alles des Nachdenkens wert. Und noch etwas fand ich heraus. Die Nachricht wurde William geschickt. Der Mann, der sie schrieb, konnte sie ihm nicht überbracht haben, sonst hätte er es ja auch mündlich abmachen können. Wer also hat sie übermittelt? Oder ist sie mit der Post gekommen?«

»Ich habe mich umgehört«, sagte der Inspektor. »William erhielt gestern mit der Nachmittagspost einen Brief. Das Kuvert hat er vernichtet.«

»Ausgezeichnet!« rief Holmes und klopfte dem Inspektor auf den Rücken. »Sie haben also mit dem Briefträger gesprochen. Es ist ein Vergnügen, mit Ihnen zu arbeiten. Ah, wir sind am Pförtnerhaus. Wenn Sie mich begleiten wollen, Colonel, zeige ich Ihnen den Schauplatz des Verbrechens.«

Wir gingen an dem hübschen Häuschen vorüber, in dem der Ermordete gewohnt hatte, und nahmen unseren Weg durch eine von Eichen gesäumte Allee, die auf das Haus im Queen-Anne-Stil zulief, das die Jahreszahl von Malplaquet auf dem Türsturz trug. Holmes und der Inspektor führten uns um das Gebäude herum. Wir kamen an eine Tür, hinter der sich ein Garten dehnte, den eine Hecke begrenzte.

Vor der Küchentür stand ein Konstabler.

»Öffnen Sie«, sagte Holmes zu dem Polizisten. »Dort an der Treppe hat der junge Mr. Cunningham gestanden und gesehen, wie hier, wo wir jetzt stehen, zwei Männer miteinander kämpften. Der alte Mr. Cunningham beobachtete vom Fenster — es ist das zweite von links —, wie der Bursche sich davonmachte, links vorbei an diesem Busch. Der Sohn sagt das gleiche. Beide sind sicher, was den Busch betrifft. Dann lief Mr. Alec aus dem Haus und kniete neben dem Verwundeten. Sie bemerken, daß der Boden sehr fest ist. Es gibt keine Spur, die uns weiterbringen könnte.«

Während er sprach, erschienen zwei Männer auf dem Gartenpfad. Der eine war ein älterer Herr mit derbem, faltigem Gesicht und schweren Lidern, der andere ein junger, forscher Mensch, dessen heitere, lächelnde Miene und modische Kleidung einen seltsamen Kontrast zu der Angelegenheit bildeten, die uns hergeführt hatte.

»Noch immer eifrig?« redete der junge Mann Holmes an. »Ich denke, Ihr Londoner verpatzt nie was. Jetzt kommt es mir vor, als wärt ihr auch nicht so fix.«

»Sie müssen uns schon ein bißchen Zeit lassen«, sagte Holmes gut gelaunt.

»Die werden Sie wohl brauchen«, sagte Alec Cunningham. »Ich jedenfalls sehe nicht, daß wir schon den geringsten Anhaltspunkt hätten.«

»Nur einen haben wir«, entgegnete der Inspektor. »Wenn wir herausfinden könnten... Aber, um Gottes willen, Mr. Holmes, was ist denn mit Ihnen?«

Plötzlich hatte sich das Gesicht meines armen Freundes auf das fürchterlichste verändert. Die Züge waren krampfhaft verzerrt, die Augen verdreht, und mit unterdrücktem Stöhnen kippte er vornüber zu Boden. Der jähe, schlimme Anfall erschreckte uns tief; wir trugen ihn in die Küche, wo er einige Minuten lang schweratmend in einem großen Stuhl hing. Endlich erhob er sich wieder mit einer schamhaften Entschuldigung wegen seiner Schwäche.

»Watson kann bestätigen, daß ich gerade erst von einer ernsten Krankheit genesen bin«, erklärte er. »Ich bin noch anfällig für solche nervösen Zustände.«

»Soll ich Sie mit dem Trap zurückfahren lassen?« fragte der alte Cunningham.

»Nun, da ich einmal hier bin, möchte ich doch gern über eine Frage Gewißheit haben. Wir könnten sie leicht aufklären.«

»Worum handelt es sich?«

»Also, mir scheint es sehr gut möglich, daß der bedauernswerte William nicht schon vor, sondern erst nach dem Eindringen des Einbrechers ins Haus dazugekommen ist. Aber Sie halten es wohl für ausgemacht, daß der Dieb nicht ins Haus gelangt ist, obwohl die Tür gewaltsam geöffnet war.«

»Das ist doch wohl ziemlich offensichtlich«, sagte Mr. Cunningham mit Würde. »Mein Sohn Alec war noch nicht schlafen gegangen, und da wäre ihm sicherlich aufgefallen, wenn sich etwas im Haus bewegt hätte.«

»Wo saß er denn?«

»Ich habe in meinem Ankleidezimmer gesessen und geraucht«, sagte der junge Cunningham.

»Hinter welchem Fenster liegt es?«

»Hinter dem letzten links, neben dem vom Zimmer meines Vaters.«

»Und Ihre Lampen brannten natürlich.«

»Selbstverständlich.«

»Es gibt in dieser Sache einige seltsame Punkte«, sagte Holmes lächelnd. »Oder ist es nicht außergewöhnlich, daß ein Einbrecher — ein Einbrecher zumal, der kürzlich erst einschlägige Erfahrung gesammelt hat — ausgerechnet in ein Haus hineinzukommen trachtet, bei dem er an den hellen Fenstern sehen konnte, daß zwei Angehörige der Familie noch wach waren?«

»Es muß ein sehr kaltblütiger Bursche sein.«

»Nun, wir hätten Sie natürlich nicht um Ihre Mitarbeit gebeten, wenn der Fall nicht verzwickt wäre«, sagte Mr. Alec. »Was aber Ihre Vorstellung angeht, der Mann sei schon im Haus gewesen, ehe William ihn angriff: Ich finde sie äußerst abwegig. Hätten wir nicht Unordnung vorfinden und von ihm gestohlene Sachen vermissen müssen?«

»Das hängt davon ab, was er gestohlen hat«, sagte Holmes. »Bedenken Sie, daß wir es mit einem sonderbaren Burschen zu tun haben, der nach seiner eigenen Methode vorgeht. Erinnern Sie sich zum Beispiel nur an die komische Beute, die er bei den Actons gemacht hat — was war es doch? Ein Ball, ein Stück Bindfaden, ein Briefbeschwerer und was weiß ich für Krimskram.«

»Nun, wir vertrauen Ihnen ganz und gar, Mr. Holmes«, sagte der alte Cunningham. »Alles, was Sie oder der Inspektor vorschlagen, wird unbedingt ausgeführt.«

»Vor allem«, sagte Holmes, »möchte ich Sie bitten, eine Belohnung auszusetzen — Sie selbst müßten es tun, denn bei den Behörden würde es einige Zeit dauern, bis man sich auf eine Summe einigt, und in diesem Fall kann nichts schnell genug geschehen. Ich habe bereits einen Entwurf gemacht — wenn Sie so gut sein möchten, ihn zu unterzeichnen. Fünfzig Pfund halte ich für ausreichend.«

»Ich gäbe gern fünfhundert«, sagte J. P. und nahm das Papier und den Bleistift aus Holmes' Hand entgegen. »Aber das stimmt doch nicht ganz«, fügte er hinzu, nachdem er das Schriftstück überflogen hatte.

»Ich habe in ziemlicher Eile geschrieben.«

»Hier, der Anfang: ›Am Dienstagmorgen gegen Viertel vor eins wurde ein Mord begangen‹, und so weiter. Es geschah aber tatsächlich Viertel vor zwölf.«

Mich berührte es schmerzlich, daß Holmes ein Fehler unterlaufen war, denn ich wußte, wie empfindlich er auf jeden Irrtum solcher Art reagierte. Mit Tatsachen nahm er es immer sehr genau, doch die kürzlich erlittene Krankheit hatte ihn erschüttert, und dieser kleine Zwischenfall machte mir deutlich, daß er noch längst nicht wieder der alte war. Eine Sekunde lang schien er offensichtlich verwirrt, der Inspektor zog die Brauen hoch, und Alec Cunningham brach in Lachen aus. Der alte Herr verbesserte den Fehler und gab das Blatt an Holmes zurück.

»Sorgen Sie dafür, daß es so schnell wie möglich gedruckt wird«, sagte er. »Ich halte Ihren Einfall für ausgezeichnet.«

Holmes steckte das Papier sorgfältig in seine Brieftasche. »Und jetzt«, sagte er, »wäre es sehr gut, wenn wir noch einmal das ganze Haus überprüften, um sicherzugehen, daß der ziemlich seltsame Einbrecher nicht doch etwas mitgenommen hat.«

Ehe wir hineingingen, untersuchte Holmes die Tür, die gewaltsam geöffnet worden war. Offensichtlich hatte man einen Meißel oder ein stabiles Messer benutzt, damit das Schloß zurückschnappte. Das Holz zeigte die Spuren, die das Instrument hinterlassen hatte.

»Hier gibt es wohl keine Riegel?« fragte er.

»Die hielten wir bisher nicht für nötig.«

»Und einen Hund halten Sie auch nicht?«

»Doch, aber der ist auf der anderen Seite des Hauses angekettet.«

»Wann geht die Dienerschaft zu Bett?«

»Gegen zehn.«

»Ich nehme an, daß auch William gewöhnlich um diese Zeit schlafen gegangen ist?«

»Ja.«

»Es ist merkwürdig, daß er gerade in dieser Nacht länger aufgewesen sein soll. Und jetzt wäre ich sehr froh, wenn Sie die Freundlichkeit hätten, uns durchs Haus zu führen, Mr. Cunningham.«

Wir kamen durch einen gefliesten Gang, an dem die Küchen lagen, und über eine hölzerne Treppe direkt in die erste Etage. Auf den Absatz, mit dem die Treppe endete, mündete ihr gegenüber eine zweite, prächtig geschnitzte Treppe, die von der Halle heraufführte. Von dem Absatz ging es zum Salon und zu verschiedenen Schlafzimmern, auch zu denen von Mr. Cunningham und seinem Sohn. Holmes bewegte sich langsam vor und widmete der Architektur des Hauses besondere Aufmerksamkeit. Ich sah es seinem Gesicht an, daß er eine heiße Spur verfolgte, und doch konnte ich mir nicht im geringsten vorstellen, wohin seine Schlußfolgerungen zielten.

»Mein lieber Herr«, sagte Mr. Cunningham ziemlich

ungeduldig, »das Ganze kommt mir reichlich unnötig vor. Mein Zimmer befindet sich am Ende des Treppenaufgangs, und das meines Sohnes liegt daneben. Ich überlasse es Ihrem Urteil, ob es dem Einbrecher möglich war, hier hinaufzugelangen, ohne unsere Aufmerksamkeit zu erregen.«

»Sie müssen noch einmal von vorn anfangen, um eine frische Witterung aufzunehmen«, sagte der Sohn mit ziemlich boshaftem Lächeln.

»Dennoch muß ich Sie bitten, mich noch ein Weilchen zu ertragen. Zum Beispiel wüßte ich gern, wie weit man von den Fenstern der Schlafzimmer sehen kann. Das hier ist, wenn ich recht verstanden habe, das Zimmer Ihres Sohnes«, er öffnete die Tür, »und das das Ankleidezimmer, in dem er saß, als der Lärm begann. Also, was für einen Blick hat man von dem Fenster aus?« Er durchquerte das Schlafzimmer, öffnete die Nebentür und schaute kurz in den Ankleideraum hinein.

»Ich hoffe, Sie sind jetzt zufriedengestellt«, sagte Mr. Cunningham mürrisch.

»Danke, ich glaube, ich habe alles gesehen, was ich wollte.«

»Dann können wir ja, wenn es wirklich nötig ist, in mein Zimmer gehen.«

»Wenn es Ihnen nicht zuviel Ungelegenheiten bereitet.«

Der J. P. zuckte die Achseln und ging voran in sein eigenes Zimmer, einen einfach möblierten, alltäglichen Raum. Als wir dort zum Fenster traten, verzögerte Holmes den Schritt, so daß er und ich den Schluß der Gruppe bildeten. Neben dem Fußende des Bettes stand ein kleiner quadratischer Tisch, darauf eine Schale mit Orangen und eine Karaffe mit Wasser. Zu meinem unaussprechlichen Erstaunen stieß Holmes mit Vorbedacht das Tischchen um. Das Glas zersprang in tausend Stücke, und die Früchte rollten in die verschiedensten Richtungen davon.

»Was haben Sie nur gemacht, Watson!« sagte er ungerührt. »Eine schöne Bescherung haben Sie auf dem Teppich angerichtet.«

Reichlich verwirrt bückte ich mich und begann, die Früchte vom Boden aufzuheben, wobei ich begriff, daß mein Gefährte einen Grund dafür haben mußte, mir die Schuld zuzuschieben. Die anderen halfen mir und stellten das Tischchen wieder auf die Beine.

»Hallo!« rief der Inspektor, »wo ist er denn abgeblieben?«

Holmes war verschwunden.

»Warten Sie hier einen Moment«, sagte der junge Alec Cunningham. »Der Mann ist meiner Meinung nach nicht ganz richtig im Kopf. Komm mit, Vater, wir wollen nachsehen, wo er hingegangen ist.«

Sie eilten aus dem Zimmer, und der Inspektor, der Colonel und ich blickten uns verwundert an.

»Wirklich, ich bin geneigt, Mr. Alec zuzustimmen«, sagte der Inspektor. »Vielleicht ist es eine Folge seiner Krankheit, aber mir scheint doch...«

Seine Rede unterbrach ein plötzlicher Schrei: »Hilfe, Hilfe! Mord!« Mit Schaudern erkannte ich die Stimme meines Freundes. Wie von Sinnen lief ich aus dem Zimmer zum Treppenpodest. Die in ein heiseres, unverständliches Krächzen übergehenden Schreie drangen aus dem Zimmer, das wir zuerst besichtigt hatten. Ich stürzte hinein und weiter in die Ankleidekammer. Die beiden Cunninghams standen über die am Boden liegende Gestalt Sherlock Holmes' gebeugt. Der jüngere hatte meinen Freund mit beiden Händen am Hals gepackt, während der ältere dabei war, ihm das Handgelenk umzudrehen. In Sekundenschnelle rissen wir die zwei von ihrem Opfer weg, und Holmes erhob sich schwankend, sehr bleich und offensichtlich höchst erschöpft.

»Verhaften Sie diese Männer, Inspektor!« sagte er, völlig außer Atem.

»Unter welcher Beschuldigung?«

»Unter der des Mordes an ihrem Kutscher William Kirwan!«

Der Inspektor blickte bestürzt um sich. »Aber nicht doch, Mr. Holmes«, sagte er schließlich. »Sie können doch nicht im Ernst annehmen...«

»Genug jetzt! Sehen Sie sich doch nur ihre Gesichter an!« rief Holmes barsch.

Nie habe ich ein klareres Schuldbekenntnis von menschlichen Gesichtern abgelesen. Der alte Mann schien ganz benommen, und auf seinen markanten Zügen hatte sich ein Ausdruck von Müdigkeit und Verdrossenheit breitgemacht. Der Sohn hatte alles Kecke und Schneidige fahrenlassen, aus den dunklen Augen schimmerte die Wut eines gefährlichen wilden Tieres und verzerrte sein hübsches Gesicht. Der Inspektor sagte nichts, trat nur zur Tür und ließ seine Pfeife ertönen. Auf das Signal hin kamen zwei seiner Konstabler. »Mir bleibt nichts anderes übrig, Mr. Cunningham«, sagte er. »Ich bin davon überzeugt, daß sich alles als ein absurdes Mißverständnis herausstellen wird; aber Sie müssen einsehen... Was soll das? Lassen Sie sofort die Waffe fallen!«

Er schlug zu, und der Revolver, den der junge Mann gerade spannte, fiel polternd zu Boden.

»Sichern Sie ihn«, sagte Holmes und stellte schnell den Fuß auf die Waffe. »Vor Gericht wird er sehr nützlich sein. Aber das hier wollten wir vor allem.« Er hielt ein zerknittertes kleines Stück Papier hoch.

»Der Rest des Blattes?« rief der Inspektor.

»Genau.«

»Und wo war er?«

»Wo er sein mußte. Ich werde Ihnen die Geschichte gleich erklären. Ich glaube, Colonel, daß Sie und Watson jetzt in Ihr Haus zurückkehren sollten. In spätestens einer Stunde bin ich bei Ihnen. Der Inspektor und ich müssen erst noch mit den Gefangenen reden. Aber zum Lunch werde ich sicher bei Ihnen sein.«

Sherlock Holmes hielt Wort, und gegen ein Uhr saßen wir im Rauchsalon des Colonels beisammen. Er hatte einen älteren kleinen Herrn mitgebracht, der mir als der Mr. Acton vorgestellt wurde, dessen Haus der eigentliche Einbruch gegolten hatte.

»Ich wollte, daß Mr. Acton dabei ist, wenn ich Ihnen die kleine Angelegenheit auseinandersetze«, sagte Holmes, »denn es ist nur natürlich, daß er den Einzelheiten das äußerste Interesse entgegenbringt. Ich fürchte, mein lieber Colonel, Sie bereuen die Stunde, da Sie einen Sturmvogel wie mich zu sich eingeladen haben.«

»Im Gegenteil«, antwortete der Colonel enthusiastisch. »Ich betrachte es als den größten Vorzug, Zeuge Ihrer Arbeitsmethode sein zu dürfen. Ich gestehe, Sie übertreffen meine Erwartungen bei weitem, und ich kann mir Ihr Ergebnis ganz und gar nicht erklären. Bis jetzt sehe ich nicht den Schatten einer Spur.«

»Ich fürchte, meine Darlegungen werden Sie desillusionieren, aber ich habe nie einen Hehl aus meinen Methoden gemacht, gegenüber meinem Freund Watson nicht und vor überhaupt niemandem, der ein ernsthaftes Interesse an ihnen hat. Aber zuerst möchte ich einen Schluck von Ihrem Kognak nehmen, da ich doch noch ziemlich wacklig auf den Beinen bin nach dem Tiefschlag in dem Ankleidezimmer. In den letzten Wochen ist meinen Kräften ziemlich viel zugemutet worden.«

»Ich hoffe, Sie hatten nicht wieder einen Nervenanfall.«

Sherlock Holmes lachte von Herzen. »Darauf kommen wir noch, wenn es an der Zeit ist«, sagte er. »Ich werde Ihnen den Fall in seiner richtigen Abfolge erläutern und Ihnen die verschiedenen Punkte aufzeigen, die mich bei meiner Entscheidung geleitet haben. Unterbrechen Sie mich bitte, wenn es irgend etwas gibt, das Ihnen nicht völlig klar ist.

In der Kunst der Aufklärung ist es von höchster Wichtigkeit, die Zufälle von den wesentlichen Fakten zu trennen. Sonst wird Ihre Kraft und Aufmerksamkeit verzettelt anstatt konzentriert. Nun, in diesem Fall hatte ich nicht den leisesten Zweifel daran, daß das Stückchen Papier, das der Sterbende in der Hand gehalten hatte, den Schlüssel des Ganzen darstellte.

Ehe ich näher darauf eingehe, möchte ich Ihren Blick auf die Tatsache lenken, daß, wenn Alec Cunninghams Erzählung stimmte, der Mörder, nachdem er William Kirwan erschossen hatte, *sofort* die Flucht ergriff und er also nicht derjenige sein konnte, der das Papier dem Toten aus der Hand gerissen hat. Aber wenn der Mörder es nicht war, mußte es Alec Cunningham gewesen sein; denn zu dem Zeitpunkt, als auch der alte Mann dazukam, waren schon mehrere Diener auf dem Schauplatz versammelt. Das ist ein simpler Umstand, aber der Inspektor hat ihn übersehen, weil er von dem vorgefaßten Urteil ausging, daß die Gutsbesitzer mit der Sache nichts zu schaffen hatten. Nun, ich hege keine Vorurteile und lasse mich unvoreingenommen von den Tatsachen führen. So war mir denn auch im ersten Stadium der Untersuchung die Rolle, die Mr. Alec Cunningham spielte, ein wenig verdächtig.

Daraufhin untersuchte ich den Papierschnipsel, den der Inspektor uns überlassen hatte, sehr gründlich. Mir war sofort klar, daß es sich um einen Teil eines äußerst bemerkenswerten Dokuments handeln mußte. Hier ist es. Fällt Ihnen nicht daran etwas ganz Besonderes auf?«

»Die Unregelmäßigkeit der Schrift«, sagte der Colonel.

»Mein lieber Herr«, rief Holmes, »es gibt nicht den geringsten Zweifel daran, daß es von zwei Personen geschrieben wurde, die abwechselnd jeweils ein Wort zu Papier brachten. Wenn ich Ihre Aufmerksamkeit auf die starken Grundstriche in den Wörtern ›um‹ und ›erfahren‹ lenken und Sie bitten darf, sie mit den schwachen in ›Viertel‹ und ›zwölf‹ zu vergleichen, werden Sie die Stichhaltigkeit meiner Behauptung sogleich erkennen. Eine flüchtige Analyse dieser wenigen Worte versetzt Sie in die Lage, mit Sicherheit sagen zu können, ›um‹, ›vor‹ und ›erfahren‹ sind von einer energischen Hand und ›Viertel‹ und ›zwölf‹, ›Sie‹ und ›vielleicht‹ von einer schwächeren Hand geschrieben worden.«

»Bei Gott, das ist so klar wie nur etwas!« rief der Colonel. »Aber warum sollten zwei Leute auf diese Weise einen Brief schreiben?«

»Allem Anschein nach handelte es sich um eine faule Sache, und einer der Männer, der dem anderen mißtraute, hatte beschlossen, daß an allem, was geschehen würde, sie beide gleichermaßen Anteil haben müßten. Nun, es wird weiter klar, daß der Mann, der ›um‹ und ›erfahren‹ geschrieben hat, der Anführer sein mußte.«

»Wie kommen Sie denn darauf?«

»Wir könnten es einfach aus einem Handschriftenvergleich schließen. Aber es gibt gewichtigere Gründe als die, die aus solch einer Annahme hervorgehen. Wenn Sie den Papierfetzen aufmerksam untersuchen, werden Sie zu dem Schluß kommen, daß zuerst der Mann mit der energischeren Handschrift alle seine Wörter geschrieben und jeweils Freiräume gelassen hat, die der andere dann ausfüllte. Die Lücken reichten nicht immer aus, so daß der zweite Mann sein ›Viertel‹ zwischen ›um‹ und ›vor‹ quetschen mußte, und das beweist: Die beiden anderen Wörter standen vorher da. Der Mann, der seine Wörter als erster schrieb, ist ohne Zweifel derjenige, der die Sache geplant hat.«

»Ausgezeichnet!« rief Mr. Acton.

»Aber nicht tief genug«, sagte Holmes. »Wir kommen

jetzt zu einem Punkt, der von Wichtigkeit ist. Vielleicht wissen Sie nicht, daß die Altersbestimmung eines Menschen aus seiner Handschrift zu bemerkenswerter Akribie gediehen ist. Im normalen Fall läßt sich die Dekade, in der jemand steht, mit einiger Sicherheit ermitteln. Ich sagte: im normalen Fall; denn Krankheit und körperliche Schwäche drücken sich wie Anzeichen von Alter aus, selbst wenn der Kranke noch jung ist. In unserem Fall aber, angesichts der kühnen, energischen Schrift des einen und der ziemlich krakeligen Schreibweise des anderen, die aber noch leserlich ist — auch wenn der Querstrich beim ›t‹ fehlt —, können wir sagen, daß der eine ein junger Mann sein muß und der andere ein schon in die Jahre gekommener, wenn auch nicht altersschwacher.«

»Ausgezeichnet!« rief Mr. Acton wieder.

»Da gibt es noch etwas Subtileres und Interessanteres. Beide Handschriften haben etwas gemein. Sie stammen von Männern, die blutsverwandt sind. Ihnen fällt es wahrscheinlich am ehesten am griechischen Buchstaben ›e‹ auf, mir aber wird dies durch viele Anhaltspunkte bewiesen. Für mich steht fest, daß aus den beiden Schriftproben Familienähnlichkeit spricht. Natürlich kann ich Ihnen nur die hauptsächlichen Ergebnisse meiner Untersuchung mitteilen. Ich habe noch dreiundzwanzig andere Schlußfolgerungen gezogen, die eher Experten als Sie interessieren dürften. Sie alle vertieften meinen Eindruck, daß Vater und Sohn Cunningham den Brief geschrieben hatten.

Nachdem ich soweit gekommen war, mußte mein nächster Schritt darin bestehen, die Einzelheiten des Verbrechens zu untersuchen und zu sehen, wie sie uns weiterhelfen könnten. Ich ging mit dem Inspektor zum Haus und beobachtete alles, was es zu beobachten gab. Die Wunde des Toten war, das konnte ich mit absoluter Sicherheit entscheiden, durch einen Revolverschuß aus einer Entfernung von mehr als vier Yards entstanden. Seine Kleider wiesen nämlich keine Brandspuren vom Pulver auf. So war also Alec Cunninghams Behauptung, die beiden Männer hätten miteinander gerungen, und dabei sei der Schuß gefallen, eine offensichtliche Lüge. Vater und Sohn hatten übereinstimmend die Stelle bezeichnet, wo der Mann auf die Landstraße entkommen war. Aber genau dort, wie es der Zufall will, liegt eine breite Senke, die am Grund feucht ist. Da sich dort aber keine Fußabdrücke fanden, konnte ich nicht nur absolut sicher sein, daß die Cunninghams wieder gelogen hatten, sondern auch, daß überhaupt kein unbekannter Mann am Tatort gewesen war.

Jetzt hatte ich das Motiv des ungewöhnlichen Verbrechens zu erwägen. Dazu mußte ich vor allem trachten, den Sinn des Einbruchs bei Mr. Acton aufzuklären. Durch den Colonel hatten wir beiläufig erfahren, daß es zwischen Ihnen, Mr. Acton, und den Cunninghams einen Rechtsstreit gab. Natürlich dachte ich sofort daran, daß die beiden in Ihrer Bibliothek eingebrochen haben könnten, um sich in den Besitz eines Dokuments zu bringen, das in dem Fall Bedeutung erlangt hatte.«

»So war es«, sagte Mr. Acton. »Es kann keinen Zweifel an der Absicht der Cunninghams geben. Ich habe einen unanfechtbaren Anspruch auf die Hälfte ihres Grundbesitzes, und wenn sie ein bestimmtes Papier gefunden hätten — das glücklicherweise im Safe meiner Anwälte liegt —, hätten sie den Streit zu ihren Gunsten entscheiden können.«

»Nun wissen wir es!« sagte Holmes lächelnd. »Es war ein gefährliches und rücksichtsloses Vorhaben, und ich glaubte in der Sache gleich die Hand des jungen Alec zu erkennen. Da sie nichts fanden, haben sie ihr Unternehmen zu vertuschen gesucht, indem sie ihm den Anschein eines gewöhnlichen Einbruchs gaben und mitnahmen, was ihnen in die Finger fiel. Das trat klar zutage, aber vieles andere lag noch im Verborgenen. Vor allem strebte ich danach, den fehlenden Teil dieses Briefes zu bekommen. Für mich stand fest, daß Alec den Brief dem Toten aus der Hand gerissen und ihn dann in die Tasche seines Hausmantels gesteckt hat. Wo sonst hätte er ihn verbergen können? Die Frage war nur, ob er sich noch dort befand. Das herauszufinden war der Mühe wert, und also gingen wir alle ins Haus.

Sie werden sich erinnern, daß die Cunninghams vor der Küchentür zu uns stießen. Selbstverständlich war es höchst wichtig, daß wir sie nicht an die Existenz des Papiers erinnerten, sonst hätten sie es natürlich ohne Zögern vernichtet. Als der Inspektor drauf und dran war, ihnen zu erklären, welche Bedeutung der Brief besitzt, taumelte ich aus heiterem Himmel in einer Art Anfall zu Boden und konnte so der Unterhaltung eine andere Richtung geben.«

»Gott im Himmel!« rief der Colonel lachend. »Heißt das, daß all unser Mitgefühl verschwendet war und Sie den Anfall nur gespielt hatten?«

»Vom medizinischen Standpunkt aus war das eine bewundernswürdige Leistung«, rief ich und betrachtete verblüfft diesen Mann, der mich immer wieder mit neuen Proben seiner List in Erstaunen versetzte.

»Diese Kunst ist oft von Nutzen«, sagte Holmes. »Als ich mich erholt hatte, gelang es mir durch einen Trick, der vielleicht einen Anflug von Genialität hat, den alten Cunningham dazu zu bewegen, daß er das Wort ›zwölf‹ schrieb, damit ich es mit der ›Zwölf‹ auf dem Brieffetzen vergleichen konnte.«

»Was war ich doch für ein Esel!« rief ich aus.

»Ich habe bemerkt, wie Sie ob meiner Schwäche mit mir litten«, sagte Holmes lachend. »Es tat mir leid, daß ich Ihnen den Schmerz des Mitfühlens bereiten mußte, zumal ich wußte, daß er Sie überkommen würde. Nachdem wir alle die Treppe hinaufgestiegen waren und ich den Hausmantel hinter der Tür hatte hängen sehen, warf ich einen Tisch um, um Ihre Aufmerksamkeit für einen Augenblick zu fesseln, und schlich zurück und durchsuchte die Taschen. Kaum hatte ich das Papier, wie erwartet, darin gefunden, da fielen die beiden Cunninghams über mich her, und sie hätten mich höchstwahrscheinlich ermordet, wenn Sie mir nicht freundlicherweise so schnell zu Hilfe gekommen wären. Ich fühle noch den Griff des jungen Mannes an meiner Kehle, und der Vater hatte mir das Handgelenk herumgedreht, um das Papier zu erlangen. Sie hatten erkannt, daß ich über alles Bescheid wußte, und der plötzliche Wechsel von absoluter Sicherheit in hoffnungslose Verzweiflung machte sie völlig rücksichtslos.

Hinterher habe ich ein paar Worte mit dem alten Cunningham über das Motiv des Verbrechens gewechselt. Er war ziemlich gefügig, während sein Sohn, ein richtiger Teufel, weiterhin lieber sein oder eines anderen Gehirn zu verspritzen bereit war, wenn er nur an seinen Revolver hätte kommen können. Als Cunningham begriff, wie stark die Beweise gegen ihn waren, sank ihm das Herz, und er machte in allem reinen Tisch. Es scheint so, als ob William seinen beiden Herren an dem Abend, als sie in Mr. Actons Haus einbrachen, heimlich gefolgt ist und er sie nun, da er sie in der Hand hatte, mit Enthüllungsdrohungen erpreßte. Mr. Alec aber ist ein gefährlicher Mann, mit dem solche Spiele sich nicht veranstalten lassen. Auf sein Konto ist der geniale Einfall zu verbuchen, die Angst vor Einbrüchen, unter der die Gegend zitterte, als Gelegenheit zu nehmen, den Mann den er fürchtete, auf plausibel erscheinende Weise aus dem Weg zu räumen. William wurde in einen Hinterhalt gelockt und erschossen. Und hätten sie ihm den ganzen Brief entwinden können und den Einzelheiten der Tat ein bißchen mehr Aufmerksamkeit geschenkt, wäre möglicherweise nie der Verdacht auf sie gefallen.«

»Und der Brief?« fragte ich.

Sherlock Holmes legte das wieder zusammengefügte Stück Papier vor uns auf den Tisch.

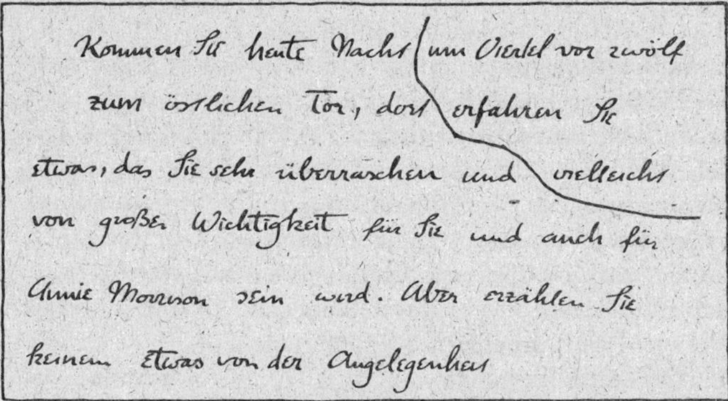
Kommen Sie heute Nacht um Viertel vor zwölf
zum östlichen Tor, dort erfahren Sie
etwas, das Sie sehr überraschen und vielleicht
von großer Wichtigkeit für Sie und auch für
Annie Morrison sein wird. Aber erzählen Sie
keinem etwas von der Angelegenheit

»Genau das hatte ich erwartet«, sagte Sherlock Holmes. »Natürlich wissen wir noch nicht, welche Beziehungen zwischen Alec Cunningham, William Kirwan und Annie Morrison bestanden haben. Das Ergebnis zeigt jedenfalls, daß der Köder geschickt ausgelegt war. Im übrigen bin ich sicher, daß Sie mit Entzücken die Spuren von Vererbung in den H und den Schwänzchen der G betrachten werden. Die fehlenden I-Punkte in der Schrift des alten Mannes sind auch sehr charakteristisch. Watson, ich glaube, unsere ruhigen Ferien auf dem Land waren ein ausgesprochener Erfolg; morgen werde ich bestimmt sehr gekräftigt in die Baker Street zurückkehren.«

# Der verkrüppelte Mann

Eines Sommerabends, einige Monate nach meiner Hochzeit, saß ich am häuslichen Herd, rauchte eine letzte Pfeife und döste über einem Roman, denn des Tages Arbeit hatte mich erschöpft. Meine Frau war schon schlafen gegangen, und von den Schließgeräuschen an der Haustür wußte ich, daß sich auch die Hausangestellten zurückgezogen hatten. Als ich aufstand, um die Pfeife auszuklopfen, hörte ich plötzlich die Glocke läuten.

Ich sah zur Uhr. Es war Viertel vor zwölf. Das konnte kein Besucher sein, zu so später Stunde. Offenbar ein Patient, und das bedeutete möglicherweise, daß ich die ganze Nacht aufbleiben mußte. Mit saurem Gesicht ging ich in die Halle und öffnete die Tür. Zu meinem Erstaunen war es Sherlock Holmes, der auf meiner Schwelle stand.

»Ah, Watson«, sagte er, »ich hatte gehofft, es wäre noch nicht zu spät, Sie zu stören.«

»Kommen Sie herein, mein Lieber.«

»Sie sind erstaunt, kein Wunder! Doch auch erleichtert, wie ich mir vorstellen kann. Hm. Sie rauchen noch wie in Junggesellentagen die Arcadia-Mixture! Kein Zweifel, bei der flockigen Asche auf Ihrem Rock. Übrigens erkennt man leicht, daß Sie es einmal gewohnt waren, Uniform zu tragen, Watson. Sie werden nie als waschechter Zivilist passieren, solange Sie die Angewohnheit haben, das Taschentuch im Ärmel zu tragen. Könnte ich die Nacht über bei Ihnen bleiben?«

»Mit Vergnügen.«

»Sie sagten mir, Sie hätten Platz für einen Junggesellen, und ich sehe, Sie haben heute keinen Besucher. Jedenfalls verrät das Ihre Hutablage.«

»Es wird mich freuen, wenn Sie bleiben.«

»Vielen Dank. Dann werde ich mich also an einen leeren Haken hängen. Es tut mir aber leid, daß Sie den britischen Handwerker im Haus haben, diese Verkörperung allen Übels. Ich hoffe, es ist nicht der Abfluß.«

»Nein, das Gas.«

»Aha! Er hat mit seinen Stiefeln zwei Nagelabdrücke auf dem Linoleum hinterlassen, dort, wo gerade das Licht hinfällt. Nein danke, ich habe in der Nähe von Waterloo-Station schon zu Abend gegessen, aber es wäre mir ein Vergnügen, eine Pfeife mit Ihnen zu rauchen.«

Ich reichte ihm meinen Tabakbeutel, und er nahm mir gegenüber Platz, rauchte und schwieg. Ich war mir bewußt, daß ihn nur eine wichtige Angelegenheit um diese Zeit hergeführt haben konnte, und so wartete ich geduldig, bis er auf sie zu sprechen kommen würde.

»Ich sehe, daß Sie beruflich ziemlich eingespannt sind«, sagte er und sah mich durchdringend an.

»Ja, ich habe einen geschäftigen Tag hinter mir«, antwortete ich. »Vielleicht finden Sie es töricht«, fügte ich hinzu, »aber ich weiß wirklich nicht, wie Sie darauf geschlossen haben.«

Holmes kicherte vor sich hin.

»Ich bin im Vorteil, weil ich Ihre Gewohnheiten kenne, mein lieber Watson«, sagte er. »Wenn Sie wenig zu tun haben, dann gehen Sie zu Fuß, haben Sie viel zu tun, nehmen Sie einen Hansom. Da ich nun aber beobachte, daß Ihre Schuhe, obwohl Sie offensichtlich draußen waren, nicht schmutzig sind, gibt es für mich keinen Zweifel: Sie sind momentan genügend beschäftigt, um sich einen Hansom leisten zu können.«

»Ausgezeichnet!« rief ich.

»Ganz einfach«, sagte er. »Es ist eines der Beispiele dafür, wie ein kritischer Kopf eine Wirkung erzielen kann, die einem anderen bemerkenswert erscheint, und nur, weil er den kleinen Punkt übersehen hat, der die

Grundlage für die Schlußfolgerung bildet. Dasselbe kann man auch von der Wirkung einiger Ihrer kleinen Geschichten sagen, mein lieber Junge, die ganz auf Täuschung ausgehen, da Sie einige Faktoren zurückhalten, in die Sie den Leser nicht einweihen. Gegenwärtig befinde ich mich in der Rolle dieses Lesers; denn in meiner Hand halte ich einige Fäden eines der seltsamsten Fälle, die je eines Mannes Hirn verwirrten, und doch fehlen mir noch einige, die nötig wären, um meine Theorie zu vervollständigen. Aber die bekomme ich auch, Watson, ich kriege sie bestimmt zu fassen!« Seine Augen fingen Feuer, und seine hageren Wangen röteten sich leicht. Einen Augenblick lang enthüllte sich sein empfindsames Wesen, aber nur für einen Augenblick. Als ich ihn noch einmal ansah, hatte sein Gesicht wieder den Ausdruck indianischer Konzentration angenommen, der viele zu der Meinung brachte, er sei eher eine Maschine als ein Mensch.

»Das Problem bietet interessante Züge«, sagte er, »ganz außerordentlich interessante Züge, möchte ich sogar behaupten. Ich habe in die Sache hineingeschaut und bin bereits, wie ich glaube, bis auf Sichtweite an die Lösung herangekommen. Wenn Sie mich bei dem letzten Schritt begleiten könnten, wäre es mir eine außerordentliche Hilfe.«

»Ich würde mich freuen.«

»Könnten Sie morgen nach Aldershot fahren?«

»Jackson würde mich sicherlich in der Praxis vertreten.«

»Sehr gut. Ich möchte den Zug um elf Uhr zehn von Waterloo-Station nehmen.«

»Bis dahin könnte ich alles geregelt haben.«

»Wenn Sie nicht zu müde sind, möchte ich Ihnen gern kurz berichten, was geschehen und was noch zu tun ist.«

»Ehe Sie kamen, war ich müde. Jetzt bin ich ganz wach.«

»Dann werde ich die Geschichte so komprimiert erzählen, wie es möglich ist, ohne etwas Wichtiges zu übergehen. Ich kann mir vorstellen, daß Sie sogar schon einen Bericht über die Sache gelesen haben. Bei meinen Nachforschungen handelt es sich um den vermutlichen Mord an Colonel Barclay von den Royal Mallows in Aldershot.«

»Davon habe ich noch nichts gehört.«

»Der Fall hat bis jetzt nicht viel Aufmerksamkeit erregt, außer am Ort des Geschehens. Die Fakten sind erst zwei Tage alt. Hier das Wichtigste in Kürze:

Die Royal Mallows ist, wie Sie wissen, eines der berühmtesten irischen Regimenter in der Britischen Armee. Im Krimkrieg und beim Sepoy-Aufstand hat es wahre Wunder vollbracht und sich seitdem bei jeder möglichen Gelegenheit ausgezeichnet. Es stand bis Montagabend unter dem Kommando von James Barclay, einem tapferen Veteranen, der als Gemeiner in das Regiment eingetreten war, wegen seiner Tapferkeit zur Zeit des Sepoy-Aufstands in die Offizierslaufbahn aufstieg und schließlich das Regiment befehligte, in dem er einst die Muskete getragen hatte.

Colonel Barclay heiratete, als er noch als Sergeant diente, und seine Frau, Miss Nancy Devoy mit Mädchennamen, war die Tochter eines ehemaligen Fahnen-Sergeanten aus demselben Corps. Wie man sich vorstellen kann, kam es zu einigen Reibereien, als das junge Paar (denn man war noch jung) sich in der neuen Umgebung zurechtfinden mußte. Doch scheinen die Barclays sich schnell angepaßt zu haben, und Mrs. Barclay hat, soviel ich weiß, es immer verstanden, bei den Damen des Regiments so populär zu sein wie ihr Mann bei seinen Offizierskameraden. Ich sollte noch hinzufügen, daß sie eine sehr schöne Frau war und sogar jetzt noch, nach über dreißigjähriger Ehe, eine erstaunliche Erscheinung ist.

Colonel Barclays Familienleben scheint gleichmäßig glücklich verlaufen zu sein. Major Murphy, dem ich die Kenntnis der meisten Tatsachen verdanke, versichert mir, daß er nie von einem Mißverständnis zwischen den beiden gehört habe. Aufs Ganze gesehen, glaubt er, war Barclay seiner Frau mehr zugetan als sie ihm. Wenn er auch nur einen Tag ohne sie auskommen mußte, fühlte er sich äußerst unwohl. Sie jedoch, obwohl ihm ergeben und treu, war weniger heftig verliebt. Dennoch galten sie im Regiment als das Muster eines Paars im mittleren Alter. In ihrer Beziehung zueinander gab es absolut nichts, das die Leute auf die Tragödie, die folgen sollte, hätte vorbereiten können.

Colonel Barclay besaß anscheinend einige ungewöhnliche Charaktereigenschaften. Er war ein entschlossener, fröhlicher alter Soldat, aber gelegentlich gewalttätig und rachsüchtig. Diese Seite seines Naturells hat sich aber anscheinend nie gegen seine Frau gekehrt. Ein anderer Umstand, der Major Murphy und drei von den fünf Offizieren, die ich befragte, auffiel, war eine seltsame Depression, die ihn von Zeit zu Zeit überkam. Das Lachen — so drückte es der Major aus — war ihm oft wie von einer unsichtbaren Hand vom Mund gewischt, inmitten der Fröhlichkeit und des Geredes im Casino. Wenn ihn die Schwermut packte, verdüsterte sich sein Sinn für Tage. Daneben war es ein Anflug von übertriebener Ängstlichkeit, was seine Offizierskameraden als ungewöhnlich an ihm beobachteten, eine Sonderlichkeit, die sich vor allem darin ausdrückte, daß er nicht gern allein sein mochte, besonders nicht nach Einbruch der Dunkelheit. Diese kindliche Eigenart einer ansonsten sichtlich männlichen Natur hat oft Anlaß zu Bemerkungen und Mutmaßungen gegeben.

Das erste Bataillon der Royal Mallows (früher einmal das einhundertsiebzehnte) ist seit einigen Jahren in Aldershot stationiert. Die verheirateten Offiziere leben außerhalb der Kaserne, und der Colonel bewohnte während der ganzen Zeit die Villa Lachine, ungefähr eine halbe Meile vom Nordlager entfernt. Das Haus liegt auf einem großen Grundstück; seine Westseite ist allerdings nur dreißig Yards von der Chaussee entfernt. Ein Kutscher und zwei Dienstmädchen bilden die Dienerschaft. Nur sie nebst ihrem Herrn und ihrer Herrin bewohnten Lachine, denn die Barclays hatten keine Kinder, und sie beherbergten selten Gäste.

Jetzt zu den Ereignissen, die letzten Montag zwischen neun und zehn Uhr abends stattfanden.

Mrs. Barclay gehört anscheinend der römisch-katholischen Kirche an und hat sich sehr um die ›Guild of St. George‹ verdient gemacht, die in Verbindung mit der ›Watt Street Chapel‹ gegründet wurde und die Armen mit abgelegter Kleidung versorgt. Um acht Uhr an diesem Abend fand eine Versammlung der ›Guild‹ statt, und Mrs. Barclay beeilte sich mit dem Abendessen, um dabeisein zu können. Der Kutscher hörte, wie sie beim Verlassen des Hauses zu ihrem Mann hin eine belanglose Bemerkung machte und wie sie ihm versicherte, sie werde bald zurück sein. Sie holte Miss Morrison, eine junge Dame, ab, die in der benachbarten Villa wohnt, und die beiden gingen gemeinsam zur Versammlung. Sie dauerte vierzig Minuten, und um Viertel nach neun, nachdem sie sich von Miss Morrison vor deren Tür getrennt hatte, war Mrs. Barclay wieder zu Hause.

In Lachine haben sie einen Raum, der als Frühstückszimmer dient. Er liegt auf der Chausseeseite und besitzt zum Rasen hin ein großes französisches Fenster. Der Rasen ist dreißig Yards breit und von der Straße durch eine niedrige, von einem Geländer gekrönte Mauer abgegrenzt. In dieses Zimmer ging Mrs. Barclay nach ihrer Rückkehr. Die Rolladen waren nicht heruntergelassen, denn der Raum wurde abends selten benutzt. Mrs. Barclay zündete die Lampen an, klingelte und bat

Jane Stewart, eines der Dienstmädchen, um eine Tasse Tee, was im Gegensatz zu ihren sonstigen Gewohnheiten stand. Der Colonel hatte im Eßzimmer gesessen, eilte aber, da er seine Frau zurückkommen hörte, zu ihr ins Frühstückszimmer. Der Kutscher beobachtete, wie er die Halle durchschritt und dort eintrat. Er wurde lebend nicht mehr wiedergesehen.

Nach zehn Minuten brachte das Dienstmädchen den bestellten Tee, vernahm aber, als es sich der Tür näherte, die Stimmen seines Herrn und seiner Herrin in heftigem Wortwechsel. Es klopfte, ohne eine Antwort zu bekommen, drückte sogar die Klinke hinunter, mußte aber feststellen, daß die Tür von innen abgeschlossen war. So lief es zur Köchin, und die beiden Frauen gingen dann gemeinsam mit dem Kutscher in die Halle und hörten dem Wortgefecht zu, das noch immer tobte. Sie stimmen darin überein, daß sie nur zwei Stimmen gehört hätten, die von Barclay und seiner Frau. Barclay sprach in gedämpftem Ton und war kurz angebunden, so daß die Lauscher nichts von dem Gesagten mitbekamen. Die Bemerkungen der Dame dagegen klangen äußerst erbittert und konnten klar verstanden werden, wenn sie die Stimme erhob. ›Du Feigling!‹ sagte sie immer wieder. ›Was soll denn jetzt geschehen? Gib mir mein Leben zurück. Ich mag nicht einmal mehr dieselbe Luft wie du atmen! Du Feigling! Du Feigling!‹ Soweit Bruchstücke aus der Auseinandersetzung, die mit einem plötzlichen schrecklichen Schrei des Mannes und einem durchdringenden Kreischen der Frau endete. Überzeugt, daß sich eine Tragödie ereignet habe, versuchte der Kutscher die Tür zu sprengen, weil das Kreischen nicht aufhörte. Es gelang ihm nicht, zu öffnen, und die Frauen waren ihm in ihrer Angst keine Hilfe. Dann kam ihm eine Idee, und er lief durch die Halle und um das Haus zu dem französischen Fenster des Frühstückszimmers. Ein Flügel stand offen, was, wie man mir erklärte, im

Sommer üblich war, und er gelangte ohne Schwierigkeit ins Zimmer. Seine Herrin hatte aufgehört zu schreien und war ohnmächtig auf eine Couch gesunken, während der unglückliche Soldat tot in einer Blutlache lag, die Beine über der Seitenlehne eines Sessels und den Kopf nahe dem Kamingitter.

Natürlich war das erste, was dem Kutscher einfiel, nachdem er festgestellt hatte, daß seinem Herrn nicht zu helfen war, die Tür zu öffnen. Aber dem stand ein unerwartetes und eigenartiges Hindernis entgegen. Der Schlüssel steckte nicht im Schloß, und er konnte ihn nirgends im Zimmer finden. So ging er durch das Fenster hinaus und kehrte mit einem Polizisten und einem Arzt zurück. Man legte die Leiche des Colonels auf das Sofa und untersuchte den Schauplatz der Tragödie eingehend.

Die Verletzung des unglücklichen Mannes bestand aus einem gezackten Riß am Hinterkopf, ungefähr zwei Inches lang, der von einem heftigen Schlag mit einer stumpfen Waffe herrühren kann. Es war nicht schwierig, herauszubekommen, welche Waffe benutzt worden war. Auf dem Boden, dicht neben der Leiche, lag eine sonderbare Keule aus Hartholz mit einem knöchernen Griff. Der Colonel besaß eine Sammlung von Waffen, zusammengetragen aus den verschiedenen Ländern, in denen er gekämpft hatte, und die Polizei nimmt an, daß die Keule zu diesen Trophäen gehört. Die Dienerschaft behauptet zwar, sie hätte sie nie gesehen, aber es ist möglich, daß sie bei den vielen Kuriositäten, die das Haus beherbergt, nicht bemerkt wurde. Sonst stellte die Polizei nichts von Wichtigkeit in dem Zimmer fest, außer dem unerklärlichen Umstand, daß der fehlende Schlüssel weder bei Mrs. Barclay noch beim Opfer, noch sonstwo in dem Raum zu finden war. Die Tür mußte von einem Schlosser aus Aldershot geöffnet werden.

So lagen die Dinge, Watson, als ich am Dienstagmorgen auf die Bitte des Majors Murphy hin nach Aldershot fuhr, um die Bemühungen der Polizei zu unterstützen.

Ich glaube, Sie haben bereits bemerkt, daß die Sache an sich schon interessant war; doch bereits meine ersten Beobachtungen ließen mich erkennen, daß sich in Wahrheit Außerordentlicheres bot, als es auf den ersten Blick erschien.

Ehe ich das Zimmer untersuchte, verhörte ich die Dienerschaft; aber dabei kam kaum mehr heraus, als ich schon berichtet habe. An ein interessantes Detail konnte sich das Dienstmädchen, Jane Stewart, erinnern. Ich habe schon erzählt, daß sie, als sie den Streit hörte, zur Küche hinunterging und mit den anderen beiden Angestellten zurückkehrte. Sie sagte beim ersten Mal, als sie allein vor der Tür stand, seien die Stimmen ihres Herrn und ihrer Herrin so leise gewesen, daß sie eher aus dem Klang der Worte als aus deren Inhalt geschlossen habe, dort sei ein Streit im Gange. Als ich weiter in sie drang, erinnerte sie sich, daß die Dame den Namen David zweimal genannt habe. Der Punkt ist von äußerster Wichtigkeit, da er uns zum Grund der plötzlichen Auseinandersetzung führt. Sie wissen doch noch: Der Colonel hieß James mit Vornamen.

Eines beeindruckte die Dienerschaft und besonders auch die Polizei. Es war das verzerrte Gesicht des Colonels. Auf ihm lag, wie sie erklärten, der fürchterlichste Ausdruck, gemischt aus Angst und Schrecken, den ein menschliches Gesicht anzunehmen vermag. Mehr als einem wurde schwindlig, so schrecklich war der Anblick. Es ist ganz sicher, daß er sein Schicksal kommen sah, und das hat in ihm das äußerste Entsetzen ausgelöst. Der Umstand paßt natürlich allzugut in die Theorie der Polizei, der Colonel habe gesehen, wie seine Frau einen mörderischen Angriff auf ihn unternahm. Daß sich die Wunde am

Hinterkopf befindet, bedeutet keinen entscheidenden Einwand gegen die Theorie, weil er sich vielleicht abgewandt hatte, um dem Hieb auszuweichen. Die Dame selbst konnte nicht aussagen, da ein Nervenfieber sie befallen hat.

Von der Polizei hörte ich, daß Miss Morrison, die, wie Sie sich erinnern werden, an jenem Abend mit Mrs. Barclay zu der Versammlung gegangen war, erklärte, sie habe keine Ahnung, was die schlechte Laune ihrer Begleiterin verursacht haben könnte.

Nachdem ich all das erfahren hatte, rauchte ich einige Pfeifen, Watson, und versuchte, die entscheidenden Tatsachen von den nur nebensächlichen zu trennen. Fraglos war für mich das Verschwinden des Schlüssels der auffallendste und anregendste Punkt überhaupt. Das sorgfältigste Absuchen des Zimmers hatte ihn nicht zutage fördern können. Also mußte ihn jemand an sich genommen haben. Aber weder der Colonel noch seine Frau konnten das gewesen sein. Das war völlig klar. Deshalb mußte eine dritte Person das Zimmer betreten haben. Und diese dritte Person hatte nur durch das Fenster kommen können. Ich stellte mir vor, daß eine genaue Untersuchung des Zimmers und des Rasens einige Spuren der geheimnisvollen Person ans Licht bringen könnte. Sie kennen meine Methoden, Watson. Ich wandte sie alle an, ließ keine aus. Und schließlich stieß ich auf Spuren, aber auf Spuren, die ich nicht erwartet hatte. Ein Mann war im Zimmer gewesen, und er hatte von der Chaussee her den Rasen überquert. Fünf ganz deutliche Fußabdrücke konnte ich sicherstellen — einen auf der Landstraße, dort, wo der Mann die niedrige Mauer überstiegen hatte, zwei auf dem Rasen und zwei sehr schwache auf den gestrichenen Dielen nahe dem französischen Fenster, durch das er gekommen war. Anscheinend hatte er den Rasen eilig überquert, denn die Abdrücke des Vorderfußes waren viel tiefer als die der Absätze. Aber nicht der Mann war für mich die Überraschung, sondern sein Begleiter.«

»Sein Begleiter!«

Holmes holte ein großes Blatt Kohlepapier aus der Tasche und entfaltete es vorsichtig über dem Knie.

»Was halten Sie davon?« fragte er.

Das Papier war bedeckt mit Spuren von Fußabdrükken eines kleinen Tiers. Fünf Zehen zeichneten sich klarumrissen ab, dazu andeutungsweise lange Nägel, und der ganze Abdruck mochte jeweils so groß wie ein Dessertlöffel sein.

»Das war ein Hund«, sagte ich.

»Haben Sie jemals von einem Hund gehört, der die Vorhänge hinaufklettert? Ich habe sichere Beweise dafür, daß dieses Tier das getan hat.«

»Vielleicht ein Affe?«

»Aber das sind nicht die Abdrücke eines Affen.«

»Was soll es denn sonst gewesen sein?«

»Weder ein Hund noch ein Affe, noch eine Katze, noch überhaupt ein Tier, das uns vertraut ist. Ich habe versucht, es nach den Maßen, die es hinterlassen hat, zu rekonstruieren. Hier die vier Abdrücke lassen vermuten, daß das Vieh bewegungslos gestanden hat. Zwischen den vorderen Füßen und den hinteren liegen nicht weniger als fünfzehn Inches. Wenn man die Länge des Halses und des Kopfes hinzunimmt, kommt ein Geschöpf von mindestens zwei Fuß Länge heraus — ein vielleicht noch größeres, wenn man einen Schwanz mitrechnet. Beachten Sie nun die anderen Maße. Das Tier ist gelaufen, und wir könnten die Länge seines Schritts abmessen, und die ist in jedem Fall nur drei Inches. Wir müssen uns also ein Tier mit einem langen Leib und kurzen Beinen vorstellen. Es war leider nicht so rücksichtsvoll, ein paar Haare zu hinterlassen. Aber im allgemeinen muß sein Aussehen so beschaffen sein, wie ich annehme; außerdem kann es einen Vorhang hinaufklettern und ist ein Fleischfresser.«

»Woraus schließen Sie das?«

»Weil es den Vorhang hinaufgeklettert ist. Im Fenster hing ein Bauer mit einem Kanarienvogel, und der scheint das Ziel dieses Tieres gewesen zu sein.«

»Was für ein Tier war es denn nun?«

»Ja, wenn ich ihm einen Namen geben könnte, hätte ich den Fall schon halbwegs gelöst. Man könnte annehmen, es stamme aus der Familie der Wiesel und Hermeline. Und doch ist es größer als alle Tiere dieser Art, die ich gesehen habe.«

»Und was hat es mit dem Verbrechen zu tun?«

»Auch das ist noch unklar. Aber wir haben schon einiges in Erfahrung gebracht, wie Sie bemerken. Wir wissen, daß ein Mann auf der Chaussee stand und den Streit der Barclays beobachtete — der Rolladen war hochgezogen und das Zimmer erleuchtet. Wir wissen auch, daß er über den Rasen rannte, das Zimmer betrat, von dem seltsamen Tier begleitet, und daß er den Colonel entweder niederschlug oder daß der Colonel, was genausogut möglich ist, aus Schreck über den bloßen Anblick hinfiel und sich an der Ecke des Kamingitters den Kopf verletzte. Schließlich haben wir die eigenartige Tatsache, daß der Eindringling den Schlüssel mitnahm, als er wegging.«

»Ihre Entdeckungen scheinen die Sache noch tiefer ins Dunkel gebracht zu haben«, sagte ich.

»Ganz recht. Sie beweisen, daß der Fall komplizierter ist, als man zuerst vermutete. Ich überdachte die Sache und kam zu dem Schluß, sie von einem anderen Aspekt aus anzugehen. Aber wirklich, Watson, ich halte Sie unnötig wach. Genausogut kann ich Ihnen den Rest morgen auf dem Weg nach Aldershot erzählen.«

»Vielen Dank, aber Sie sind schon zu weit fortgeschritten, um jetzt noch aufzuhören.«

»Es ist ganz sicher, daß Mrs. Barclay, als sie um halb acht das Haus verließ, mit ihrem Mann in gutem Einvernehmen stand. Sie hat ihm gegenüber nie — ich bemerkte es wohl schon einmal — überschwengliche Zuneigung gezeigt, aber der Kutscher hat gehört, wie sie freundlich mit dem Colonel plauderte. Nun, es ist ebenso sicher, daß sie sofort nach ihrer Rückkunft in das Zimmer ging, in dem sie ihren Mann am wenigsten zu treffen erwartete, daß sie ihre Zuflucht zu Tee nahm, wie aufgeregte Frauen es tun, und daß sie in heftige Beschuldigungen ausbrach, nachdem er zu ihr ins Zimmer gekommen war. Also muß sich zwischen halb acht und neun Uhr etwas ereignet haben, das ihr Gefühl für ihn völlig verändert hat. Aber in dieser anderthalben Stunde war Miss Morrison ununterbrochen bei ihr. Deshalb ist es völlig sicher, daß sie, auch wenn sie es leugnet, etwas in dieser Sache wissen muß.

Meine erste Annahme war, es hätte möglicherweise eine Beziehung zwischen dieser jungen Frau und dem alten Soldaten gegeben, die sie an dem Abend der Ehefrau gebeichtet habe. Dafür sprachen die Wut bei der Rückkunft und auch das Leugnen des Fräuleins, es habe sich in der Zwischenzeit etwas ereignet. Das hätte auch nicht gänzlich im Widerspruch zu dem gestanden, was die Dienerschaft gehört hat. Aber dagegen mußte die Erwähnung des Namens David und die bekannte Zuneigung des Colonels zu seiner Frau gesetzt werden, gar nicht zu reden vom Eindringen dieses Mannes, das wiederum überhaupt nichts zu tun zu haben braucht mit dem, was voraufging. Es ist schon schwierig, jemandem auf die Schliche zu kommen, aber aufs Ganze gesehen war ich geneigt, die Vorstellung aufzugeben, es habe ein Verhältnis zwischen dem Colonel und Miss Morrison bestanden; und dennoch war ich nun mehr denn je davon überzeugt, daß die junge Dame den Schlüssel zu dem in Händen hielt, was Mrs. Barclay dazu gebracht hatte, ihren Mann zu hassen. Ich schlug deshalb den nächsten Weg ein und suchte Miss Morrison auf. Ich erklärte ihr, ich sei ganz sicher, sie hielte mit Tatsachen hinterm Berg, und versicherte ihr, daß ihre Freundin sich möglicherweise in einem Mordprozeß auf der Anklagebank wiederfinden werde, wenn wir den Fall nicht klären.

Miss Morrison ist ein kleines, zartes, mädchenhaftes Geschöpf mit ängstlich blickenden Augen und blondem Haar; jedoch konnte ich nicht feststellen, daß Schlauheit und gesunder Menschenverstand ihr abgingen. Nachdem ich zu ihr gesprochen hatte, saß sie eine Weile nachdenklich da, wandte sich mir dann entschlossen zu und gab eine bemerkenswerte Erklärung ab, die ich um Ihretwillen in gedrängter Kürze wiedergeben will.

›Ich habe meiner Freundin versprochen, in der Angelegenheit nichts zu sagen, und ein Versprechen ist ein Versprechen‹, erklärte sie. ›Aber wenn ich ihr helfen kann, eine so schwerwiegende Anklage abzuwenden, da der Mund der Ärmsten durch Krankheit verschlossen ist, glaube ich, von meinem Versprechen entbunden zu sein.

Ich werde Ihnen genau erzählen, was sich am Montagabend ereignete.

Wir befanden uns gegen Viertel vor neun auf dem Heimweg von der Watt-Street-Mission. Wir mußten durch die Hudson Street gehen, eine sehr stille Nebenstraße. Da gibt es nur eine Laterne, auf der linken Seite, und als wir uns dieser Laterne näherten, sah ich einen Mann auf uns zu kommen, tief gebeugt, und er trug so etwas wie eine Kiste auf der Schulter. Er schien körperlich entstellt, denn er hielt den Kopf gesenkt und ging mit krummen Knien. Als wir an ihm vorübergingen, hob er das Gesicht, um uns im Lichtkreis, den die Laterne warf, anzusehen, und während er das tat, blieb er plötzlich stehen und rief mit schrecklicher Stimme: ‚Mein Gott! Nancy!‘

Mrs. Barclay wurde bleich wie der Tod und wäre zu Boden gefallen, hätte das schrecklich anzusehende Geschöpf sie nicht aufgefangen. Ich wollte schon nach der Polizei rufen, aber zu meiner Überraschung sprach sie ganz höflich mit dem Burschen.

‚Ich dachte, du bist schon seit dreißig Jahren tot', sagte sie mit zitternder Stimme.

‚Dasselbe dachte ich auch', sagte er, und der Ton, in dem er das sagte, war angsterregend. Er hatte ein sehr dunkles, furchteinflößendes Gesicht, und das Flackern in seinen Augen sehe ich noch in meinen Träumen. Sein Haar und der Backenbart waren mit Grau durchzogen, und sein Gesicht war faltig und von Runzeln gekerbt wie ein verschrumpelter Apfel.

‚Gehen Sie ein Stück voraus, meine Liebe', sagte Mrs. Barclay. ‚Ich muß etwas mit dem Mann bereden. Sie brauchen sich nicht zu ängstigen!' Sie versuchte energisch zu sprechen, war aber noch totenblaß und brachte die Wörter kaum über die zitternden Lippen.

Ich tat, worum sie mich bat, und die beiden sprachen einige Minuten miteinander. Dann kam sie mit blitzenden Augen auf mich zu, und ich sah, wie der verkrüppelte Kerl am Laternenpfahl stand und die Fäuste in der Luft schüttelte, als sei er verrückt vor Wut. Sie sprach kein Wort, bis wir an meine Tür gekommen waren. Hier nahm sie mich bei der Hand und bat mich, niemandem zu sagen, was sich zugetragen hatte. ‚Es war ein alter Bekannter, dem das Leben übel mitgespielt hat', sagte sie. Als ich ihr versprach, nichts laut werden zu lassen, küßte sie mich, und seitdem habe ich sie nicht mehr gesehen. Jetzt habe ich Ihnen die ganze Wahrheit gesagt; als ich sie vor der Polizei verschwieg, wußte ich noch nicht, in welcher Gefahr meine liebe Freundin schwebt. Ich weiß, es gereicht ihr nur zum Vorteil, wenn alles bekannt wird.‹

Da war nun ihre Erklärung, Watson, die mir wie ein

Licht in dunkler Nacht schien, Sie können es sich wohl vorstellen. Was zuvor zusammenhanglos war, fing an, den richtigen Platz einzunehmen, und mir ging der Schatten einer Ahnung auf, wie die Geschehnisse sich zugetragen hatten. Als nächstes mußte ich natürlich herausfinden, wer der Mann war, der solch einen bemerkenswerten Eindruck auf Mrs. Barclay gemacht hatte.

Wenn er sich noch in Aldershot aufhielt, konnte das keine schwierige Aufgabe sein. Es gibt dort nicht allzu viele Zivilisten, und ein verkrüppelter Mann mußte auffallen. Einen Tag verbrachte ich auf der Suche, und am Abend — gerade heute abend, Watson — hatte ich ihn gefunden. Er heißt Henry Wood und lebt zur Untermiete in der Straße, in der die Damen ihn getroffen haben. Er wohnt erst seit fünf Tagen dort. Ich gab mich als Agent der Einwohnermeldebehörde aus und hatte ein äußerst aufschlußreiches Gespräch mit seiner Wirtin. Der Mann ist Gaukler von Beruf, zieht am Abend durch die Kantinen und gibt Vorstellungen zum besten. In seiner Kiste trägt er eine Kreatur mit sich herum, die bei der Vermieterin ziemliche Bestürzung ausgelöst hat, weil ihr so ein Tier noch nie unter die Augen gekommen war. Wie sie berichtete, braucht er es für einige seiner Tricks. Soviel konnte mir die Frau verraten; sie sagte auch, daß es ein Wunder sei, daß der Mann noch lebe, verkrüppelt, wie er ist, und daß er manchmal eine seltsame Sprache spräche, und während der letzten beiden Nächte habe sie ihn in seinem Schlafzimmer stöhnen und weinen hören. Was das Geld angehe, so sei er in Ordnung, aber in der Summe, die er als Vorauszahlung geleistet habe, sei ein wahrscheinlich falscher Florin. Sie zeigte mir die Münze, Watson: es war eine indische Rupie.

So, lieber Freund, jetzt wissen Sie genau, wie wir dastehen und warum ich Sie brauche. Es ist völlig klar, daß der Mann den Damen von fern folgte, nachdem sie sich von ihm getrennt hatten, daß er den Streit zwischen Mann und Frau durch das Fenster beobachtet hat, daß er ins Zimmer stürzte und daß dabei das Geschöpf, das er in der Kiste bei sich trug, freikam. Soviel also ist ganz gewiß. Aber er ist außer Mrs. Barclay der einzige Mensch auf der Welt, der uns genau erzählen kann, was in dem Zimmer vor sich ging.«

»Und Sie wollen ihn fragen?«

»Auf jeden Fall — aber in Gegenwart eines Zeugen.«

»Bin ich der Zeuge?«

»Wenn Sie so gut sein würden. Kann er die Sache aufklären — dann ist es gut. Sperrt er sich, bleibt uns nur, einen Haftbefehl zu erwirken.«

»Aber wie wollen Sie wissen, ob er noch da ist, wenn wir hinkommen?«

»Sie können sicher sein, daß ich Vorsichtsmaßnahmen ergriffen habe. Einer meiner Jungs aus der Baker Street beobachtet ihn, und er wird wie eine Klette an ihm hängenbleiben, wohin er auch geht. Wir werden ihn morgen in der Hudson Street antreffen, und ich wäre selber ein Verbrecher, wenn ich Sie noch länger vom Schlafen abhielte.«

Es war am nächsten Mittag, als wir am Schauplatz der Tragödie eintrafen. Mein Gefährte schlug sofort den Weg nach der Hudson Street ein. Trotz seiner Fähigkeit, Gefühle zu verbergen, bemerkte ich sofort, daß Holmes sich im Zustand unterdrückter Erregung befand, während in mir das halb sportliche, halb intellektuelle Vergnügen prickelte, das ich immer wieder verspürte, wenn ich an seinen Untersuchungen teilnahm.

»Hier ist es«, sagte er, als er in die kurze, von schlichten, zweistöckigen Ziegelsteinhäusern gesäumte Nebenstraße einbog. »Äh, und da kommt Simpson mit seinem Bericht.«

»Er ist drin, Mr. Holmes«, rief ein kleiner Straßenjunge, der auf uns zulief.

»Gut, Simpson!« sagte Holmes und streichelte ihm über den Kopf. »Kommen Sie, Watson. Dies ist das Haus.« Er schickte den Jungen mit seiner Karte hinein und mit der Nachricht, er käme in einer wichtigen Angelegenheit, und kurz darauf standen wir vor dem Mann, den wir sehen wollten. Trotz des warmen Wetters hockte er dicht beim Feuer, und in dem kleinen Zimmer war es heiß wie in einem Backofen. Der Mann saß ganz verdreht und zusammengesunken auf seinem Stuhl und bot ein unbeschreibliches Bild von Verunstaltung, aber das Gesicht, das er uns zukehrte, mußte einmal bemerkenswert schön gewesen sein, obwohl es jetzt verfallen und dunkel aussah. Mißtrauisch blickte er uns aus gelblichen Augen an, die auf ein Gallenleiden schließen ließen, und ohne ein Wort zu sagen oder sich zu erheben, wies er mit der Hand auf zwei Stühle.

»Mr. Henry Wood, bis vor kurzem in Indien, wenn ich nicht irre«, sagte Holmes freundlich. »Ich bin wegen der Sache um Colonel Barclays Tod gekommen.«

»Was sollte ich schon darüber wissen?«

»Gerade das möchte ich herausbekommen. Ich nehme nämlich an, daß Mrs. Barclay, Ihre alte Freundin, wahrscheinlich wegen Mordes angeklagt wird, wenn sich die Angelegenheit nicht aufklärt.«

Der Mann zuckte heftig zusammen.

»Ich weiß nicht, wer Sie sind«, rief er, »noch woher Sie Kenntnis haben von dem, was Sie mir erzählen. Schwören Sie, daß Sie die Wahrheit sagen?«

»Nun, man wartet nur darauf, daß sie wieder zu Sinnen kommt, um sie zu verhaften.«

»Mein Gott! Sind Sie von der Polizei?«

»Nein.«

»Was haben Sie denn dann mit der Sache zu tun?«

»Es ist jedermanns Sache, zu helfen, daß Recht geschieht.«

»Ich kann Ihnen mein Ehrenwort darauf geben, daß sie unschuldig ist.«

»Und Sie sind schuldig?«

»Nein.«

»Wer sonst hat Colonel Barclay umgebracht?«

»Die Vorsehung. Aber glauben Sie mir, wenn ich ihm den Schädel eingeschlagen hätte — und danach war mir zumut —, hätte er von meiner Hand nur bekommen, was er verdiente. Hätte ihn sein eigenes schuldbeladenes Gewissen nicht niedergestreckt, so wäre sein Blut wahrscheinlich über mich gekommen. Soll ich Ihnen die Geschichte erzählen? Gut, ich weiß nicht, warum ich es nicht tun sollte, denn ich habe keinen Grund, mich ihrer zu schämen.

Es war so, Sir. Wie Sie mich jetzt sehen, habe ich einen Rücken wie ein Kamel und eine völlig verformte Brust; aber es gab eine Zeit, da war Corporal Henry Wood der schneidigste Mann bei den 117er Infanteristen. Damals lagen wir in Indien im Winterquartier, in einem Ort, den wir mal Bhurtee nennen wollen. Barclay, der gestern gestorben ist, war Sergeant in derselben Kompanie, in der auch ich diente, und der Beau des Regiments — jawohl, und das schönste Mädchen, das je hier auf Erden geatmet hat, war Nancy Devoy, die Tochter des Fahnen-Sergeanten. Es gab zwei Männer, die sie liebten, und einen Mann, den sie liebte, und Sie werden lachen, wenn Sie die halbe Portion hier beim Feuer hocken sehen und sagen hören, daß sie mich wegen meines guten Aussehens liebte.

Nun, obwohl ich ihr Herz besaß, bestand ihr Vater darauf, daß sie Barclay heiratete. Ich war ein unbändiger, rücksichtsloser Bursche, aber er hatte eine Ausbildung genossen und war bereits für das Degengehenk vorgesehen. Doch das Mädchen hielt treu zu mir, und es schien, als könnte ich sie bekommen, als der Sepoy-Aufstand ausbrach und das Land in eine Hölle verwandelte.

Wir wurden in Bhurtee eingeschlossen — unser Regiment, die Hälfte einer Artillerie-Einheit, eine Sikhs-Kompanie und viele Zivilisten und Frauen. Zehntausend Rebellen hatten uns umzingelt, und sie waren so scharf wie eine Meute Terrier vor einem Rattenkäfig. Um die zweite Woche ging unser Wasser zu Ende, und es stellte sich die Frage, ob wir mit General Neills Truppen, die nordwärts marschierten, Verbindung herstellen konnten. Das war unsere einzige Chance, denn bei all den Frauen und Kindern durften wir nicht auf einen Ausfall hoffen. Ich meldete mich freiwillig, mich aus der Stadt zu schleichen und General Neill von der Gefahr, in der wir uns befanden, zu berichten. Mein Angebot wurde akzeptiert, und ich sprach das Unternehmen mit Sergeant Barclay durch, von dem es hieß, er kenne die Gegend besser als irgend jemand anderer. Er arbeitete eine Route aus, über die ich durch die Linien der Rebellen gelangen könnte. Am selben Abend um zehn Uhr brach ich auf. Tausend Leben waren zu retten, aber ich dachte nur an das eine, als ich mich über die Mauer fallen ließ.

Mein Weg führte durch einen ausgetrockneten Flußlauf, in dem ich, so hatten wir gehofft, vor den feindlichen Wachposten verborgen wäre. Aber als ich um eine Biegung kroch, stieß ich auf sechs Männer, die dort in der Dunkelheit hockten und auf mich warteten. In Sekundenschnelle war ich durch einen Schlag betäubt und an Händen und Füßen gefesselt. Doch der wirkliche Schlag wurde gegen mein Herz geführt, nicht gegen meinen Kopf; denn als ich wieder zu mir kam und von dem Gespräch der Männer erlauschte, was ich verstehen konnte, hörte ich genug, um zu begreifen, daß mein Kamerad, derselbe, der den Weg, den ich nehmen sollte, vorgeschlagen hatte, ein Verräter war; mit Hilfe eines eingeborenen Dieners hatte er mich in die Hände der Feinde überliefert.

Nun, ich brauche mich wohl nicht länger über diesen Teil der Geschichte auszulassen. Sie wissen jetzt, wozu James Barclay fähig war. Bhurtee wurde am nächsten Tag durch Neill befreit, aber mich nahmen die Rebellen auf ihrem Rückzug mit, und es hat viele Jahre gedauert, bis ich wieder ein weißes Gesicht sah. Man folterte mich, ich versuchte zu fliehen, wurde wieder eingefangen und wieder gefoltert. Sie sehen selbst, in welchen Zustand man mich gebracht hat. Einige der Aufständischen flohen nach Nepal und nahmen mich mit, und ich geriet in die Gegend hinter Darjeeling. Die Bergbevölkerung dort ermordete die Rebellen, die mich gefangenhielten, und ich wurde ihr Sklave; schließlich gelang mir die Flucht. Aber statt nach Süden, mußte ich mich nach Norden wenden und stieß so zu den Afghanen. Dort wanderte ich manches Jahr umher, bis ich in den Pandschab kam, wo ich meist unter Eingeborenen lebte und mir mein Brot mit den Zaubertricks verdiente, die ich während meiner Gefangenschaft gelernt hatte. Was für einen Zweck hatte es für mich, einen Krüppel, nach England zurückzukehren oder mich wieder bei meinen alten Kameraden zu zeigen? Sogar mein Rachegelüst konnte mich nicht dazu bringen. Lieber wollte ich, daß Nancy und die alten Kumpel von Henry Wood dachten, er sei aufrecht gestorben, als daß sie mich lebend sahen, wie ich mich an einem Stock schleppe wie ein Schimpanse. Sie zweifelten nicht, daß ich tot war, und soweit es an mir lag, sollten sie auch nie daran zweifeln. Ich erfuhr, Barclay habe Nancy geheiratet und mache eine steile Karriere im Regiment, doch auch das brachte mich nicht zum Sprechen.

Aber wenn man alt wird, bekommt man Heimweh. Jahrelang hatte ich von den grünen Fluren und Hecken

Englands geträumt. Endlich beschloß ich, vorm Tod dies alles noch einmal zu sehen. Ich sparte für die Überfahrt und kam dann hierher, wo die Soldaten sind, denn ich kenne ihre Art zu leben und wie man sie unterhalten und so genug verdienen kann, um zu existieren.«

»Ihre Geschichte ist sehr interessant«, sagte Sherlock Holmes. »Ich habe schon von Ihrem Zusammentreffen mit Mrs. Barclay gehört und davon, daß Sie einander wiedererkannten. Wie ich vermute, folgten Sie ihr also zu ihrem Haus und beobachteten durchs Fenster den Streit zwischen ihr und ihrem Mann, in dessen Verlauf sie ihm zweifellos sein Verhalten Ihnen gegenüber ins Gesicht schleuderte. Da übermannte Sie Ihr Gefühl, und Sie rannten über den Rasen und stürzten zwischen die beiden.«

»So war es, und als er mich sah, blickte er mich an, wie ich noch keinen Menschen habe blicken sehen. Und dann fiel er hin und schlug mit dem Kopf gegen das Gitter. Aber er war schon tot, ehe er fiel. Ich konnte ihm den Tod vom Gesicht ablesen, so klar, wie ich ein Buch am Kaminfeuer lesen kann. Mein bloßer Anblick traf sein schuldiges Herz wie eine Kugel.«

»Und dann?«

»Dann fiel Nancy in Ohnmacht, und ich nahm ihr den Zimmerschlüssel aus der Hand, um die Tür aufzuschließen und Hilfe herbeizuholen. Doch plötzlich schien es mir besser, gar nichts zu tun und mich davonzumachen, denn die Sache sah möglicherweise düster für mich aus, und auf jeden Fall würde mein Geheimnis gelüftet, wenn man mich faßte. In der Eile steckte ich den Schlüssel in die Tasche, denn ich mußte auch noch Teddy einfangen, der den Vorhang hinaufgeklettert war. Als ich ihn dann wieder in seinem Kasten hatte, verschwand ich, so schnell, wie ich laufen konnte.«

»Wer ist Teddy?« fragte Holmes.

Der Mann beugte sich vor und öffnete den Verschluß einer Art Hundehütte, die in der Ecke stand. Sofort schlüpfte ein schönes rötlich-braunes Geschöpf heraus, schlank und geschmeidig, mit Beinchen wie ein Hermelin, einer langen schmalen Nase und einem Paar der nettesten roten Augen, die ich je im Kopf eines Tieres gesehen habe.

»Ein Mungo!« rief ich.

»Nun, einige nennen das Tier so, andere nennen es Ichneumon«, sagte der Mann. »Ich nenne es Schlangenfänger, und Teddy ist wirklich schnell, wenn er auf Cobras geht. Ich besitze eine, der die Giftzähne gezogen sind, und Teddy fängt sie jeden Abend, um die Leute in der Kantine zu unterhalten. Gibt es noch etwas zu besprechen, Sir?«

»Nun, wir werden noch einmal auf Sie zurückkommen müssen, sollte Mrs. Barclay in ernsthafte Schwierigkeiten geraten.«

»In diesem Fall würde ich mich selbstverständlich zu erkennen geben.«

»Wenn nicht, gäbe es wohl keinen Grund, einen Toten in einen Skandal hineinzuziehen, so schäbig er auch gehandelt hat. Sie haben wenigstens die Befriedigung, erfahren zu haben, daß er von seinem Gewissen dreißig Jahre lang wegen seiner bösen Tat gepeinigt wurde. Ah, da drüben auf der anderen Straßenseite geht Major Murphy. Leben Sie wohl, Wood. Ich möchte von ihm erfahren, ob sich seit gestern etwas ereignet hat.«

Wir holten den Major ein, noch ehe er um die nächste Ecke biegen konnte.

»Ah, Holmes«, sagte er, »ich nehme an, Sie haben schon gehört, daß die ganze Aufregung umsonst war.«

»Wieso?«

»Die amtliche Voruntersuchung ist gerade zu Ende gegangen. Das medizinische Beweisverfahren hat schlüssig ergeben, daß der Tod durch einen Schlaganfall eingetreten ist. Sie sehen: Es war nach allem ein ganz einfacher Fall.«

»Bemerkenswert oberflächlich«, sagte Holmes lächelnd. »Kommen Sie, Watson, ich glaube nicht, daß wir in Aldershot länger gefragt sind.«

»Da wäre noch etwas«, sagte ich, als wir zum Bahnhof gingen. »Wenn der Ehemann James hieß und der andere Henry, was hat denn der Name David in der Sache zu tun?«

»Dieser Name, mein lieber Watson, hätte mir die ganze Geschichte schon entschleiern können, wenn ich der ideale Schlußfolgerer wäre, als den Sie mich zu beschreiben belieben. Dieser Name wurde offenbar als Schmähung gebraucht.«

»Als Schmähung?«

»Ja, König David kam dann und wann ein Stück vom Weg ab, einmal verirrte er sich in dieselbe Richtung wie James Barclay. Erinnern Sie sich an die kleine Affäre mit Uria und Bathseba? Ich fürchte, meine Bibelkenntnis ist ein bißchen eingerostet, aber Sie finden die Geschichte im ersten oder zweiten Buch Samuel.«

# Der Dauerpatient

Wenn ich in den einigermaßen unzusammenhängenden Memoiren stöbere, mit denen ich versucht habe, einige geistige Besonderheiten meines Freundes Mr. Sherlock Holmes zu illustrieren, überrascht mich immer wieder die Schwierigkeit der Auswahl von Beispielen, die meinem Zweck entsprechen. Bei den Fällen nämlich, in denen Holmes in einer *tour de force* analytischen Schlußfolgerns den Wert seiner besonderen Untersuchungsmethoden vorführt, sind die Umstände oft so unbedeutend oder alltäglich, daß es nicht gerechtfertigt wäre, sie vor der Öffentlichkeit auszubreiten. Auf der anderen Seite ist es häufig geschehen, daß er Untersuchungen durchführte, denen äußerst bemerkenswerte und dramatische Umstände eigneten, während der Anteil, den er an der Aufdeckung der Ursachen hatte, weniger auffiel, als ich, sein Biograph, wünschen würde. Die geringfügige Sache, über die ich unter dem Titel ›Späte Rache‹ berichtet habe, oder die später geschriebene Geschichte, die sich mit dem Untergang der ›Gloria Scott‹ befaßt, mögen als Beispiele für diese Scylla und Charybdis dienen, die derjenige drohend vor sich hat, der Sherlock Holmes' Leben und Wirken beschreibt. Möglicherweise stellt die Angelegenheit, die ich hier wiedergeben will, die Rolle meines Freundes nicht genügend heraus; dennoch erscheinen die Umstände so wesentlich, daß ich es nicht übers Herz bringe, sie völlig aus der Serie fortzulassen.

Es war an einem trüben, regnerischen Oktobertag. »Ungesundes Wetter, Watson«, sagte mein Freund. »Aber der Abend hat einen kleinen Wind aufgebracht. Was würden Sie von einem Bummel durch London halten?«

Ich war unseres kleinen Wohnzimmers überdrüssig und nur zu gern einverstanden. Drei Stunden bummelten wir umher und beobachteten das pulsierende Leben auf der Fleet Street und in der Strand. Holmes' treffende Art zu erzählen, seine scharfe Beobachtung der Einzelheiten und seine Gabe, scharfsinnig zu schlußfolgern, amüsierten und fesselten mich.

Es war zehn Uhr, als wir wieder in der Baker Street eintrafen. Vor unserem Haus wartete ein Brougham.

»Hm! Ein Arzt — ein praktischer Arzt, nehme ich an«, sagte Holmes. »Noch nicht lange im Beruf, hat aber schon ziemlich viel zu tun. Will sich bei uns Rat holen, scheint mir. Glücklicherweise sind wir zurück.«

Ich war mit Holmes' Methoden ausreichend vertraut, um seiner Beweisführung folgen zu können und zu bemerken, daß die Art und der Zustand der medizinischen Instrumente in dem Weidenkorb, der im erleuchteten Innern des Brougham stand, ihm das Material für die schnelle Schlußfolgerung geboten hatte. Das Licht hinter unseren Fenstern zeigte an, daß der späte Besuch wirklich uns galt. Neugierig darauf, was einen *frater medico* zu dieser Stunde zu uns getrieben haben mochte, folgte ich Holmes in unser Arbeitszimmer.

Als wir eintraten, erhob sich ein blasser, schmalgesichtiger Mann mit sandfarbenem Backenbart. Er schien mir nicht älter als drei- oder vierunddreißig Jahre, aber sein abgehärmtes Aussehen und sein ungesunder Teint sprachen von einem Leben, das die Kraft unterminiert und die Jugend geraubt hatte. Er war nervös und scheu, wie es sensible Menschen oft sind, und seine dünnen weißen Hände, die auf dem Kaminsims ruhten, als er stand, deuteten eher auf einen Künstler als auf einen Chirurgen. Er trug einen unauffälligen dunklen Anzug — schwarzer Gehrock und dunkle Hosen — und eine Krawatte mit einem nur leichten Anflug von Farbe.

»Guten Abend, Doktor«, sagte Holmes aufgeräumt. »Ich bin froh, daß Sie nur ein paar Minuten warten mußten.«

»Sie haben wohl mit meinem Kutscher gesprochen?«

»Nein, das hat mir die Kerze auf dem Tischchen verraten. Aber behalten Sie doch bitte Platz und lassen Sie mich wissen, womit ich Ihnen dienen kann.«

»Ich bin Dr. Percy Trevelyan«, sagte unser Besucher, »und wohne in der Brook Street 403.«

»Sind Sie nicht Autor einer Monographie über krankhafte Nervenveränderungen?« fragte ich.

Seine blassen Wangen röteten sich vor Freude, daß ich sein Buch kannte.

»Ich höre so selten über meine Arbeit, daß ich schon glaubte, sie sei tot«, sagte er. »Meine Verleger berichten mir Entmutigendes über den Absatz. Ich nehme an, Sie sind selber Mediziner.«

»Abgedankter Militärchirurg.«

»Meine Vorliebe galt immer den Nervenleiden. Darauf möchte ich mich auch spezialisieren, aber natürlich muß man erst einmal nehmen, was man kriegen kann. Aber das steht hier nicht zur Debatte, Mr. Sherlock Holmes, ich weiß zu würdigen, wie kostbar Ihre Zeit ist. Es geht darum, daß sich in letzter Zeit eine Reihe merkwürdiger Vorfälle in meinem Haus in der Brook Street ereignet haben, und heute abend war ein Höhepunkt erreicht, so daß ich fühlte, ich dürfe unmöglich noch eine Stunde vergehen lassen, ohne Sie um Ihren Rat und Ihren Beistand gebeten zu haben.«

Sherlock Holmes setzte sich und zündete eine Pfeife an. »Beides lasse ich Ihnen gern zuteil werden«, sagte er. »Geben Sie mir bitte einen detaillierten Bericht über die Dinge, die Sie beunruhigen.«

»Einiges ist so unerheblich«, sagte Dr. Trevelyan, »daß ich mich fast schäme, es zu erwähnen. Aber die Sache scheint mir völlig unerklärlich, und die Wendung, die sie jetzt genommen hat, ist so einmalig, daß ich Ihnen alles mitteilen will. Sie können dann entscheiden, was wesentlich ist und was nicht.

Ich muß Ihnen zu Anfang einiges über meine Universitätsjahre sagen. Ich habe in London studiert, und ich bin sicher, Sie werden nicht denken, ich sänge über Gebühr mein eigenes Lob, wenn ich Ihnen erzähle, daß meine Professoren meinen Studiengang als vielversprechend ansahen. Nach meiner Graduierung widmete ich mich weiterhin der Forschung. Ich nahm eine untergeordnete Stellung am King's College Hospital an und hatte das Glück, mit meinen Forschungen über die Pathologie der Katalepsie beträchtliches Aufsehen zu erregen und schließlich den Bruce-Pinkerton-Preis für die Monographie über krankhafte Nervenveränderungen, auf die Ihr Freund soeben anspielte, zu gewinnen. Ich gehe nicht zu weit, wenn ich behaupte, der allgemeine Eindruck ging dahin, daß eine hervorragende Karriere vor mir liege.

Aber das größte Hindernis war, daß ich kein Kapital besaß. Sie werden einsehen, daß ein Spezialist, der ein hohes Ziel vor Augen hat, in einer der Dutzend Straßen um den Cavendish Square anfangen muß, was sehr hohe Mieten und Ausgaben für die Einrichtung der Praxis mit sich bringt. Abgesehen von diesen ersten Auslagen muß man genügend Geld für die Lebensführung der ersten Jahre und für eine repräsentative Kutsche und ein Pferd besitzen. Das alles überstieg meine Kräfte, und mir blieb nur die Hoffnung, durch Sparsamkeit innerhalb von zehn Jahren genügend zusammenzubringen, um mich etablieren zu können. Da tat sich plötzlich und unerwartet eine neue Aussicht für mich auf: durch den Besuch eines Herrn mit Namen Blessington, der mir völlig fremd war. Eines Morgens trat er in mein Zimmer und kam sofort zur Sache.

›Sind Sie der Percy Trevelyan, der eine hervorragende

Karriere machen könnte und der kürzlich einen bedeutenden Preis gewonnen hat?‹ fragte er.

Ich verbeugte mich.

›Antworten Sie mir frei heraus‹, fuhr er fort, ›denn Sie werden sehen, daß das in Ihrem Interesse liegt. Sie sind gewandt genug, um ein erfolgreicher Mann zu werden. Besitzen Sie Takt?‹

Bei der Direktheit der Frage konnte ich ein Lächeln nicht unterdrücken.

›Ich glaube, ich habe genügend.‹

›Schlechte Angewohnheiten? Trinken Sie vielleicht, wie?‹

›Aber Sir!‹ rief ich.

›Schon gut! Ich mußte das fragen. Wieso besitzen Sie bei all Ihren Fähigkeiten keine eigene Praxis?‹

Ich zuckte die Achseln.

›Nur zu!‹ fuhr er lärmend fort. ›Immer dieselbe alte Geschichte. Mehr im Kopf als in der Tasche, stimmt's? Was würden Sie dazu sagen, wenn Sie eine Praxis in der Brook Street einrichten könnten?‹

Ich starrte ihn überrascht an.

›Oh, das liegt in meinem Interesse, nicht in Ihrem‹, rief er. ›Ich will ganz offen sein, und wenn es Ihnen recht ist, soll es mir auch recht sein. Ich habe ein paar Tausend anzulegen und dachte mir, ich investiere sie in Sie.‹

›Aber warum?‹ stieß ich hervor.

›Nun, das ist eine Spekulation wie jede andere, eigentlich sicherer als die meisten anderen.‹

›Was muß ich denn tun?‹

›Das werde ich Ihnen sagen. Ich miete das Haus, richte es ein, bezahle die Dienstboten und führe überhaupt das ganze Unternehmen. Sie haben nichts zu tun, als Ihren Stuhl im Ordinationszimmer abzuwetzen. Sie bekommen Taschengeld und alles, was Sie brauchen. Dafür überlassen Sie mir drei Viertel Ihrer Honorare. Ein Viertel können Sie für sich behalten.‹

Es war ein seltsamer Vorschlag, Mr. Holmes, den mir dieser Blessington machte. Ich möchte Sie nicht mit einem Bericht darüber langweilen, wie wir handelten und verhandelten. Das Ganze endete damit, daß ich am Tag Mariä Verkündigung das Haus bezog und zu fast den Bedingungen, die er vorgeschlagen hatte, zu praktizieren begann. Er wohnte mit darin in der Rolle eines Dauerpatienten. Es schien, daß er ein schwaches Herz hatte und ständig medizinische Beobachtung brauchte. Er richtete sich die beiden besten Räume in der ersten Etage als Wohn- und Schlafzimmer ein. Er ist ein Mann mit merkwürdigen Gewohnheiten, der Gesellschaft flieht und sehr selten aus dem Haus geht. Sein Leben kann man als unregelmäßig bezeichnen, aber in einer Hinsicht ist es die Regelmäßigkeit selbst. Jeden Abend zur gleichen Zeit kommt er in das Ordinationszimmer, überprüft die Geschäftsbücher, legt fünf Shilling und drei Pence für jede Guinea, die ich verdiene, auf den Tisch und trägt den Rest in den Safe in seinem Zimmer.

Ich kann wohl mit Überzeugung sagen, daß er nie Grund hatte, seine Spekulation zu bereuen. Die Praxis ging von Anfang an gut. Einige erfolgreich behandelte Krankheitsfälle und der Ruf, den ich mir im Hospital erworben hatte, brachten mich schnell voran, und während der letzten beiden Jahre habe ich ihn zu einem reichen Mann gemacht.

Soviel, Mr. Holmes, über meine Vergangenheit und meine Beziehungen zu Mr. Blessington. Jetzt bleibt mir nur noch, zu erzählen, was sich ereignete, weswegen ich bei Ihnen bin.

Vor einigen Wochen kam Mr. Blessington in ziemlicher Erregung zu mir herunter. Er sprach von einem Einbruch, der, wie er sagte, in West End verübt worden sei, und ich erinnere mich, daß er darüber ganz unnötig außer sich geriet und erklärte, er werde noch am selben

Tag für stärkere Riegel an den Fenstern und Türen sorgen. Eine Woche lang blieb er in diesem besonderen Stadium der Erregung, spähte andauernd aus den Fenstern und machte auch nicht den kurzen Spaziergang, den er täglich vor dem Dinner unternahm. Sein Verhalten drängte mir die Vermutung auf, er müsse schreckliche Angst vor irgend etwas oder vor irgend jemandem haben. Aber als ich ihn daraufhin ansprach, wurde er so aggressiv, daß ich das Thema fallenließ. Allmählich schien sich im Lauf der Zeit seine Furcht zu legen, er nahm wieder seine Gewohnheiten auf. Dann aber stürzte ihn eine neuerliche Begebenheit in den Zustand erbarmenswürdiger Verstörung, in dem er sich jetzt befindet.

Was geschah, war folgendes. Vor zwei Tagen erhielt ich den Brief, den ich Ihnen vorlesen möchte. Er trägt weder eine Adresse noch ein Datum.

›Ein russischer Edelmann‹, so beginnt er, ›der jetzt in England lebt, erbittet von Dr. Percy Trevelyan Hilfe. Er leidet seit einigen Jahren an kataleptischen Attacken, und bekanntermaßen gilt Dr. Trevelyan als Kapazität auf diesem Gebiet. Der Herr möchte morgen abend um Viertel nach sechs vorsprechen, wenn Dr. Trevelyan es ermöglichen kann, zu Hause zu sein.‹

Der Brief erregte stark mein Interesse, denn die Schwierigkeit bei der Erforschung der Katalepsie liegt darin, daß die Krankheit selten ist. So könnten Sie mir schon glauben, daß ich zu der angegebenen Stunde in meinem Ordinationszimmer war, als der Diener den Patienten hereinführte.

Es war ein magerer, älterer Mann, der schicklich, aber ganz durchschnittlich aussah — auf keinen Fall erfüllte er das, was man sich unter einem russischen Edelmann vorstellt. Von der Erscheinung seines Begleiters war ich viel tiefer beeindruckt. Das war ein großer junger Mann, erstaunlich hübsch, mit einem dunklen, leidenschaftlichen Gesicht und den Gliedmaßen und der Brust eines Herkules. Als sie eintraten, hielt er die Hand unter dem Arm des anderen und geleitete ihn mit einer Behutsamkeit zu einem Stuhl, die man nach seinem Äußeren nie vermutet hätte.

›Entschuldigen Sie, daß wir Sie belästigen, Doktor‹, sagte er leicht lispelnd auf Englisch zu mir. ›Das ist mein Vater, und seine Gesundheit ist für mich von ungeheurer Wichtigkeit.‹

Ich war gerührt von der Fürsorge des Sohnes. ›Möchten Sie vielleicht während der Konsultation zugegen sein?‹ fragte ich.

›Um nichts in der Welt!‹ rief er mit einer Geste des Schreckens. ›Das wäre mir schmerzlicher, als ich erklären kann. Ich bin überzeugt davon, ich würde es nicht überleben, wenn ich meinen Vater in einem seiner fürchterlichen Anfälle sähe. Mein Nervensystem reagiert außerordentlich empfindlich. Mit Ihrer Erlaubnis werde ich mich im Wartezimmer aufhalten, während Sie meinen Vater untersuchen.‹

Das gestattete ich ihm selbstverständlich, und der junge Mann zog sich zurück. Der Patient und ich kamen dann in ein Gespräch über seinen Fall, und ich machte mir ausführliche Notizen. Er fiel nicht durch Intelligenz auf, und seine Antworten waren oft dunkel, was ich auf seine beschränkte Kenntnis unserer Sprache zurückführte. Plötzlich, während ich schrieb, hörte er überhaupt auf, meine Fragen zu beantworten, und als ich hochsah, erschrak ich, da er kerzengerade vor mir saß und mich leeren, starren Gesichts ansah. Die geheimnisvolle Krankheit hatte ihn wieder gepackt.

Meine erste Empfindung war, wie ich schon sagte, eine Mischung aus Mitleid und Furcht. Die zweite war, gestehe ich, berufliche Befriedigung. Ich notierte mir die Pulsfrequenz und die Temperatur des Patienten, prüfte die Starre seiner Muskeln und seine Reflexe. Ich stellte in seinem Befinden nichts besonders Bemerkenswertes fest, alles paßte zu meinen bisherigen Erfahrungen. In solchen Fällen hatte ich durch Inhalation von Amylnitrit zuvor schon gute Ergebnisse erzielt, und das Vorkommnis war für mich eine einmalige Gelegenheit, die Wirkung des Medikaments wieder zu erproben. Die Flasche war unten in meinem Laboratorium, und so ließ ich den Patienten auf dem Stuhl sitzen und eilte hinunter, um sie zu holen. Es dauerte ein Weilchen, bis ich sie gefunden hatte — vielleicht fünf Minuten —, dann kehrte ich zurück. Stellen Sie sich mein Erstaunen vor, als ich das Zimmer leer fand; der Patient war gegangen.

Natürlich lief ich sofort ins Wartezimmer. Der Sohn war auch verschwunden. Die Haustür war zugezogen, aber nicht verschlossen. Der Diener, der die Patienten einläßt, ist noch neu in meinen Diensten und ein bißchen langsam. Er wartet im Erdgeschoß und kommt, um die Patienten hinauszubegleiten, wenn ich im Ordinationszimmer klingele. Diesmal hatte er nichts gehört, und die Sache blieb für mich völlig dunkel. Kurz danach kam Mr. Blessington von seinem kleinen Spaziergang zurück, aber ich erwähnte ihm gegenüber die Angelegenheit nicht, denn, um die Wahrheit zu sagen, ich hatte es in der letzten Zeit überhaupt so gehalten, daß ich sowenig wie möglich mit ihm zu reden brauchte.

Nun, ich dachte nicht, daß ich den Russen und seinen Sohn jemals wiedersehen würde, und Sie können sich wohl meine Überraschung vorstellen, als die beiden heute abend um dieselbe Zeit in mein Ordinationszimmer spazierten, genau wie gestern.

›Ich muß mich vielmals für mein plötzliches Verschwinden entschuldigen, Herr Doktor‹, sagte mein Patient.

›Ich gestehe, ich war sehr überrascht‹, entgegnete ich.

›Die Sache liegt so‹, fuhr er fort, ›daß mein Bewußtsein dann immer getrübt ist und ich das Vorhergegangene nicht mehr weiß, wenn ich mich von diesen Anfällen erhole. Ich kam in einem fremden Raum, wie mir schien, wieder zu mir und ging, da Sie weg waren, ziemlich benommen auf die Straße hinaus.‹

›Und ich‹, sagte der Sohn, ›dachte natürlich, die Konsultation sei zu Ende, als ich meinen Vater an der Tür des Wartezimmers vorbeigehen sah. Erst als wir zu Hause ankamen, begriff ich, was wirklich mit ihm los war.‹

›Nun‹, sagte ich und lachte, ›es wurde ja kein Schaden angerichtet, außer daß Sie mich schrecklich verwirrt haben. Wenn Sie sich, Sir, jetzt in das Wartezimmer begeben würden, könnte ich die Konsultation fortsetzen, die gestern ein so abruptes Ende gefunden hat.‹

Ungefähr eine halbe Stunde lang besprach ich mit dem alten Herrn die Symptome, und dann, nachdem ich ihm etwas verschrieben hatte, sah ich ihn am Arm seines Sohnes davongehen.

Ich erwähnte schon, daß Mr. Blessington seinen Spaziergang gewöhnlich um diese Zeit macht. Kurz danach betrat er das Haus und ging nach oben. Einen Augenblick später hörte ich ihn die Treppe herunterpoltern, und dann stürzte er wie von Panik befallen in mein Ordinationszimmer.

›Wer war in meinem Zimmer?‹ rief er.

›Niemand‹, sagte ich.

›Das ist eine Lüge!‹ schrie er. ›Kommen Sie mit nach oben und überzeugen Sie sich.‹

Ich überhörte die Grobheit seiner Ausdrucksweise, denn er schien halb von Sinnen vor Furcht. Als ich mit ihm die Treppe hinaufstieg, deutete er auf einige Fußabdrücke im hellen Teppich.

›Würden Sie sagen wollen, die habe ich hinterlassen?‹ rief er.

Sie waren in der Tat viel zu groß, als daß sie von ihm

stammen konnten, und offensichtlich ganz frisch. Sie wissen ja, heute nachmittag hat es heftig geregnet, und nur meine Patienten hatten das Haus betreten. Es mußte wohl so gewesen sein, daß der Mann vom Wartezimmer aus unbekanntem Grund ins Zimmer meines Dauerpatienten hinaufgegangen war, während ich mich mit seinem Vater beschäftigte. Nichts war berührt worden, nichts fehlte, aber es gab die Fußabdrückte, die bewiesen, daß ein Unbefugter dagewesen war.

Mr. Blessington regte sich so sehr auf, wie ich es nie für möglich gehalten hätte, obwohl natürlich schon zu verstehen war, daß die Angelegenheit einem den Seelenfrieden stören konnte. Er saß in einem Lehnstuhl und weinte wahrhaftig, und es gelang mir kaum, ihn zu zusammenhängendem Sprechen zu bewegen. Der Vorschlag, Sie aufzusuchen, kam von ihm, und ich sah auch sofort, daß er recht hatte, denn der Fall ist gewiß sehr merkwürdig, obgleich Mr. Blessington seine Gewichtigkeit arg überschätzt. Wenn ich Sie in meinem Brougham hinfahren dürfte, könnten Sie ihn wenigstens beruhigen, wenn ich schon nicht darauf hoffe, daß es Ihnen gelingen wird, die Begebenheit zu erklären.«

Sherlock Holmes hatte dem langen Bericht mit einer Aufmerksamkeit zugehört, die mir anzeigte, daß er äußerst interessiert war. Sein Gesicht sah so leidenschaftslos aus wie immer, doch die Lider lagen schwerer auf den Augen, und der Rauch war in dichteren Schwaden von seiner Pfeife emporgestiegen, als hätten sie jede Episode in der seltsamen Geschichte des Doktors unterstreichen sollen. Sowie unser Besucher mit seinen Schilderungen zu Ende war, sprang Holmes wortlos auf, reichte mir meinen Hut, nahm den seinen vom Tisch und folgte Dr. Trevelyan zur Tür. Eine Viertelstunde später wurden wir vorm Haus des Arztes in der Brook Street abgesetzt, einem dieser würdevollen schmucklosen

Häuser, die man gleich mit einer Arztpraxis in West End in Verbindung bringt. Ein junger Diener empfing uns, und wir gingen sofort die breite, teppichbelegte Treppe hinauf.

Aber ein seltsamer Zwischenfall ließ uns innehalten: In der ersten Etage erlosch plötzlich das Licht, und aus dem Dunkel drang eine schnarrende, zitternde Stimme.

»Ich habe eine Pistole!« rief sie. »Ich gebe Ihnen mein Wort darauf, daß ich schieße, wenn Sie noch einen Schritt näher kommen.«

»Das ist aber nun wirklich übertrieben, Mr. Blessington«, rief Dr. Trevelyan.

»Ah, Sie sind es, Doktor?« sagte die Stimme, und wir hörten einen Seufzer der Erleichterung. »Aber die anderen Gentlemen: Sind sie wirklich, was sie zu sein vorgeben?«

Wir merkten, wie wir aus dem Dunkel lange geprüft wurden.

»Ja, es ist alles in Ordnung«, sagte die Stimme schließlich. »Sie können nach oben kommen. Es tut mir leid, wenn meine Vorsicht Sie belästigt hat.«

Der Gasleuchter auf der Treppe wurde wieder angezündet, und wir erblickten einen sonderbaren Mann, dessen Äußeres wie auch seine Stimme von zerrütteten Nerven zeugte. Er war sehr dick, mußte aber zuzeiten noch dicker gewesen sein, denn die Gesichtshaut hing in lockeren Falten herunter, was ihm das Aussehen eines Bluthundes gab. Er hatte einen kränklichen Teint, und sein dünnes sandfarbenes Haar schien wie durch die innere Bewegung aufgestellt. In der Hand hielt er eine Pistole, aber er schob sie in die Tasche, als wir näher kamen.

»Guten Abend, Mr. Holmes«, sagte er. »Ich bin Ihnen sehr verbunden, daß Sie gekommen sind. Nie hat jemand Ihren Rat dringender gebraucht als ich. Ich nehme an,

Dr. Trevelyan hat Ihnen bereits von dem äußerst verwerflichen Eindringen in meine Zimmer berichtet.«

»So ist es«, sagte Holmes. »Wer sind die Männer, Mr. Blessington, und warum werden Sie von ihnen belästigt?«

»Nun, nun«, sagte der Dauerpatient nervös, »das ist schwer zu erklären. Auf diese Frage können Sie von mir kaum eine Antwort erwarten, Mr. Holmes.«

»Heißt das, Sie wissen es nicht?«

»Treten Sie ein, bitte, seien Sie so freundlich.«

Er führte uns in sein Schlafzimmer, einen großen, gemütlich eingerichteten Raum.

»Sehen Sie das da?« sagte er und deutete auf einen großen schwarzen Kasten am Fußende seines Betts. »Ich bin nie sehr reich gewesen, Mr. Holmes — habe nie im Leben Investitionen getätigt, wie Dr. Trevelyan Ihnen bestätigen kann. Aber Bankiers vertraue ich nicht. Nie würde ich einem Bankier Vertrauen schenken, Mr. Holmes. Unter uns: Das bißchen, das ich besitze, ist in dem Kasten. So werden Sie wohl verstehen, was es für mich bedeutet, wenn unbekannte Leute in meine Zimmer eindringen.«

Holmes sah Blessington fragend an und schüttelte den Kopf.

»Ich kann Sie unmöglich beraten, wenn Sie mich zu belügen versuchen«, sagte er.

»Aber ich habe Ihnen doch alles erzählt.«

Holmes machte angewidert auf dem Absatz kehrt.

»Dann gute Nacht, Dr. Trevelyan«, sagte er.

»Und Sie geben mir keinen Rat?« rief Blessington mit brechender Stimme.

»Ihnen, Sir, rate ich, die Wahrheit zu sagen.«

Eine Minute später standen wir auf der Straße und machten uns auf den Heimweg. Wir hatten die Oxford Street überquert und die Harley Street schon halb hinter uns gebracht, als ich ein Wort von meinem Gefährten hörte.

»Tut mir leid, Watson, Sie bei einem so nutzlosen Unternehmen eingespannt zu haben«, sagte er schließlich. »Aber im Grunde ist es doch ein interessanter Fall.«

»Ich kann wenig mit der Geschichte anfangen«, gestand ich.

»Nun, es ist ziemlich offensichtlich, daß es zwei Männer gibt — vielleicht sind es mehrere, wenigstens aber zwei —, die aus irgendeinem Grund entschlossen sind, an diesen Blessington heranzukommen. Ich hege keinen Zweifel, daß der junge Mann beide Male, beim ersten sowohl wie auch beim zweiten Besuch, in Blessingtons Wohnung gewesen ist, während sein Verbündeter durch einen gut ausgedachten Trick den Doktor davon abhielt, sich einzumischen.«

»Und die Katalepsie?«

»Eine betrügerische Vorspiegelung, Watson, wenn ich mich auch hüten werde, das unserem Spezialisten so unumwunden zu erklären. Dieses Leiden kann man sehr leicht vortäuschen. Ich habe es selber schon getan.«

»Und was weiter?«

»Es fügte sich, daß Blessington beide Male nicht daheim war. Sie wählten eine so unübliche Stunde offensichtlich deshalb, weil sie sichergehen wollten, daß kein anderer Patient im Wartezimmer saß. Rein zufällig fiel die Zeit mit der zusammen, in der Blessington seine Gesundheitsspaziergänge zu machen pflegt, woraus man wohl schließen darf, daß sie seinen Tagesablauf nicht gut genug kennen. Wären sie nur auf Beute versessen, hätten sie wenigstens den Versuch unternommen, die Zimmer zu durchsuchen. Außerdem kann ich einem Menschen von den Augen ablesen, wenn er befürchtet, daß es ihm an den Kragen geht. Es ist nicht anzunehmen, daß sich der Bursche unwissentlich zwei Feinde gemacht hat, die rachsüchtig sind, wie es den Anschein hat. Ich halte es also für sicher, daß er weiß, wer jene Männer sind, und daß er Grund hat, dies nicht bekannt werden zu lassen. Vielleicht ist er morgen in einer mitteilsameren Laune.«

»Gibt es dazu nicht eine Alternative«, wandte ich ein, »zweifellos eine groteske und deshalb unwahrscheinliche, aber sie wäre wohl noch denkbar. Könnte nicht die ganze Geschichte mit dem kataleptischen Russen und seinem Sohn von Dr. Trevelyan ausgebrütet worden sein, der in Blessingtons Wohnung war, um eigene Ziele zu verfolgen?«

Im Licht einer Gaslaterne sah ich, wie Holmes über meine brillante Variante amüsiert lächelte.

»Mein lieber alter Junge«, sagte er, »das war eine der ersten Lösungen, die sich mir aufdrängten, aber bald sah ich mich in der Lage, die Geschichte des Doktors zu überprüfen. Von dem jungen Mann sind Abdrücke auf dem Treppenläufer zurückgeblieben, die es überflüssig machen, nach denen zu fragen, die er im Zimmer hinterließ. Wenn ich Ihnen verrate, daß seine Schuhe vorn eckig und nicht wie die Blessingtons spitz waren und dazu drei Nummern größer als die des Arztes, werden Sie wohl nicht mehr an der Individualität ihres Besitzers zweifeln. Aber wir können alles in Ruhe überschlafen, denn es würde mich überraschen, wenn wir morgen früh nicht einiges mehr aus der Brook Street hörten.«

Sherlock Holmes' Voraussage erfüllte sich bald und auf dramatische Weise. Um halb acht am nächsten Morgen, im ersten schwachen Schimmer des Tageslichts, stand er im Hausmantel neben meinem Bett.

»Auf uns wartet ein Brougham, Watson«, sagte er.

»Was ist geschehen?«

»Es geht um die Brook Street.«

»Gibt es Neuigkeiten?«

»Tragische, aber sie sind unbestimmt«, sagte er und

zog die Jalousien hoch. »Sehen Sie sich das an — ein Blatt aus einem Notizbuch mit der in Bleistift gekritzelten Nachricht: ›Kommen Sie um Gottes willen sofort — P. T.‹ Unser Freund, der Doktor, war in Bedrängnis, als er es schrieb. Auf denn, mein lieber Junge, die Sache ist dringend.«

Ungefähr eine Viertelstunde später waren wir wieder beim Hause des Arztes. Dr. Trevelyan kam herausgelaufen und nahm uns entsetzten Gesichts in Empfang.

»Oh, was für eine Geschichte!« rief er, die Hände gegen die Schläfen gepreßt.

»Was gibt es?«

»Blessington hat Selbstmord begangen!«

Holmes ließ einen Pfiff hören.

»Ja, er hat sich in der Nacht erhängt!«

Wir waren eingetreten, und der Doktor hatte uns in einen Raum geführt, der offensichtlich sein Wartezimmer war.

»Ich weiß wirklich nicht, was ich tun soll«, rief er. »Die Polizei ist schon oben. Es hat mich fürchterlich mitgenommen.«

»Wann haben Sie ihn entdeckt?«

»Frühmorgens bekommt er immer eine Tasse Tee gebracht. Als das Dienstmädchen gegen sieben zu ihm ging, hing der unglückliche Mensch mitten im Zimmer. Er hatte einen Strick an dem Haken befestigt, an dem sonst die schwere Lampe hängt, und war von dem Kasten heruntergesprungen, den er uns gestern gezeigt hat.«

Für einen Moment stand Holmes tief in Gedanken verloren da.

»Mit Ihrer Erlaubnis«, sagte er schließlich, »würde ich mir gern oben alles ansehen.«

Wir stiegen beide die Treppe hinauf, gefolgt von dem Doktor.

Durch die Schlafzimmertür bot sich uns ein schrecklicher Anblick. Ich habe bereits über den Eindruck von Schlaffheit gesprochen, den Blessington auf mich gemacht hatte. Jetzt, da er vom Haken herabhing, hatte sich das in einem Maße verstärkt, daß in der Erscheinung kaum mehr etwas Menschliches lag. Der Hals war in die Länge gezogen und sah aus wie bei einem gerupften Huhn, so daß der Körper durch den Kontrast noch feister und unnatürlicher wirkte. Er trug nur ein langes Nachthemd, aus dem seine geschwollenen Knöchel und plumpen Füße ragten. Daneben stand ein schneidig aussehender Polizeiinspektor, der Notizen in ein Taschenbuch machte.

»Ah, Mr. Holmes«, sagte er, als mein Freund eintrat. »Ich freue mich, Sie zu sehen.«

»Guten Morgen, Lanner«, antwortete Holmes. »Sie betrachten mich sicherlich nicht als einen Eindringling. Kennen Sie die Ereignisse, die dem hier vorausgingen?«

»Ja, ich habe einiges gehört.«

»Haben Sie sich schon eine Meinung gebildet?«

»Soweit ich es beurteilen kann, hat der Mann aus Furcht den Verstand verloren. Das Bett hat er, wie Sie sehen können, benutzt. Sein Körper hat sich tief eingedrückt. Gegen fünf Uhr morgens, wissen Sie ja, werden solche Selbstmorde meist begangen. Um diese Zeit muß auch er sich erhängt haben. Er scheint ganz aus eigenem Antrieb gehandelt zu haben.«

»Ich würde, nach der Muskelstarre zu urteilen, meinen, daß er seit drei Stunden tot ist«, sagte ich.

»Ist Ihnen irgend etwas Besonderes im Zimmer aufgefallen?« fragte Holmes.

»Ich habe einen Schraubenzieher und einige Schrauben auf dem Waschtisch gefunden. Und er scheint in der Nacht viel geraucht zu haben. Hier sind vier Zigarrenstummel, die ich aus dem Kamin gefischt habe.«

»Hm!« machte Holmes. »Haben Sie seine Zigarrenspitze entdeckt?«

»Nein, ich habe keine gesehen.«

»Sein Zigarrenetui?«

»Ja, es war in der Rocktasche.«

Holmes öffnete das Etui und roch an der einzigen Zigarre, die sich darin befand.

»Oh, das ist eine Havanna, und die andere Sorte importieren die Holländer aus ihren ostindischen Kolonien. In der Regel stecken die in Strohbehältern, nicht wahr, und sind dünner als gleich lange Zigarren anderer Sorten.«

Er nahm die vier Stummel und betrachtete sie durch sein Vergrößerungsglas.

»Zwei sind aus einer Spitze geraucht worden, zwei einfach so«, sagte er. »Zwei wurden mit einem nicht sehr scharfen Messer abgeschnitten, die anderen beiden sind von kräftigen Zähnen abgebissen worden. Das ist kein Selbstmord, Mr. Lanner. Das ist ein genau vorbereiteter, ein kaltblütiger Mord.«

»Unmöglich!« rief der Inspektor.

»Und warum?«

»Warum sollte jemand einen Mann auf so ungeschickte Weise ermorden, indem er ihn erhängt?«

»Genau das müssen wir herausfinden.«

»Wie sollen denn die Mörder hereingekommen sein?«

»Durch die Haustür.«

»Die war am Morgen verriegelt.«

»Dann hat man sie verriegelt, nachdem sie das Haus verlassen hatten.«

»Wie kommen Sie darauf?«

»Ich sah ihre Spuren. Entschuldigen Sie mich für einen Augenblick. Vielleicht kann ich Ihnen bald mehr sagen.«

Er ging zur Tür, drehte den Schlüssel und überprüfte das Schloß in seiner methodischen Art. Dann zog er den Schlüssel, der innen steckte, ab und untersuchte auch ihn. Das Bett, der Teppich, die Stühle, der Kaminsims, die Leiche und der Strick, alles wurde eins nach dem andern begutachtet. Schließlich erklärte er, er sei befriedigt, und schnitt mit meiner und des Inspektors Hilfe den armen Teufel herunter und bedeckte ihn pietätvoll mit einem Laken.

»Woher stammt der Strick?«

»Hiervon«, sagte Dr. Trevelyan und zog eine große Seilrolle unterm Bett hervor. »Er hatte krankhafte Angst vor Feuer und hielt die Rolle immer in seiner Nähe, damit er durch das Fenster fliehen könne, für den Fall, daß die Treppen brannten.«

»Das muß ihnen viel Mühe erspart haben«, sagte Holmes nachdenklich. »Ja, die Tatsachen sind sehr einfach, und es würde mich stark überraschen, wenn ich Ihnen nicht bis heute nachmittag auch noch die Gründe liefern könnte. Ich nehme die Fotografie von Blessington dort auf dem Kaminsims an mich, möglicherweise hilft sie mir bei meinen Nachforschungen.«

»Aber Sie haben uns bisher nichts verraten!« rief der Doktor.

»Über die Abfolge des Geschehens gibt es keine Zweifel«, sagte Holmes. »Drei Leute, abgesehen vom Opfer, waren beteiligt: der junge Mann, der alte Mann und ein Dritter, dessen Identität ich noch nicht kenne. Die beiden ersten, darauf brauche ich wohl kaum noch hinzuweisen, sind dieselben, die in der Maske des russischen Grafen und seines Sohns aufgetreten sind. Von ihnen können wir eine genaue Beschreibung liefern. Sie wurden durch einen Verbündeten im Haus hereingelassen. Wenn ich Ihnen einen Rat geben darf, Inspektor, dann wäre es der, den Diener zu verhaften, der — wenn ich recht unterrichtet bin — erst seit kurzem bei Ihnen den Dienst aufgenommen hat, Doktor.«

»Der kleine Teufel ist nirgends zu finden«, sagte Dr. Trevelyan. »Das Dienstmädchen und die Köchin haben schon nach ihm gesucht.«

Holmes zuckte die Achseln.

»Er hat in diesem Drama eine nicht unwichtige Rolle gespielt«, sagte er. »Nachdem die drei Männer die Treppe hinaufgestiegen sind — übrigens auf Zehenspitzen, der Ältere zuerst, dann der Jüngere und am Schluß der Unbekannte ...«

»Aber ich bitte Sie, lieber Holmes!« warf ich ein.

»Nein, nein, die Aufeinanderfolge der Fußspuren steht überhaupt nicht in Frage. Ich hatte gestern abend den Vorzug, mich überzeugen zu können, welche Spur zu wem gehört. Sie stiegen also zu Mr. Blessingtons Zimmer hinauf und fanden die Tür abgeschlossen. Mit Hilfe eines Drahts haben sie den steckenden Schlüssel herumgedreht. Sogar ohne Vergrößerungsglas kann man die Kratzer am Schlüsselbart sehen.

Nachdem sie das Zimmer betreten hatten, muß ihre erste Maßnahme gewesen sein, Mr. Blessington zu knebeln. Vielleicht schlief er, vielleicht war er aber auch vor Schreck so gelähmt, daß er nicht schreien konnte. Diese Wände sind dick, und es ist möglich, daß sein Hilferuf — wenn er einen von sich gegeben hat — nicht gehört wurde.

Offensichtlich hat man, nachdem er unschädlich gemacht war, eine Art von Beratung abgehalten. Vielleicht handelte es sich um so etwas wie ein Gerichtsverfahren. Jedenfalls hat die Sache einige Zeit in Anspruch genommen, denn währenddem sind diese Zigarren geraucht worden. Der alte Mann saß hier im Korbstuhl: Er ist derjenige, der eine Zigarrenspitze benutzte. Der junge Mann saß dort drüben; er hat die Asche an der Kommode abgestreift. Der dritte Bursche ging auf und ab. Blessington saß, nehme ich an, aufrecht im Bett, aber in dem Punkte bin ich mir nicht ganz sicher.

Nun, es endete damit, daß sie Blessington ergriffen und aufhängten. Alles war gut vorbereitet, und ich nehme sogar an, sie haben eine Art Flaschenzug mitgebracht, jedenfalls etwas, das sie als Galgen gebrauchen konnten. Dieser Schraubenzieher und die Schrauben sollten, denke ich, dazu dienen, das Ding zu fixieren. Als sie aber den Haken entdeckten, durften sie sich natürlich die Mühe sparen. Nach der Arbeit machten sie sich davon, und ihr Verbündeter verriegelte die Tür hinter ihnen.«

Mit tiefstem Interesse hatten wir diesem Entwurf über die nächtlichen Ereignisse gelauscht, auf den Holmes von Spuren geschlossen hatte, die so fein und winzig waren, daß sie uns, auch nachdem wir auf sie hingewiesen worden waren, kaum in den Stand setzten, seinen Gedankenketten zu folgen. Der Inspektor lief sofort hinaus, um den Diener zu suchen, Holmes und ich aber kehrten zum Frühstück in die Baker Street zurück.

»Ich werde gegen drei wieder hier sein«, sagte er, als wir das Mahl beendet hatten. »Der Inspektor und der Doktor wollen sich um diese Zeit mit mir treffen, und ich hoffe, daß ich bis dahin jede kleine Unklarheit, die der Fall noch bereithalten mag, beseitigt habe.«

Zur verabredeten Zeit kamen unsere Besucher, aber es dauerte bis Viertel vor vier, ehe mein Freund erschien. An seinem Gesichtsausdruck erkannte ich sofort, daß alles gut gegangen war.

»Gibt es etwas Neues, Inspektor?«

»Wir haben den Diener, Sir.«

»Ausgezeichnet. Und ich habe die anderen beiden.«

»Sie haben sie!« riefen wir drei.

»Nun, wenigstens weiß ich, wer sie sind. Dieser sogenannte Mr. Blessington ist, wie ich erwartet habe, dem Polizeipräsidium so gut bekannt wie seine Mörder. Die drei heißen Biddle, Hayward und Moffat.«

»Die Bande von der Worthingdon-Bank!« rief der Inspektor.

»Genau«, sagte Holmes.

»Dann muß Blessington Sutton sein.«

»Richtig«, sagte Holmes.

»Dann ist ja alles kristallklar«, sagte der Inspektor. Doch Trevelyan und ich sahen uns verwirrt an.

»Sie werden sich doch noch an den großen Einbruch in die Worthingdon-Bank erinnern«, sagte Holmes. »Fünf Leute waren daran beteiligt, diese vier und ein fünfter, der Cartwright hieß. Tobin, der Hausmeister, wurde ermordet, und die Diebe entkamen mit siebentausend Pfund. Das war 1875. Sie wurden alle fünf verhaftet, aber die Beweise gegen sie waren nicht schlüssig. Dieser Blessington oder Sutton, der Schlimmste der Bande, erbot sich als Kronzeuge. Auf seine Aussage hin hängte man Cartwright, die anderen erhielten jeder fünfzehn Jahre. Als sie einige Jahre vor der Verbüßung ihrer ganzen Strafe herauskamen, verlegten sie sich darauf, den Verräter zu jagen, um den Tod des Kameraden zu rächen. Zweimal versuchten sie, ihn zu fassen, und es mißlang; beim dritten Mal hatten sie Erfolg, wie Sie wissen. Gibt es sonst noch etwas, das ich Ihnen erklären kann, Dr. Trevelyan?«

»Ich glaube, Sie haben alles bemerkenswert deutlich gemacht«, sagte der Doktor. »Ohne Zweifel war der Tag, an dem er so verstört war, genau der, wo er aus den Zeitungen von ihrer Freilassung erfahren hatte.«

»So ist es. Das Gerede über Einbrecher war der reinste Bluff.«

»Aber warum konnte er Ihnen nicht alles das erzählen?«

»Nun, mein lieber Herr, da er die Rachsucht seiner alten Kumpane kannte, war er bemüht, seine Identität vor jedermann so lange wie möglich zu verbergen. Zudem besaß er ein schändliches Geheimnis, und er brachte es nicht über sich, es zu lüften. Immerhin lebte er, so nichtswürdig er war, unter dem Schild des britischen Gesetzes, und ich zweifle nicht, Inspektor, daß es Ihnen aufgeht: Wenn dieser Schild nicht mehr schützen kann, das Schwert des Rechts zur Rache bleibt.«

Das also war die merkwürdige Begebenheit mit dem Dauerpatienten und dem Arzt aus der Brook Street. Seit der Nacht hat die Polizei nichts mehr von den drei Mördern gehört, und in Scotland Yard nimmt man an, daß sie sich unter den Passagieren des unglücklichen Schiffs ›Norah Creina‹ befanden, das mit Mann und Maus vor der portugiesischen Küste, einige Seemeilen nördlich von Oporto, gesunken ist. Die Anklage gegen den Diener brach wegen Mangels an Beweisen zusammen. Der Fall ›Das Geheimnis der Brook Street‹, wie man ihn nannte, hat bis jetzt nie vollständig im Druck vorgelegen.

# Der griechische Dolmetscher

In der Zeit meiner langen und vertrauten Bekanntschaft mit Mr. Sherlock Holmes hatte ich ihn nie von seiner Verwandtschaft und kaum einmal über sein früheres Leben sprechen hören. Diese Verschwiegenheit beförderte in mir dann und wann den irgendwie unmenschlichen Eindruck, er sei eine isolierte Erscheinung, ein Hirn ohne Herz und so sehr allen Mitgefühls bar wie an Intelligenz herausragend. Seine Aversion gegen Frauen und seine Abneigung, neue Freundschaften zu schließen, waren so typisch für sein gefühlsarmes Naturell wie die völlige Unterdrückung jeden Bezugs auf seine Familie. Mit der Zeit glaubte ich, er sei eine Waise ohne lebende Verwandte, aber eines Tages begann er zu meiner Überraschung von seinem Bruder zu sprechen.

Es war an einem Sommerabend nach dem Tee, und die Unterhaltung, die sich oberflächlich und krampfhaft zwischen Golf-Clubs und dem Wechsel im System der Unregelmäßigkeiten von Sonnenfinsternissen bewegt hatte, führte schließlich zu den Fragen des Wiederauftretens von Eigenschaften entfernter Ahnen und der Vererbbarkeit von Begabungen überhaupt. Der Punkt, an dem wir uns festbissen, war, wieweit besondere Talente eines Individuums auf Vorfahren zurückgingen und wieweit sie eigenem Bemühen von Jugend an zu verdanken seien.

»In Ihrem Fall«, sagte ich, »scheint es mir nach allem, was Sie mir erzählt haben, doch offensichtlich, daß Ihre Beobachtungsgabe und Ihre besondere Fähigkeit zu schlußfolgern auf Ihr systematisches Training zurückzuführen sind.«

»In gewisser Hinsicht«, antwortete er nachdenklich.

»Meine Vorfahren waren Landedelleute, und es sieht so aus, als hätten sie ein Leben geführt, das in ihrer Klasse üblich war. Dennoch liegt mir die Entwicklung, die ich genommen habe, im Blut, ist mir möglicherweise von meiner Großmutter vererbt, der Schwester Vernets, des französischen Künstlers. Künstlerische Veranlagungen nehmen oft die seltsamsten Formen an.«

»Aber woher wissen Sie denn, daß sie vererbt wurden?«

»Weil mein Bruder Mycroft sie in höherem Maße besitzt als ich.«

Das war nun wirklich neu für mich. Wenn es in England noch einen Mann von solch außerordentlichen Fähigkeiten gab, wieso hatte es dann weder die Polizei noch die Öffentlichkeit erfahren? Ich stellte die Frage, nicht ohne anzudeuten, daß es die Bescheidenheit meines Gefährten sei, die ihn seines Bruders Überlegenheit anerkennen ließe. Holmes lachte über meine Unterstellung.

»Mein lieber Watson«, sagte er, »ich stimme nicht mit jenen überein, die Bescheidenheit zu den Tugenden rechnen. Der Logiker sollte jedes Ding als das ansehen, das es ist, und sich zu unterschätzen bedeutet genauso Abschied von der Wahrheit, wie die eigenen Fähigkeiten zu übertreiben. Wenn ich also sage, mein Bruder Mycroft besitzt eine bessere Beobachtungsgabe als ich, dann können Sie beruhigt annehmen, daß ich das wörtlich meine.«

»Ist er jünger als Sie?«

»Sieben Jahre älter.«

»Wieso ist er denn unbekannt?«

»Oh, in seinen Kreisen kennt man ihn gut.«

»Und welche Kreise sind das?«

»Nun, der Diogenes-Club zum Beispiel.«

Von einem solchen Club hatte ich nie gehört, und mein Gesicht schien das auch auszudrücken, denn Sherlock Holmes holte seine Uhr hervor.

»Der Diogenes-Club ist der sonderbarste Club in London und Mycroft einer der sonderbarsten Menschen. Er ist immer dort zu finden, von Viertel vor fünf bis zwanzig vor acht. Jetzt ist es sechs, und wenn Ihnen nach einem Bummel durch diesen wunderschönen Abend der Sinn steht, wäre ich sehr glücklich, Sie mit zwei Kuriositäten bekannt machen zu dürfen.«

Fünf Minuten später waren wir auf der Straße und auf dem Weg nach Regent Circus.

»Sie fragen sich wohl«, sagte mein Gefährte, »warum Mycroft seine Fähigkeiten nicht für Detektivarbeit nützt. Er ist dazu ungeeignet.«

»Aber Sie sagten doch...«

»Ich sagte, daß er mir im Beobachten und Schlußfolgern überlegen ist. Wenn die Kunst des Detektivs damit beginnen und auch damit enden würde, von einem Sessel aus zu schlußfolgern, wäre mein Bruder der größte Kriminalist, den es je gab. Aber er hat keinen Ehrgeiz und keine Energie. Er würde nicht einen Fingerbreit von seinem Weg abweichen, um seine Lösungen an der Wirklichkeit zu verifizieren, und sich lieber eine falsche Auffassung nachsagen lassen, als sich der Mühe zu unterziehen, die Richtigkeit seiner Gedanken zu beweisen. Immer wieder habe ich ihm ein Problem vorgetragen und eine Erklärung erhalten, die sich hinterher als richtig herausgestellt hat. Dennoch ist er absolut unfähig, die praktischen Arbeiten zu leisten, die bewältigt werden müssen, ehe man einen Fall vor einen Richter oder eine Jury bringen kann.«

»Dann ist das also nicht sein Beruf.«

»Nicht im geringsten. Was für mich den Lebensunterhalt bedeutet, ist für ihn nur das Steckenpferd eines Dilettanten. Er hat eine besondere Begabung für Zahlen und prüft in irgendeiner Regierungsbehörde die Bücher. Mycroft wohnt in der Pall Mall, und jeden Morgen geht er um die Ecke in die Whitehall und denselben Weg abends wieder nach Hause. Jahraus, jahrein ist das seine einzige sportliche Betätigung, und man sieht ihn nirgendwo sonst, außer noch im Diogenes-Club, der seiner Wohnung gegenüberliegt.«

»Ich erinnere mich nicht, von einem Club dieses Namens gehört zu haben.«

»Das glaube ich Ihnen. Es gibt in London viele Männer, die — aus Schüchternheit oder Misanthropie — keinen Anschluß an Menschen finden wollen. Dennoch haben sie nichts gegen bequeme Sessel und die neusten Nummern der Zeitschriften. Zu ihrer Annehmlichkeit ist der Diogenes-Club gegründet worden, und in ihm versammeln sich nur die ungeselligsten und am wenigsten für ein Clubleben geeigneten Männer der Stadt. Keinem Mitglied ist es erlaubt, auch nur im geringsten Notiz von einem anderen zu nehmen. Außer im Raum für Gäste sind Gespräche unter keinen Umständen erlaubt, und drei Verstöße gegen dieses Gesetz, wenn sie dem Komitee bekannt werden, machen den Betroffenen reif für den Ausschluß. Mein Bruder ist einer der Gründer des Clubs, und ich habe die Atmosphäre dort als sehr angenehm empfunden.«

Unter diesem Gespräch kamen wir von St. James her in die Pall Mall. Sherlock Holmes hielt, nicht weit vom Carlton-Club entfernt, an einer Haustür und trat in die Halle, nachdem er mich zu sprechen gewarnt hatte. Durch die verglaste Tür konnte ich einen Blick in einen großen, luxuriösen Raum werfen, in dem eine beträchtliche Anzahl von Männern herumsaß und Zeitung las, jeder in seinem Winkel. Holmes führte mich in einen kleineren Raum, das Gästezimmer, dessen Fenster auf die Pall Mall schauten, ließ mich dort für eine Minute allein und kam dann in Begleitung eines Mannes zurück, der nur sein Bruder sein konnte.

Mycroft Holmes war gedrungen und viel größer als Sherlock. Sein Körper war korpulent, doch sein Gesicht, obwohl auch massig, hatte etwas von der Ausdrucksschärfe bewahrt, die das seines Bruders so bemerkenswert machte. Die eigentümlich wäßrig-graufarbenen Augen schienen beherrscht von dem geistesabwesenden, nach innen gerichteten Blick, den ich bisher nur bei Sherlock beobachtet hatte, wenn er alle seine Kräfte anspannte.

»Ich freue mich, Sie kennenzulernen, Sir«, sagte er und streckte mir eine breite, flache Hand entgegen, die wie die Flosse eines Seehunds aussah. »Seit Sie Sherlocks Biograph geworden sind, höre ich überall von ihm. Übrigens habe ich dich letzte Woche erwartet, du wolltest doch mit mir den Manor-House-Fall besprechen. Mir war, als überstiege er ein bißchen deine Kräfte.«

»Nein, ich habe ihn gelöst«, sagte mein Freund lächelnd.

»Es war natürlich Adams, oder?«

»Ja, es war Adams.«

»Dessen war ich mir von Anfang an sicher.« Die beiden setzten sich an das Erkerfenster des Gästezimmers. »Das ist der ideale Ort für jeden, der die Menschen studieren will«, sagte Mycroft. »Sieh dir nur diese großartigen Typen an! Die beiden Männer zum Beispiel, die auf uns zukommen.«

»Der Markör und der andere?«

»Eben die. Was denkst du von dem andern?«

Die beiden Männer waren dem Fenster gegenüber stehengeblieben. Ein bißchen Kreidestaub oberhalb der Westentasche war für mich das einzige, das auf Billard hinwies. Der neben dem Markör war ein sehr kleiner, dunkel gekleideter Bursche; er hatte den Hut in den Nacken geschoben und trug unterm Arm verschiedene Pakete.

»Ein alter Soldat, würde ich sagen«, bemerkte Sherlock.

»Und erst kürzlich demobilisiert«, fügte der Bruder hinzu.

»Wie ich sehe, hat er in Indien gedient.«

»Als Unteroffizier.«

»Royal Artillery, nehme ich an«, sagte Sherlock.

»Und verwitwet.«

»Hat aber ein Kind.«

»Kinder, mein Junge, Kinder!«

»Genug jetzt«, sagte ich lachend, »das geht ein bißchen zu weit.«

»Es ist doch nichts dabei«, antwortete Holmes, »wenn man einen sonnenverbrannten Mann mit zur Schau getragener Autorität als einen Soldaten erkennt, der mehr als ein Gemeiner war und vor kurzem aus Indien gekommen ist.«

»Daß er noch nicht lange von der Truppe weg ist, beweist: er trägt noch immer die Kommißstiefel«, stellte Mycroft fest.

»Er war nicht bei der Kavallerie, aber er trug den Hut schief auf dem Kopf, was man daran erkennt, daß die eine Seite der Stirn heller geblieben ist. Er ist ein Leichtgewicht, und das spricht dagegen, daß er ein Sappeur war. Also hat er bei der Artillerie gedient.«

»Seine Trauerkleidung spricht dafür, daß er einen nahestehenden Menschen verloren hat, und da er selber einkaufen geht, sieht es so aus, als ob es seine Frau war. Er hat Sachen für Kinder gekauft. Sehen Sie die Klapper? Das deutet darauf hin, daß eines noch sehr klein ist. Vielleicht starb die Frau im Kindbett. Der Umstand, daß er ein Bilderbuch unterm Arm trägt, läßt darauf schließen, daß noch ein zweites Kind vorhanden ist, das Aufmerksamkeit verlangt.«

Ich fing an zu begreifen, was mein Freund gemeint hatte, als er sagte, sein Bruder besitze eine sogar noch schärfere Beobachtungsgabe als er. Er schaute zu mir herüber und lächelte. Mycroft nahm eine Prise

Schnupftabak aus einer Schildpattdose und wischte sich die heruntergefallenen Stäubchen mit einem großen rotseidenen Taschentuch vom Rock.

»Übrigens, Sherlock«, sagte er, »ich habe da etwas ganz nach deinem Herzen — ein äußerst ungewöhnliches Problem, das man meinem Urteil anheimgestellt hat. Ich bringe nicht die Energie auf, mich der Sache zu widmen, ich täte es ohnehin nur halbherzig. Aber sie hat mir zu einigen angenehmen Spekulationen verholfen. Wenn du die Fakten hören möchtest...«

»Mein lieber Mycroft, es wäre mir ein Vergnügen.«

Der Bruder schrieb etwas auf ein Blatt aus seinem Notizbuch, klingelte und gab es dem Kellner.

»Ich habe Mr. Melas gebeten, herzukommen«, sagte er. »Er wohnt eine Etage über mir, wir sind flüchtig miteinander bekannt, und das hat ihn bewogen, sich in seiner Bestürzung an mich zu wenden. Mr. Melas ist, soviel ich weiß, Grieche von Geburt und ein hervorragender Sprachkenner. Er verdient seinen Unterhalt zum Teil als Dolmetscher bei Gericht, zum Teil als Fremdenführer für wohlhabende Orientalen, die in den Hotels in der Northumberland Street absteigen. Aber ich glaube, ich überlasse es besser ihm, seine bemerkenswerten Erlebnisse zu erzählen.«

Wenige Augenblicke später gesellte sich ein kleiner, kräftig gebauter Mann zu uns, dessen olivfarbenes Gesicht und kohlschwarzes Haar den Südländer auswiesen, wenn er auch wie ein gebildeter Engländer sprach. Er schüttelte Sherlock Holmes heftig die Hand, und seine Augen funkelten vor Vergnügen, als er erfuhr, der Spezialist sei begierig, seine Geschichte zu hören.

»Ich glaube nicht, daß die Polizei mir dieses Erlebnis abnehmen wird — nein, wirklich nicht«, sagte er mit klagender Stimme. »Weil sie noch nie so etwas gehört haben, denken sie, es gibt so etwas nicht. Aber ich werde nicht mehr mit leichtem Herzen leben, ehe ich nicht weiß, was aus dem armen Mann mit dem Pflaster im Gesicht geworden ist.«

»Ich bin ganz Ohr«, sagte Sherlock Holmes.

»Heute ist Mittwoch«, sagte Mr. Melas, »also war es Montagabend — erst vor zwei Tagen, verstehen Sie? —, als das alles passierte. Ich bin Dolmetscher, wie Ihnen mein Nachbar vielleicht bereits erzählt hat. Ich dolmetsche in allen Sprachen — oder doch in fast allen —, aber da ich Grieche von Geburt bin, fühle ich mich dieser Sprache besonders verbunden. Seit vielen Jahren bin ich der wichtigste Griechischdolmetscher in London, und mein Name ist in den Hotels sehr bekannt.

Nicht selten schickt man zu ungewöhnlicher Zeit nach mir: in Schwierigkeiten geratene Fremde oder Reisende, die spät angekommen sind, benötigen meine Dienste. Deshalb war ich nicht überrascht, als am Montagabend ein Mr. Latimer, ein sehr schick gekleideter junger Mann, in meiner Wohnung erschien und mich bat, ihn in einer Kutsche, die vor der Tür stand, zu begleiten. Ein griechischer Freund sei Geschäfte halber zu ihm gekommen, und die Dienste eines Dolmetschers seien unumgänglich, da der Fremde nichts als seine Muttersprache spreche. Er gab mir zu verstehen, sein Haus liege ziemlich weit entfernt, in Kensington, und er schien in großer Eile zu sein, denn er schob mich schnell in die Droschke, als wir auf die Straße traten.

Ich sage, in eine Droschke, aber mir kamen bald Zweifel, ob es nicht eine private Equipage war, in der ich mich befand. Der Wagen war geräumiger als die gewöhnlichen Londoner Rumpelkisten, und die Ausstattung, obwohl abgenutzt, zeugte von gediegenem Reichtum. Mr. Latimer setzte sich mir gegenüber; wir fuhren durch Charing Cross und dann die Shaftesbury Avenue hinunter. Als wir die Oxford Street erreicht hatten, wagte ich die Bemerkung, daß wir uns auf einem Umweg nach Kensington befänden, doch ich stockte, weil ich das seltsame Gebaren meines Gefährten bemerkte.

Er zog einen bleigefüllten Totschläger aus der Tasche und ließ ihn einige Male hin- und herschnellen, so als prüfe er Gewicht und Schlagkraft. Dann legte er ihn wortlos neben sich auf den Sitz. Danach schloß er auf beiden Seiten die Fenster, und zu meinem Erstaunen sah ich, daß die Scheiben mit Papier beklebt waren, als ob verhindert werden sollte, daß ich einen Blick nach draußen warf.

›Es tut mir leid, Ihnen die Aussicht nehmen zu müssen, Mr. Melas‹, sagte er. ›Aber mir ist nicht daran gelegen, daß Sie wissen, wo das Haus liegt, zu dem wir fahren. Es wäre mir unangenehm, wenn Sie den Weg dorthin wiederfänden.‹

Wie Sie sich vorstellen können, verblüffte mich diese Anrede vollends. Mein Begleiter war ein starker, breitschultriger junger Bursche, und ich hätte, von der Waffe abgesehen, in einem Kampf gegen ihn nicht die geringste Chance gehabt.

›Das ist ein seltsames Benehmen, Mr. Latimer‹, stotterte ich. ›Wissen Sie, daß das ungesetzlich ist, was Sie da tun?‹

›Ich habe mir eine Art Freiheit herausgenommen‹, sagte er, ›aber wir werden Ihre Dienste reichlich vergelten. Doch muß ich Sie warnen, Mr. Melas. Wenn Sie im Verlauf dieser Nacht ein einziges Mal Alarm schlagen oder etwas unternehmen, das nicht in meinem Interesse liegt, werden Sie zu spüren bekommen, wie ernst ich es meine. Halten Sie sich bitte vor Augen, daß niemand weiß, wo Sie sind, und daß Sie sich, ob in der Kutsche oder im Haus, in meiner Gewalt befinden.‹

Er sprach ruhig, aber weil er so krächzte, klangen die Worte drohend. Ich saß still und fragte mich, was um alles in der Welt der Grund für diese außergewöhnliche Entführung sein mochte. Aber worum es sich auch handelte, mir wurde völlig klar, daß es nutzlos sei, mich zu widersetzen; ich konnte nur abwarten.

Wir fuhren fast zwei Stunden, ohne daß ich den mindesten Anhalt bekam, wohin die Reise ging. Manchmal deutete das Rasseln darauf hin, daß wir über eine gepflasterte Straße fuhren, manchmal ließ sanfte, ruhige Fahrt auf Asphalt schließen. Aber abgesehen von den sich ändernden Geräuschen gab es nichts, was mich auch nur im entferntesten vermuten lassen konnte, wo wir uns befanden. Das Papier auf den Fenstern war lichtundurchlässig, und vor der Vorderscheibe hing ein blauer Vorhang. Viertel nach sieben waren wir aus der Pall Mall abgefahren, und ein Blick auf meine Uhr zeigte mir, daß es zehn vor neun war, als wir schließlich anhielten.

Mein Begleiter ließ ein Fenster herunter, und ich konnte einen Blick auf einen niedrigen gewölbten Toreingang werfen, über dem eine Lampe brannte. Das Tor wurde geöffnet, als ich aus der Kutsche stieg, und ehe ich das Haus betrat, bot sich mir die Gelegenheit, einen flüchtigen Eindruck von einem Rasen und von Bäumen, die rechts und links von mir standen, zu gewinnen. Ob das Land Privatbesitz war oder öffentliches Eigentum, ist mehr, als ich sagen kann.

Drinnen brannte eine gefärbte Gaslampe, doch sie war so niedrig gedreht, daß ich wenig von der Halle erkannte; ich bemerkte nur, daß sie ziemlich groß war und daß Bilder an den Wänden hingen. Im schwachen Licht konnte ich ausmachen, daß die Person, die das Tor geöffnet hatte, ein kleiner, schäbig aussehender Mann mittleren Alters mit runden Schultern war. Als er sich uns zuwandte, fiel mir am Widerschein des Lichts auf, daß er eine Brille trug.

›Ist das Mr. Melas, Harold?‹ fragte er.

›Ja.‹

›Gut gemacht! Gut gemacht! Hoffentlich sind Sie nicht böse, Mr. Melas, aber wir kommen ohne Sie nicht aus. Wenn Sie ehrlich mit uns zusammenarbeiten, soll es Ihr Schade nicht sein. Aber Gott stehe Ihnen bei, wenn Sie uns austricksen wollen.‹

Er sprach stoßweise und nervös und mischte einige kurze Lacher in seine Rede, aber irgendwie flößte er mir mehr Furcht ein als der andere.

›Was wollen Sie von mir?‹ fragte ich.

›Sie sollen nur einem griechischen Gentleman, der bei uns zu Besuch weilt, einige Fragen stellen und uns die Antworten übermitteln. Aber sagen Sie nicht mehr, als man Ihnen aufträgt‹ — wieder lachte er nervös —, ›oder Sie wären besser nicht geboren.‹

Während er sprach, öffnete er eine Tür und wies den Weg in ein anscheinend reich möbliertes Zimmer — doch wieder brannte nur eine einzelne Lampe mit halber Kraft. Das Zimmer war sicherlich groß, und als ich es durchquerte, merkte ich an der Weichheit des Teppichs, wie luxuriös es eingerichtet sein mußte. Schwach zeichneten sich samtbezogene Sessel ab, ein hoher Kaminsims aus weißem Marmor und an einer Wand etwas, das wie eine japanische Rüstung aussah. Unter der Lampe stand ein Stuhl, und der ältere Mann wies mich mit einer Handbewegung an, darauf Platz zu nehmen. Der jüngere hatte uns verlassen, erschien aber plötzlich wieder durch eine andere Tür; er führte einen Herrn, der in eine Art von lose fallendem Hausmantel gekleidet war und sich langsam auf uns zu bewegte. Als er in den Kreis gedämpften Lichts trat und ich ihn deutlicher wahrnahm, erschrak ich bis ins Herz über sein Aussehen. Er war totenbleich und furchtbar abgemagert und hatte die vorgewölbten, glänzenden Augen eines Mannes, dessen geistige Kräfte die des Körpers übersteigen. Aber was mich mehr betroffen machte als die Anzeichen von körperlicher Schwäche war, daß sein Gesicht kreuz und quer mit Pflaster beklebt war und daß ihm ein breiter Streifen den Mund verschloß.

›Hast du die Schiefertafel, Harold?‹ rief der ältere Mann, als das seltsame Geschöpf auf einen Stuhl eher sank, als daß es sich setzte. ›Sind seine Hände frei? Dann gib ihm den Griffel. Sie werden Fragen stellen, Mr. Melas, und er wird die Antworten aufschreiben. Fragen Sie ihn zuerst, ob er bereit ist, die Papiere zu unterzeichnen.‹

Die Augen des Mannes sprühten Feuer.

›Nie‹, schrieb er in Griechisch auf die Tafel.

›Unter keinen Bedingungen?‹ fragte ich auf Anweisung unseres Tyrannen.

›Nur wenn sie in meiner Gegenwart von einem griechischen Priester, den ich kenne, verheiratet wird.‹

Der Mann lachte boshaft.

›Sie wissen, was Sie sonst erwartet?‹

›Ich frage nicht nach meinem Schicksal.‹

Das sind Beispiele von den Fragen und den Antworten unserer eigenartigen halb gesprochenen, halb geschriebenen Konversation. Immer wieder mußte ich ihn fragen, ob er nachgeben und das Dokument unterzeichnen wolle. Und immer wieder bekam ich dieselbe entrüstete Antwort. Dann hatte ich einen glücklichen Einfall. Ich ging dazu über, jeder Frage einen eigenen kleinen Satz anzuhängen — erst harmlose, um herauszubekommen, ob einer der beiden etwas verstand, und dann, als ich keine Anzeichen dafür wahrnahm, ging ich zu einem gefährlicheren Spiel über. Unser Gespräch verlief danach ungefähr so:

›Mit Ihrer Widersetzlichkeit erreichen Sie nichts. *Wer sind Sie?*‹

›Das ist mir gleich. *Ich bin fremd in London.*‹

›Sie haben sich Ihr Schicksal selber zuzuschreiben. *Seit wann sind Sie hier?*‹

›Das kümmert mich nicht. *Seit drei Wochen.*‹

›Das Vermögen können Sie nie behalten. *Was fehlt Ihnen?*‹

›Ich verhandele nicht mit Schurken. *Sie lassen mich hungern.*‹

›Sie sind frei, wenn Sie unterzeichnen. *In welchem Haus befinden wir uns?*‹

›Ich unterzeichne nie. *Ich weiß es nicht.*‹

›Ihr erweisen Sie damit keinen Dienst. *Wie heißen Sie?*‹

›Das soll sie mir sagen. *Kratides.*‹

›Sie werden sie sehen, wenn Sie unterzeichnet haben. *Woher kommen Sie?*‹

›Dann werde ich sie nie sehen. *Aus Athen.*‹

Noch fünf Minuten, Mr. Holmes, und ich hätte vor ihrer Nase die ganze Geschichte herausbekommen. Schon mit der nächsten Frage hätte ich die Angelegenheit klären können, aber da ging plötzlich die Tür auf, und eine Frau betrat den Raum. Ich sah sie nicht deutlich genug, um mehr sagen zu können, als daß sie groß und anmutig war, schwarzes Haar hatte und ein weites weißes Gewand trug.

›Harold!‹ sagte sie; sie sprach gebrochen englisch. ›Ich mochte nicht länger draußen bleiben. Da oben ist es so einsam, und ... Mein Gott, das ist ja Paul!‹

Diese letzten Worte sagte sie auf griechisch, und im selben Moment riß sich der Mann mit einer krampfhaften Anstrengung das Pflaster vom Mund, schrie: ›Sophie! Sophie!‹ und stürzte in die Arme der Frau. Ihre Umarmung indes währte nur einen Augenblick, denn der jüngere Mann ergriff die Frau und stieß sie aus dem Zimmer, während der ältere sein geschwächtes Opfer leicht überwältigte und durch die andere Tür hinauszerrte. Für kurze Zeit war ich allein gelassen, und ich sprang auf, in der vagen Hoffnung, ich könnte irgendwie dahinterkommen, in was für einem Haus ich mich befand. Glücklicherweise hatte ich noch keinen Schritt getan, als ich den älteren Mann in der Tür stehen sah, den Blick auf mich gerichtet.

›Das genügt, Mr. Melas‹, sagte er. ›Wie Sie bemerkt haben, sind Sie von uns in einer höchst privaten Angelegenheit ins Vertrauen gezogen worden. Wir hätten Sie nicht damit belästigt, wenn nicht ein Freund von uns, der griechisch spricht und diese Verhandlungen begonnen hat, gezwungenermaßen in den Osten zurückkehren mußte. Also war es nötig, jemanden zu finden, der statt seiner dolmetscht, und glücklicherweise hörten wir von Ihren Fähigkeiten.‹

Ich verbeugte mich.

›Hier sind fünf Sovereigns‹, sagte er, indem er auf mich zukam, ›die, wie ich hoffe, als Honorar ausreichen. Aber denken Sie daran‹, fügte er hinzu, stieß mich leicht gegen die Brust und lachte nervös, ›wenn Sie einer Menschenseele etwas verraten, auch nur einer einzigen, dann möge Gott sich Ihrer armen Seele erbarmen.‹

Ich kann Ihnen den Abscheu und die Angst nicht beschreiben, die dieser unbedeutend aussehende Mann in mir auslöste. Jetzt, da das Licht der Lampe auf ihn fiel, sah ich ihn deutlicher. Sein Gesicht war blaß, sein Bart ungepflegt. Wenn er sprach, schob er den Kopf vor, und seine Augenlider und seine Lippen zuckten ununterbrochen, als hätte er den Veitstanz. Ich konnte mich des Eindrucks nicht erwehren, daß auch das seltsame kurze Lachen Symptom eines Nervenleidens sei. Der Schrecken, den sein Gesicht ausströmte, lag in seinen Augen, die stahlgrau waren und kalt blickten und in deren Tiefen eine böse, unerbittliche Grausamkeit lauerte.

›Ich erfahre es, wenn Sie über Ihr Erlebnis sprechen‹, sagte er. ›Wir haben unsere eigenen Methoden, uns zu informieren. Die Kutsche wartet, und mein Freund wird Sie auf den Weg bringen.‹

Man trieb mich durch die Halle und in den Wagen, und wieder konnte ich einen kurzen Blick auf Bäume und einen Garten werfen. Mr. Latimer folgte mir auf den Fersen, und wortlos nahm er mir gegenüber Platz. Schweigend legten wir eine nicht abzuschätzende Strecke zurück, bis die Kutsche schließlich, kurz nach Mitternacht, anhielt.

›Sie steigen hier aus, Mr. Melas‹, sagte mein Begleiter. ›Es tut mir leid, Sie so weit entfernt von Ihrer Wohnung absetzen zu müssen, aber mir bleibt keine andere Wahl. Jeder Versuch, dem Wagen zu folgen, kann nur böse für Sie enden.‹

Er öffnete den Schlag, während er das sagte, und ich hatte kaum Zeit, abzuspringen, als der Kutscher auch schon das Pferd mit der Peitsche bearbeitete und das Gefährt davonrasselte. Verwundert blickte ich um mich. Ich stand auf einer Art Gemeindeweide, auf der überall Stechginsterbüsche wuchsen. In der Ferne sah ich die Silhouette einiger Häuser, in denen hie und da Licht brannte. Auf der anderen Seite erblickte ich die roten Signallampen der Eisenbahn.

Die Kutsche war bereits außer Sicht. Da stand ich nun und schaute umher und fragte mich, wo ich wohl sein mochte, als aus dem Dunkel eine Gestalt auf mich zukam. Bald erkannte ich, daß es ein Eisenbahner war.

›Können Sie mir sagen, wo ich bin?‹ fragte ich.

›Hier ist Wandsworth‹, sagte er.

›Bekomme ich von hier aus einen Zug nach London?‹

›Wenn Sie ungefähr eine Meile gehen, bis Clapham Junction‹, antwortete er, ›erwischen Sie gerade noch den letzten Zug zur Victoria Station.‹

Das war also das Ende meines Abenteuers, Mr. Holmes. Ich weiß weder, wo ich gewesen bin, noch mit wem ich gesprochen habe; ich weiß überhaupt weiter nichts als das, was ich Ihnen erzählt habe. Aber ich weiß, daß ein übles Spiel im Gang ist, und ich möchte dem unglücklichen Mann helfen. Am nächsten

Morgen habe ich Mr. Mycroft Holmes über alles berichtet und bin danach zur Polizei gegangen.«

Nachdem wir die Erzählung angehört hatten, saßen wir eine Weile schweigend da. Dann blickte Sherlock seinen Bruder an.

»Hast du irgend etwas eingeleitet?« fragte er.

Mycroft nahm ein Exemplar der ›Daily News‹ von einem Tischchen. »›Wer Näheres über den Aufenthalt eines griechischen Herrn namens Paul Kratides aus Athen, der des Englischen nicht mächtig ist, mitteilen kann, erhält eine Belohnung. Desgleichen, wer etwas über eine griechische Dame mit dem Vornamen Sophie weiß. — X 2473.‹ Das hat in allen Tageszeitungen gestanden. Keine Antworten.«

»Und was ist mit der griechischen Gesandtschaft?«

»Da habe ich nachgefragt. Man weiß nichts.«

»Dann müssen wir ein Telegramm an das Polizeipräsidium von Athen schicken!«

»Sherlock hat alle Energie der Familie geerbt«, sagte Mycroft zu mir. »Nun, jedenfalls wirst du den Fall aufnehmen. Laß mich wissen, wenn du Erfolg hast.«

»Bestimmt«, antwortete mein Freund und erhob sich. »Ich gebe dir Bescheid, auch Mr. Melas. In der Zwischenzeit, Mr. Melas, bliebe ich an Ihrer Stelle auf der Hut, denn sie wissen jetzt natürlich durch die Anzeige, daß Sie sie hintergangen haben.«

Auf dem Weg nach Hause gab Holmes in einem Telegraphenbüro verschiedene Depeschen auf.

»Sie sehen, Watson«, bemerkte er, »unser Abend war keineswegs verschwendet. An mehrere meiner interessantesten Fälle bin ich auf diese Weise über Mycroft gekommen. Das Problem, das uns soeben vorgetragen worden ist, zeichnet sich durch einige interessante Züge aus.«

»Glauben Sie, Sie werden es lösen können?«

»Nun, nach dem, was wir bereits wissen, wäre es in

der Tat bemerkenswert, wenn wir nicht noch den Rest herausbekämen. Aber Sie müssen sich doch auch schon eine Erklärung für die gehörten Fakten zurechtgelegt haben.«

»Eine recht unbestimmte.«

»Und was denken Sie?«

»Mir scheint offensichtlich, daß dieses griechische Mädchen von dem jungen Engländer mit Namen Harold Latimer entführt worden ist.«

»Entführt? Von wo entführt?«

»Vielleicht aus Athen.«

Sherlock Holmes schüttelte den Kopf. »Dieser junge Mann kann nicht ein Wort griechisch. Die Dame spricht ganz gut englisch. Daraus ist zu schließen, daß sie seit einiger Zeit in England weilt, er aber nicht in Griechenland war.«

»Nun, dann nehmen wir an, daß sie auf einen Besuch nach England reiste und daß dieser Harold sie überredet hat, mit ihm zu fliehen.«

»Das ist wahrscheinlicher.«

»Dann kommt der Bruder — ich nehme an, so ist ihre Verwandtschaftsbeziehung — aus Griechenland und mischt sich ein. Er begibt sich unvorsichtig in die Gewalt des jungen Mannes und seines älteren Verbündeten. Die beiden versuchen, ihn mit Gewalt dazu zu bringen, ein Papier zu unterzeichnen, wodurch das Vermögen des Mädchens — dessen Treuhänder er vielleicht ist — an sie übergeht. Er weigert sich. Um mit ihm verhandeln zu können, müssen sie einen Dolmetscher besorgen, und sie verfallen auf Mr. Melas, nachdem sie es bereits mit einem anderen versucht haben. Das Mädchen weiß nichts von der Anwesenheit ihres Bruders und bekommt es durch puren Zufall heraus.«

»Ausgezeichnet, Watson!« rief Holmes. »Ich glaube, Sie sind nicht weit weg von der Wahrheit. Sie sehen, wir haben alle Trümpfe in der Hand und müssen nur einen plötzlichen Gewaltakt von der anderen Seite befürchten. Wenn sie uns Zeit lassen, können wir sie fassen.«

»Aber wie finden wir heraus, wo das Haus liegt?«

»Nun, wenn unsere Annahme stimmt und der Name des Mädchens Sophie Kratides ist oder war, dürfte es uns keine Schwierigkeiten bereiten, auf ihre Spur zu kommen. Darin vor allem steckt unsere Hoffnung, denn der Bruder ist natürlich absolut unbekannt. Es liegt auf der Hand, daß einige Zeit vergangen ist, seit dieser Harold das Mädchen an sich gebunden hat — auf jeden Fall sind es einige Wochen, da der Bruder in Griechenland erst davon erfahren mußte, ehe er herüberkam. Wenn sie während dieser Zeit in jenem Haus gewohnt haben, ist es wahrscheinlich, daß wir auf Mycrofts Inserat eine Antwort bekommen werden.«

Über diesem Gespräch erreichten wir unser Haus in der Baker Street. Holmes ging als erster die Treppe hinauf, und als er die Zimmertür öffnete, prallte er vor Überraschung zurück. Als ich über seine Schulter sah, war ich ebenso erstaunt. Sein Bruder Mycroft saß im Sessel und rauchte.

»Komm rein, Sherlock! Kommen Sie herein, Sir«, sagte er freundlich und lächelte über unsere erstaunten Gesichter. »So viel Energie hattest du mir wohl nicht zugetraut, Sherlock? Aber der Fall zieht mich irgendwie an.«

»Wie bist du denn hergekommen?«

»Ich habe euch in einem Hansom überholt.«

»Gibt es etwas Neues?«

»Ich habe eine Antwort auf das Inserat erhalten.«

»Ah!«

»Sie kam, kaum daß ihr fort wart.«

»Und was besagt sie?«

»Hier ist der Brief«, sagte er, »mit einer Ly-Feder auf handgeschöpft Bütten geschrieben, von einem Mann mittleren Alters mit schwächlicher Konstitution. ›Sir‹, heißt es, ›in Antwort auf Ihr Inserat vom heutigen Tage möchte ich Sie davon in Kenntnis setzen, daß ich die fragliche junge Dame sehr gut kenne. Wenn Sie mich aufsuchen könnten, wäre ich in der Lage, Ihnen Einzelheiten über ihr beklagenswertes Schicksal mitzuteilen. Sie wohnt im Haus ‚Zu den Myrten' in Beckenham. Ihr ergebener J. Davenport.‹ Er schreibt aus Lower Brixton«, sagte Mycroft Holmes. »Sollten wir uns nicht sofort dorthin begeben, Sherlock, und die Einzelheiten zu erfahren suchen?«

»Mein lieber Mycroft, das Leben des Bruders ist wertvoller als die Geschichte der Schwester. Ich denke, wir sollten bei Inspektor Gregson in Scotland Yard vorsprechen und mit ihm nach Beckenham fahren. Wir wissen, daß ein Mann mit Tod bedroht wird, und jede Stunde kann wichtig sein.«

»Wir sollten unterwegs Mr. Melas mitnehmen«, schlug ich vor. »Vielleicht brauchen wir einen Dolmetscher.«

»Ausgezeichnet!« sagte Sherlock Holmes. »Der Diener soll eine Kutsche besorgen, wir fahren sofort los.« Dabei zog er die Tischschublade auf, und ich sah, wie er seinen Revolver in die Tasche gleiten ließ. »Ja«, sagte er als Antwort auf meinen Blick, »nach allem, was wir gehört haben, würde ich meinen, wir haben es mit einer besonders gefährlichen Bande zu tun.«

Es war schon fast dunkel, als wir bei Mr. Melas in der Pall Mall ankamen. Ein Herr hatte ihn aufgesucht, und er war mit ihm soeben aus dem Haus gegangen.

»Können Sie mir sagen, wohin?« fragte Mycroft Holmes.

»Ich weiß nicht, Sir«, antwortete die Frau, die die Tür geöffnet hatte. »Ich weiß nur, daß er mit dem Herrn in einer Kutsche weggefahren ist.«

»Hat der Herr seinen Namen genannt?«

»Nein, Sir.«

»War es vielleicht ein großer, hübscher, dunkelhaariger Mann?«

»O nein, Sir. Es war ein kleiner Herr mit Brille und schmalem Gesicht, und er war sehr heiter, denn er lachte andauernd beim Sprechen.«

»Kommt!« rief Sherlock Holmes unvermittelt. »Die Geschichte wird ernst!« stellte er fest, während wir nach Scotland Yard fuhren. »Diese Leute haben sich wieder Mr. Melas' bemächtigt. Er besitzt nicht viel Mut, wie die Montagnacht erwiesen hat. Der Schurke konnte ihn durch seine bloße Gegenwart terrorisieren. Zweifellos brauchen sie wieder seine Dienste, und sie könnten ihn auch bestrafen wollen, für das, was sie als seinen Verrat ansehen.«

Unsere Hoffnung bestand darin, daß wir, wenn wir den Zug nahmen, gleichzeitig mit der Kutsche oder noch vor ihr in Beckenham sein würden. In Scotland Yard jedoch dauerte es länger als eine Stunde, ehe wir Inspektor Gregson fanden und die gesetzliche Handhabe erhielten, die erlaubte, das Haus zu betreten.

Es war Viertel vor zehn, ehe wir London Bridge erreichten, und halb elf, als wir vier in Beckenham auf dem Bahnsteig standen. Nach einer Fahrt von einer halben Meile befanden wir uns vor einem Haus mit dem Namen ›Zu den Myrten‹, einem großen dunklen Gebäude, das ein Stück ab von der Landstraße lag. Wir entließen die Droschke und gingen gemeinsam über den Fahrweg auf das Haus zu.

»Die Fenster sind alle dunkel«, bemerkte der Inspektor. »Das Haus scheint verlassen.«

»Die Vögel sind ausgeflogen, das Nest ist leer«, sagte Holmes.

»Woher wissen Sie das?«

»Während der letzten Stunde ist ein mit Gepäck schwer beladener Wagen herausgefahren.«

Der Inspektor lachte. »Die Radspuren habe ich im Licht der Lampe am Tor gesehen. Aber wie kommen Sie auf Gepäck?«

»Möglicherweise haben Sie auch die zum Haus hinführenden Radspuren entdeckt. Die vom Haus wegführen, sind sehr viel tiefer — so tief, daß ich mit Gewißheit sagen kann: Der Wagen war erheblich belastet.«

»Das geht ein bißchen über mein Fassungsvermögen«, sagte der Inspektor und zuckte die Achseln. »Die Tür wird nicht leicht zu knacken sein. Aber wir wollen versuchen, ob uns nicht doch jemand hört.«

Er hämmerte laut mit dem Klopfer gegen die Tür und zog an der Glocke, aber ohne Erfolg. Holmes hatte sich weggestohlen und kam nach einigen Minuten zurück.

»Ich habe ein Fenster geöffnet«, sagte er.

»Gott sei Dank, daß Sie auf der Seite der Polizei stehen und nicht auf der anderen Seite, Mr. Holmes«, bemerkte der Inspektor, als er begutachtete, wie geschickt mein Freund es angestellt hatte, daß die Fensterriegel zurückgeschnappt waren. »Nun, ich glaube, daß wir unter diesen Umständen eintreten sollten, auch ohne eingeladen zu sein.«

Einer nach dem anderen stiegen wir in einen großen Raum, augenscheinlich war es der, in dem Mr. Melas sich befunden hatte. Der Inspektor hatte seine Laterne angezündet, und in ihrem Licht sahen wir die beiden Türen, den Vorhang, die Lampe, die japanische Rüstung, die Mr. Melas beschrieben hatte. Auf dem Tisch standen zwei Gläser und eine leere Kognakflasche und die Reste eines Mahls.

»Was ist das?« fragte Holmes plötzlich.

Wir hielten den Atem an und lauschten. Ein leises Stöhnen kam von irgendwo über unseren Köpfen! Holmes stürzte zur Tür und hinaus in die Halle. Das schreckliche Geräusch drang aus dem oberen Stockwerk. Er jagte hinauf, der Inspektor und ich blieben ihm auf den Fersen, während sein Bruder Mycroft so schnell folgte, wie es ihm seine Leibesfülle erlaubte.

Oben sahen wir uns drei Türen gegenüber; die unheilverkündenden, manchmal zu dumpfem Murmeln herabsinkenden, dann wieder in schrilles Wimmern übergehenden Laute kamen aus dem Zimmer hinter der mittleren Tür. Sie war verschlossen, aber der Schlüssel steckte außen. Holmes riß die Tür auf und stürzte hinein, war aber im nächsten Augenblick wieder draußen, die Hände an der Kehle.

»Es ist Holzkohle!« rief er. »Abwarten! Der Rauch wird sich verziehen.«

Wir spähten hinein und sahen, daß das einzige Licht von einer trüben blauen Flamme ausging, die auf einem bronzenen Dreifuß in der Mitte des Zimmers flackerte. Sie warf einen geisterhaften Lichtkreis auf den Fußboden; im Schatten konnten wir die verschwimmenden Umrisse zweier Gestalten ausmachen, die sich gegen die Wand drängten. Durch die offene Tür zog ein furchtbarer Gestank, der den Atem benahm und uns zum Husten brachte. Holmes rannte ein paar Stufen höher, um frische Luft zu schöpfen, dann drang er wieder in das Zimmer ein, riß das Fenster auf und warf den Dreifuß hinunter in den Garten.

»Noch eine Minute, dann können wir hinein!« keuchte er, als er heraustaumelte. »Wo ist eine Kerze? Ich glaube nicht, daß wir in dieser Luft ein Streichholz anzünden können. Bleib mit dem Licht an der Tür stehen, Mycroft, wir holen sie raus. Jetzt!«

Mit einem Satz waren wir bei den vergifteten Männern und schleppten sie hinaus auf den Treppenabsatz. Beide hatten blaue Lippen, geschwollene, blutunterlaufene Gesichter und hervorquellende Augen und waren bewußtlos. Ihre Züge waren so sehr entstellt, daß wir, wären nicht der schwarze Bart und die gedrungene Figur gewesen, in einer der Personen fast nicht den griechischen Dolmetscher wiedererkannt hätten, der sich erst einige Stunden zuvor im Diogenes-Club von uns verabschiedet hatte. Seine Hände und Füße waren fest zusammengebunden, und über einem Auge trug er das Mal von einem wütend geführten Schlag. Der andere, gleichfalls gefesselt, war ein hochgewachsener Mann im letzten Stadium des Verhungerns, auf dessen Gesicht Pflasterstreifen ein groteskes Muster bildeten. Als wir ihn niederlegten, hörte er auf zu stöhnen, und ein Blick belehrte mich, daß unsere Hilfe für ihn zu spät gekommen war. Aber Mr. Melas lebte noch, und nach einer Stunde konnte ich befriedigt feststellen, daß er seine Augen aufschlug; mit Hilfe von Ammoniak und Kognak hatte ich ihn vor dem dunklen Tal zurückgerissen, auf das alle Wege zulaufen.

Es war eine sehr einfache Geschichte, die er zu erzählen hatte, und dazu eine, die unsere Schlußfolgerungen bestätigte. Als der Besucher in seiner Wohnung erschienen war, hatte er einen Totschläger aus dem Ärmel gezogen und ihm auf diese Weise Furcht vor einem augenblicklichen und unausweichlichen Tod eingejagt, so daß die Entführung ein zweites Mal gelang. In der Tat war es fast ein Mesmerischer Effekt, den der nervös lachende Schurke in dem sprachkundigen Mann auslöste, denn der konnte jetzt noch nicht von ihm sprechen, ohne daß ihm die Hände zitterten und das Gesicht erbleichte. Er war in aller Eile nach Beckenham gebracht worden und hatte bei einer zweiten Unterredung dolmetschen müssen, die sich noch dramatischer gestaltete als die erste und in der die beiden Engländer ihrem Gefangenen mit sofortigem Tod drohten, wenn er ihren Forderungen nicht entspräche. Schließlich, als er sich gegen jede ihrer Drohungen immun erwies, warfen sie ihn wieder in sein Gefängnis. Dann hielten sie Melas den Verrat vor, den er durch die Zeitungsinserate begangen habe, und schlugen ihn mit einem Stock nieder. Er wußte nicht, was von da bis zu dem Moment, als wir uns über ihn beugten, geschehen war.

Das also war der außergewöhnliche Fall des griechischen Dolmetschers, bei dessen Erklärung man noch immer auf Geheimnisse stößt. Indem wir uns mit dem Herrn, der auf das Inserat geschrieben hatte, in Verbindung setzten, konnten wir herausfinden, daß die unglückliche junge Dame einer reichen griechischen Familie entstammte und daß sie Freunde in England besucht hatte. Hier begegnete sie einem jungen Mann mit Namen Harold Latimer, der starken Einfluß auf sie ausübte und sie überreden konnte, mit ihm zu fliehen. Ihre Freunde, betroffen von dem Ereignis, benachrichtigten den Bruder in Athen und kümmerten sich dann nicht weiter um die Angelegenheit. Der Bruder begab sich bei seiner Ankunft in England unvorsichtigerweise in die Gewalt Latimers und seines Kumpans, eines gewissen Wilson Kemp, der ein Mann von übelstem Ruf war. Die beiden fanden sehr schnell heraus, daß er durch seine Unkenntnis der englischen Sprache hilflos war, und sie hielten ihn gefangen, um ihn durch grausame Behandlung und Hunger dazu zu bringen, daß er ihnen durch seine Unterschrift sein und seiner Schwester Vermögen vermachte. Sie hielten ihn im Haus, ohne daß das Mädchen etwas davon wußte, und das Pflaster kreuz und quer über seinem Gesicht sollte verhindern, daß sie ihn erkannte, wenn sie ihn zufällig zu sehen bekam. Mit weiblicher Intuition aber durchschaute sie sofort die Maskerade, als sie ihn beim Besuch des Dolmetschers zum ersten Mal erblickte. Das arme Mädchen war selber eine Gefangene, denn niemand lebte in diesem Haus als ein Mann, der als Kutscher fungierte, mit seiner Frau, und beide waren sie Werkzeuge der Verbrecher. Als die Schurken erkennen mußten, daß ihr Geheimnis gelüftet war und daß der Gefangene sich nicht zwingen ließ, ihnen zu Willen zu sein, flohen sie mit dem Mädchen, kurze Zeit bevor wir dort auftauchten, aus dem möbliert gemieteten Haus, nicht ohne Rache genommen zu haben an dem Mann, der ihnen getrotzt hatte, und an dem, von dem sie verraten worden waren.

Einige Monate später erhielten wir einen seltsamen Zeitungsausschnitt aus Budapest. Er besagte, daß zwei Engländer, die mit einer Frau auf Reisen gewesen seien, ein tragisches Ende ereilt habe. Beide seien erdolcht worden, und die ungarische Polizei nehme an, sie hätten miteinander gestritten und sich dabei die tödlichen Verletzungen zugefügt. Holmes indes, glaube ich, war anderer Meinung und ist bis heute davon überzeugt, daß sich, wenn man das griechische Mädchen auffinden könnte, herausstellen würde, wie das Unrecht, das ihr und ihrem Bruder widerfahren war, gerächt wurde.

# Das Marineabkommen

Der Juli nach meiner Hochzeit ist bemerkenswert durch drei interessante Fälle, bei denen ich den Vorzug genoß, Sherlock Holmes helfen zu dürfen und seine Methoden studieren zu können. Die Fälle sind in meinen Notizen unter den Titeln ›Das Abenteuer um den zweiten Fleck‹, ›Das Abenteuer um das Marineabkommen‹ und ›Das Abenteuer mit dem müden Kapitän‹ verzeichnet. Im ersteren Falle geht es um Vorkommnisse von solcher Tragweite, und so viele hochstehende Familien des Königreichs sind darein verwickelt, daß es noch für Jahre unmöglich sein wird, ihn an die Öffentlichkeit zu bringen. Und doch weiß ich keinen anderen unter Sherlock Holmes' Fällen, der so deutlich den Wert seiner analytischen Methoden zeigte, und auch keinen, der alle Beteiligten so tief beeindruckt hätte. Mir ist noch fast wörtlich das Gespräch in Erinnerung, in dem Holmes Monsieur Dubuque von der Pariser Polizei und Fritz von Waldbaum, dem bekannten Spezialisten aus Danzig, die wahren Zusammenhänge der Tatsachen vorführte, nachdem beide ihre Energie auf Dinge verschwendet hatten, die sich dann als Randerscheinungen herausstellten. Jedoch wird das neue Jahrhundert angehen müssen, ehe die Geschichte erzählt werden kann. So gehe ich denn einstweilen zu dem zweiten Fall auf meiner Liste über, der sich zu einem bestimmten Zeitpunkt ebenfalls so ausnahm, als besitze er nationale Bedeutung, und den verschiedene Umstände zu etwas Einmaligem machten.

Während meiner Schulzeit war ich mit einem Burschen namens Percy Phelps eng befreundet; er war fast gleichaltrig, dennoch mir zwei Klassen voraus. Mit seinen glänzenden Anlagen gelang es ihm, alle Preise, die die Schule zu vergeben hatte, zu gewinnen, und er krönte seinen Beutezug, indem er sich ein Stipendium erkämpfte, das ihm erlaubte, seine glänzende Karriere in Cambridge fortzusetzen. Ich erinnere mich, daß der Junge über außerordentlich gute Beziehungen verfügte, und sogar wir Kleineren wußten, daß der Bruder seiner Mutter Lord Holdhurst war, der große konservative Politiker. Diese noble Verwandtschaft half ihm allerdings auf der Schule wenig; im Gegenteil, wir fanden es reizvoll, ihn über den Sportplatz zu jagen und ihm mit dem Kricketschläger die Schienbeine zu bearbeiten. Das änderte sich aber, als er in die Welt hinaustrat. Ich hörte, daß seine Fähigkeiten und die Beziehungen, über die er verfügte, ihm eine glänzende Stellung im Außenministerium eingetragen hatten. Danach schwand er völlig aus meinem Bewußtsein, bis mich der folgende Brief wieder an seine Existenz erinnerte:

Briarbrae, Woking

Mein lieber Watson,
zweifellos erinnerst Du Dich an Kaulquappe Phelps, der in der fünften Klasse war, als Du die dritte besuchtest. Vielleicht hast Du sogar gehört, daß ich durch den Einfluß meines Onkels eine gute Anstellung im Außenministerium erhielt und daß man mir Vertrauen und Ehrungen entgegenbrachte. Aber dann gab es plötzlich ein schreckliches Unglück, und meine Karriere platzte.

Es hat keinen Zweck, die Einzelheiten dieses furchtbaren Ereignisses hier auszubreiten. Wenn Du auf meine Bitte eingehst, werde ich sie Dir wahrscheinlich mitteilen müssen. Erst kürzlich bin ich von einem neunwöchigen Nervenfieber genesen und fühle mich noch äußerst schwach. Glaubst Du, daß Du Deinen Freund, Mr. Holmes, bewegen könntest, mich zu besuchen? Ich möchte gern seine Meinung zu dem Fall einholen, auch wenn mir die Vorgesetzten versichern, es ließe sich nichts mehr unternehmen. Versuch bitte, ihn zu einem Besuch bei mir zu überreden, und so bald als möglich. Jede Minute scheint eine Stunde zu dauern, seit ich in dieser schlimmen Ungewißheit lebe. Versichere ihm, daß ich mich nicht früher schon an ihn um Rat wandte, liege nicht daran, weil ich seine Fähigkeiten nicht schätzte; ich verlor einfach den Kopf, als der Schlag auf mich niederfiel. Jetzt bin ich wieder ganz bei Sinnen, wenn ich auch nicht allzuoft an die Sache zu denken wage, aus Furcht, ich könnte einen Rückfall erleiden. Ich fühle mich noch so schwach, daß ich, wie Du siehst, den Brief diktieren muß. Versuche es, ihn hierher zu bringen.

Dein alter Schulkamerad
Percy Phelps

Es lag etwas Rührendes in dem Brief, etwas Mitleiderregendes in der Art, wie er wiederholt an mich appellierte, Holmes für ihn zu interessieren. Ich war so bewegt, daß ich es versucht hätte, wäre es auch eine schwierige Sache gewesen. Aber natürlich wußte ich sehr gut, daß Holmes seine Kunst dermaßen liebte, daß er immer bereit war, seine Hilfe zu gewähren, wenn ein Klient sie annehmen wollte. Meine Frau stimmte mit mir darin überein, daß man ihm die Bitte unverzüglich vortragen sollte, und so befand ich mich schon eine Stunde nach dem Frühstück wieder einmal in der alten Wohnung in der Baker Street.

Mein Freund saß im Morgenmantel an einem Tischchen und führte konzentriert eine chemische Untersuchung durch. Über der bläulichen Flamme eines Bunsenbrenners kochte etwas wild in einer großen, mehrfach gebogenen Retorte, und die destillierten Tropfen fielen in ein Zweilitergefäß. Er blickte kaum auf, als ich eintrat, und ich setzte mich in einen Lehnstuhl und wartete, da ich sah, daß seine Untersuchung offenbar wichtig war. Er stocherte mit einer gläsernen Pipette in dieser und jener Flasche und entnahm jeweils ein paar Tropfen und brachte schließlich ein Reagenzglas mit einer Lösung zum großen Tisch. In der rechten Hand hielt er ein Stück Lackmus-Papier.

»Sie kommen in einem entscheidenden Augenblick, Watson«, sagte er. »Wenn das Papier blau bleibt, dann ist alles gut. Wenn es sich rot färbt, steht das Leben eines Mannes auf dem Spiel.« Er tunkte es in das Reagenzglas, und sofort nahm es eine dunkle, schmutzigrote Färbung an. »Hm! Das habe ich mir gedacht!« rief er. »In einer Sekunde stehe ich Ihnen zu Diensten, Watson. Tabak finden Sie im persischen Pantoffel.« Er wandte sich zum Schreibpult und setzte einige Telegramme auf, die er dem Diener übergab. Dann warf er sich mir gegenüber in einen Sessel und zog die Knie so weit hoch, daß er die Arme um die Schienbeine schlingen konnte.

»Ein ganz gewöhnlicher kleiner Mord«, sagte er. »Ich nehme an, Sie bringen etwas Besseres. Sie sind der Sturmvogel des Verbrechens, Watson. Was ist es diesmal?«

Ich reichte ihm den Brief, und er las ihn mit äußerst konzentrierter Aufmerksamkeit.

»Dem kann man nicht sehr viel entnehmen«, bemerkte er und gab ihn mir zurück.

»Ja, kaum etwas.«

»Und doch ist die Handschrift interessant.«

»Es ist aber nicht seine.«

»Stimmt. Es ist eine Frauenhandschrift.«

»Ich dachte, es sei die eines Mannes!« rief ich.

»Nein, es ist die einer Frau, und zwar einer mit ungewöhnlichem Charakter. Am Beginn einer Untersuchung zu wissen, daß der Klient in enger Beziehung zu jemandem steht, der im Guten wie im Bösen außergewöhnlich ist, bedeutet schon etwas. Mein Interesse an dem Fall ist schon geweckt. Wenn Sie bereit sind, können wir sofort nach Woking aufbrechen und den Diplomaten, der sich so arg in der Klemme befindet, und die Frau, der er seine Briefe diktiert, besuchen.«

Glücklicherweise bekamen wir auf Waterloo Station einen Frühzug, und in weniger als einer Stunde durchfuhren wir Tannenwälder und die Heide von Woking. Briarbrae, wenige Minuten zu Fuß vom Bahnhof entfernt, erwies sich als ein großes freistehendes Gebäude inmitten ausgedehnter Ländereien. Nachdem wir unsere Visitenkarten abgegeben hatten, wurden wir in einen elegant eingerichteten Salon geführt, wo uns einige Minuten später ein ziemlich korpulenter Mann sehr gastfreundlich willkommen hieß. Er mochte eher vierzig als dreißig Jahre alt sein, aber seine Wangen waren so blühend und seine Augen blickten so fröhlich, daß er fast den Eindruck eines drallen, mutwilligen Jungen erweckte.

»Ich bin sehr froh, daß Sie gekommen sind«, sagte er und schüttelte uns überschwenglich die Hand. »Percy hat den ganzen Morgen nach Ihnen gefragt. Ach, der arme alte Junge, er klammert sich an jeden Strohhalm. Sein Vater und seine Mutter baten mich, Sie zu begrüßen, denn die bloße Erwähnung der Angelegenheit ist sehr schmerzlich für sie.«

»Wir kennen noch keine Einzelheiten«, stellte Holmes fest. »Ich nehme an, Sie gehören nicht zur Familie.«

Unser neuer Bekannter schaute verdutzt drein, aber dann fiel sein Blick auf das Medaillon an seiner Uhrkette, und er begann zu lachen.

»Natürlich, Sie haben das J. H. hier gesehen«, sagte er. »Für einen Moment dachte ich, Sie wären sehr schlau. Mein Name ist Joseph Harrison, und da Percy meine Schwester Annie zu heiraten beabsichtigt, werde ich zukünftig wenigstens ein angeheirateter Verwandter sein. Meine Schwester finden Sie in seinem Zimmer, sie hat ihn die letzten zwei Monate mit Hingabe gepflegt.

Vielleicht sollten wir sofort hineingehen, da ich weiß, wie ungeduldig er wartet.«

Das Zimmer, in das wir geleitet wurden, lag, wie der Salon, im Erdgeschoß. Es war teils als Wohnraum, teils als Schlafzimmer eingerichtet, und in jedem Winkel standen, geschmackvoll arrangiert, Blumen. Ein junger Mann, sehr blaß und erschöpft, ruhte auf einem Sofa in Nähe eines offenstehenden Fensters, durch das der reiche Duft des Gartens und die linde Sommerluft hereinzogen. Neben ihm saß eine Frau, die, als wir eintraten, sich erhob.

»Soll ich gehen, Percy?« fragte sie.

Er hielt ihre Hand, um sie zurückzuhalten. »Wie geht es, Watson?« sagte er herzlich. »Mit dem Schnurrbart hätte ich dich nie erkannt, und ich glaube wohl, du würdest mich auch nicht ohne weiteres wiedererkannt haben. Ich nehme an, das ist dein berühmter Freund, Mr. Sherlock Holmes.«

Ich stellte Holmes mit wenigen Worten vor, dann nahmen wir beide Platz. Der korpulente junge Mann hatte den Raum verlassen, aber seine Schwester war geblieben, ihre Hand in der des Kranken. Sie bot einen überraschenden Anblick, war ein wenig zu klein und zu dick, um sie wohlproportioniert zu nennen, aber sie besaß einen wunderschönen olivfarbenen Teint, große, dunkle, italienische Augen und reiches tiefschwarzes Haar. Ihre vollen Farben ließen das weiße Gesicht ihres Gefährten noch erschöpfter und abgehärmter erscheinen.

»Ich will Ihre Zeit nicht vergeuden«, sagte er, indem er sich auf dem Sofa hochsetzte. »Ich werde ohne Einleitung gleich zur Sache kommen. Ich war ein glücklicher und erfolgreicher Mann, Mr. Holmes, und stand vor meiner Vermählung, als plötzlich ein fürchterliches Unglück geschah, das meine ganze Zukunft zerstörte.

Ich arbeitete, wie Watson Ihnen vielleicht schon berichtet hat, im Außenministerium, und dank dem Einfluß meines Onkels, Lord Holdhurst, stieg ich schnell in eine verantwortliche Stellung auf. Als mein Onkel Außenminister wurde, übertrug er mir einige vertrauliche Missionen, und ich brachte sie zum erfolgreichen Abschluß, so daß er schließlich meine Fähigkeiten und mein Geschick sehr hoch einschätzte.

Vor fast zehn Wochen — um ganz genau zu sein: am 23. Mai — ließ er mich in sein Zimmer rufen und teilte mir mit, nachdem er mich zu der guten Arbeit, die ich leistete, beglückwünscht hatte, daß er einen neuen vertraulichen Auftrag für mich habe. ›Das hier‹, sagte er und nahm eine graue Papierrolle aus dem Schreibtisch, ›ist das Original eines geheimen Abkommens zwischen England und Italien, über das bedauerlicherweise bereits einige Gerüchte in der Presse umlaufen. Es ist von höchster Wichtigkeit, daß nichts mehr durchsickert. Die französische oder die russische Botschaft würden eine ungeheuer große Summe zahlen, um den Inhalt dieser Papiere kennenzulernen. Ich würde sie nicht aus meinem Schreibtisch weggeben, wenn es nicht unbedingt notwendig wäre, sie kopieren zu lassen. Hast du ein Schreibpult im Büro?‹

›Ja, Sir.‹

›Dann nimm das Abkommen und verschließe es dort. Ich werde Anweisung geben, daß du über Dienstschluß hinaus bleiben darfst und die Papiere in Ruhe abschreiben kannst, ohne Gefahr zu laufen, beobachtet zu werden. Wenn du fertig bist, verschließ das Original und die Abschrift im Pult und übergib mir morgen früh beides.‹

Ich nahm die Papiere entgegen und...«

»Entschuldigen Sie«, unterbrach Holmes. »Waren Sie während der Unterhaltung allein?«

»Absolut.«

»In einem großen Zimmer?«

»Dreißig Fuß im Quadrat.«

»In der Mitte des Zimmers?«

»Ja, ungefähr.«

»Wurde leise gesprochen?«

»Die Stimme meines Onkels ist immer auffallend leise. Ich habe kaum etwas gesagt.«

»Vielen Dank«, sagte Holmes und schloß die Augen. »Fahren Sie bitte fort.«

»Ich tat genau, wie er angewiesen hatte, und wartete, bis die anderen Angestellten gegangen waren. Einer von ihnen, Charles Gorot, der mit mir im selben Raum sitzt, mußte einige Rückstände aufarbeiten. Ich ließ ihn allein und ging zum Dinner. Als ich zurückkehrte, war er fort. Ich beeilte mich mit meiner Arbeit, denn ich wußte, daß Joseph — Mr. Harrison, Sie haben ihn eben kennengelernt — in der Stadt war und mit dem Elf-Uhr-Zug nach Woking fahren wollte, und ich hätte mich ihm gern angeschlossen.

Als ich mir das Abkommen ansah, erkannte ich sofort, daß es sehr bedeutend war und mein Onkel mit dem, was er sagte, nicht übertrieben hatte. Ohne ins Detail zu gehen, kann ich nur versichern, daß es die Stellung Großbritanniens zum Dreibund bestimmt und die Politik unseres Landes in bezug auf die französischen Bemühungen, das Übergewicht über die italienische Flotte im Mittelmeer zu erlangen, festlegt. Die im Vertrag behandelten Fragen betreffen ausschließlich die Marine. Am Schluß standen die Unterschriften der hohen Politiker. Ich überflog also das Dokument und machte mich dann an die Abschrift.

Es war lang, in französischer Sprache abgefaßt und enthielt sechsundzwanzig Artikel. Ich schrieb so schnell, wie ich konnte, hatte aber um neun Uhr erst neun Artikel fertig, und die Vorstellung, meinen Zug noch zu bekommen, schien mir eine hoffnungslose Sache zu werden. Ich war schläfrig und wie betäubt, teils durch das Dinner, teils durch die Arbeit eines langen Tages. Eine Tasse Kaffee sollte meinen Kopf wieder klar machen. In einer Loge am Fuß der Treppe sitzt die ganze Nacht über ein Pförtner, und es ist zur Gewohnheit geworden, daß er für die Beamten, die Überstunden machen müssen, auf einer Spirituslampe Kaffee kocht. So klingelte ich nach ihm.

Zu meiner Überraschung erschien eine Frau, eine große, ältere Person mit groben Gesichtszügen, die mit einer Schürze bekleidet war. Sie erklärte, sie sei die Frau des Pförtners, und ich bestellte bei ihr den Kaffee.

Ich schrieb zwei weitere Artikel ab und fühlte, wie ich immer schläfriger wurde. Ich erhob mich und ging im Raum auf und ab. Der Kaffee kam und kam nicht, und ich fragte mich, wieso das so lange dauern mochte. Ich öffnete die Tür und trat hinaus, um nachzusehen. Der schwach beleuchtete Korridor, auf den die einzige Tür des Zimmers, in dem ich arbeitete, hinausgeht, führt auf eine gewundene Treppe, an deren Fuß sich die Pförtnerloge befindet. Auf halbem Weg nach unten stößt ein weiterer Korridor auf diese Treppe, von dem aus man über ein paar Stufen zu einem Seitenausgang für die Dienerschaft gelangt, der aber auch als Abkürzung von den Angestellten benutzt wird, wenn sie von der Charles Street kommen.

Hier ist eine grobe Skizze des Hauses.«

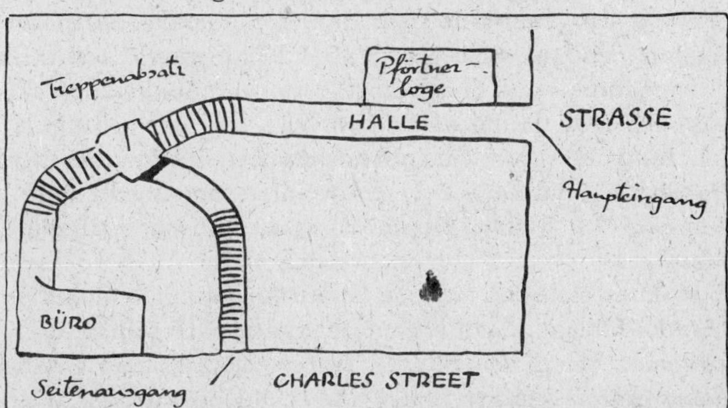

»Ich danke Ihnen. Ich glaube, ich kann Ihnen folgen«, sagte Sherlock Holmes.

»Es ist äußerst wichtig, diesem Teil der Geschichte Beachtung zu schenken. Ich ging die Treppe hinunter in die Halle und fand den Pförtner in seiner Loge tief schlafend, und der Kessel auf der Spirituslampe kochte über und verspritzte das Wasser auf den Boden. Ich streckte die Hand aus und wollte den Mann an der Schulter packen, als eine Glocke über seinem Kopf heftig anschlug und er aus dem Schlaf fuhr.

›Mr. Phelps, Sir!‹ sagte er und starrte mich verwirrt an.

›Ich wollte sehen, ob mein Kaffee fertig ist.‹

›Ich hatte den Kessel aufgesetzt, aber dann bin ich eingeschlafen.‹ Er sah auf mich, dann auf die noch immer zitternde Glocke, und die Verwirrung in seinem Gesicht wuchs.

›Wenn Sie hier sind, Sir, wer hat dann die Glocke betätigt?‹ fragte er.

›Die Glocke?‹ sagte ich. ›Was ist das für eine Glocke?‹

›Sie wird von dem Raum aus betätigt, in dem Sie arbeiten.‹

Mir war, als legte sich eine kalte Hand auf mein Herz. Da war also jemand in dem Raum, in dem das kostbare Abkommen auf dem Tisch lag! Wild stürzte ich die Treppe hinauf und durch den Korridor. Im Korridor war niemand, Mr. Holmes. Und im Zimmer war niemand. Ich fand alles so, wie ich es verlassen hatte, nur die Papiere, die man mir anvertraut hatte, lagen nicht mehr auf dem Tisch. Die Kopie war noch da, das Original fehlte.«

Holmes richtete sich im Sessel auf und rieb sich die Hände. Ich sah, das Problem war ganz nach seinem Geschmack. »Erzählen Sie mir bitte, was Sie dann getan haben«, murmelte er.

»Ich erkannte sofort, daß der Dieb vom Seitenausgang gekommen sein mußte. Wenn er den anderen Weg genommen hätte, wäre er mir begegnet.«

»Sind Sie sicher, daß er sich nicht die ganze Zeit über in Ihrem Zimmer oder auf dem Korridor verborgen gehalten hat, den Sie soeben als schwach beleuchtet beschrieben?«

»Das ist ganz unmöglich. Keine Ratte hätte sich da verstecken können, weder im Zimmer noch auf dem Korridor.«

»Danke. Fahren Sie bitte fort.«

»Der Pförtner, der an meinem bleichen Gesicht gesehen hatte, daß etwas Schlimmes geschehen sein mußte, war mir gefolgt. Beide rannten wir den Korridor hinunter und über die steilen Stufen, die zur Charles Street führen. Die Tür war zu, aber nicht abgeschlossen. Wir rissen sie auf und stürzten ins Freie. Ich erinnere mich genau, daß es in dem Augenblick vom Turm der nahe gelegenen Kirche dreimal schlug. Es war Viertel vor zehn.«

»Das ist äußerst wichtig«, sagte Holmes und notierte sich etwas auf der Hemdmanschette.

»Die Nacht war sehr dunkel, und es fiel ein leichter warmer Regen. In der Charles Street war niemand zu sehen, aber in der Whitehall flutete wie gewöhnlich ein dichter Verkehr. Barhaupt, wie wir waren, liefen wir ein Stück auf dem Bürgersteig, und an der Ecke trafen wir einen Polizisten.

›Es wurde ein Diebstahl verübt‹, stieß ich hervor. ›Man hat im Außenministerium ein ungeheuer wichtiges Dokument gestohlen. Ist hier jemand vorbeigekommen?‹

›Ich stehe hier seit einer Viertelstunde, Sir‹, sagte der Polizist. ›Während dieser Zeit ist nur eine Person vorbeigekommen — eine Frau, eine große, ältere Frau mit einem Paisley-Schal.‹

›Ach, das war nur meine Frau‹, rief der Pförtner. ›Sonst haben Sie niemanden gesehen?‹

›Niemanden.‹

›Dann ist der Dieb in die andere Richtung geflohen‹, rief der Bursche und zerrte mich am Ärmel.

Aber ich war nicht davon überzeugt, und daß der Mann versuchte, mich wegzuziehen, verstärkte mein Mißtrauen.

›Wohin ist die Frau weitergegangen?‹ rief ich.

›Ich weiß es nicht, Sir. Ich sah sie vorübergehen, aber ich hatte keinen besonderen Grund, sie zu beobachten. Sie schien in Eile zu sein.‹

›Wie lange ist das her?‹

›Wenige Minuten.‹

›Fünf Minuten?‹

›Nun, keinesfalls länger.‹

›Sie verschwenden nur Ihre Zeit, Sir, und jede Minute ist jetzt kostbar!‹ rief der Pförtner. ›Ich gebe Ihnen mein Wort darauf: Meine Alte hat nichts mit der Sache zu tun. Kommen Sie mit zum anderen Ende der Straße. Na, wenn Sie nicht wollen, ich gehe jedenfalls.‹ Und damit lief er los in die entgegengesetzte Richtung.

Aber ich folgte ihm sofort und faßte ihn beim Ärmel.

›Wo wohnen Sie?‹ fragte ich.

›Ivy Lane 16, Brixton‹, antwortete er. ›Aber lassen Sie sich nicht auf eine falsche Fährte locken, Mr. Phelps. Kommen Sie mit zum anderen Ende der Straße, vielleicht erfahren wir da etwas.‹

Ich verlor nichts, wenn ich seinem Rat folgte. Mit dem Polizisten machten wir uns auf den Weg, aber wir fanden dort nur eine äußerst belebte Straße. Es wimmelte von Menschen, die es eilig hatten, der feuchten Nacht zu entkommen. Kein Müßiggänger stand herum, der uns hätte Auskunft geben können.

So kehrten wir ins Amt zurück und suchten die Treppe und die Korridore ab — ohne Erfolg. Der Gang, der zu meinem Zimmer führt, ist mit cremefarbenem

Linoleum ausgelegt, auf dem sich Abdrücke leicht entdecken lassen. Wir untersuchten den Boden sorgfältig, sahen aber keine Fußspur.«

»Hat es den ganzen Abend geregnet?«

»Von ungefähr sieben Uhr an.«

»Wie kommt es denn dann, daß die Frau, die gegen neun in das Zimmer kam, mit ihren schmutzigen Schuhen keine Spuren hinterlassen hat?«

»Ich bin froh, daß Sie diesen Punkt ansprechen. Dasselbe fiel auch mir gleich auf. Die weiblichen Dienstboten ziehen gewöhnlich beim Pförtner ihre Stiefel aus und tragen dann Tuchschuhe.«

»Das ist geklärt. Es gab also keine Abdrücke, obwohl der Abend regnerisch war? Die Kette der Ereignisse ist in der Tat hoch interessant. Was taten Sie als nächstes?«

»Wir untersuchten auch das Zimmer. Es gibt keine Geheimtür, und die Fenster liegen etwa dreißig Fuß über der Straße. Beide Fenster waren von innen verriegelt. Der Teppich schließt ein Eindringen durch eine Falltür aus, und die Decke ist glatt und weiß gestrichen. Ich verwette meinen Kopf darauf, daß derjenige, der die Papiere gestohlen hat, durch die Tür gekommen ist.«

»Wie steht's mit dem Kamin?«

»Es gibt keinen. Der Raum hat nur einen Ofen. Der Klingelzug hängt direkt über meinem Pult. Der ihn zog, muß also an mein Pult getreten sein. Aber warum sollte ein Verbrecher die Glocke betätigen wollen? Das ist für mich ein unlösbares Geheimnis.«

»Der Zwischenfall ist zweifellos ungewöhnlich. Was taten Sie dann? Sie untersuchten also den Raum, um festzustellen, ob der Eindringling irgendwelche Spuren hinterlassen hat — einen Zigarrenstummel oder einen verlorenen Handschuh oder eine Haarnadel oder sonst eine Kleinigkeit.«

»Wir haben nichts derartiges gefunden.«

»Roch es irgendwie besonders?«

»Nun, daran haben wir nicht gedacht.«

»Ein bißchen Tabakduft wäre für diese Nachforschungen sehr wertvoll gewesen.«

»Ich rauche nicht, und so nehme ich an, ich hätte Tabakgeruch sofort bemerkt. Es gab in keinerlei Hinsicht eine Spur. Das einzig Handgreifliche war, daß die Frau des Pförtners — Mrs. Tangey heißt sie — das Gebäude eilends verlassen hatte. Ihr Mann konnte keine andere Erklärung dafür geben als die, daß sie um diese Zeit immer nach Hause gehe. Der Polizist und ich hielten es übereinstimmend für das beste, die Frau zu ergreifen, ehe sie sich der Papiere entledigen konnte — vorausgesetzt, sie waren in ihrem Besitz.

In der Zwischenzeit war Scotland Yard alarmiert, und Mr. Forbes, der Detektiv, kam sofort und ging den Fall mit großer Tatkraft an. Wir mieteten einen Hansom, und eine halbe Stunde später erreichten wir die Adresse, die der Pförtner mir gegeben hatte. Eine junge Frau öffnete, und es stellte sich heraus, daß es sich um Mrs. Tangeys älteste Tochter handelte. Ihre Mutter war noch nicht nach Hause gekommen, und wir wurden ins Wohnzimmer gebeten. Etwa zehn Minuten später klopfte es an der Tür, und hier begingen wir den einen großen Fehler, der auf mein Konto kommt. Anstatt selber die Tür zu öffnen, ließen wir zu, daß das Mädchen es tat. Wir hörten sie sagen: ›Mutter, da warten zwei Männer, die mit dir sprechen wollen‹, und einen Moment später hörten wir, wie jemand durch den Korridor lief. Forbes riß die Tür auf, und wir stürzten in die nach hinten liegende Küche. Aber die Frau war schon vor uns dort und starrte uns mit wütenden Augen an; dann erkannte sie mich wieder, und ein Ausdruck höchsten Erstaunens legte sich über ihr Gesicht.

›Wenn das nicht Mr. Phelps aus dem Amt ist!‹ rief sie.

›Na, na, was haben Sie denn geglaubt, wer wir sind, als sie vor uns davonliefen?‹ fragte mein Begleiter.

›Ich dachte, Sie sind der Gerichtsvollzieher‹, sagte sie. ›Wir haben nämlich eine kleine Unstimmigkeit mit einem Händler.‹

›Das ist nicht gut genug ausgedacht‹, entgegnete Forbes. ›Wir haben Grund, anzunehmen, daß Sie ein wichtiges Dokument im Außenministerium stahlen und daß Sie nun hier in die Küche gelaufen sind, um es loszuwerden. Sie müssen zu einer Untersuchung mit uns nach Scotland Yard kommen.‹

Sie widersetzte sich und protestierte vergebens. Eine Kutsche fuhr vor, und wir fuhren zu dritt in die Stadt zurück. Zuvor hatten wir die Küche und besonders den Herd daraufhin abgesucht, ob sie sich der Papiere in dem Augenblick, da sie allein gewesen war, entledigt hatte. Aber wir fanden weder Asche noch Papierfetzen. In Scotland Yard überstellten wir sie gleich einer weiblichen Angestellten zur Leibesvisitation. In lähmender Ungewißheit erwartete ich ihren Bericht. Doch sie hatte keine Spur von den Papieren entdeckt.

Zum erstenmal überfiel mich der Schrecken meiner Lage mit voller Kraft. Bis jetzt hatte ich gehandelt, und das hatte das Nachdenken gedämpft. Ich war so sehr davon überzeugt gewesen, den Vertrag sofort zurückzubekommen, daß ich nicht darüber nachgedacht hatte, was geschehen würde, wenn das nicht einträfe. Aber nun konnte nichts mehr unternommen werden, und ich hatte Muße, mir meine Lage vor Augen zu führen. Es war furchtbar! Watson könnte Ihnen erzählen, was für ein nervöser, sensibler Junge ich in der Schule gewesen bin. Das ist so meine Natur. Ich dachte an meinen Onkel und an seine Ministerkollegen, an die Schande, die ich über ihn gebracht hatte, an mich selbst und an alle diejenigen, die mit mir verbunden sind. Wenn ich nun das Opfer eines ungewöhnlichen Ereignisses geworden war? Wo diplomatische Interessen auf dem Spiel stehen, gibt es für außerordentliche Geschehnisse dieser Art keinen Rabatt. Ich war ruiniert, schändlich, hoffnungslos ruiniert. Ich weiß nicht, was ich tat. Wahrscheinlich machte ich eine Szene. Ich erinnere mich dunkel, daß sich eine Gruppe Amtspersonen um mich drängte, und man versuchte, mich zu beruhigen. Einer von ihnen fuhr mich zur Waterloo Station und setzte mich in den Zug nach Woking. Ich glaube, er hätte mich den ganzen Weg nach Hause begleitet, wenn nicht Dr. Ferrier, der hier in der Nähe wohnt, mit demselben Zug gefahren wäre. Der Doktor kümmerte sich äußerst freundlich um mich, und das war gut so, denn auf dem Bahnhof hatte ich einen Anfall, und auf dem ganzen Weg nach Hause benahm ich mich wie ein tobender Irrer.

Sie können sich wohl vorstellen, was hier los war, als der Doktor das Haus wachgeklingelt hatte und man mich in einem solchen Zustand vorfand. Der armen Annie und meiner Mutter brach es schier das Herz. Dr. Ferrier hatte auf dem Bahnhof von dem Detektiv gerade soviel gehört, daß er ungefähr berichten konnte, was sich ereignet hatte. Und seine Geschichte besserte nichts. Allen war klar, daß ich lange krank sein würde, und so quartierte man Joseph aus seinem netten Zimmer aus und richtete es als Krankenzimmer für mich ein. Hier, Mr. Holmes, habe ich neun Wochen lang gelegen, bewußtlos in rasendem Nervenfieber. Wenn Miss Harrison nicht gewesen wäre und der Doktor nicht so gut für mich gesorgt hätte, könnte ich jetzt nicht mit Ihnen sprechen. Sie pflegte mich tagsüber, und nachts kümmerte sich eine Krankenpflegerin um mich, denn in meinen Wahnsinnsanfällen war ich zu allem fähig. Langsam wurde mein Kopf klarer, aber mein Gedächtnis ist erst in den letzten drei Tagen völlig zurückgekehrt. Manchmal wünsche ich, das wäre nicht geschehen. Als erstes telegraphierte ich an Mr. Forbes, der den Fall bearbeitet. Er kam und teilte mir mit, daß nicht die Andeutung einer Spur gefunden worden sei, obgleich man alles mögliche unternommen habe. Der Pförtner und seine Frau wurden nach jeder nur denkbaren Methode verhört, ohne daß von dort auch nur ein bißchen Licht in die Sache gekommen wäre. Dann richtete sich der Verdacht der Polizei auf den jungen Gorot, der, wie Sie sich erinnern werden, an jenem Abend Überstunden im Büro machte. Daß er länger geblieben war und einen französischen Namen trägt, waren aber nun wirklich die einzigen Momente, die Verdacht erregen konnten; tatsächlich hatte ich ja nicht mit der Arbeit angefangen, solange er anwesend war, und seine Familie ist zwar hugenottischer Abstammung, aber nach Neigung und Tradition so britisch wie Sie und ich. Es fand sich nichts, wodurch man ihn mit der Sache in Verbindung bringen konnte, und damit hatte es sein Bewenden. Ich habe Sie rufen lassen, Mr. Holmes, Sie sind meine letzte Hoffnung. Wenn Sie erfolglos bleiben, dann ist es um meine Ehre als auch um meine Stellung für immer geschehen.«

Der Kranke sank wieder in die Kissen, erschöpft von der langen Erzählung, und seine Pflegerin goß ihm in ein Glas eine anregende Medizin. Holmes saß schweigend, mit zurückgeworfenem Kopf, die Augen geschlossen, in einer Haltung, die Fremden als Ausdruck von Gleichgültigkeit erscheinen mochte, von der ich aber wußte, daß sie intensives Vertieftsein anzeigte.

»Ihr Bericht war so umfassend«, sagte Holmes schließlich, »daß ich nur noch sehr wenig zu fragen brauche. Eines ist aber noch von größter Wichtigkeit. Hatten Sie jemandem von Ihrer besonderen Aufgabe erzählt?«

»Keinem.«

»Auch nicht zum Beispiel Miss Harrison?«

»Nein. In der Zeit, die zwischen der Entgegennahme und der Ausführung des Auftrags lag, war ich nicht in Woking.«

»Und mit keinem von Ihrer Familie sind Sie zufällig zusammengetroffen?«

»Mit keinem.«

»Weiß jemand von Ihren Angehörigen in Ihrem Amt Bescheid?«

»O ja; alle sind schon einmal dort gewesen.«

»Aber wenn Sie mit niemandem über den Vertrag gesprochen haben, sind solche Fragen unerheblich.«

»Ich habe nichts gesagt.«

»Was wissen Sie über den Pförtner?«

»Nichts, nur, daß er ein alter Soldat ist.«

»Welches Regiment?«

»Coldstream Guards, wie ich hörte.«

»Danke. Zweifellos kann ich von Forbes Einzelheiten erfahren. Die Behörden sind hervorragend, wenn es gilt, Fakten zusammenzutragen, wenn sie sie auch nicht immer zu ihrem Vorteil nutzen. Wie wunderschön doch so eine Rose ist!«

Er ging an der Couch vorüber zum offenen Fenster, hielt eine welkende Moosrose hoch und betrachtete die reizende Farbmischung von Karmesinrot und Grün. Das war für mich ein neuer Zug seines Charakters, denn ich hatte nie zuvor bemerkt, daß er Objekten der Natur lebhafte Aufmerksamkeit entgegenbrachte.

Er stand mit dem Rücken an den Fensterladen gelehnt.

»Es gibt nichts«, sagte er, »das Deduktion so nötig hätte wie die Religion. Der Denker vermag sie zu einer exakten Wissenschaft auszubauen. Für mich liegt die höchste Gewißheit von der Größe der Vorsehung in den Blumen. Alles andere — unsere Fähigkeiten, unsere Sehnsüchte, unsere Nahrungsmittel — ist notwendig als Voraussetzung für unsere Existenz. Aber diese Rose ist etwas Außergewöhnliches. Ihr Geruch und ihre Farbe dienen dazu, das Leben schöner zu machen, sind nicht seine Bedingung. Nur Größe kann das Besondere hervorbringen, und so sage ich denn, daß wir viel von den Blumen erhoffen dürfen.«

Percy Phelps und seine Pflegerin wechselten während dieser Darlegung erstaunte Blicke, und in ihren Gesichtern stand deutlich Enttäuschung geschrieben. Die Rose in der Hand, war Holmes in Träumerei versunken. Nach einigen Minuten riß die junge Dame ihn aus seinem Sinnen.

»Besteht Ihrer Meinung nach Aussicht, das Geheimnis zu lösen, Mr. Holmes?« fragte sie mit einem Anflug von Schärfe in der Stimme.

»Oh, das Geheimnis!« antwortete er und fand mit einem Ruck zu den Realitäten des Lebens zurück. »Nun, es wäre wohl absurd, zu leugnen, daß der Fall sehr dunkel und verzwickt ist; aber ich verspreche Ihnen, ich werde mich mit der Angelegenheit beschäftigen und Sie wissen lassen, wenn mir etwas auffallen sollte.«

»Sehen Sie schon irgendeine Spur?«

»Sie haben mich mit deren sieben ausgestattet, aber natürlich muß ich sie erst prüfen, ehe ich etwas über ihren Wert sagen kann.«

»Verdächtigen Sie jemanden?«

»Ich verdächtige mich selbst...«

»Wie bitte?«

»Daß ich zu schnell zu Schlüssen komme.«

»Dann fahren Sie nach London und überprüfen Sie Ihre Schlüsse.«

»Ihr Rat ist ausgezeichnet, Miss Harrison«, sagte Holmes und erhob sich. »Ich glaube, Watson, wir können nichts Besseres tun. Wiegen Sie sich aber nicht in falschen Hoffnungen, Mr. Phelps. Die Affäre ist sehr verworren.«

»Ich fiebere unserem Wiedersehen entgegen«, sagte der Diplomat.

»Nun, ich komme morgen mit dem gleichen Zug, auch

wenn ich Ihnen höchstwahrscheinlich einen negativen Bericht bringen muß.«

»Gott segne Sie für Ihr Versprechen, zu kommen«, rief unser Klient. »Der Gedanke, daß etwas getan wird, gibt mir wieder Leben. Übrigens habe ich einen Brief von Lord Holdhurst bekommen.«

»Ha! Was hat er gesagt?«

»Er war kühl, aber nicht streng. Ich nehme an, der Umstand, daß ich ernstlich krank bin, hat ihn zurückgehalten. Er wiederholte, daß die Sache sehr schwerwiegend sei, und fügte hinzu, es würden keine Schritte in bezug auf meine Zukunft — damit meinte er natürlich meine Entlassung — unternommen werden, bis meine Gesundheit wiederhergestellt sei und man mir Gelegenheit gegeben hätte, mein Mißgeschick wiedergutzumachen.«

»Nun, das ist vernünftig und rücksichtsvoll«, sagte Holmes. »Kommen Sie, Watson, wir haben in der Stadt ein schönes Stück Arbeit vor uns.«

Mr. Joseph Harrison fuhr uns zum Bahnhof, und bald eilten wir in einem Zug dahin, dessen Bestimmungsbahnhof Portsmouth war. Holmes saß in tiefes Nachdenken versunken und machte kaum einmal den Mund auf. Erst als wir Clapham Junction passiert hatten, bemerkte er: »Nach London auf einer dieser Linien einzufahren, die so hoch liegen und von denen man einen solchen Blick auf die Häuser hat, ist eine erfreuliche Sache.«

Ich dachte, er scherzte, denn die Aussicht war doch reichlich trübe. Aber bald erklärte er, was er meinte.

»Schauen Sie sich doch nur diese großen, freistehenden Gebäude an, die die Schieferdächer überragen, wie Inseln aus Ziegelstein in einem bleifarbenen Meer.«

»Die Board Schools.«

»Leuchttürme, mein Junge! Fanale der Zukunft! Fruchtkapseln mit Hunderten intelligenten Samenkörnern, aus denen das weisere, bessere England der Zukunft sprießen wird. Ich nehme an, Phelps trinkt nicht.«

»Ich glaube, so ist es.«

»Ich auch. Aber wir müssen jede Möglichkeit in Betracht ziehen. Der arme Teufel hat sich ganz schön tief in den Schlamassel geritten, und es ist noch die Frage, ob wir ihn je da herausziehen können. Wie denken Sie über Miss Harrison?«

»Ein Mädchen mit eigenwilligem Charakter.«

»Ja, und sie gehört, wenn ich mich nicht täusche, zu der guten Sorte. Sie und ihr Bruder sind die einzigen Kinder eines Eisenhüttenbesitzers aus der Gegend von Northumberland. Phelps hat sich auf einer Reise im letzten Winter mit ihr verlobt, und sie machte sich in Begleitung ihres Bruders auf den Weg, um der Familie vorgestellt zu werden. Dann kam der Zusammenbruch; sie blieb, um ihren Bräutigam zu pflegen, und ihr Bruder fand es behaglich und blieb auch. Sie merken, ich habe ein paar Erkundigungen eingezogen. Auch der heutige Tag muß Erkundigungen vorbehalten bleiben.«

»Meine Praxis...«, begann ich.

»Oh, wenn Sie Ihre Fälle interessanter finden als meine...«, sagte Holmes ziemlich scharf.

»Ich wollte nur erklären, daß meine Praxis ein paar Tage ohne mich auskommen kann, jetzt, in der flauesten Zeit des Jahres.«

»Hervorragend«, sagte er; seine gute Laune war sofort zurückgekehrt. »Also werden wir uns der Sache gemeinsam widmen. Ich denke, wir sollten damit anfangen, daß wir Forbes einen Besuch abstatten. Er kann uns wahrscheinlich mit allen Einzelheiten, die wir brauchen, bekannt machen; dann wissen wir, von welcher Seite her wir den Fall angehen müssen.«

»Sie sagten, Sie hätten einen Anhaltspunkt.«

»Nun, ich habe verschiedene Anhaltspunkte, aber wir

erfahren nur, was sie wert sind, wenn wir weiter forschen. Das für die Verfolgung schwierigste Verbrechen ist das, welches ziellos begangen zu sein scheint. Nun, dieses verfolgt ein Ziel. Wer profitiert davon? Da gibt es den französischen Gesandten und den russischen, da gibt es einen, der es einem von den beiden verkaufen könnte, und es gibt Lord Holdhurst.«

»Lord Holdhurst!«

»Nun, es ist durchaus denkbar, daß ein Staatsmann in eine Lage gerät, in der es ihm nicht leid täte, wenn solch ein Dokument plötzlich verschwindet.«

»Aber nicht ein Staatsmann mit der ehrenvollen Vergangenheit Lord Holdhursts.«

»Es ist eine Möglichkeit, und wir können es uns nicht erlauben, sie zu übersehen. Wir werden den ehrenwerten Lord heute besuchen und feststellen, ob er uns etwas zu sagen hat. Ich lasse bereits Nachforschungen anstellen.«

»Jetzt schon?«

»Ja, vom Bahnhof in Woking habe ich Telegramme an die Londoner Abendzeitungen geschickt. Diese Annonce wird in allen Ausgaben erscheinen.«

Er reichte mir ein Blatt, das aus einem Notizbuch herausgerissen war. Darauf stand, mit Bleistift flüchtig hingeworfen: ›Zehn Pfund Belohnung. Gesucht wird die Nummer der Droschke, die einen Fahrgast vor dem Eingang zum Außenministerium in der Charles Street oder in dessen Nähe am Abend des 23. Mai um Viertel vor zehn abgesetzt hat. Nachricht erbeten an Baker Street 221 B.‹

»Sind Sie davon überzeugt, daß der Dieb in einer Droschke gekommen ist?«

»Wenn nicht, richtet die Annonce auch keinen Schaden an. Aber wenn Mr. Phelps recht hat mit seiner Behauptung, daß es weder im Zimmer noch auf den Korridoren eine Möglichkeit gibt, sich zu verstecken, dann muß der Betreffende von draußen gekommen sein. Wenn er aber an einem verregneten Abend von draußen gekommen ist und doch keine feuchten Abdrücke auf dem Linoleum hinterlassen hat — das wurde ein paar Minuten nach seinem Weggang festgestellt —, dann ist er höchstwahrscheinlich in einer Droschke gekommen. Ja, ich denke, wir können sicher auf eine Droschke schließen.«

»Es klingt plausibel.«

»Das wäre einer der Anhaltspunkte, von denen ich gesprochen habe. Vielleicht führt er uns zu etwas Brauchbarem. Und dann ist da natürlich die Glocke — sie liefert den hervorstechendsten Zug des Falles. Warum hat die Glocke angeschlagen? Hat der Dieb sie aus Prahlerei gezogen? Oder tat das jemand, der mit dem Dieb gekommen war und der das Verbrechen verhindern wollte? War es Zufall? Oder aber...«

Er versank wieder in den Zustand intensiven und schweigenden Nachdenkens, aus dem er eben erst aufgetaucht war, aber mir schien, da ich jede seiner Stimmungen genau kannte, als ob ihm plötzlich eine neue Möglichkeit aufdämmerte.

Zwanzig nach drei hatten wir das Ziel unserer Reise erreicht, und nach einem hastig eingenommenen Lunch am Büfett machten wir uns sofort auf den Weg zu Scotland Yard. Holmes hatte Forbes bereits telegraphisch benachrichtigt, und der erwartete uns: ein kleiner, listiger Mann mit strengen, auf keinen Fall liebenswürdigen Gesichtszügen. Er trat uns betont frostig entgegen, besonders als er hörte, in welcher Angelegenheit wir kamen.

»Ich habe schon von Ihren Methoden gehört, Mr. Holmes«, sagte er beißend. »Sie sind schnell bei der Hand, die Informationen zu nutzen, die Ihnen die Polizei zur Verfügung stellt, und dann versuchen Sie den Fall allein zu Ende zu lösen und bringen uns in Mißkredit.«

»Im Gegenteil«, sagte Holmes. »In Verbindung mit meinen letzten dreiundfünfzig Fällen ist mein Name nur viermal genannt worden, und die Polizei hatte in neunundvierzig das Verdienst. Ich werfe Ihnen nicht vor, daß Sie das nicht wissen, denn Sie sind jung und unerfahren. Aber wenn Sie in Ihrem neuen Amt vorankommen wollen, dann sollten Sie mit mir arbeiten, nicht gegen mich.«

»Ich würde mich über ein paar Fingerzeige freuen«, sagte der Detektiv, sein Betragen ändernd. »Bis jetzt konnte ich mir an diesem Fall keine Verdienste erwerben.«

»Welche Schritte haben Sie unternommen?«

»Tangey, der Pförtner, ist beschattet worden. Er hat bei den Guards gedient und eine gute Charakteristik bekommen, und wir finden nichts, das gegen ihn spräche. Seine Frau ist ein schlimmes Weib. Ich glaube, sie weiß mehr von der Sache, als es den Anschein hat.«

»Wird sie auch beschattet?«

»Wir haben eine unserer Frauen auf sie angesetzt. Mrs. Tangey säuft, und die Polizistin ist zweimal mit ihr aus gewesen, als sie ganz schön geladen hatte, aber es war nichts aus ihr herauszukriegen.«

»Ich hörte, sie hatten den Gerichtsvollzieher im Haus.«

»Ja, aber der ist bezahlt worden.«

»Woher kam das Geld dafür?«

»Das geht in Ordnung. Er hat seine Pension bekommen. Sie scheinen sonst keine Schulden zu haben.«

»Welche Erklärung gab sie dafür, daß sie hinaufging, als Mr. Phelps nach Kaffee klingelte?«

»Sie sagte, ihr Mann sei sehr müde gewesen und sie habe ihn entlasten wollen.«

»Gut, das stimmt damit überein, daß er wenig später in seinem Sessel schlafend angetroffen wurde. Es spricht also nichts gegen die beiden außer dem Charakter der Frau. Haben Sie gefragt, warum sie an dem Abend weggelaufen ist? Ihre Eile war dem Konstabler aufgefallen.«

»Sie hatte sich an dem Abend verspätet und wollte schnell nach Hause.«

»Haben Sie ihr vorgehalten, daß Sie und Mr. Phelps, obwohl Sie mindestens zwanzig Minuten später aufbrachen, vor ihr in der Wohnung angekommen sind?«

»Sie erklärte das mit den unterschiedlichen Geschwindigkeiten von Bus und Hansom.«

»Konnte sie auch erklären, warum sie bei sich zu Hause als erstes in die Küche lief?«

»Weil dort das Geld war, um den Gerichtsvollzieher zu bezahlen.«

»Wenigstens hat sie auf alles eine Antwort. Haben Sie gefragt, ob sie jemandem begegnet ist oder jemanden in der Charles Street hat herumlungern sehen, als sie das Ministerium verließ?«

»Sie sah keinen außer dem Konstabler.«

»Sie scheinen sie ja gründlich im Kreuzverhör gehabt zu haben. Was haben Sie sonst noch unternommen?«

»Der Schreiber, Gorot, ist während der ganzen neun Wochen beschattet worden, jedoch ohne Erfolg. Wir können nichts gegen ihn vorbringen.«

»Noch etwas anderes?«

»Sonst gibt es nichts, worauf wir uns stützen könnten — keinerlei Hinweis.«

»Haben Sie inzwischen eine Erklärung gefunden, wieso die Glocke anschlug?«

»Nun, ich muß gestehen, das geht über meinen Horizont. Wer immer es gewesen sein mag, es muß ein kühler Kopf sein, der sich daranmacht, bei solcher Gelegenheit einen Alarm auszulösen.«

»Ja, eine merkwürdige Sache. Vielen Dank für das, was Sie mir berichtet haben. Wenn ich Ihnen den Mann übergeben kann, werden Sie von mir hören. Gehen wir, Watson!«

»Und wohin gehen wir jetzt?« fragte ich, als wir das Gebäude verließen.

»Wir werden uns mit Lord Holdhurst unterhalten, dem Minister und zukünftigen Premier von England.«

Wir hatten Glück und trafen Lord Holdhurst in seinen Räumen in der Downing Street an. Nachdem Holmes seine Visitenkarte abgegeben hatte, wurden wir sofort vorgelassen. Der Staatsmann empfing uns mit all der altmodischen Höflichkeit, für die er bekannt ist, und wies uns in zwei bequeme Sessel zu seiten des Kamins. Wie er da auf dem Teppich zwischen uns stand, schlank und groß, mit scharfgeschnittenen Gesichtszügen, nachdenklich, das gelockte Haar von vorzeitigem Grau durchzogen, schien er den nicht allzu häufig vorkommenden Typ des Edelmanns zu repräsentieren, der in Wahrheit edel ist.

»Ihr Name ist mir sehr vertraut, Mr. Holmes«, sagte er lächelnd, »und natürlich kann ich nicht so tun, als hätte ich keine Ahnung, weshalb Sie kommen. Es gibt nur ein Ereignis in diesem Amt, das Ihre Aufmerksamkeit hätte erwecken können. Darf ich fragen, in wessen Auftrag Sie handeln?«

»Im Auftrag von Mr. Percy Phelps», antwortete Holmes.

»Ach, mein unglückseliger Neffe! Sie werden verstehen, der Umstand, daß wir verwandt sind, macht es mir erst recht unmöglich, ihn irgendwie zu decken. Ich fürchte, der Vorfall wird einen schädlichen Einfluß auf seine Karriere ausüben.«

»Und wenn das Dokument gefunden wird?«

»Das wäre natürlich etwas anderes.«

»Es gibt da ein paar Fragen, die ich Ihnen stellen möchte, Lord Holdhurst.«

»Soweit es in meiner Macht steht, werde ich Ihnen gern jede Auskunft geben.«

»Erteilten Sie Ihre Anweisungen, das Abschreiben des Dokumentes betreffend, in diesem Zimmer?«

»So ist es.«

»Dann können Sie also kaum belauscht worden sein?«

»Das steht außer Frage.«

»Haben Sie mit irgend jemandem darüber gesprochen, daß Sie den Vertrag aus der Hand gaben, um ihn kopieren zu lassen?«

»Kein Wort.«

»Dessen sind Sie sicher?«

»Absolut.«

»Nun, wenn Sie nichts verlauten ließen und Mr. Phelps nicht davon gesprochen hat und niemand von der Angelegenheit wußte, dann muß der Dieb rein zufällig in den Raum geraten sein. Er sah seine Chance und nahm das Dokument an sich.«

Der Staatsmann lächelte.

»Da bin ich überfragt«, sagte er.

Holmes überlegte einen Augenblick.

»Es gibt noch einen sehr wichtigen Punkt, über den ich mit Ihnen sprechen möchte«, sagte er. »Sie äußerten, wenn ich es recht verstanden habe, sehr ernste Folgen seien zu befürchten, für den Fall, daß die Einzelheiten des Abkommens bekannt würden.«

Über das ausdrucksvolle Gesicht des Staatsmanns ging ein Schatten. »Sehr ernste Folgen, wirklich.«

»Und hat sich etwas ergeben?«

»Noch nicht.«

»Wenn das Abkommen im — sagen wir einmal — französischen oder russischen Außenministerium einträfe, würden Sie dann voraussichtlich davon erfahren?«

»Ich würde«, sagte Lord Holdhurst mit bekümmertem Gesicht.

»Da aber schon zehn Wochen seit dem Vorfall vergangen sind und Sie nichts gehört haben, darf man doch wohl annehmen, daß der Vertrag, aus welchem Grund auch immer, dort nicht angelangt ist.«

Lord Holdhurst zuckte die Schultern.

»Wir werden kaum annehmen können, Mr. Holmes, daß der Dieb das Abkommen gestohlen hat, um es einzurahmen und sich an die Wand zu hängen.«

»Vielleicht wartet er auf ein höheres Angebot.«

»Wenn er noch ein bißchen länger wartet, wird er überhaupt kein Angebot mehr bekommen. In einigen Monaten wird das Abkommen kein Geheimnis mehr sein.«

»Das ist sehr wichtig«, sagte Holmes. »Natürlich kann man sich vorstellen, daß der Dieb plötzlich krank wurde...«

»Zum Beispiel befallen von einem Nervenfieber?« fragte der Staatsmann und warf einen schnellen Blick auf Holmes.

»Das habe ich nicht gesagt«, entgegnete Holmes unerschüttert. »Aber wir haben schon zuviel von Ihrer kostbaren Zeit beansprucht und möchten Ihnen, Lord Holdhurst, auf Wiedersehen sagen.«

»Viel Erfolg bei Ihren Nachforschungen, wer immer der Verbrecher sein mag«, antwortete der Edelmann, als er sich mit einer Verbeugung von uns verabschiedete.

Wir hatten Whitehall erreicht, da ließ sich Holmes wieder vernehmen. »Er ist ein feiner Kerl«, sagte er, »aber er hat Mühe, seine Stellung zu behaupten. Er ist nicht im entferntesten reich und hat vielen Zahlungsaufforderungen nachzukommen. Sicherlich haben Sie bemerkt, daß seine Schuhe besohlt sind. Und jetzt, Watson, möchte ich Sie nicht länger von Ihrer eigentlichen Arbeit abhalten. Ich werde heute nichts mehr unternehmen, es sei denn, ich erhielte eine Antwort auf mein Inserat. Aber ich wäre Ihnen sehr verbunden, wenn Sie morgen im gleichen Zug wie heute mit mir nach Woking fahren würden.«

Also war ich am nächsten Morgen zur Stelle, und gemeinsam fuhren wir nach Woking. Er habe auf sein Inserat keine Antwort bekommen, sagte er, und überhaupt sei kein neuer Aspekt aufgetaucht. Wenn er es wollte, konnte er die völlig bewegungslose Miene eines Indianers annehmen, und so war es mir unmöglich, aus seinen Zügen zu schließen, ob er mit dem Stand der Ermittlungen zufrieden war oder nicht. Ich erinnere mich, daß er über das Bertillonsche System sprach und seiner überschwenglichen Bewunderung für den französischen Gelehrten Ausdruck gab.

Unseren Klienten fanden wir wieder in der Obhut seiner ergebenen Pflegerin, er sah aber merklich besser aus als am Tage zuvor. Er erhob sich vom Sofa und begrüßte uns ohne Anstrengung, als wir eintraten.

»Etwas Neues?« fragte er eifrig.

»Wie ich voraussah, kann ich Ihnen nur Negatives berichten«, sagte Holmes. »Ich bin bei Forbes und bei Ihrem Onkel gewesen, und ich habe einige Nachforschungen in Gang gesetzt, die vielleicht etwas erbringen.«

»Sie haben also den Mut nicht verloren?«

»Keinesfalls.«

»Gott segne Sie dafür, daß Sie das gesagt haben!« rief Miss Harrison. »Wenn wir Mut und Geduld bewahren, muß die Wahrheit ans Licht kommen.«

»Wir haben Ihnen mehr zu berichten als Sie uns«, sagte Mr. Phelps und setzte sich wieder auf die Couch.

»Das hoffte ich.«

»Ja, wir haben in der Nacht ein Abenteuer erlebt, eines, das sich als sehr schwerwiegend herausstellen könnte.« Er machte ein ernstes Gesicht, als er das sagte, und etwas wie Furcht glomm in seinen Augen auf. »Hören Sie«, sagte er, »ich glaube allmählich, daß ich unwissentlich Mittelpunkt einer ungeheuerlichen Konspiration geworden bin und sowohl mein Leben als auch meine Ehre auf dem Spiel stehen.«

»Ach!« rief Holmes.

»Es klingt unglaublich, denn ich habe, soviel ich weiß, auf der ganzen Welt keinen Feind. Aber nach dem, was ich in der letzten Nacht erlebte, kann ich zu keinem anderen Schluß kommen.«

»Sprechen Sie bitte.«

»Sie müssen wissen, daß ich letzte Nacht zum allerersten Mal ohne Pflegerin in diesem Zimmer geschlafen habe. Ich fühlte mich soviel besser, daß ich glaubte, ohne Hilfe auskommen zu können. Dennoch ließ ich eine Lampe brennen. Nun, gegen zwei Uhr morgens war ich in einen leichten Schlaf gefallen, aber plötzlich fühlte ich mich von einem leisen Geräusch aufgeschreckt. Es hörte sich an, als nagte eine Maus an einem Brett, und ich lag einige Zeit lauschend und behielt den Eindruck, das Geräusch habe eben diese Ursache. Dann wurde es stärker, und auf einmal hörte ich vom Fenster ein metallisches Klirren. Alarmiert setzte ich mich im Bett auf. Jetzt gab es keinen Zweifel mehr, was das Rumoren bedeutete. Das leise Geräusch war dadurch verursacht worden, daß jemand ein Instrument durch die Ritze zwischen den Fensterrahmen trieb, und das lautere rührte daher, daß man den Wirbel hochzudrücken suchte.

Dann vernahm ich ungefähr zehn Minuten lang nichts, so als ob der Eindringling abwartete, ob ich von dem Geräusch wach geworden sei. Dann hörte ich ein leises Knarren; das Fenster wurde langsam geöffnet. Ich konnte mich nicht länger beherrschen, denn meine Nerven sind nicht mehr das, was sie einmal waren. Ich sprang aus dem Bett und riß die Läden auf. Im Fenster hockte ein Mann. Ich sah wenig von ihm, denn er verschwand wie der Blitz. Er war in einen weiten Mantel gehüllt, der auch den unteren Teil seines Gesichts bedeckte. Nur in einem bin ich mir ganz sicher: Er hatte eine Waffe in der Hand. Es schien ein langes Messer zu sein. Ich habe es deutlich blitzen sehen, als er davonrannte.«

»Das ist äußerst interessant«, sagte Holmes. »Und was taten Sie dann?«

»Wenn ich kräftiger gewesen wäre, hätte ich ihn durch das offene Fenster verfolgt. So aber läutete ich nur und alarmierte das Haus. Es dauerte einige Zeit, denn die Glocke hängt in der Küche, und das Personal schläft oben. Schließlich rief ich, und daraufhin kam Joseph, und er weckte dann die anderen. Joseph und der Stallknecht entdeckten Spuren in den Blumenbeeten vorm Fenster, aber in der letzten Zeit hat ja solch trockenes Wetter geherrscht, daß sie den Versuch, der Spur über den Rasen zu folgen, als hoffnungslos aufgaben. Doch am Holzzaun, an einer Stelle, wo er an die Landstraße stößt, fanden sie, wie sie mir berichteten, Anzeichen, daß jemand hinübergeklettert war. Oben war von einer Latte etwas abgebrochen. Bis jetzt habe ich der örtlichen Polizei noch nichts davon gesagt, denn ich wollte erst Ihre Meinung hören.«

Diese Geschichte unseres Klienten schien Sherlock Holmes außerordentlich zu beeindrucken. Er stand auf und ging in unkontrollierter Erregung im Zimmer hin und her.

»Ein Unglück kommt selten allein«, sagte Phelps lächelnd, obwohl deutlich war, daß das Abenteuer ihn ziemlich mitgenommen hatte.

»Sie haben wahrlich Ihren Teil abbekommen«, sagte Holmes. »Glauben Sie, daß Sie mit mir ums Haus gehen können?«

»O ja, ein bißchen Sonne wird mir guttun. Joseph wird mitkommen.«

»Und ich auch«, sagte Miss Harrison.

»Ich fürchte, Sie werden uns nicht begleiten«, sagte Holmes und schüttelte den Kopf. »Ich muß Sie bitten, genau dort sitzen zu bleiben, wo Sie sind.«

Die junge Dame nahm unlustig wieder ihren Platz ein. Doch ihr Bruder stieß zu uns, und wir vier verließen das Haus. Wir gingen über den Rasen bis unter das Fenster des jungen Diplomaten. Dort fanden wir, wie er gesagt hatte, Spuren im Blumenbeet, aber sie waren hoffnungslos verschwommen und unscharf. Holmes beugte sich kurz über sie und richtete sich dann achselzuckend wieder auf.

»Ich glaube nicht, daß man damit etwas anfangen kann«, sagte er. »Gehen wir um das Haus und versuchen wir, herauszubekommen, warum der Eindringling sich ausgerechnet dieses Zimmer ausgesucht hat. Ich stelle mir vor, daß die größeren Fenster zum Salon und zum Eßzimmer ihn eher hätten anziehen müssen.«

»Die sind von der Landstraße besser zu sehen«, mutmaßte Mr. Joseph Harrison.

»Ach ja, natürlich. Und hier ist eine Tür, die sehr einladend wirkt. Wohin führt sie?«

»Das ist der Lieferanteneingang. Nachts ist er selbstverständlich abgeschlossen.«

»Sind Sie je zuvor auf solche Weise aufgestört worden?«

»Niemals«, sagte unser Klient.

»Haben Sie kostbares Tafelgeschirr oder sonst etwas im Haus, das Einbrecher anlocken könnte?«

»Nichts von Wert.«

Holmes schlenderte, die Hände in den Taschen, um das Haus herum, lässig, wie es sonst nicht seine Gewohnheit war.

»Übrigens«, sagte er zu Joseph Harrison, »Sie haben doch die Stelle entdeckt, wo der Bursche über den Zaun gestiegen ist. Die sollten wir uns ansehen.«

Der junge Mann führte uns hin. Eine der hölzernen Latten war an der Spitze zerbrochen. Holmes riß ein loses Teilchen ab und untersuchte es.

»Denken Sie, das ist letzte Nacht geschehen? Die Bruchstelle sieht ziemlich alt aus.«

»Na ja, möglicherweise.«

»Und drüben gibt es keine Abdrücke von jemandem, der hinübergesprungen wäre. Nein, ich nehme nicht an, daß uns das hier weiterhilft. Wir sollten die Angelegenheit im Hause noch einmal durchsprechen.«

Percy Phelps ging sehr langsam, auf den Arm seines zukünftigen Schwagers gestützt. Holmes überschritt schnell den Rasen und stand vor dem offenen Fenster des Schlafzimmers, ehe die anderen heran waren.

»Miss Harrison«, sagte Holmes mit äußerster Eindringlichkeit, »Sie müssen dort bleiben, wo Sie sind, den ganzen Tag. Und lassen Sie sich durch nichts davon abbringen, den ganzen Tag über nicht. Das ist lebenswichtig.«

»Gewiß, wenn Sie es so wünschen, Mr. Holmes«, sagte das junge Mädchen erstaunt.

»Wenn Sie zu Bett gehen, schließen Sie das Zimmer von außen ab und nehmen Sie den Schlüssel mit. Versprechen Sie mir das.«

»Aber Percy...?«

»Er fährt mit uns nach London.«

»Und ich soll hier bleiben?«

»Es ist zu seinem Besten. Sie können ihm damit einen Dienst erweisen. Schnell! Versprechen Sie es mir!«

Sie gab mit einem Nicken ihr Einverständnis in dem Moment, als Mr. Harrison und Percy Phelps neben uns erschienen.

»Warum sitzt du so sauertöpfisch da, Annie?« rief ihr Bruder. »Komm raus. Es ist so schön in der Sonne.«

»Nein, danke, Joseph. Ich habe ein bißchen Kopfschmerzen, und im Zimmer ist es beruhigend kühl.«

»Was schlagen Sie jetzt vor, Mr. Holmes?« fragte unser Klient.

»Nun, über der Untersuchung dieses kleinen Zwischenfalls sollten wir nicht unsere Hauptsache aus den Augen verlieren. Es wäre eine große Hilfe für mich, wenn Sie mit uns nach London führen.«

»Sofort?«

»Sobald Sie es bequem einrichten können, sagen wir: in einer Stunde.«

»Ich fühle mich schon wieder stark genug — wenn ich Ihnen wirklich eine Hilfe sein kann?«

»Die denkbar größte.«

»Vielleicht möchten Sie, daß ich dort über Nacht bleibe?«

»Das wollte ich Ihnen eben vorschlagen.«

»Dann wird mein Freund von vergangener Nacht, wenn er mich noch einmal besuchen will, das Nest leer vorfinden. Wir stehen alle in Ihrer Hand, Mr. Holmes, und Sie müssen uns nur genau erklären, was getan werden soll. Vielleicht sähen Sie es gern, wenn Joseph uns begleitete, um sich um mich zu kümmern.«

»O nein, mein Freund Watson ist Mediziner, müssen Sie wissen; er wird sich um Sie kümmern. Wenn Sie erlauben, werden wir den Lunch noch hier nehmen, und dann fahren wir drei zur Stadt.«

Alles geschah, wie er vorgeschlagen hatte, nur Miss Harrison entschuldigte sich, sie könne das Schlafzimmer nicht verlassen, und sie handelte damit ganz im Sinne Holmes'. Worauf mein Freund mit seinem Manöver abzielte, begriff ich nicht, konnte mir nur denken, er legte es darauf an, die Dame von Phelps fernzuhalten, der, erfreut über seine zurückkehrende Gesundheit und die Aussicht auf Aktivitäten, mit uns im Speisezimmer frühstückte. Holmes hielt eine noch größere Überraschung für uns bereit: Er ging mit uns zum Bahnhof, setzte mich und Phelps ins Coupé und erklärte dann ganz ruhig, daß er nicht die Absicht habe, Woking zu verlassen.

»Es gibt da einige kleine Punkte, über die ich mir gern

Klarheit verschaffen möchte, ehe ich wegfahre«, sagte er. »Ihre Abwesenheit, Mr. Phelps, wird mir in gewisser Weise dabei helfen. Watson, ich wäre Ihnen verbunden, wenn Sie mit unserem Freund sofort nach Ihrer Ankunft in London in die Baker Street führen und dort bleiben würden, bis ich eintreffe. Glücklicherweise sind Sie ja alte Schulfreunde und haben sicherlich viel zu bereden. Mr. Phelps kann das zweite Schlafzimmer benutzen. Ich werde zum Frühstück dasein, denn es fährt ein Zug, der um acht in Waterloo Station einläuft.«

»Aber was wird aus Ihren Nachforschungen in London?« fragte Phelps traurig.

»Die können wir morgen anstellen. Ich denke, im Augenblick bin ich hier nützlicher.«

»Sie können denen in Briarbrae ausrichten, daß ich morgen abend zurückzukehren hoffe«, rief Phelps, als sich der Zug langsam in Bewegung setzte.

»Ich glaube kaum, daß ich nach Briarbrae zurückkehren werde«, antwortete Holmes, uns fröhlich nachwinkend, und der Zug fuhr aus dem Bahnhof.

Phelps und ich besprachen die letzten Erlebnisse auf der Reise, aber wir konnten beide keine befriedigende Erklärung für die neuen Entwicklungen finden.

»Ich nehme an, er verfolgt eine Spur des Einbruchs von gestern nacht, wenn es sich überhaupt um einen Einbrecher gehandelt hat. Ich glaube nicht, daß es ein gewöhnlicher Dieb war.«

»Was glaubst du denn?«

»Du kannst es meinen angegriffenen Nerven zuschreiben oder denken, was du willst. Ich glaube, um mich wird eine dunkle politische Intrige gesponnen, und die Verschwörer trachten mir nach dem Leben. Das klingt hochfliegend und absurd, aber betrachten wir doch die Fakten! Warum sollte ein Dieb durch ein Schlafzimmerfenster einsteigen, wo keine Aussicht auf

Beute besteht, und warum sollte er mit einem langen Messer in der Hand kommen?«

»Bist du sicher, daß es nicht ein Brecheisen war?«

»O nein, es war ein Messer. Ich habe deutlich die Klinge blitzen sehen.«

»Und warum, um alles in der Welt, sollte man dich mit solcher Feindschaft verfolgen?«

»Ja, das ist die Frage.«

»Nun, wenn Holmes auf demselben Standpunkt steht wie du, dann wäre sein Verhalten immerhin erklärlich. Oder nicht? Nehmen wir an, deine Theorie stimmt und ihm gelingt es, den Mann dingfest zu machen, der dich letzte Nacht bedroht hat; so wäre er ein großes Stück vorangekommen auf dem Wege und könnte auch den Mann finden, der das Marineabkommen an sich genommen hat. Die Vorstellung ist absurd, du könntest zwei Feinde haben, einen, der dich bestiehlt, und einen, der dir nach dem Leben trachtet.«

»Aber Mr. Holmes sagte, er wollte nicht nach Briarbrae.«

»Ich kenne ihn schon recht lange«, sagte ich, »aber ich habe nie erlebt, daß er irgend etwas ohne sehr guten Grund begonnen hätte.« Und damit schweifte unsere Unterhaltung in andere Gefilde ab.

Es wurde für mich ein ermüdender Tag. Phelps war nach seiner langen Krankheit noch immer schwach, sein Unglück hatte ihn streitsüchtig und nervös gemacht. Vergebens versuchte ich, ihn für Afghanistan zu interessieren, für Indien, für soziale Fragen, für alles mögliche, das seinen Geist von seinen Grübeleien zu befreien versprach. Er kam immer wieder auf den verschwundenen Vertrag zurück; er fragte sich, stellte Vermutungen an und spekulierte darüber, was Holmes tun, welche Schritte Lord Holdhurst unternehmen, welche Neuigkeit er am Morgen empfangen würde. Im Lauf des Abends wurde seine Erregung ziemlich quälend.

»Setzt du blindes Vertrauen in Holmes?« fragte er.

»Ich habe erlebt, daß er Bemerkenswertes erreichen kann.«

»Hat er jemals Licht in eine so dunkle Angelegenheit wie diese gebracht?«

»O ja. Ich weiß, daß er Fragen gelöst hat, bei denen es weniger Anhaltspunkte gab als bei deiner.«

»Aber es standen doch wohl nie so hohe Interessen auf dem Spiel?«

»Das weiß ich nicht. Ich weiß nur bestimmt, daß er zum Nutzen dreier regierender europäischer Häuser gewirkt hat, in lebenswichtigen Angelegenheiten.«

»Du kennst ihn gut, Watson. Er ist ein so unerforschlicher Mensch, daß ich nie genau weiß, was ich von ihm halten soll. Meinst du, er hat Hoffnung? Meinst du, er kann den Fall erfolgreich beenden?«

»Er hat nichts gesagt.«

»Das ist ein schlechtes Zeichen.«

»Im Gegenteil; ich konnte beobachten, daß er im allgemeinen sagt, wenn er die Spur verloren hat. Wenn er einer Fährte folgt und sich nicht ganz sicher fühlt, daß es die richtige ist, dann gibt er sich sehr schweigsam. Nun, Junge, wir können die Sache nicht voranbringen, indem wir uns darüber die Nerven strapazieren. Ich bitte dich also inständig, laß uns zu Bett gehen, damit du dafür frisch bist, was immer uns auch morgen erwarten mag.«

Es gelang mir schließlich, meinen Gefährten zu überreden, meinem Rat zu folgen, wenn ich auch aus seiner Aufgeregtheit schlußfolgern konnte, daß es wenig Hoffnung für ihn auf Schlaf gab. Seine Stimmung steckte wirklich an, denn ich selber wälzte mich die halbe Nacht im Bett herum, grübelte über das seltsame Problem und ersann hundert Erklärungen, eine unmöglicher als die andere. Warum war Holmes in Woking geblieben? Warum hatte er Miss Harrison gebeten, den ganzen Tag über in dem Krankenzimmer zu bleiben? Warum hatte er sich gehütet, die Bewohner von Briarbrae wissen zu lassen, daß er in der Nähe bleiben wollte? Ich zermarterte mir das Hirn und fiel schließlich über dem Versuch in Schlaf, eine Erklärung zu finden, die alle diese Fragen beantworten konnte.

Es war sieben Uhr, als ich wach wurde, und ich begab mich sofort in Phelps' Zimmer. Ich fand meinen Jugendfreund abgehärmt und erschöpft nach einer schlaflosen Nacht. Als erstes fragte er, ob Holmes schon angekommen sei.

»Er wird hier sein zu der Zeit, zu der hier zu sein er versprochen hat, nicht früher und nicht später.«

Und meine Worte erfüllten sich. Kurz nach acht preschte ein Hansom vor die Tür, und unser Freund stieg aus. Vom Fenster aus sahen wir, daß seine rechte Hand bandagiert war, und er wirkte sehr finster und bleich. Er trat ins Haus, doch es dauerte einige Zeit, ehe er nach oben kam.

»Er macht den Eindruck eines geschlagenen Mannes!« rief Phelps. Ich fühlte mich gedrängt, zuzugeben, daß er recht hatte. »Nach allem«, sagte ich dann doch, »liegt der Schlüssel zu der Angelegenheit hier in der Stadt.«

Phelps stöhnte.

»Ich weiß nicht, was inzwischen passiert ist«, sagte er, »aber ich hatte mir soviel von seiner Rückkehr erhofft. Seine Hand war doch gestern bestimmt noch nicht verbunden. Was mag da los gewesen sein?«

»Sie sind verletzt?« fragte ich, als mein Freund im Zimmer stand.

»Ach, das ist nur ein Kratzer, durch meine eigene Ungeschicklichkeit«, antwortete er, indem er uns einen guten Morgen zunickte.

»Ihr Fall, Mr. Phelps, ist gewiß einer der dunkelsten, die mir je untergekommen sind.«

»Ich habe es befürchtet, daß er Ihre Kräfte übersteigt.«

»Er hat mir eine äußerst bemerkenswerte Erfahrung eingetragen.«

»Der Verband deutet auf Abenteuer«, sagte ich. »Möchten Sie uns nicht erzählen, was sich zugetragen hat?«

»Nach dem Frühstück, mein lieber Watson. Bedenken Sie, daß ich heute früh dreißig Meilen lang frische Surrey-Luft geatmet habe. Ich nehme an, es ist noch keine Antwort auf mein Such-Inserat nach dem Kutscher eingetroffen? Gut denn, wir können nicht erwarten, jedesmal Treffer zu landen.«

Der Tisch war schon gedeckt, und ich wollte gerade klingeln, als Mrs. Hudson auch schon den Tee und den Kaffee hereintrug. Ein paar Minuten später brachte sie die Gedecke, und wir setzten uns um den Tisch — Holmes heißhungrig, ich neugierig und Phelps zutiefst niedergeschlagen.

»Mrs. Hudson ist dem Ereignis gerecht geworden«, sagte Holmes, nachdem er den Deckel von einer Schüssel mit Curry-Huhn abgenommen hatte. »Ihre Küche ist zwar ein bißchen eintönig, aber sie macht ein so gutes Frühstück, wie eine Schottin es nur kann. Was essen Sie, Watson?«

»Eier mit Schinken.«

»Ausgezeichnet! Und was nehmen Sie, Mr. Phelps — Geflügel mit Curry, oder Eier? Greifen Sie zu.«

»Danke, ich mag nichts essen«, sagte Phelps.

»Aber nicht doch! Versuchen Sie das Gericht in der Schüssel vor Ihnen.«

»Danke, ich möchte lieber nicht.«

»Auch gut«, sagte Holmes mit mutwilligem Blinzeln. »Ich nehme an, es macht Ihnen nichts aus, mir etwas davon aufzutun.«

Phelps nahm den Deckel ab und stieß einen Schrei aus. Er saß da und starrte und war weiß wie die Schüssel, in die er hineinsah. Drin lag eine blaugraue Papierrolle. Er ergriff sie, verschlang sie mit den Augen und tanzte dann wie verrückt im Zimmer umher, die Rolle an die Brust gepreßt und seiner Freude in kreischendem Lachen freien Lauf lassend. Dann fiel er in einen Sessel, so schwach und ausgepumpt, daß wir ihm Kognak einflößen mußten, damit er nicht die Besinnung verlor.

»Ist ja gut! Ist ja gut!« sagte Holmes beruhigend und tätschelte ihm die Schulter. »Das war kein guter Einfall, es Ihnen so beizubringen. Aber Watson wird Ihnen bestätigen, daß ich der Versuchung, Dinge ein bißchen dramatisch aufzuzäumen, nie widerstehen kann.«

Phelps ergriff seine Hand und küßte sie. »Gott segne Sie!« rief er. »Sie haben meine Ehre gerettet!«

»Wissen Sie, meine eigene Ehre stand auf dem Spiel«, sagte Holmes. »Ich versichere Ihnen: Mir ist es genauso verhaßt, in einem Fall zu versagen, wie Ihnen, über einen Auftrag zu stolpern.«

Phelps barg das kostbare Dokument in der innersten Rocktasche. »Ich habe nicht das Herz, Sie noch länger von Ihrem Frühstück abzuhalten, aber ich sterbe vor Neugier, wie Sie an das Schriftstück gekommen sind und wo es versteckt war.«

Holmes nahm einen Schluck vom Kaffee und wandte sein Interesse danach den Eiern mit Schinken zu. Dann stand er auf, setzte seine Pfeife in Brand und machte es sich in seinem Sessel bequem.

»Erst einmal erzähle ich Ihnen, was ich angepackt habe, später auch, wie ich daraufgekommen bin«, sagte er. »Nachdem ich Sie am Bahnhof verlassen hatte, unternahm ich einen bezaubernden Spaziergang durch die wunderschöne Gegend von Surrey bis zu einem netten Dörfchen, das Ripley heißt. Dort trank ich in einem Gasthaus meinen Tee und füllte vorsichtshalber meine Flasche und steckte mir ein Paket Butterbrote in die Tasche. Ich blieb bis zum Abend; dann machte ich mich wieder auf den Weg nach Woking und war kurz nach Sonnenuntergang auf der Landstraße gerade gegenüber von Briarbrae.

Nun denn, ich wartete, daß die Straße leer würde — sie war zu keiner Zeit sehr bevölkert —, und stieg dann über den Zaun in das Grundstück ein.«

»Sicherlich stand doch das Tor offen«, unterbrach Phelps.

»Ja, aber in solchen Dingen habe ich einen eigenen Geschmack. Ich wählte mir dazu die Stelle, wo die drei Tannen stehen, und in ihrem Schutz gelangte ich über den Zaun, ohne daß jemand vom Haus her die geringste Möglichkeit gehabt hätte, mich zu entdecken. Drüben angekommen, duckte ich mich zwischen die Büsche und kroch von einem zum anderen — sehen Sie sich nur den schandbaren Zustand meiner Hose an! —, bis ich den großen Rhododendronbusch nahe bei Ihrem Schlafzimmer erreicht hatte. Dort hockte ich mich hin und wartete ab, wie sich die Dinge entwickeln würden.

In Ihrem Zimmer waren die Läden nicht geschlossen, und so konnte ich Miss Harrison sehen, wie sie am Tisch saß und las. Viertel nach zehn schlug sie das Buch zu, verriegelte die Läden und zog sich zurück. Ich hörte, wie sie die Tür schloß, und glaube auch ganz sicher, daß sie den Schlüssel herumgedreht hat.«

»Den Schlüssel?« rief Phelps.

»Ja, ich hatte Miss Harrison die Anweisung gegeben, die Tür von außen abzuschließen und den Schlüssel mitzunehmen, wenn sie zu Bett ging. Sie hat alle meine Anweisungen einschließlich der letzten ausgeführt, und sicherlich hätten Sie ohne ihre Mitarbeit das Dokument jetzt nicht in der Tasche. Sie verließ also den Raum, die Lichter erloschen, und ich hockte in dem Rhododendronbusch.

Es war eine schöne Nacht, und doch war es eine sehr mühsame Nachtwache. Natürlich lag in ihr etwas von der Erregung, die der Sportsmann empfindet, wenn er neben der Strecke liegt und auf den Beginn der Regatta wartet. Die Zeit wurde lang, fast so lang, Watson, wie damals, als wir in jenem todbringenden Zimmer eingeschlossen waren, um ein bißchen Licht in den Fall mit dem ›gefleckten Band‹ zu bringen. Unten in Woking gibt es eine Kirchturmuhr, die schlug auch die Viertelstunden, und mehr als einmal glaubte ich, sie müsse stehengeblieben sein. Schließlich aber, gegen zwei Uhr morgens, hörte ich plötzlich, wie ganz leise ein Riegel zurückgeschoben wurde, und danach das Knarren eines Schlüssels. Einen Augenblick später öffnete sich der Dienstboteneingang, und Mr. Joseph Harrison trat ins Mondlicht hinaus.«

»Joseph!« stieß Phelps hervor.

»Er war barhaupt, hatte aber einen schwarzen Mantel um die Schultern geworfen, so daß er im Nu sein Gesicht verbergen konnte, wenn jemand Alarm schlagen sollte. Im Schatten der Mauer ging er auf Zehenspitzen, und als er das Fenster erreicht hatte, fuhr er mit einem langen Messer in eine Fensterritze, hob den Haken hoch und machte das Fenster auf. Dann führte er das Messer in einen Spalt zwischen den Läden, löste den Riegel und drückte die Läden auf.

Von dort aus, wo ich lag, konnte ich das Zimmerinnere genau sehen und jede seiner Bewegungen beobachten. Er zündete die beiden Kerzen an, die auf dem Kaminsims stehen, und schlug dann die Ecke des Teppichs nahe der Tür zurück. Er bückte sich, hob vom Fußboden ein quadratisches Stück aus, so eines, das es den Installateuren ermöglicht, an die Verbindungsstellen der Gasrohre zu gelangen.

Das besagte Dielenstück bedeckte die Stelle, wo das Rohr zur Küche im Souterrain abzweigt. Aus dem Versteck zog er diese kleine Papierrolle, paßte das Stück wieder in die Diele ein, legte den Teppich glatt, blies die

Kerzen aus und spazierte geradewegs in meine Arme, da ich vorm Fenster auf ihn wartete.

Na, dieser Mr. Joseph ist ein größerer Schurke, als ich ihm zugetraut hätte. Er stürzte mit dem Messer auf mich los, und ich mußte ihn zweimal zu Boden schicken, wobei ich einen Schnitt über die Knöchel abbekam, ehe ich die Oberhand gewann. In dem einen Auge, mit dem er noch sehen konnte, als ich mit ihm fertig war, blitzte Mord, aber er war der Vernunft zugänglich geblieben und ließ die Papiere fahren. Als ich die hatte, ließ ich meinen Mann laufen, aber heute früh habe ich Forbes alle Einzelheiten telegraphisch mitgeteilt. Wenn er sich beeilt, geht alles in Ordnung. Aber wenn er, wie ich stark annehme, das Nest leer finden sollte, nun, dann ist es für die Regierung um so besser. Ich kann mir vorstellen, daß Lord Holdhurst auf der einen Seite und auf der anderen Mr. Percy Phelps es sehr gern sähen, wenn die Affäre gar nicht erst vor den Polizeirichter kommt.«

»Mein Gott!« keuchte unser Klient, »wollen Sie mir etwa erzählen, daß die gestohlenen Papiere während dieser zehn langen Wochen der Agonie die ganze Zeit im selben Raum wie ich waren?«

»So ist es.«

»Und Joseph! Joseph ein Schurke und Dieb!«

»Hm. Ich fürchte, Joseph ist verschlagener und gefährlicher, als man nach seinem Aussehen denken würde. Aus dem, was ich heute früh gehört habe, schließe ich, daß er viel bei Aktienspekulationen verloren hat und nun bereit war, alles zu tun, um sein Vermögen aufzubessern. Selbstsüchtig, wie er ist, wenn sich ihm keine Chance mehr bietet, hielten ihn weder das Schicksal seiner Schwester noch Ihr guter Ruf von der Tat ab.«

Percy Phelps sackte im Sessel zusammen. »Mir schwirrt der Kopf«, sagte er. »Ihre Worte haben mich schwindlig gemacht.«

»Die Hauptschwierigkeit in Ihrem Fall«, bemerkte

Holmes auf seine belehrende Art, »lag in der Tatsache, daß er zu viele Anhaltspunkte bot. Das Wichtige wurde von Belanglosem verborgen und überlagert. Unter all den Tatsachen, die wir vorfanden, hatten wir die herauszufinden, von denen wir annehmen konnten, sie seien wesentlich, und dann waren sie in die richtige Reihenfolge zu bringen, damit sich diese bemerkenswerte Kette der Ereignisse rekonstruieren ließ. Ich hatte Joseph schon zu verdächtigen begonnen, als ich erfuhr, daß Sie an jenem Abend mit ihm gemeinsam hatten nach Hause fahren wollen; so wäre es nur natürlich gewesen, wenn er, der das Außenministerium gut kannte, auf seinem Weg bei Ihnen vorbeigeschaut hätte. Als ich hörte, daß jemand in das Schlafzimmer einzudringen versucht hatte, in dem niemand außer Joseph etwas hatte verbergen können — Sie berichteten uns, man hätte Sie sofort in Josephs Zimmer einquartiert, als Sie und der Doktor eingetroffen waren —, wandelte sich mein Verdacht in Gewißheit, zumal der Einbruchsversuch in der Nacht unternommen wurde, als die Pflegerin zum erstenmal nicht anwesend war, was darauf hindeutete, daß der Eindringling sich mit den Gewohnheiten des Hauses auskannte.«

»Wie blind ich gewesen bin!«

»Die Tatsachen des Falles, soweit ich sie herausgearbeitet habe, sind folgende: Dieser Joseph Harrison betrat das Ministerium durch die Tür an der Charles Street, und da ihm der Weg zu Ihrem Büro vertraut war, wandte er sich geradewegs dorthin; das war kurz nachdem Sie den Raum verlassen hatten. Als er niemanden vorfand, zog er die Glocke, und im selben Augenblick, da er das tat, erblickte er das Papier auf dem Tisch. Ein zweiter Blick belehrte ihn darüber, daß der Zufall ihm ein Staatsdokument von ungeheurem Wert zugespielt hatte, und blitzschnell steckte er es in die Tasche und ging fort.

Ein paar Minuten verstrichen, wie Sie sich erinnern werden, bis der verschlafene Pförtner Ihre Aufmerksamkeit auf die Glocke lenkte, und die reichten gerade aus, um dem Dieb Zeit zur Flucht zu geben.

Mit dem nächsten Zug fuhr er nach Woking, und nachdem er seine Beute näher betrachtet und sich versichert hatte, daß sie wirklich riesigen Wert besaß, verbarg er sie an einer Stelle, die er für sehr sicher hielt, in der Absicht, sie nach wenigen Tagen hervorzuholen, um sie in die französische Botschaft oder sonstwohin zu bringen, wo man ihm, wie er dachte, einen hohen Preis zahlen würde. Dann kehrten Sie plötzlich zurück, und er wurde ohne Vorwarnung umquartiert, und seitdem hielten sich immer mindestens zwei Personen in dem Zimmer auf, was verhinderte, daß er an seinen Schatz gelangte. Diese Situation muß ihn wahnsinnig gemacht haben. Doch schließlich glaubte er seine Chance gekommen. Er versuchte die Papiere zu stehlen, fand aber seine Absicht, weil Sie nicht schliefen, durchkreuzt — Sie erinnern sich, daß Sie an jenem Abend den gewohnten Schlaftrunk nicht genommen hatten.«

»Ich erinnere mich.«

»Ich vermute, er hatte Vorkehrungen getroffen, diesen Trank wirksamer zu machen, und sich ganz darauf verlassen, daß Sie bewußtlos wären. Selbstverständlich war ich mir bewußt, daß er den Versuch wiederholen würde, sobald er unter sicheren Bedingungen unternommen werden konnte. Ihre Abreise gab ihm die Gelegenheit, auf die er wartete. Ich brachte Miss Harrison dazu, den ganzen Tag über in dem Zimmer zu bleiben, so daß er uns nicht zuvorkommen konnte. Dann, nachdem er den Eindruck haben mußte, die Luft sei rein, bezog ich Wache, wie ich es beschrieben habe. Ich wußte bereits, daß die Papiere sich wahrscheinlich in dem Zimmer befanden, aber ich hatte keine Lust, auf der Suche nach ihnen die Dielen und die Scheuerleisten herauszureißen. Deshalb ließ ich ihn sie aus dem Versteck herausholen und ersparte mir so unendliche Mühen. Gibt es noch etwas, das ich erklären sollte?«

»Warum hat er es beim erstenmal durchs Fenster versucht«, fragte ich, »da er doch durch die Tür hätte kommen können?«

»Auf dem Weg zur Tür hätte er an sieben Schlafzimmern vorüber müssen. Dagegen konnte er mit Leichtigkeit auf den Rasen gelangen. Noch etwas?«

»Denken Sie nicht auch, daß er keine mörderischen Absichten hegte? Das Messer in seiner Hand war nur als Werkzeug gedacht.«

»Vielleicht haben Sie recht«, antwortete Holmes und zuckte die Achseln. »Ich kann nur mit Sicherheit sagen, daß Mr. Joseph Harrison ein Gentleman ist, dessen Gnade ich höchst widerwillig vertrauen würde.«

# Sein letzter Fall

Schweren Herzens nehme ich die Feder zur Hand, um diese Worte niederzuschreiben, mit denen ich ein letztes Mal von den einzigartigen Gaben, die meinen Freund Sherlock Holmes auszeichneten, berichten will. Unzusammenhängend und — wie ich tief empfinde — völlig unzureichend habe ich versucht, von meinen seltsamen Erlebnissen an seiner Seite Rechenschaft abzulegen, angefangen bei dem Zufall, der uns zur Zeit des Falls ›Späte Rache‹ vereinte, bis hin zu seinem Eingreifen in die Geschehnisse um das Marineabkommen, das mit dem unbestreitbaren Ergebnis der Verhinderung einer schwerwiegenden internationalen Komplikation endete. Eigentlich war es meine Absicht, mit dieser Episode aufzuhören und nichts von dem Ereignis zu berichten, das eine Lücke in meinem Leben riß, die sich in den beiden letztvergangenen Jahren kaum ausfüllen ließ. Aber die kürzlich erschienenen Briefe, in denen Colonel James Moriarty das Andenken seines Bruders verteidigt, zwingen mir die Feder in die Hand. Mir bleibt keine andere Wahl, als die Tatsachen der Öffentlichkeit so vorzulegen, wie sie sind. Ich allein kenne die ganze Wahrheit in dieser Angelegenheit, und es erfüllt mich mit Genugtuung, daß jetzt die Zeit gekommen ist, sie nicht länger zu verschweigen. Soviel ich weiß, gelangten nur drei Mitteilungen an die Öffentlichkeit: das, was das ›Journal de Genève‹ am 6. Mai 1891 brachte, die Reuter-Depesche in den englischen Zeitungen vom 7. Mai und schließlich die vor kurzem erschienenen Briefe, auf die ich mich bereits bezog. Die erste und die zweite Meldung waren äußerst knapp gehalten, während die letzte, wie ich hier beweisen werde, eine völlige Verdrehung der

Tatsachen darstellt. Es liegt bei mir, zum ersten Mal zu erzählen, was sich wirklich zwischen Professor Moriarty und Sherlock Holmes zugetragen hat.

Es sei daran erinnert, daß sich die sehr engen Beziehungen zwischen Holmes und mir nach meiner Verheiratung und der Errichtung meiner Arztpraxis in gewisser Hinsicht abgekühlt hatten. Er suchte mich von Zeit zu Zeit noch auf, wenn er einen Gefährten bei seinen Nachforschungen brauchte, aber diese Gelegenheiten wurden immer seltener, und so finde ich für das Jahr 1890 nur drei Fälle in meinen Aufzeichnungen. Im Winter jenes Jahres und in den ersten Frühlingswochen des Jahres 1891 las ich in den Zeitungen, daß die französische Regierung ihn in einer Angelegenheit von äußerster Wichtigkeit engagiert hatte, und zweimal erhielt ich Nachricht von ihm, aus Norbonne und aus Nîmes, woraus hervorging, daß er lange in Frankreich bleiben würde. Deshalb war ich auch überrascht, als er am Abend des 24. April in meinem Konsultationszimmer erschien. Es fiel mir auf, daß er bleicher und dünner war als sonst.

»Ja, ich habe mich ein wenig zu sehr verausgabt«, bemerkte er, eher als Antwort auf meine Blicke als auf meine Worte. »Ich bin in letzter Zeit ein bißchen heftig bedrängt worden. Haben Sie etwas dagegen, wenn ich die Läden schließe?«

Das einzige Licht im Zimmer kam von der Lampe auf dem Tisch, unter der ich gelesen hatte. Holmes schob sich an der Wand entlang, warf die Fensterläden zu und verriegelte sie sorgfältig.

»Fürchten Sie sich vor etwas?« fragte ich.

»Ja.«

»Wovor?«

»Vor Luftgewehren.«

»Mein lieber Holmes, was soll das heißen?«

»Ich denke, Watson, daß Sie mich gut genug kennen,

um zu wissen, daß ich auf keinen Fall nervös bin. Aber es wäre eher Dummheit als Mut, wenn man sich weigerte, eine Gefahr wahrzunehmen, die einem im Nacken sitzt. Dürfte ich Sie um ein Streichholz bitten?« Er sog den Rauch seiner Zigarette tief in sich hinein, als wäre er dankbar für dessen beruhigende Wirkung.

»Ich muß mich wegen meines späten Kommens entschuldigen«, sagte er, »und ich muß Sie auch bitten, so unkonventionell zu sein, mir zu erlauben, daß ich diesmal Ihr Haus über die hintere Gartenmauer verlasse.«

»Aber was hat das alles zu bedeuten?« fragte ich.

Er hielt mir seine Hand hin, und im Licht der Lampe sah ich, daß zwei Knöchel aufgesprungen waren und bluteten.

»Das stammt nicht von irgendeinem luftigen Hirngespinst«, sagte er lächelnd, »sondern von einer ganz soliden Sache, bei der sich ein Mann die Hand brechen kann. Ist Mrs. Watson zu Hause?«

»Sie macht gerade einen Besuch.«

»Wirklich? Dann sind Sie also allein.«

»Ganz allein.«

»Das erleichtert es mir, Ihnen vorzuschlagen, mich für eine Woche auf den Kontinent zu begleiten.«

»Wohin?«

»Ach, überallhin. Mir ist es gleich.«

In alledem lag etwas ziemlich Befremdliches. Es war nicht Holmes' Art, ins Blaue hinein Ferien zu machen, und sein blasses, abgehärmtes Gesicht ließ darauf schließen, daß seine Nerven aufs äußerste gespannt waren. Er sah die Frage in meinen Augen, und er begann, die Fingerspitzen aneinandergelegt und die Ellbogen auf die Knie gestützt, mir die Lage zu erläutern.

»Sie haben wahrscheinlich noch nie von Professor Moriarty gehört?« sagte er.

»Noch nie.«

»Tja, das ist das Sonderbare!« rief er. »Der Mann

durchdringt ganz London, und keiner hat von ihm gehört. Der Umstand bringt ihn an die Spitze der Annalen des Verbrechens. Mit allem Ernst sage ich Ihnen, Watson, wenn ich diesen Mann schlagen, wenn ich die Gesellschaft von ihm befreien könnte, hätte ich den Höhepunkt meines Wirkens erreicht und dürfte mich einem beschaulicheren Leben zuwenden. Unter uns: Die jüngsten Fälle, in denen ich Gelegenheit hatte, mich der königlichen Familie von Scandinavia und der Französischen Republik nützlich zu erweisen, setzten mich in den Stand, auf die ruhige Art zu leben, die mir angemessen wäre, und meine Aufmerksamkeit ganz meinen chemischen Untersuchungen zu widmen. Aber ich könnte mich nicht zur Ruhe setzen, Watson, ich könnte nicht still in meinem Sessel hocken, wenn ich daran denken müßte, daß ein Mann wie Professor Moriarty unbehelligt durch Londons Straßen geht.«

»Was hat er denn getan?«

»Seine Karriere ist außergewöhnlich. Er stammt aus gutem Haus und hat eine hervorragende Erziehung genossen; von Natur aus ist er mit phänomenalen mathematischen Gaben ausgestattet. Im Alter von einundzwanzig Jahren schrieb er eine Abhandlung über das binomische Theorem, die ein europäischer Erfolg wurde. Durch sie gelangte er auf den Mathematischen Lehrstuhl einer unserer kleineren Universitäten, und vor ihm lag, so schien es, eine äußerst brillante Laufbahn. Aber der Mann besitzt ererbte Neigungen teuflischer Art. In seinem Blut liegen verbrecherische Anlagen, die, anstatt daß sie sich abschwächten, durch seine außergewöhnlichen Geisteskräfte gesteigert und ins unendlich Gefährlichere gelenkt wurden. In der Universitätsstadt machten sich um ihn dunkle Vermutungen breit, und schließlich war er genötigt, seinen Lehrstuhl aufzugeben und in London eine Stelle als Lehrer bei der Armee anzunehmen. Soviel ist der Öffentlichkeit bekannt. Was ich Ihnen nun erzähle, habe ich selber entdeckt.

Sie wissen ja, Watson, daß niemand die Londoner Verbrecherwelt so gut kennt wie ich. Seit Jahren ist mir fortgesetzt bewußt geworden, daß eine Macht hinter dem Übeltäter steht, eine düstere, organisierende Macht, die sich dem Gesetz immer in den Weg stellt und einen Schild über das Böse hält. Wieder und wieder und in Fällen unterschiedlichster Art — Fälschungen, Raubüberfälle, Morde — habe ich diese Macht gespürt, und ich habe ihre Aktivität bei vielen der unaufgeklärten Verbrechen, in denen ich nicht zu Rate gezogen worden bin, nachgewiesen. Jahrelang habe ich versucht, den Schleier, der sie umgibt, zu zerreißen, und schließlich kam die Zeit, da ich den Faden in der Hand hielt, ihm folgte und er mich, nach tausend listigen Windungen, zu Ex-Professor Moriarty, der mathematischen Zelebrität, führte.

Er ist der Napoleon des Verbrechens, Watson. Er organisiert die Hälfte von allem Bösen und fast zur Gänze alles, das unentdeckt bleibt in unserer Stadt. Er ist ein Genie, ein Philosoph, ein abstrakter Denker. Er verfügt über einen erstklassigen Verstand. Er sitzt bewegungslos wie eine Spinne im Zentrum ihres Netzes, und dieses Netz hat tausend Fäden, und er verspürt jedes Zittern der Fäden. Er selbst unternimmt wenig. Er plant nur. Aber er hat viele Agenten, und sie sind glänzend organisiert. Soll ein Verbrechen begangen, zum Beispiel ein Dokument entwendet, ein Haus überfallen, ein Mann aus dem Weg geräumt werden — man wendet sich an den Professor, und die Sache wird eingefädelt und ausgeführt. Der Agent kann verhaftet werden. In dem Fall findet sich Geld für eine Kaution oder einen Verteidiger. Aber die Macht im Zentrum, die den Agenten benutzt, wird nie gefaßt — nie jedenfalls als ein der Tat Verdächtiger. Das war die Organisation, die ich verfolgt habe, Watson, und auf die ich meine ganze Kraft wandte, um sie zu entdecken und zu zerschlagen.

Aber der Professor ist mit so schlau erdachten Sicherungen abgeschirmt, daß es — ich mochte anstellen, was ich wollte — unmöglich schien, Beweise in die Hand zu bekommen, die ihn vor einem Gericht hätten überführen können. Sie kennen meine Fähigkeiten, Watson, und doch mußte ich nach drei Monaten eingestehen, daß ich auf einen Gegner getroffen war, der mir geistig gewachsen ist. Mein Entsetzen über seine Verbrechen ertrank in meiner Bewunderung für seine Geschicklichkeit. Doch endlich machte er einen Fehltritt — nur einen kleinen, einen ganz kleinen Fehltritt, aber es war mehr, als er sich erlauben konnte, da ich ihm so hart auf den Fersen war. Ich hatte meine Chance und wob, von diesem einen Punkt ausgehend, ein Netz um ihn, das jetzt zusammengezogen werden soll. In drei Tagen, also am nächsten Montag, ist die Sache reif, und der Professor mitsamt den führenden Mitgliedern seiner Bande wird sich in Händen der Polizei befinden. Dann wird das größte Kriminalgerichtsverfahren des Jahrhunderts folgen, die Aufklärung von über vierzig dunklen Verbrechen — und der Strick wird sie alle erwarten. Doch wenn wir uns zu früh rühren, könnten sie sogar noch im letzten Moment entkommen.

Wenn ich das Ganze hätte einrichten können, ohne daß Professor Moriarty davon erfuhr, wäre alles gut gewesen. Er beobachtete jeden Schritt, den ich unternahm, als ich mein Garn um ihn spann. Immer wieder bemühte er sich, auszubrechen, und immer wieder schnitt ich ihm den Weg ab. Ich sage Ihnen, mein Freund, wenn eine ausführliche Darstellung dieses stillen Kampfes geschrieben werden könnte, sie wäre das brillanteste Stück Räuber-und-Gendarm-Literatur in der Geschichte der Ermittlungen. Nie habe ich mich so erhoben gefühlt, nie aber bin ich auch von einem Gegner so hart bedrängt worden. Er setzte zu einem Tiefschlag an, doch ich parierte ihn. Heute morgen waren die letzten Vorkehrungen getroffen, und es hätte noch drei Tage gebraucht, um die Sache zu Ende zu bringen. Ich saß in meinem Zimmer und überdachte alles noch einmal, als sich die Tür öffnete und Professor Moriarty vor mir stand.

Meine Nerven sind ziemlich stark, Watson, aber ich muß gestehen, daß ich zusammenzuckte, als ich genau den Mann, mit dem ich mich in Gedanken so viel beschäftigt hatte, auf meiner Schwelle sah. Er ist außerordentlich groß und dünn, die Stirn stark nach außen gewölbt, seine Augen liegen tief in den Höhlen. Er ist glattrasiert, bleich, macht einen asketischen Eindruck, und seine Züge erinnern noch immer an einen Professor. Vom vielen Studieren geht er gebeugt, sein Kopf ist vorgeschoben und pendelt ständig in der wachsamen Art eines Reptils langsam hin und her.

Er beobachtete mich neugierig aus zusammengekniffenen Augen. ›Ihre Stirn ist schwächer ausgebildet, als ich dachte‹, sagte er schließlich. ›Mit einer geladenen Waffe in der Tasche eines Hausmantels herumzuspielen ist eine gefährliche Angewohnheit.‹

Tatsächlich war ich mir bei seinem Eintritt sofort der großen Gefahr, in der ich schwebte, bewußt geworden. Seine einzige Chance, zu entkommen, lag darin, mich für immer stumm zu machen. In Sekundenschnelle hatte ich den Revolver aus der Schublade in die Tasche gleiten lassen und hielt ihn durch das Tuch auf ihn gerichtet. Auf seine Bemerkung hin zog ich die Waffe heraus und legte sie auf den Tisch. Er lächelte und blinzelte noch immer, aber in seinen Augen lag so etwas, daß ich froh war, den Revolver in Reichweite zu haben.

›Sie kennen mich offensichtlich nicht‹, sagte er.

›Im Gegenteil‹, antwortete ich, ›ich denke doch, es ist

offensichtlich, daß ich Sie kenne. Setzen Sie sich bitte. Ich habe fünf Minuten Zeit, wenn Sie etwas sagen wollen.‹

›Alles, was ich zu sagen hätte, ist Ihnen schon durch den Kopf gegangen‹, antwortete er.

›Dann haben sich meine Antwort und die Ihre wahrscheinlich gekreuzt‹, entgegnete ich.

›Stehen Sie fest?‹

›Absolut.‹

Er steckte schnell die Hände in die Taschen, und ich hob den Revolver vom Tisch. Aber er zog nur ein Notizbuch aus der Tasche, in das er einige Eintragungen gemacht hatte.

›Am 4. Januar haben Sie meinen Weg gekreuzt‹, sagte er. ›Am 23. haben Sie mich belästigt; Mitte Februar sind Sie mir ernsthaft auf die Nerven gegangen; Ende März haben Sie meine Pläne völlig durcheinandergebracht; und jetzt, in den letzten Tagen des April, befinde ich mich durch Ihre unausgesetzten Untersuchungen in der akuten Gefahr, meine Freiheit zu verlieren. Die Situation fängt an, unmöglich zu werden.‹

›Haben Sie irgendeinen Vorschlag?‹ fragte ich.

›Sie müssen aufhören, Mr. Holmes‹, sagte er und ließ den Blick hin und her schweifen. ›Wirklich, Sie müssen.‹

›Wenn Montag vorbei ist‹, sagte ich.

›Na, na!‹ sagte er. ›Ich bin ganz sicher: Ein Mann Ihrer Intelligenz wird begreifen, daß es in dieser Angelegenheit nur einen Ausweg gibt. Sie müssen sich auf jeden Fall zurückziehen. Sie haben die Dinge dahin gebracht, daß uns nur noch ein Mittel bleibt. Es war ein intellektuelles Vergnügen für mich, zu beobachten, wie Sie die Sache anpackten, und es würde mir — das sage ich ganz aufrichtig — Kummer bereiten, wenn ich gezwungen wäre, äußerste Maßnahmen zu ergreifen.‹

›Gefahr gehört zu meinem Beruf‹, warf ich ein.

›Das hat mit Gefahr nichts zu tun‹, sagte er. ›Es wäre unausweichliche Zerstörung. Sie stehen nicht nur einem einzelnen im Weg, sondern einer mächtigen Organisation, und das haben Sie bei all Ihrer Gescheitheit nicht bedacht. Sie müssen aus dem Weg gehen, Mr. Holmes, oder Sie werden zertreten.‹

›Ich fürchte‹, sagte ich und stand auf, ›daß ich über dem Vergnügen, mich mit Ihnen zu unterhalten, wichtige Geschäfte vernachlässige.‹

Er erhob sich und stand schweigend da, wobei er bekümmert den Kopf schüttelte.

›Nun gut‹, sagte er schließlich, ›es ist vielleicht ein Jammer. Aber ich habe getan, was ich tun konnte. Ich durchschaue jeden Zug Ihres Spiels. Vor Montag können Sie nichts machen. Das ist ein Zweikampf zwischen Ihnen und mir. Sie hoffen, mich auf die Anklagebank zu bringen. Und ich versichere Ihnen: Ich werde niemals auf der Anklagebank sitzen. Sie hoffen, Sie können mich schlagen. Ich sage Ihnen: Sie werden mich nie schlagen. Wenn Sie so clever sind, mich zu zerstören, seien Sie versichert, daß ich Ihnen dasselbe zufügen werde.‹

›Sie haben mir einige Komplimente gemacht, Mr. Moriarty‹, sagte ich. ›Lassen Sie mich eines zurückgeben: Wenn mir ersteres gelänge, würde ich, um dem Interesse der Öffentlichkeit zu dienen, letzteres freudig hinnehmen.‹

›Ich kann Ihnen nur das eine versprechen‹, knurrte er, kehrte mir seinen runden Rücken zu und ging, blinzelnd um sich spähend, aus dem Zimmer.

Das war meine sonderbare Unterhaltung mit Professor Moriarty. Ich gestehe, daß sie mich unangenehm beeindruckt hat. Seine sanfte, bestimmte Art zu reden hinterließ bei mir die Überzeugung, daß er es ernst meinte, was ein einfacher Schreihals nie geschafft hätte. Natürlich werden Sie sagen: Warum lassen Sie nicht die Polizei Vorsichtsmaßnahmen gegen ihn ergreifen? Das tue ich aus dem Grund nicht, weil ich davon überzeugt bin, daß einer seiner Agenten den Schlag gegen mich führen wird. Dafür habe ich schlagende Beweise.«

»Man hat Sie also schon angegriffen?«

»Mein lieber Watson, Professor Moriarty ist nicht der Mann, der wartet, bis Gras unter seinen Füßen wächst. Gegen Mittag ging ich aus dem Haus, um ein Geschäft in der Oxford Street zu erledigen. Beim Überqueren der Straße an der Ecke Bentinck Street und Welbeck Street raste eine zweispännige Kutsche wie der Blitz auf mich zu. Ich sprang auf das Trottoir zurück und konnte mich um Haaresbreite retten. Der Wagen stürmte aus Richtung Marylebone Lane heran und war im Nu verschwunden. Danach blieb ich auf dem Gehsteig, Watson, aber als ich die Vere Street entlangspazierte, fiel von einem der Häuser ein Ziegelstein und zersplitterte zu meinen Füßen. Ich rief nach der Polizei und ließ das Haus überprüfen. Auf dem Dach waren Schieferplatten und Ziegelsteine für eine Reparatur gestapelt, man wollte mich glauben machen, es läge am Wind, daß ein Stein herunterfiel. Natürlich wußte ich es besser, konnte aber nichts beweisen. Ich nahm eine Kutsche zur Wohnung meines Bruders in der Pall Mall, wo ich den Tag über blieb. Auf dem Weg zu Ihnen wurde ich von einem Raufbold mit einem Totschläger angerempelt. Ich schlug ihn nieder, und die Polizei nahm ihn in Gewahrsam. Aber ich kann mit absoluter Gewißheit voraussagen, daß sich zwischen dem Gentleman, dessen Schneidezähne ich mit meinen Knöcheln bearbeitete, und dem Mathematikprofessor außer Diensten, der an die zehn Meilen entfernt auf einer Wandtafel rechnerische Probleme löst, nie eine Verbindung wird herstellen lassen. Nun werden Sie verstehen, Watson, daß ich als erstes, nachdem ich Ihre Wohnung betreten hatte, die Läden schloß, und weshalb ich Sie um Erlaubnis bat, das Haus durch einen weniger auffälligen Ausgang als die Vordertür verlassen zu dürfen.«

Ich hatte oft den Mut meines Freundes bewundert, aber nie mehr als jetzt, da er dort saß und ruhig eine Serie von Zwischenfällen abhakte, die zusammengenommen einen Tag voller Schrecken ergaben.

»Wollen Sie die Nacht über hierbleiben?« fragte ich.

»Nein, mein Freund, es könnte sich herausstellen, daß ich ein zu gefährlicher Gast bin. Mein Plan steht fest, und alles wird gut werden. Die Dinge sind so weit fortgeschritten, daß sie sich, was die Verhaftung angeht, ohne mein Zutun vollenden, wenn auch zur Verurteilung meine Gegenwart erforderlich sein wird. Es ist also offensichtlich, daß ich nichts Besseres tun kann, als die wenigen Tage, bis die Polizei in Aktion tritt, außerhalb der Stadt zu verbringen. Es wäre mir deshalb eine große Freude, wenn Sie mich auf den Kontinent begleiten könnten.«

»Die Praxis ist ruhig«, sagte ich, »und ich habe eine passende Vertretung. Ich fahre gern mit Ihnen.«

»Gleich morgen früh?«

»Wenn es nötig ist.«

»O ja, es ist sehr nötig. Und nun, Watson, meine Anweisungen, die ich Sie bis zum letzten zu erfüllen bitte, denn Sie und ich spielen jetzt im Doppel gegen den gerissensten Schurken und das mächtigste Verbrechersyndikat Europas. Hören Sie also! Sie werden heute abend noch das Gepäck, das Sie zu benötigen glauben, durch einen verläßlichen Mann zur Victoria Station expedieren lassen, allerdings ohne das Reiseziel zu nennen. Morgen früh soll dieser Mann dann einen Hansom mieten, aber nicht den ersten besten nehmen, der sich anbietet. In den Hansom springen Sie schnell hinein und fahren in Richtung Strand, ans Ende der Lowther Arcades. Die Adresse geben Sie dem Kutscher aber erst unterwegs auf einem Zettel und weisen ihn an, den ja nicht wegzuwerfen. Halten Sie den Kutschlohn bereit, und im Moment, wo der Wagen hält, tauchen Sie in den Arkaden unter und richten sich so ein, daß Sie um Viertel nach neun auf die andere Seite wechseln. Dort wartet ein kleiner Brougham am Straßenrand, der Kutscher ist ein Bursche in einem schweren schwarzen Mantel, dessen Kragen einen roten Saum hat. In den Wagen steigen Sie ein, und bis zur Abfahrt des Continental-Expreß werden Sie auf der Victoria Station eintreffen.«

»Wo finde ich Sie?«

»Auf dem Bahnhof. Das zweite Coupé erster Klasse von vorn ist für uns reserviert.«

»Wir treffen uns also im Coupé?«

»Ja.«

Es wäre vergebens gewesen, Holmes zum Bleiben zu bewegen. Mir war klar, daß er glaubte, er bringe dem Haus Unheil, und aus diesem Grund gehen wollte. Es folgten nun nur noch ein paar eilige Worte zu den Vorhaben des nächsten Tages, dann stand er auf und ging mir nach in den Garten. Er überstieg die Mauer, hinter der die Mortimer Street lag, pfiff einem Hansom, und gleich darauf hörte ich ihn davonfahren.

Am nächsten Morgen handelte ich in allem, wie Holmes mich angewiesen hatte. Mit Vorsicht wurde ein Hansom ausgewählt, um zu verhindern, daß wir an einen gerieten, der für mich bereitgestellt war. Sofort nach dem Frühstück fuhr ich zur Lowther Arcade, überquerte im Geschwindschritt die Straße, und ein Brougham, auf dessen Bock ein massiger Kutscher in dunklem Mantel saß, fuhr unter Peitschenknallen in dem Augenblick ab, da ich ihn bestiegen hatte. Kaum stand ich vorm Bahnhof, wendete er den Wagen und stob davon, ohne daß der Mann auch nur einen Blick noch auf mich warf.

Soweit war alles bewundernswert gut gegangen. Mein

Gepäck erwartete mich, und ich hatte keinerlei Schwierigkeiten, das von Holmes bezeichnete Coupé zu finden, da es das einzige war, in dessen Fenster ein ›Bestellt‹-Schild hing. Meine einzige Sorge überhaupt erwuchs aus dem Umstand, daß Holmes nicht erschien. Die Bahnhofsuhr zeigte, daß es nur noch sieben Minuten bis zur Abfahrt waren. Vergebens durchforschten meine Blicke die Gruppe der Reisenden und Abschiednehmenden nach der geschmeidigen Gestalt meines Freundes. Nichts war von ihm zu sehen. Einige Minuten verbrachte ich damit, einem ehrwürdigen italienischen Priester beizustehen, der einem Dienstmann klarzumachen versuchte, sein Gepäck solle nach Paris aufgegeben werden.

Nachdem ich noch einmal Ausschau gehalten hatte, zog ich mich in unser Abteil zurück, wo ich feststellen mußte, daß der Dienstmann mir trotz der Reservierung meinen gebrechlichen italienischen Bekannten als Reisegefährten zugeteilt hatte. Es war unsinnig, ihm klarmachen zu wollen, daß er ein Eindringling sei, denn mein Italienisch war noch schlechter als sein Englisch. So zuckte ich denn resigniert die Schultern und hielt aufs neue besorgt Ausschau nach meinem Freund. Ein Angstschauer überkam mich bei dem Gedanken, sein Ausbleiben könnte bedeuten, daß er in der Nacht einem Anschlag zum Opfer gefallen war. Die Türen waren schon geschlossen, dann ertönte der Abfahrtspfiff, als...

Eine Stimme sagte: »Mein lieber Watson, Sie haben sich nicht einmal herabgelassen, mir einen guten Morgen zu wünschen.«

In unbeherrschtem Erstaunen wandte ich mich um. Der betagte Geistliche hatte mir sein Gesicht zugekehrt. Augenblicklich glätteten sich die Runzeln, die Nase hob vom Kinn ab, die Unterlippe wurde zurückgezogen, der Mund hörte auf zu muffeln, Feuer trat in die trüben

Augen, die kraftlose Gestalt wuchs auf. Im nächsten Moment sackte die Erscheinung wieder zusammen, und Holmes verschwand so schnell, wie er gekommen war.

»Lieber Gott!« rief ich. »Haben Sie mich erschreckt!«

»Die Vorsichtsmaßnahmen sind weiterhin nötig«, flüsterte er. »Ich habe Grund anzunehmen, daß sie noch eifrig auf unserer Spur sind. Ah, da ist ja Moriarty selbst.«

Während Holmes sprach, hatte der Zug sich in Bewegung gesetzt. Zurückblickend sah ich, wie ein großer Mann sich wild durch die Menge drängte und mit den Händen fuchtelte, als wollte er den Zug aufhalten. Es war zu spät, denn wir gewannen schnell an Geschwindigkeit, und einen Augenblick später lag der Bahnhof hinter uns.

»Mit all den Vorsichtsmaßnahmen haben wir es sehr gut hinbekommen«, sagte Holmes lachend. Er stand auf, warf die schwarze Soutane und den Hut ab, womit er sich verkleidet hatte, und verstaute beides in einem Handköfferchen.

»Haben Sie die Morgenzeitung gelesen, Watson?«

»Nein.«

»Sie wissen also nichts über die Baker Street?«

»Über die Baker Street?«

»Sie haben in unserer Wohnung einen Brand gelegt. Es ist nicht viel Schaden angerichtet worden.«

»Du lieber Himmel, Holmes! Das ist unerträglich.«

»Sie müssen meine Spur völlig verloren haben, seit sich ihr Mann mit dem Totschläger in Haft befindet. Sonst hätten sie nicht annehmen können, ich sei in meine Wohnung zurückgekehrt. Offensichtlich wurden Sie überwacht; so erklärt es sich, daß Moriarty zum Bahnhof kam. Sie haben nicht vielleicht einen Fehler auf Ihrem Herweg gemacht?«

»Ich hielt mich genau an Ihre Anweisungen.«

»Haben Sie den Brougham gefunden?«

»Ja, er wartete.«

»Erkannten Sie den Kutscher?«

»Nein.«

»Das war mein Bruder Mycroft. Es ist von Vorteil, wenn man in solchem Fall nicht einen gemieteten Mann ins Vertrauen zu ziehen braucht. Aber wir müssen uns überlegen, was wir jetzt in bezug auf Moriarty unternehmen.«

»Da dies hier ein Expreß ist und er außerdem Anschluß an das Schiff hat, denke ich doch, daß wir ihn wirkungsvoll abhängen konnten.«

»Mein lieber Watson, Sie haben anscheinend die Bedeutung meiner Worte nicht begriffen, als ich sagte, der Mann müsse als auf demselben intellektuellen Niveau wie ich stehend angesehen werden. Käme es Ihnen in den Sinn, daß ich mich, wenn ich der Verfolger wäre, so leicht täuschen ließe? Warum also haben Sie von ihm eine so geringe Meinung?«

»Was wird er unternehmen?«

»Was ich jetzt tun würde.«

»Ja, was würden Sie denn tun?«

»Einen Extra-Zug nehmen.«

»Ist es dazu nicht schon zu spät?«

»Auf keinen Fall. Der Zug hält in Canterbury; und dann gibt es am Schiff immer mindestens eine Viertelstunde Aufenthalt. Dort wird er uns auflauern.«

»Man könnte meinen, wir sind Verbrecher. Sorgen wir doch dafür, daß er bei seiner Ankunft verhaftet wird.«

»Das hieße die Arbeit von drei Monaten ruinieren. Wir würden den großen Fisch fangen, aber die kleineren gingen uns nicht ins Netz. Montag hätten wir sie alle. Nein, wir dürfen ihn nicht verhaften lassen.«

»Was aber dann?«

»Wir werden in Canterbury aussteigen.«

»Und wie weiter?«

»Nun, von da beginnt eine Reise quer durchs Land nach Newhaven, und von dort geht's hinüber nach Dieppe. Moriarty wird wiederum das tun, was ich täte. Er wird nach Paris fahren, unser Gepäck auskundschaften und bei der Aufbewahrung zwei Tage auf uns warten. In der Zeit werden wir den Fabrikanten der Länder, durch die wir reisen, auf die Beine helfen, indem wir uns mit einigen Reisetaschen ausrüsten; wir nehmen unseren Weg in aller Ruhe über Luxemburg und Basel nach der Schweiz.«

Ich bin schon zu oft gereist, um mich durch einen Verlust des Gepäcks ernstlich belästigt zu fühlen, aber ich gestehe, daß mich die Vorstellung ärgerte, vor einem Mann ausweichen und mich verstecken zu sollen, dessen Register schwarz von unaussprechlichen Niederträchtigkeiten war. Dennoch: Holmes begriff die Lage offensichtlich besser als ich. So stiegen wir denn in Canterbury aus und mußten feststellen, daß wir eine Stunde auf den Zug nach Newhaven zu warten hatten.

Ich blickte noch ziemlich kläglich dem Gepäckwagen, der meine Garderobe entführte, hinterdrein, als Holmes mich am Ärmel zupfte und in die Ferne wies.

»Da ist er schon«, sagte er.

Fern von uns, in den Wäldern Kents, stieg dünner Rauch auf. Eine Minute später sauste eine Lokomotive mit einem Waggon um die einsehbare Kurve vor dem Bahnhof. Uns blieb kaum Zeit, einen Platz hinter einem Stoß Gepäckstücke zu finden, als das Gefährt ratternd und fauchend vorüberraste und einen Schwall heißer Luft in unsere Gesichter blies.

Wir blickten dem über die Weichen rüttelnden und schwankenden Waggon nach. »Da fährt er nun. Die Intelligenz unseres Freundes ist doch begrenzt. Es wäre ein *coup de maître* gewesen, hätte er geschlußfolgert, was ich schlußfolgerte, und danach gehandelt.«

»Und was würde er getan haben, wenn er uns erwischt hätte?«

»Es gibt nicht den geringsten Zweifel daran, daß er einen Mordanschlag auf mich verübt hätte. Aber das ist nun einmal ein Spiel, in dem zwei spielen. Jetzt erhebt sich die Frage, ob wir hier vor der Zeit frühstücken oder die Chance wahrnehmen sollen, zu hungern, bis wir es uns in der Bahnhofsgaststätte von Newhaven gemütlicher machen können.«

In der folgenden Nacht kamen wir in Brüssel an, wo wir zwei Tage blieben; am dritten Tag erreichten wir Straßburg. Montag morgen telegraphierte Holmes an die Londoner Polizei, und abends erwartete uns eine Antwort im Hotel. Holmes riß den Umschlag auf und warf dann das Blatt mit einem bösen Fluch ins Kaminfeuer.

»Ich hätte es wissen müssen!« stöhnte er. »Er ist entwischt.«

»Moriarty!«

»Sie haben alle Bandenmitglieder festgenommen, nur ihn nicht. Er ist ihnen entkommen. Natürlich konnte sich keiner mehr mit ihm messen, nachdem ich außer Landes war. Aber ich hatte angenommen, nun hätten sie durch mich das Spiel ganz in ihrer Hand. Für Sie, Watson, wäre es am besten, Sie reisten nach England zurück.«

»Warum?«

»Ich bin ab jetzt ein gefährlicher Begleiter. Das Gewerbe des Mannes ist ruiniert. Sowie er sich wieder nach London begibt, ist er verloren. Wenn ich seinen Charakter recht deute, dann wird er seine ganze Kraft daran wenden, sich an mir zu rächen. Bei unserer kurzen Unterhaltung hat er ja so etwas gesagt, und ich glaube, daß er es ernst gemeint hat. Ich würde Ihnen auf jeden Fall empfehlen, zu Ihrer Praxis zurückzukehren.«

Dieses Ansinnen hatte wenig Aussicht auf Erfolg bei

einem alten Mitstreiter und Freund. Wir saßen in Straßburg in einer *salle-à-manger* und debattierten die Frage eine halbe Stunde; aber noch am selben Abend nahmen wir unsere Reise wieder auf und fuhren geradewegs nach Genf.

Eine zauberhafte Woche lang durchwanderten wir das Tal der Rhône, und dann, nachdem wir bei Leuk abgebogen waren, ging es weiter über den noch tief verschneiten Gemmi-Paß, und wir kamen via Interlaken nach Meiringen. Es war eine wunderschöne Tour: unter uns das köstliche Grün des Frühlings, über uns das jungfräuliche Weiß des Winters. Dennoch wußte ich genau, daß mein Gefährte nicht für einen Augenblick den Schatten vergaß, der über ihm lag. In gemütlichen Alpendörfern oder auf einsamen Bergeshöhen bemerkte ich an einem schnellen Blick oder an der Art, wie er die Gesichter Vorübergehender musterte, daß er sich wohl bewußt war, er könne der Gefahr, die unseren Fußspuren folgte, nicht entrinnen, ganz gleich, wohin wir gingen.

Einmal, erinnere ich mich, wir hatten den Gemmi überstiegen und spazierten am Ufer des melancholischen Daubensees einher, stürzte ein großer Felsbrocken, von einer Kuppe zu unserer Rechten heruntergebrochen, hinter uns mit Getöse in den See. Sofort rannte Holmes den Berg hinan und drehte den Kopf in alle Richtungen, als er die luftige Höhe gewonnen hatte. Vergebens versicherte ihm unser Bergführer, daß Steinschläge in dieser Jahreszeit und an diesem Ort häufig niedergingen. Er sagte nichts, lächelte mir nur zu wie jemand, der das Eintreffen von etwas bestätigt sieht, das er erwartet hat.

Doch trotz seiner Wachsamkeit fand ich ihn nie niedergedrückt. Ganz im Gegenteil, ich kann mich nicht entsinnen, ihn jemals in solch überschwenglicher Stimmung erlebt zu haben. Immer wieder begann er davon zu sprechen, daß er, wenn er sicher sein könne, die

Gesellschaft sei von Professor Moriarty befreit, mit Freuden seine Laufbahn beenden wolle.

»Ich denke, ich kann soweit gehen, Watson, zu sagen, daß ich dann nicht ganz vergebens gelebt habe«, stellte er fest. »Ich würde es mit Gleichmut ertragen, wenn sogar heute abend schon mein persönliches Register seinen Abschluß fände. Die Luft Londons wäre mir desto süßer. In über tausend Fällen, so weiß ich sicher, habe ich meine Gaben nie auf der falschen Seite eingesetzt. In der letzten Zeit war ich zunehmend versucht, mich eher mit den Fragen, die die Natur aufwirft, zu beschäftigen, als mit jenen oberflächlicheren, die dem künstlichen Zustand unserer Gesellschaft entspringen. Ihre Memoiren, Watson, werden an dem Tag abschließen, wo ich meine Laufbahn durch die Verhaftung oder mit dem Auslöschen des gefährlichsten und fähigsten Verbrechers Europas kröne.«

Das wenige, das mir noch zu erzählen übrigbleibt, will ich kurz und doch exakt wiedergeben. Es ist kein Thema, bei dem ich gern verweilte, dennoch bin ich mir der Pflicht bewußt, keine Einzelheit unterschlagen zu dürfen.

Es war am 3. Mai, als wir im Dorf Meiringen eintrafen und dort im ›Englischen Hof‹ abstiegen, der damals von Peter Steiler dem Älteren betrieben wurde. Unser Wirt war ein intelligenter Mann und sprach hervorragend englisch, denn er hatte drei Jahre als Kellner im Hotel ›Grosvenor‹ in London gearbeitet. Auf seinen Vorschlag brachen wir am Nachmittag des 4. zu einer Wanderung über die Berge auf. Es war unsere Absicht, die Nacht im Weiler Rosenlaui zu verbringen. Man hatte uns nachdrücklich eingeschärft, daß wir unter keinen Umständen an den Wasserfällen von Reichenbach, die auf halbem Weg liegen, vorübergehen, sondern den kleinen Umweg auf uns nehmen sollten, um sie zu besichtigen.

Das ist in der Tat ein schauerlicher Ort. Der Gebirgsbach, vom schmelzenden Schnee angeschwollen, stürzt in einen gewaltigen Abgrund, aus dem der Wasserstaub aufsteigt wie der Rauch von einem brennenden Haus. Die unermeßliche Tiefe, in die der Strom hinunterwirbelt, wird von glänzenden, pechschwarzen Felsen zu einem schäumenden, kochenden, unergründlichen Kessel eingeengt, der überflutet, so daß der Strom über den gezackten Rand hinausschießt. Die lange Schleppe grünen Wassers, das stetig herniederdonnert, und der dichte glitzernde Vorhang aus Wasserstaub, der stetig aufsteigt, machen einen mit ihrem unaufhörlichen Wirbeln und Getöse schwindlig. Wir standen am Abgrund und schauten hinab in das Glitzern des Wassers, das sich tief unter uns an den schwarzen Steinen brach, und lauschten auf das menschenähnliche Schreien, das mit dem Wasserstaub aus der Tiefe emporröhnte.

Der Pfad ist auf halber Höhe des Wasserfalls in den Fels gehauen, um eine gute Aussicht zu gewährleisten, endet aber jäh, und der Wanderer muß auf demselben Weg zurückkehren, den er gekommen ist. Wir hatten uns eben umgewandt, um wieder zu gehen, als wir einen Schweizer Jungen mit einem Brief in der Hand auf uns zulaufen sahen. Das Schreiben trug das Firmenzeichen des Hotels, das wir gerade erst verlassen hatten; es war vom Wirt an mich gerichtet. Danach schien es, daß wenige Minuten nach unserem Aufbruch eine englische Dame eingetroffen sei, die sich im letzten Stadium der Schwindsucht befand. Sie hatte den Winter in Davos zugebracht und hatte nun die Reise zu Freunden in Luzern angetreten, als sie plötzlich ein Blutsturz ereilte. Man nahm an, sie würde die nächsten Stunden nicht überleben, meinte aber, es würde ihr eine große Erleichterung bereiten, wenn ein englischer Doktor sich um sie kümmerte, weshalb ich zurückkehren solle, etc. etc. Der gute Steiler versicherte mir in einem Postskriptum, daß er meine Bereitschaft als einen großen Gefallen betrachten würde, da sich die Dame entschieden weigere, einen Schweizer Arzt zu konsultieren, und er das Gefühl habe, an einer schweren Verantwortung zu tragen.

Das war ein Appell, der nicht ignoriert werden konnte. Es war unmöglich, der Bitte einer Landsmännin, die in einem fremden Land starb, nicht zu entsprechen. Dennoch hatte ich Skrupel, Holmes allein zu lassen. Schließlich kamen wir überein, er sollte den jungen Schweizer Boten als Führer und Gefährten bei sich behalten, während ich nach Meiringen zurückkehrte. Mein Freund wollte, wie er sagte, noch ein wenig am Wasserfall verweilen und dann langsam über den Berg nach Rosenlaui wandern, wo ich am Abend wieder zu ihm stoßen sollte. Als ich losging, sah ich Holmes mit dem Rücken an den Fels gelehnt stehen; die Arme vor der Brust verschränkt, starrte er in den Wasserschwall hinab. Das war das letzte, das mir von ihm in dieser Welt zu sehen bestimmt war.

Kurz vor Ende meines Abstiegs schaute ich zurück. Es war von jener Stelle aus unmöglich, den Wasserfall zu erblicken, aber ich konnte den gewundenen Pfad sehen, der über den Grat auf den Wasserfall zu läuft. Auf ihm, erinnere ich mich, schritt ein Mann sehr schnell dahin. Die schwarze Gestalt hob sich deutlich gegen den grünen Hintergrund ab. Zwar registrierte ich sie und den Nachdruck, mit der sie ging, aber sie geriet mir wieder aus dem Sinn, als ich weiterging, meinen Auftrag zu erfüllen.

Es mag ein wenig mehr als eine Stunde gekostet haben, bis ich Meiringen erreichte. Der alte Steiler stand vor der Hotelhalle.

»Nun«, sagte ich, als ich heran war, »ich hoffe, es geht ihr nicht schlechter.«

Ein Ausdruck von Überraschung ging über sein

Gesicht, und beim ersten Runzeln seiner Brauen wurde mir das Herz schwer wie Blei.

»Sie haben das nicht geschrieben?« sagte ich und zog den Brief aus der Tasche. »In Ihrem Hotel ist keine kranke englische Dame?«

»Ganz bestimmt nicht«, rief er, »obwohl der Brief das Zeichen des Hotels trägt. Ha! Der große Engländer muß das geschrieben haben, der ankam, als Sie weg waren. Er sagte —«

Aber ich wartete die Erklärung des Wirts nicht ab. Von stechender Angst getrieben, rannte ich sofort die Dorfstraße zurück und auf den Pfad zu, den ich gerade erst herabgekommen war. Mehr als eine Stunde hatte ich gebraucht, hinunterzugelangen. Trotz aller Anstrengung vergingen zwei Stunden, ehe ich beim Wasserfall von Reichenbach wieder ankam. Da lehnte Holmes' Bergstock noch immer an dem Fels, wo ich meinen Freund verlassen hatte. Aber von ihm sah ich nichts mehr, und vergebens rief ich seinen Namen. Die einzige Antwort war meine eigene Stimme, die von den Felsen rings als kraftvolles Echo zurückgeworfen wurde.

Es war der Anblick des Bergstocks, der mich vor Kälte erschauern ließ, und dabei wurde mir übel. Er war also nicht nach Rosenlaui gegangen! Er war auf diesem drei Fuß breiten Pfad geblieben — auf der einen Seite nichts als Felsen, auf der anderen nur der Abgrund —, bis sein Feind ihn eingeholt hatte. Der junge Schweizer war auch verschwunden. Moriarty hatte ihn offensichtlich bezahlt, und er hatte die beiden Männer allein gelassen. Was war dann geschehen? Wer konnte mir davon berichten?

Einige Minuten stand ich und sammelte mich, denn ich war benommen vor Schreck. Dann besann ich mich auf Holmes' Methoden und versuchte, sie bei der Entschlüsselung seiner Tragödie anzuwenden. Das war — leider — eine nur zu leichte Aufgabe. Als wir uns dort unterhielten, waren wir den Pfad nicht zu Ende gegangen, und der Bergstock bezeichnete die Stelle, wo wir gestanden hatten. Der schwärzliche Boden ist durch den unablässig heranwehenden Wasserstaub immer weich, so daß selbst der Abdruck einer Vogelkralle zu sehen gewesen wäre. Zwei Reihen von Fußabdrücken zeichneten sich deutlich ab, sie gingen bis ans Ende des Pfads. Keine verlief in umgekehrter Richtung. Einige Yards vor dem Ende des Pfads war der Boden aufgewühlt und in Matsch verwandelt, und die Brombeeren und Farne, die am Rand des Abgrunds wuchsen, waren zerzaust und verschmutzt. Ich legte mich auf den Bauch und blickte hinunter, vom Wasserstaub umdunstet. Es war dunkler geworden, und ich konnte jetzt in der Tiefe nur da und dort das Glitzern der Feuchtigkeit an den schwarzen Wänden sehen und ganz unten den Schimmer des sich brechenden Wassers. Ich rief, aber nur das menschenähnliche Schreien des Wasserfalls drang als Antwort an mein Ohr.

Dennoch war mir bestimmt, nach allem ein letztes Grußwort von meinem Freund und Kameraden zu erhalten. Ich habe schon erwähnt, daß sein Bergstock an einem Fels lehnte, der gegen den Pfad vorsprang. Etwas Schimmerndes, das oben auf dem Brocken lag, erregte meine Aufmerksamkeit, und ich langte hinauf. Es war das silberne Zigarettenetui, das er stets bei sich trug. Als ich es ergriff, fiel ein zusammengeknifftes Papierpäckchen zu Boden, das unter dem Etui gelegen hatte. Ich entfaltete es und entdeckte, daß es aus drei Seiten bestand, die aus seinem Notizbuch herausgerissen und an mich adressiert waren. Charakteristisch für Holmes, liefen die Zeilen so gerade und die Schrift so regelmäßig, als wäre der Brief in seinem Arbeitszimmer geschrieben worden.

›Mein lieber Watson‹, stand da. ›Diese wenigen Zeilen kann ich dank dem Zuvorkommen von Mr. Moriarty schreiben, der darauf wartet, daß ich mit ihm jene Fragen bespreche, die zwischen uns offengeblieben sind. Er hat mir in Kürze auseinandergesetzt, wie er der englischen Polizei entgangen ist und wie er sich über unsere Bewegungen informiert hat. Sein Bericht bestätigte mich in der hohen Meinung, die ich mir von seinen Fähigkeiten gebildet hatte. Ich bin froh, daß es mir gelingen wird, die Gesellschaft von den Auswirkungen seines Daseins in Zukunft zu befreien, obwohl das mir, wie ich fürchte, nur um einen Preis gelingen kann, der für meine Freunde, besonders für Sie, Watson, schmerzlich sein wird. Doch ich habe Ihnen schon erklärt, daß meine Karriere auf jeden Fall ihren Höhepunkt erreicht hat und daß kein möglicher anderer Abschluß ihr mehr entsprechen könnte als dieser. Und wenn ich Ihnen etwas gestehen darf: Ich war fest davon überzeugt, daß der Brief aus Meiringen eine Finte war, und ich gestattete Ihnen, dem Ruf zu folgen, in der Überzeugung, daß eintreten mußte, was denn auch eingetreten ist. Teilen Sie Inspektor Patterson mit, die Unterlagen, die er braucht, um die Bande zu überführen, seien unter dem Buchstaben M abgelegt, in einem blauen Kuvert mit der Aufschrift ‚Moriarty'. Ehe ich England verließ, habe ich meine Hinterlassenschaft geordnet und sie meinem Bruder Mycroft übergeben. Bitte, grüßen Sie Mrs. Watson und seien Sie versichert, mein lieber Junge, daß ich stets der Ihre bin.

Sherlock Holmes‹

Wenige Worte genügen, um das, was noch zu sagen bleibt, mitzuteilen. Eine durch Experten angestellte Untersuchung ließ wenig Zweifel daran, daß ein Kampf zwischen den beiden Männern stattgefunden hatte, der endete, wie er unter solchen Umständen enden mußte: Sie sind beide in die Tiefe getaumelt, einer fest im Griff des anderen. Jedweder Versuch, die Leichen zu entdecken, mußte fehlschlagen, und so liegen denn dort unten für immer, in diesem schrecklichen Kessel voll strudelnden Wassers und siedenden Schaums, der gefährlichste Verbrecher und der vornehmste Streiter für das Recht ihrer Generation. Der Schweizer Junge konnte nicht gefunden werden, aber es besteht kein Zweifel daran, daß er einer der zahlreichen Agenten war, die Moriarty in Diensten hielt. Was die Bande angeht, so wird es noch im Bewußtsein der Öffentlichkeit sein, wie die Beweise, die Holmes zusammengetragen hatte, sie völlig bloßstellten und wie schwer die Hand des Toten auf allen Mitgliedern lastete. Über das entsetzliche Bandenhaupt kamen während des Prozesses nur wenige Einzelheiten ans Licht. Wenn nun ich mich genötigt sah, über ihn eine klare Aussage zu machen, so geschah es, um die unbesonnenen Streiter zu widerlegen, die die Erinnerung an ihn aufzupolieren suchen, indem sie den Mann angreifen, der für mich immer der beste und weiseste Mensch bleiben wird, den ich je kannte.

# Anmerkungen

## Silver Blaze

5 *Silver Blaze:* engl., Silberblesse; nach dem weißen Fleck auf der Stirn des Pferdes.

14 *Penangrohr:* modischer Spazierstock aus dem Holz einer fernöstlichen Buschpalme.
*in nuce:* lat., in der Nuß; hier: kurzgefaßt.

20 *Kataraktmesser:* chirurgisches Instrument, das bei Augenoperationen, vor allem zur Entfernung des grauen Stars, benutzt wurde.

31 *Drag:* schwere, vierspännige Kutsche.

## Der Schreiber des Börsenmaklers

64 *›Zeichen der Vier:* ›Das Zeichen der Vier‹ ist der deutsche Titel von ›Sign of Four‹, des 1890 erschinenen zweiten Sherlock-Holmes-Romans von Arthur Conan Doyle.

67 *Cockney:* (meist) herabsetzende Bezeichnung für den Einwohner von London, der den ärmeren Schichten entstammt.
*outré:* frz., überspannt; hier: ausgefallen.

68 *E. C.:* der Postbezirk East Central in London.

72 *p. a.:* lat., Abk. für per annum, jährlich.

86 *Interimsscheine:* Bezeichnung für die an Aktionäre ausgegebenen Anteilscheine.

## Die ›Gloria Scott‹

90 *J. P.:* engl., Abk. von Justice of Peace, Friedensrichter; ein Beamter mit Verwaltungs- und strafgerichtlicher Funktion.
*Broads:* weites Seengebiet in Norfolk.

104 *Krimkrieg:* vom zaristischen Rußland gegen die Türkei, Frankreich, Großbritannien und Sardinien um die Vorherrschaft in Südosteuropa und am Schwarzen Meer in den Jahren 1853 bis 1856 geführter Krieg, in dem Rußland nach Anfangserfolgen unterlag.

*Klipper:* der schnellste Typ hölzerner Segelschiffe, die, ehe Dampfer verkehrten, den Teetransport von China besorgten.

111 *Schoten:* Segelleinen.

*Spieren:* Stangen, Rundhölzer.

Das Ritual der Familie Musgrave

115 *V. R.:* Initialen der englischen Königin Victoria in der latinisierten Form Victoria Regina.

118 *›Späte Rache‹:* deutscher Titel des Romans ›A Study in Scarlet‹, 1887, von Arthur Conan Doyle, in dem Sherlock Holmes zum erstenmal auftrat.

131 *Eroberung Englands durch die Normannen:* Anspielung auf die Begründung der normannischen Dynastie (1066—1135) durch den Sieg Herzog Wilhelms von der Normandie mit einem Ritterheer im Jahre 1066 bei Hastings über die Truppen Haralds II., des gewählten Königs des angelsächsischen Einheitsstaates.

*Dogcart:* leichter, zweirädriger Einspänner.

138 *aus der Zeit Karls I.:* Karl I. aus dem Hause Stuart regierte von 1625 bis 1649.

*débris:* frz., Trümmer, Überreste.

139 *Cavalier:* hist., Royalist, Anhänger Karls I. von England.

*Karls II.:* Karl II. (1630—1685), seit 1660 König von England, nachdem Adel und Großbürgertum in dem Streben nach Errichtung einer stabilen Ordnung der Restauration des Königshauses Stuart zugestimmt hatten.

139 *nach Karls Hinrichtung:* Die absolutistischen Ansprüche Karls I. stießen auf den erbitterten Widerstand der englischen Bourgeoisie. Mit seiner Hinrichtung im Jahre 1649 wurden die Stuarts als englische Königsdynastie zum erstenmal entthront.

Die Squires von Reigate

151 *Queen-Anne-Stil:* Ein besonderes Merkmal dieser zu Beginn des 18. Jh. in der englischen Baukunst aufgekommenen Richtung ist das bürgerliche Wohnhaus in schlicht konstruktiver Ausführung.

*die Jahreszahl von Malplaquet:* Malplaquet ist ein Ort bei Maubeuge in Frankreich. Im Spanischen Erbfolgekrieg siegten hier am 11. 9. 1709 die von Marlborough und Prinz Eugen geführten verbündeten Truppen über die Frankreichs unter Marschall Villars.

152 *Trap:* leichte, zweirädrige Kutsche.

Der verkrüppelte Mann

170 *Sepoy-Aufstand* (1857—1859): Die Erhebung der indischen Truppenteile (Sepoys) der Garnison Mirat am 11. 5. 1857 war das Signal zu einem Volksaufstand, der ganz Nordindien zwischen Pandschab und Bengalen erfaßte und die britische Kolonialmacht ernstlich erschütterte.

186 *General Neill:* Neill, James George Smith (1810—1857), englischer Oberst und Brigadegeneral.

190 *Uria und Bathseba:* Anspielung auf die biblische Geschichte in 2. Samuel, 11, in der berichtet wird, wie König David an Bathseba, der Frau des Uria, Gefallen fand und Uria aus dem Wege räumte, indem er ihn in den Kampf gegen die Ammoniter schickte.

Der Dauerpatient

191 *tour de force:* frz., hier: Glanzleistung.

*Scylla und Charybdis:* Ungeheuer aus der griechischen Mythologie; symbolisch für zwei große Gefahren, von denen sich die eine nur umgehen läßt, indem man sich der anderen aussetzt.

192 *Brougham:* geschlossener, zweirädriger, meist als Einspänner gefahrener Zweisitzer, benannt nach dem englischen Politiker Henry Peter Brougham (1778—1868).

*frater medico:* ital., medizinischer Mitbruder.

194 *King's College Hospital:* eine ehemals kirchliche Lehranstalt mit Krankenhaus, die der Londoner Universität angegliedert worden war.

*Katalepsie:* anfallweise auftretende, längere Zeit andauernde Muskelstarre, bei der die Gliedmaßen oft unnatürlich gestellt sind.

199 *Amylnitrit:* Kohlenwasserstoffverbindung; gelbliche Flüssigkeit mit gefäßerweiternder und blutdrucksenkender Wirkung.

Der griechische Dolmetscher

215 *Vernets, des französischen Künstlers:* Diese Wendung verschafft Sherlock Holmes einen nahezu aristokratischen Hintergrund, da es sich vermutlich um Horace Vernet (1789—1863) handelt, der Maler und Mitglied des Institut de France war, wie auch sein Vater und Großvater, sie beide aber an Erfolg und Ruhm noch übertraf.
218 *Markör:* Spielwart beim Billard.
219 *Sappeur:* Soldat für Schanzarbeiten, Pionier.
236 *Mesmerischer Effekt:* Mesmerismus (nach dem Arzt und Theologen F. Anton Mesmer, 1734—1815), auch tierischer Magnetismus; wissenschaftlich überholte Doktrin bzw. Heilmethode, wonach durch ein magnetisches Fluidum zwischen den menschlichen Organismen Beeinflussungen und Heilwirkungen auf Kranke (besonders Nervenkranke) zustande kämen.

Das Marineabkommen

246 *Dreibund:* Bündnis zwischen Deutschland, Österreich-Ungarn und Italien, das, 1882 geschlossen, mehrere Male, zuletzt 1912, verlängert wurde und 1915 mit Italiens Eintritt in den Krieg auf der Seite der Entente zerfiel.
249 *Paisley-Schal:* (Woll-)Schal aus der Textilfabrikation der schottischen Stadt Paisley.
252 *Hansom:* zweirädrige Kutsche mit Verdeck und hinter den Sitzplätzen erhöht angebrachtem Kutschbock.
258 *Board Schools:* öffentliche Elementarschulen, die nach den Unterrichtsgesetzen für Großbritannien (1870, 1876, 1880) gegründet und örtlichen Aufsichtsbehörden unterstellt wurden.
262 *Guards:* Wache, Garderegiment.
267 *das Bertillonsche System:* Es war das erste wirkungsvolle System zur Identifikation von Personen. Eine Vielzahl

konstanter körperlicher Merkmale wurde zusammen mit den Personalien und zwei Fotos (Aufnahmen von vorn und von der Seite) in Karteien gespeichert. Im Jahre 1880 durch den französischen Anthropologen und Kriminalisten Alphonse Bertillon (1853—1914), derzeit Departementschef bei der Pariser Polizei, in der Sûreté eingeführt. Heute ist die Bertillonage von der zuverlässigeren Daktyloskopie verdrängt.

Sein letzter Fall

288 *das binomische Theorem:* auch binomischer Lehrsatz, mathematische Formel zur Berechnung von Potenzen einer Summe aus zwei Gliedern.

300 *coup de maître:* frz., Meisterstreich.

302 *salle-à-manger:* frz., Speisesaal.

# Inhalt

ISBN 3-378-00313-8

Gustav Kiepenheuer Verlag
Leipzig und Weimar
Dritte Auflage
Lizenz Nr. 396/265/57/89 LSV 7324
Gesamtherstellung: Grafischer Großbetrieb
Völkerfreundschaft Dresden
Schrift: Garamond-Antiqua
Reihengestaltung: Gerhard Bunke
Printed in the German Democratic Republic
Bestell-Nr. 788 382 4
00640

Innerhalb der Reihe ›Sämtliche Sherlock Holmes-Erzählungen‹ von Arthur Conan Doyle erscheinen folgende Bände:

Band I

## Die Abenteuer von Sherlock Holmes

Aus dem Inhalt:

Ein Skandal in Bohemia
Die Liga der rothaarigen Männer
Ein Fall von Identität
Das Rätsel im Boscombe-Valley
Fünf Apfelsinenkerne
Der Mann mit dem schiefen Mund
Der blaue Karfunkel
Das gefleckte Band
Der Daumen des Ingenieurs
Der adlige Junggeselle
Die Beryll-Krone
Das Haus ›Zu den Blutbuchen‹

Band III

## Die Wiederkehr von Sherlock Holmes

Aus dem Inhalt:

Das leere Haus
Der Baumeister von Norwood
Die tanzenden Männchen
Die einsame Radfahrerin
Die Internatsschule
Der Schwarze Peter
Charles Augustus Milverton
Sechsmal Napoleon
Die drei Studenten
Das goldene Pincenez
Der verschwundene Rugby-Spieler
›Abbey Grange‹
Der zweite Fleck

Band IV

# Der letzte Streich von Sherlock Holmes

Aus dem Inhalt:

›Wisteria Lodge‹
Der Pappkarton
Der Rote Kreis
Die Bruce-Partington-Pläne
Der sterbende Detektiv
Das Verschwinden der Lady Frances Carfax
Der Teufelsfuß
Sein letzter Streich

Band V

# Das Notizbuch von Sherlock Holmes

Aus dem Inhalt:

Der berühmte Klient
Der bleiche Soldat
Der Mazarin-Stein
Das Haus ›Zu den drei Giebeln‹
Der Vampir von Sussex
Die drei Garridebs
Die Thorbrücke
Der kriechende Mann
Die Löwenmähne
Die verschleierte Mieterin
Shoscombe Old Place
Der Farbenhändler im Ruhestand